# 鹿比
## LUBI

**姓名**
▷ 凌小路

**游戏ID**
▷ 鹿比

**外号**
▷ 小鹿比

**玩家阵营**
▷ 隐藏粉名

**玩家特长**
▷ 吃

▶▶ THE ELVES OF CONTRACT ◀◀

# 稣蒙
## JIMENG

**姓名**
▷ 稣蒙

**游戏 ID**
▷ 稣蒙

**外号**
▷ 哈尼、太子稣

**玩家阵营**
▷ 金名

**玩家特长**
▷ 养宠物

>> THE ELVES OF CONTRACT <<

# 离争
## LIZHENG

**姓名**
▷ 保密

**游戏ID**
▷ 离争

**外号**
▷ 男神、美人

**玩家阵营**
▷ 金名

**玩家特长**
▷ 长得帅

▶▶ THE ELVES OF CONTRACT ◀◀

# 鸩鸠
## ZHENJIU

**姓名**
▷ 保密

**游戏 ID**
▷ 鸩鸠

**外号**
▷ 大魔王

**玩家阵营**
▷ 黑名

**玩家特长**
▷ 打架

▶▶ THE ELVES OF CONTRACT ◀◀

有爱的青春陪伴者

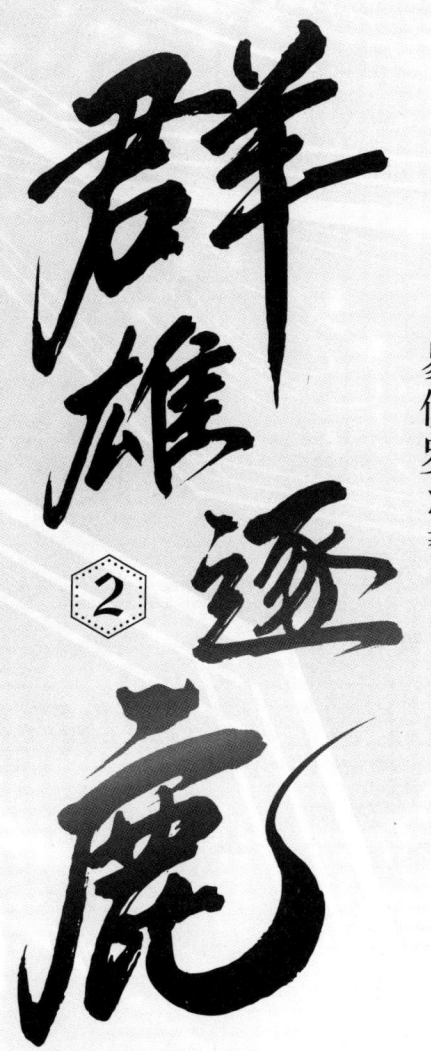

# 群雄逐鹿 2

易修罗 著

广东旅游出版社

中国·广州

图书在版编目（CIP）数据

群雄逐鹿：2 / 易修罗著. — 广州：广东旅游出版社，2022.5
ISBN 978-7-5570-2660-8

Ⅰ. ①群… Ⅱ. ①易… Ⅲ. ①幻想小说—中国—当代 Ⅳ. ①I247.5

中国版本图书馆CIP数据核字（2021）第258663号

# 群雄逐鹿：2
Qun Xiong Zhu Lu : 2

易修罗 / 著

◎出版人：刘志松　◎总策划：苏瑶　◎责任编辑：何方　◎责任技编：冼志良　◎责任校对：李瑞苑　◎策划：廖晓霞　蒋彩霞　◎设计：Insect　Cain酱　◎封面绘制：海里有豆　◎赠品绘制：sparrow

出版发行：广东旅游出版社
地　址：广东省广州市荔湾区沙面北街71号
邮　编：510130
电　话：020-87347732
印　刷：长沙鸿发印务实业有限公司
地　址：长沙黄花工业园三号
邮　编：410105
开　本：889毫米×1194毫米　1/32
印　张：9.5
字　数：344千字
版　次：2022年5月第1版
印　次：2022年5月第1次
定　价：46.00元

版权所有·侵权必究

如本图书印装质量出现问题，请与印刷公司联系调换。联系电话：020-87808715-321

# 目录

**001** ✕ 第一章
一战成名

**029** ✕ 第二章
逃学魔女

**054** ✕ 第三章
你们是来屠龙的吗？勇士

**074** ✕ 第四章
绝地求生存 or 绝地求生子？

**096** ✕ 第五章
清除程序，启动

**118** ✕ 第六章
我想跟你，坦白一件事

**141** ✕ 第七章
君子协议

# 目录

**164** ✕ **第八章**
庄周梦蝶

**187** ✕ **第九章**
我想跟你一起组队做任务!

**205** ✕ **第十章**
就叫……路在何方

**227** ✕ **第十一章**
暴走的雷噜噜

**250** ✕ **第十二章**
我这不是回来了吗?

**267** ✕ **第十三章**
鹿比归来

**286** ✕ **尾声**
走!去蹦极!

# 第一章

## 一战成名

说好的 3V3，不知怎么就变成了 1V2，惨遭抛弃的凌小路，在竞技场上与他的两个对手大眼瞪小眼。

"不是，你们听我说，我们队真的有三个人！"

对手彼此交流了一个眼神，凌小路读懂了，那眼神里清晰地写着"那个人莫不是一个傻子"。

"是真的！那两个人好像没进来，被卡住了！要么就是掉线了！"凌小路在拼命想各种有可能出现的理由。

"我们当然知道是三个人，这里是 3V3 场馆，多一个少一个都进不来。"对面的人抱着关爱小路的心理耐心同他解释。

"啊？真的吗？"凌小路懵懂地问，"那你们的第三个人呢？"

对方叹气："在你后面。"

隐身绕背的刺客瞄准固定靶向凌小路的后背自信出手——这人一点防备没有，在自己的连招攻击下不死也得半残。

只听一声"我走"，偷袭者扑了个空，凌小路从他头顶空翻而过，随后就消失了。

"吓死我了。"消失的凌小路在竞技场的另一边出现，"还好我反应快，不然就被揍了。"

"身手敏捷，看来他不像表面那么傻。"

"你说得对。"

"喂！"凌小路平复了心情，"竞技场里怎么还搞偷袭呢？"

"我收回刚才的话，看来他还是很傻。"

"你说得对。"

狍灰甲战队三人并肩站在了一起。

"开场先做自我介绍，我是狍灰甲之甲！"

"我是狍灰甲之乙！"

"我是狍灰甲之丙！"

凌小路："这么起名也太懒了吧！"

甲问："竞技场本来就允许隐身出场，难道你从没打过竞技场？"

凌小路诚实地回答："我不知道，没人教我。"

对方又叹气："哎，看来你两个隐身的队友是打算拿你献祭了。"

凌小路恍然大悟："原来是隐身了！我说怎么不见了！"

乙皱眉："队友隐身你应该看得到才对，刚才丙绕到你后面我们都看到了。"

"真的？"凌小路四下张望，居然真的在一块巨石上找到了蹲在上面的半透明鸠鸠。

"我找到了！在那里！"他开心地指道。

鸠鸠无奈地摇了摇头。

甲："这人真的是个傻子。"

乙："你说得对。"

丙："多谢你为我们指路，看镖！"

鸠鸠轻轻松松地接住飞镖，透明效果从他身上渐渐消失，现出了实体。

现身后的鸠鸠缓慢站起身，立于巨石之上，面具垂下时闪过一道银光。

甲、乙、丙："……"

场外传来一声凄厉的惨叫："我的钱啊！"

其他人不知是该同情还是幸灾乐祸："赌狗末日。"

"想不到鸠鸠也会来打竞技场，我以为野外都是他的竞技场。"

"今天阴历十五，可能他信佛。"

场上只有凌小路很高兴："我师父呢？他躲去哪儿了，怎么连我也找不着？"

鸠鸠很配合地一指对面的巨石，那里有植被，难怪凌小路一开始没看见。

"师父，我看见你了！看……"他反应过来自己扔没用，提醒丙，"愣着干啥？扔飞镖呀！"

丙认了："我已经一镖飞出个鸠鸠，难不成还能一镖飞出个离争？看镖！"

甲、乙、丙："……"

场外观众颤抖着打开世界频道："快来看啊！离争和鸠鸠组队打竞技场了！"

"什么？！"

"真的吗？"

"不可能吧!"

"哪个馆?我来了!"

凌小路摆出帅气架势:"我们的人也出场了。自我介绍,我是鹿战队之鹿比!"

没人响应。

凌小路自己摆了半天,往东边一指:"那位是鹿战队之……"

"谁用你介绍啊!"狍灰甲三人齐声打断。

凌小路讪讪地收了手:"我以为固定流程呢。"

离争幽幽开口:"徒儿,在竞技场里不仅可以隐身,还可以保持沉默。"

凌小路乖乖闭嘴。

甲摩拳擦掌:"想不到,今天就是我们狍灰甲扬名立万的时刻!出场吧!趴趴熊!"

乙:"没错!只要赢了这一战,我们就将名扬四海!召唤!木木鼠!"

丙:"我们狍灰甲,绝不甘心只做炮灰!看你的了!呆呆猪!"

三只宠物的完全体被放出,个头足有两个人那么高。凌小路欣喜若狂,这不就是他期待已久的宠物对决吗?!

他全身细胞都兴奋起来了:"让我们来决一胜负吧!上吧……我自己!"

甲、乙、丙三人满头雾水。

"我的意思是,你们的水平还不足以让我放出宠物!"

"好大的口气!等着后悔吧!"

三个人不约而同做出进攻的手势,三只巨大的宠物集体扑向凌小路。

紧接着"砰砰砰"三声响,三只宠物接连化作气团消失,狍灰甲全体队员也集体跪了下去。

第一局:鹿战队胜出!

鹿比伤害0 承伤0

离争伤害0 承伤0

鸠鸠伤害100% 承伤0

凌小路惊呆。

鸠鸠轻松落地:"不要在第一层浪费时间。"

离争也附议:"我以为30秒可以结束,没想到徒儿你话这么多。"

"我都还没有动手。"凌小路白白浪费了激情。

鸠鸠安慰他:"没关系,后面有更厉害的对手在等你。"

"这里一共几层?"

"七层,在任何一层失败都会被淘汰,要连赢七场才能拿冠军。"

凌小路斗志满满："知道了！那我们赶紧去第二层吧！"

闻讯而来的观众，集体跑向第二层场馆，生怕去晚了找不到位置。

第二场战斗，鹿战队VS狍灰乙！

对方出场：3人。

我方出场：0人。

"我是狍灰乙之大甲！"

"我是狍灰乙之大乙！"

"我是狍灰乙之大丙！"

凌小路："只是加了个'大'字而已啊！"

"徒儿，吐槽也会解除隐身。"

"师父不是也吐槽我了吗！"

30秒后，战斗结束，鸩鸩依旧占据了全队伤害的100%。

"好久不打，现在低层竞技场水平这么弱了吗？"鸩鸩慵懒的声音暴露出他的不满。

"我们三个人都隐身出场会不会太欺负人了？我看下一层还是不要隐身比较好。"凌小路衷心建议道。

"就听你的。"

匆匆赶来的观众面对空空如也的竞技场："人呢？"

"你们来得太慢了，他们已经升层了！"

第三场战斗，鹿战队VS狍灰丙！

对方出场：3人。

我方出场：3人。

"我是狍灰丙之很甲！"

"我是狍灰丙之很乙！"

"我是狍灰丙之很丙！"

凌小路："跟前面两个完全一样啊！"

很甲："其实看到你们出场的一刹那就知道我们没有胜算！"

很乙："但是我们只是想念完出场白！"

很丙："毕竟这是我们在全剧中唯一一句台词！"

凌小路："你们已经说了两句了！"

狍灰丙战队投降。

凌小路："起码学习一下狍灰甲的斗志呀！"

鸩鸩喟叹："看来不隐身出场也未必好，连个出手的机会都没有。"

观众们再次扑了个空。

第四场战斗，鹿战队 VS 我不信打到第四层我们还是炮灰！

凌小路激动："终于有个不一样的队名了！"

"我是我不信打到第四层我们还是炮灰之非常甲！"

"我是我不信打到第四层我们还是炮灰之非常乙！"

"我是我不信打到第四层我们还是炮灰之非常丙！"

凌小路："这根本还是炮灰吧！"

离争："灭！"

第四局：鹿战队胜出！

"这回真的只有一句台词了啊！"

观众们气喘吁吁地越过第四层，径直跑向第五层："我们就不信这一次还堵不到人！"

第五场战斗，鹿战队 VS 我们不是炮灰！

"我是我们不是炮灰之特别甲！"

"我是我们不是炮灰之特别乙！"

"我是我们不是炮灰之陆尘风！"

凌小路："为什么最后一个画风不一样啊？"

陆尘风缓缓转过身，手中长剑斜斜指向地面，这副嚣张的气焰凌小路总觉得在哪里见过。

"没想到，居然在这里遇到了你们。"

"知道这是谁吗？"特别甲问。

凌小路摇头："不知道。"

特别乙隆重介绍："陆尘风，江湖人称——小离争。"

凌小路不能忍："师父，这个人能交给我吗？"

"随你。"离争冷淡地道。

"那我帮你清除一下障碍。"鸩鸩轻松解决掉了特别甲和特别乙。

竞技场里人死掉后只会屈膝跪在原地，不会变幽灵，不能移动但是能说话，还拥有被复活的机会。

鸩鸩提前警告陆尘风："我小兄弟想拿你练练手，你最好不要打复活队友的主意。有我在，不会让他们起来的。"

特别甲恨道："我就知道叫这个名字不会有好结果！"

特别乙："知足吧，至少你能说三句。"

陆尘风剑在地面一划，从地底钻出一条黑色长蛇，长蛇足有三米多长，盘踞在陆尘风的身后。

"连蛇都要抄我师父的，真不要脸！"

陆尘风冷哼:"我这一条可比离争那条厉害多了!"

"是吗?让我见识见识!"

凌小路双臂一甩亮出两把弯刀,正面出击,陆尘风长剑一竖挡住,三把武器架在一起,发出锐利的嗡鸣声。

"原来是个刺客。"陆尘风了然。

凌小路保持同样的姿势一动不动,陆尘风直觉不对,紧接着背后传来异样。他反应也迅速,飞速转身边后跃边挡掉凌小路三次凌厉的攻势,直到停下来,第一个凌小路的残影才渐渐消失。

"分身术!"

凌小路落地:"嘿嘿,跟鸠鸠学的。"

陆尘风一惊,这声音明明是从后面传来的。

然而为时已晚,凌小路两把弯刀交错挥下:"蚀月斩!"

陆尘风受到重重一击,踉跄着往前跌撞了几步,第二个凌小路的残影也消隐了。

"双重分身术!"他咬着牙说出来。

"怎么样?"凌小路说这话时冲着鸠鸠,"我在你的基础上又改进了一下。"

鸠鸠赞许:"青出于蓝。"

陆尘风收起狼狈:"雕虫小技,故弄玄虚。"

"你说得对,"凌小路坦然承认,"我的这些雕虫小技从来骗不到我师父。"

陆尘风继续咬牙,却又无可奈何。

"既然这样,我也要使出全力了。"

"好期待呀。"

"你就准备这样跟我单打独斗吗?"

凌小路轻蔑一笑:"你还不配让我放宠物。"

陆尘风被轻视了,心头火气更盛。

"那就不要怪我胜之不武!"

他长剑一指,黑蛇张开血盆大口冲向凌小路。毕竟体型巨大,凌小路不敢轻敌,借助场地内的各种障碍东躲西闪,想观察出它的破绽。

陆尘风冷笑:"该轮到你吃苦头了。"

他掂起剑诀:"斩!"

凌小路条件反射地使出了防御技能,身体周围布满刀光构成的屏障:"墙来!"

预想中的冰锥却没有出现。

"哈哈!"陆尘风嘲笑道,"离争的'斩'是冰锥术,你以为我的'斩'

也是冰锥术吗？不好意思，这只是一个破防技能而已，如果你不是对离争太熟悉，还不会上我的当。"

凌小路没想到自己会被他骗去了大招，他会的防御技能不多，只有这个是保命用的。

"抄袭狗。"他低低骂了一声。

一直在场边观战的离争出口指点："徒儿，不要被口令干扰，更不要被外表迷惑。"

凌小路闻言皱起眉，不要被口令干扰他已经懂了，不要被外表迷惑又是什么意思？难道说的是那条大蛇？

陆尘风长剑横举："这才是我的冰锥术——破！"

凌小路后空翻，土遁接隐身跳到黑蛇上方，用尽全力砍下去："蚀月斩！"

黑蛇被拦腰切成了两截，重重地落在地上。

"这就是你所谓比我师父的蛇还厉害的宠物？"紧跟着落地的凌小路摇头，"简直不堪一击。"

"是吗？"陆尘风不见沮丧，"你还没有见到它的真本领呢。"

两个半截蛇身在地上动了动，长出了新的头尾，重新变成了两条蛇。

凌小路疑惑。

他不服气再斩，两条蛇变成了四条，他终于看出哪里不对了。

"我的天！这哪里是蛇？这根本就是蚯蚓吧！"

陆尘风得意："你终于发现了，可惜你发现得太晚了。"

四条蚯蚓从东南西北四个方向，张着四个血盆大口，齐刷刷地冲向凌小路。陆尘风安心收起剑，等待击杀消息跳出。

"雾来！"

他失去了视野，但对对方这种垂死挣扎不以为然。他的蚯蚓夹击是全方位不留死角的，凌小路根本没有任何存活的机会。

要说遗憾，就是不能亲眼看到他是如何成为尸体的吧。

雾气渐渐散去，陆尘风满心以为会见到一个半跪在地上的凌小路，然而见到的却是散落一地的蚯蚓肢体。

"看来你的蚯蚓也不是切成多少段都能活嘛。"凌小路假装吹了吹弯刀的锋刃。

陆尘风大骇："你、你是怎么做到的？"

"这个嘛，"凌小路抬起眼皮望了望天，"是个秘密。"

外场一片喧哗，他们都是赶来看离争与鸠鸠的，没想到鹿比本人也深藏不露。

"鹿战队十拿九稳是本场冠军了吧。"

"可惜赔率太低，根本没有人想去押对面。"

"加油啊小鹿比！我们去第六层等你！"

"快走！我要去占黄金位置！"

凌小路摆出终结者的姿态，仿佛压根儿没有把对手放在眼里。

"师父，第五层也很无聊，我们去第六层吧。"

"嗯。"离争淡淡应道。

"第六层不要打 1V1 了，我们打 3V3 行吗？"

"行。"

陆尘风气急败坏："我还没输呢！"

"我这就送你下去。"凌小路高喝，"灭！"

陆尘风下意识地开启了防御技，却什么也没有防到。

凌小路神出鬼没地出现在他身边，咧嘴坏笑："多谢你也这么了解我师父，可惜我的'灭'什么都不是，我就是说着玩玩。"

陆尘风无语。

"吞日斩！"

第五局：鹿战队胜出！

第六层比赛场馆挤满了观众，晚来一步的人就只能留在大厅看直播。

然而鹿战队这组由于一路晋级得太快，必须在备战区等候其他队伍结束战斗，来得早的观众也只能对着无人的竞技场虚空助威。

凌小路隔着玻璃窗被人山人海的观赛席吓到，说："原来前五层和第六层的差别这么大吗？"

"前五层可以靠抽签运气混上去，但是能上第六层的队伍，多少都有些实力。"鸩鸩的口吻一反先前的慵懒，显而易见地认真起来，"从这里开始要当心了。"

"什么？难道我从第一层开始就很当心是完全多余的吗？"

离争冷冷地插话："当心的意思，是当队友隐身的时候，不要随便暴露对方的走位。你知道什么叫视线暴点吗？"

"不知道。"

"有经验的对手，可以通过你的视线判断出你的队友隐身在什么位置。"

离争给了鸩鸩一个眼神："示范一下。"

鸩鸩的实体渐渐消失，不过并没有完全消失在凌小路的视野里，他还是看得到鸩鸩。

他想起离争的话,立刻收回视线,认真与其对视,刻意忽略鸠鸠的存在。

半透明化的鸠鸠,在离争身后没有规律地走来走去。

鸠鸠突然做了一个手势,凌小路下意识眼神游离了刹那,离争左手朝斜后方光速一挥:"那边!"

一团空气弹直直穿过鸠鸠身体,在墙上砸出一个小坑。

"看到了吗?哪怕你有一瞬间的分心,都会被人捕捉到破绽。"

凌小路还想狡辩:"但是他动了。"

"动,可能是他要起手,或是在向你打信号,指挥下一步的行动。队友的动作也很重要,因为要打配合,你不能忽略他。既要装作看不见,又不能完全看不见。"

"这也太难了吧!"

"对于缺乏经验的人来说确实很难。"鸠鸠安慰他,"所以个人实力再强的队伍,也要经过长时间的磨合,才能达到队员之间拥有绝对默契的程度。你即使做不到这一点,也不必感到有压力。"

凌小路点头正色:"我会努力不拖你和师父后腿的!"

鸠鸠摸摸他的头:"放轻松,进场后看我眼色行事。"

"嗯……可是我看不到啊!"

鸠鸠手上动作一顿:"看我手势行事。"

离争道:"听我口令行事。"

"那师父能多说一点吗?"

"不。"

凌小路绝望:"我还是自己观察局势吧。"

终于所有的队伍都比完了,第六场抽签结果出来,鹿战队即将对阵的是匡扶正教队。

凌小路生出久违的感动:"打了这么久终于遇到个正常的队名了。"

鸠鸠:"我隐身从边缘绕过去,看有没有办法开局带走一个。如果对面也隐身,你们要当心。"

"明白!我帮你牵制他们的注意力!"

凌小路活动活动腕关节,阔步踏入人声鼎沸的竞技场。

"鹿战队!鹿战队!鹿战队!"

加油声整齐划一、震耳欲聋。

就是这种感觉,凌小路闭起眼睛享受着,这就是他玩游戏的初心,站在视线聚焦的中心,听世界为他喝彩。

如今,初心不改,项圈仍在。凌家小路,梦碎一地。

欢呼声出现了波动,对手似乎登场了,现场人声混乱。来的是什么人这么有魅力,能让半数人集体倒戈?

凌小路将眼睛缓慢睁开一条缝,待看清 ID 之后,瞬间梦醒。

"姐姐?!"

嵇晴一副连续作战、风尘仆仆的样子:"终于在这一层狙击到你们了,如果再碰不到,我也没有自信能晋级到顶层。"

与嵇晴形影不离的初芽穿的是中国娃娃小旗袍——从凌小路认识她第一天起,她身上的时装就没有重样过。

"初芽今天的衣服好可爱。"

初芽不接受他的吹捧:"你把我夸上天也不会阻止我匡扶正教的决心,我来这里就是想告诉你们,邪教没有好下场。"

第三个出现在这里的人就更诡异了。

"南薰?!"

南薰连忙摆手:"啊呀,姐姐们太厉害了,我什么都没做,就被一路带躺到这里,我这就乖乖蹲好。"

说罢,她真的老老实实跑到角落坐下来,摆出一副乖巧模样。

嵇晴勾唇道:"是我们运气好,一路抽签遇到的都是炮灰。"

"巧了姐姐,我们也是。"他看到隐身摸过去的鸩鸠又隐身退了回来,不知道该装没看到还是看得到。

"真的要跟姐姐们动手吗?我们三打二,会不会不太公平?"

"没关系,我们本来也没把你当人。"初芽说。

"什么?!"

"不是,我是说,本来也没把你当敌人,"她强行解释,"小鹿比是我们这边的人。"

"……"

"就当是切磋,不要有压力。"嵇晴一点都不像身处劣势的那一方,反过来鼓励凌小路。

凌小路:我的压力来源于不好意思动手!

鸩鸠主动现身,摆明不想占对面便宜。

"我不用宠物。"他驱散一身乌鸦,鸦群哗啦啦落满了房檐。

凌小路立刻从善如流:"我也不用宠物。"

太好了,他正愁不知道该怎么想借口一直封印风息翼龙。

离争:"我用。"

他手一伸,云狐跳到了场中央,追着自己的尾巴转了两圈,又坐在地上用

后爪挠耳朵。

"好可爱呀。"

"想摸。"

刚才还喊着要匡扶正教的初芽和乖巧躲在角落的南薰居然同时蹲在了场地中央,憧憬地盯着地上的白毛团。

凌小路:……一只狐狸收买了对面两个,果然心机还是师父深。

嵇晴:"咳!"

初芽瞬间归位:"区区狐狸又如何迷惑得了我?"

南薰也乖乖回到了角落……怀里还抱着毛茸茸的云狐。

嵇晴一弹指,空气中无数金线缠绕,发出的光芒璀璨耀眼,最后竟然汇聚成了一只焕彩夺目的金光凤凰。

凌小路疑惑,怎么可以同时带出场两个"宠物"呢?

只见嵇晴双臂交叉,复又张开,凤凰化作悬浮在她胸前的一柄圣剑,剑身流动的炫光如同燃烧的白金火焰。嵇晴握住剑柄,仿佛在将它从看不见的剑鞘中缓缓拔出,最后双手握剑斜持在身前,宛如天宫下凡的女战神,英姿飒爽,顾盼生辉。

仅仅是一个亮剑的动作就点燃了全场的热情,观众们齐声高呼"大小姐"的名号,凌小路似乎明白了嵇晴的高人气从何而来,不仅仅是特殊的身份,也不是姣好面容或凹凸有致的完美身材,而是她只要站在那里就有一种万众瞩目的气质。如此魅力四射的大小姐,试问有谁舍得对其动手?

离争:"降!"

"师父,你也太不怜香惜玉了吧!"

嵇晴将圣剑向天上一抛,剑横在半空中飞速地旋转起来,运动的残影形成一道保护伞,将离争降下的漫天冰凌切割成细碎冰碴,高速溅射往四面八方,个别甚至擦着凌小路肌肤而过,宛如狂风卷起的沙砾在脸上切割。

初芽也行动了,她手中变出一把琵琶,这乐器与她今天的服饰搭配绝佳。她微微垂下头,手掌微张,五指渐渐"长"出了长长的指甲,长度足以媲美鸩鸩夺命的手套。初芽五指一拨,琵琶发出银瓶乍破的激昂之音,拳头大小的光球飞出去,注入嵇晴的圣剑之中。伴随着她的拢捻抹挑,大大小小的光球带着长长的拖尾,争先恐后地飞向圣剑,耗尽光芒为其灌注力量。

嵇晴的武器看上去比初次亮相时又强化了不少,她在剑身重铸完成后单手接住,又重重插向地面,另一只手叉在腰处,言语间充满挑衅:"离争,有我嵇晴在这里,怎能容许你的冰雪造次。"

离争不慌不忙,没有银蛇化的武器,用两指拈成剑诀:"结!"

冰面以他站立点为圆心光速蔓延，强大的寒力使沿途接触到的所有障碍——乱石、阶梯、植被，无一不被冻成晶莹冰块。

嵇晴岂能示弱，剑指苍穹，抛向半空："冰雪消融！"

圣剑在空中剧烈震动着，发出耀眼灼目的万丈光芒，冰面蔓延的速度延缓下来了，两股截然不同的元素力量在做着对抗。

凌小路见状，果断选择助离争一臂之力。他单手按上冰面："冰来！"

寒冰的力量占了上风，嵇晴表情有片刻的诧异："小鹿比，技能学得很杂啊。"

凌小路不好意思地挠挠头："技多不压身嘛。"

悬挂于头顶的巨剑突然发生大幅度地波动，失控地闪了闪，紧接着旋转从空中坠落。与剑身同步落地的是一抹黑烟，那黑烟先是化作鸠鸠的一部分，随着他完全落地后，身后的黑烟才逐渐凝聚出完整的身形。

离争二指一竖，开始法术吟唱，嵇晴脚尖一挑，圣剑从地面飞向她手中，唰唰两剑，凤凰光影笔直冲向离争。

"有凤来仪！"

凌小路还谨记着要保护离争施法不被打断的教诲，一个侧空翻稳稳落在离争身前："墙来！"

凤凰撞上刀墙，齐齐湮灭。离争的吟唱也到了尾声："斩！"

巨大冰锥刺向初芽，嵇晴飞身回救，却被地面冰雪阻碍了速度，鸠鸠完美回头将其拦截，初芽的琵琶被击得粉碎。

"徒儿，现在。"

鸠鸠缠住了嵇晴，初芽孤立无援，凌小路秒懂离争的意思，他亮出弯刀，借助冰面向初芽滑去。

初芽脆生生的一声"哼"，弃掉手中残骸，优雅地转了一圈，单脚脚尖虚点地面。

她在转过身时，手中已多了一把笛子。她将笛子放于嘴边，轻轻吹响，笛声悠扬，径直传入凌小路耳中。

凌小路突然手脚发软："啊，我没有力气了。"他双手虚脱垂下，两把弯刀险些落地。

鸠鸠的动作也因笛声有了明显的停滞，嵇晴趁机用技能将他推开，并赠送光剑三连："急流勇退！光阴似箭！"

凌小路中了无力的debuff（损害性效果），居然还有力气在心里吐槽：不错，这姐弟俩可以用技能玩成语接龙。

离争离得远，受影响最小，长袖在空中一划："散！"

凌小路一个跟头原地复活，继续朝初芽发起攻势，嵇晴也同时回头将目标换成他，圣剑脱手。

这可是被初芽强化过的武器，凌小路估摸着被它碰到不死也要半残。眼见圣剑即将刺中自己，凌小路不得不使出家本领，双手向后一翻扶地，身体后仰成弓形，圣剑贴着他腹部将将擦过，扎在远处的冰面上。

初芽"哇"了出来："小鹿比，这个下腰可以，身体柔软得很嘛。"

"……"凌小路其实不愿意暴露他舞蹈基本功是在芭蕾班学的，因为这些动作有点娘气，不符合他威武的男性气概。

"初芽。"

"啊？"

他用手掌遮住嘴，在她耳边轻语："你秃了。"

"……"

"啊！我不听我不听我不听！"初芽扔掉笛子，捂住耳朵，发出尖叫，在场内狂奔，连嵇晴都看愣住了。

"你跟她说了什么？"

凌小路望天："大概是天底下女生都不爱听的话。"

初芽绕场一周回来了，咬牙切齿："小鹿比！我今天绝不会放过你！"

她手一划，一把古筝于半空悬浮现身。

"你到底有多少种乐器啊？！"

"这首是我送你的挽歌！《威风堂堂》！"

凌小路惊了。

离争完成了最后一秒的技能吟唱："裂！"

冻结的冰面四分五裂，嵇晴和初芽都因强烈的地面震动失去了身体平衡，裂开的冰面露出深不见底的地缝。

"哇啊！姐姐救我！"初芽害怕得尖叫起来，一道金光闪过，将她安全地带离地面。两个人紧拥着旋转消失，飘落满地樱花花瓣。

"这就传送走了？"凌小路还有些遗憾，"歌我还没听呢。"

嵇晴带着初芽在南薰身边安全的地方落了地，内场观众南薰为对手鼓掌喝彩："鹿比哥哥好棒。"

凌小路望过去，吓了一大跳，在离南薰不远的外场前排看台上，窦寇亲自举着硕大的灯牌，在为南薰加油助威。

"窦渣？"凌小路声音里充满了难以置信的情绪。

窦寇根本不在意谁输谁赢，他的注意力都放在南薰身上。

"小南薰，虽然你什么也没做，但依然很棒！你喜欢狐狸吗？我带你去抓一只好不好？"

"打得不错，我们认输。"嵇晴与初芽分开，大方地祝贺对手。

"小鹿比，等回到家族领地，我再专门弹给你听。"

"好呀！"凌小路开心地应下来。

"虽然你们赢了，但我还是要提醒你们一句，"嵇晴意有所指地看着离争，"我候场时遇见了很棘手的对手。下一场，你们可要当心了。"

离争纤长的睫毛垂下，不知有没有将嵇晴的警告放在心上。

凌小路替他回："放心吧姐姐，没有我师父打不过的对手，况且还有鸩鸠和我呢。"

嵇晴微微颔首："祝你们好运。"

匡扶正教战队投降。

第六局：鹿战队胜出！

"不知道下一局会遇到谁呢？"凌小路传送回备战区，充满好奇，"师父，姐姐所谓的棘手对象，你心中有可疑人选吗？"

"急什么，"离争依然淡定，似乎任何对手都不会左右到他的情绪，"下一场马上开始。"

他说得没错，鹿战队只有60秒的休息时间，紧接着就要进入决赛，这说明对手比他们更早结束第六层的战斗，不知何时便在备战区好整以暇地等待他们了。

凌小路摸着自己的胸口，扑通扑通，居然罕见地有些紧张。

鸩鸠猜到他的心思："不必紧张，我们初次挑战，这个成绩已经足够好，即使输了也无妨。"

"师父呢？师父也是这么想的吗？"凌小路无不担忧地看向离争，"要是输了，不会罚我回去种地吧？"

"赢了，"离争冰魄般的眼神扫过来，"难道就可以不种吗？"

"……"

凌小路心想：我就多余问！

顶层不同于其他六层，为全敞开式露天竞技场，能够容纳更多的场外观众，现场还配有专业解说，正式程度不亚于任何一场官方赛事。但像今天这样的满座盛况，也是相对罕见。

解说激情洋溢地介绍成功打上最后一层的选手：

"即将从东门出场的是这赛季第一次参赛、新鲜注册的队伍——鹿战队！虽然你对这个队名感到陌生，但你一定会惊讶于它的成员构成，他们是——全大陆人气值高到逆天的男神离争！令所有人闻风丧胆的大魔王鸩鸠！以及新晋

出名的,可能是拥有最强手气的'欧皇'鹿比!他今天会为我们展示那条全服独一无二的风息翼龙吗?我个人非常期待!"

决赛的规则与先前不同,两边必须按顺序轮流入场,等待比赛开始后,才允许进入隐身形态。

鹿战队率先登场,铺天盖地传来的呐喊声,足以将他们淹没。

"师父,你参加的那个什么风云赛,也是像现在一样吗?"

"这也好意思叫比赛?"离争摆明没有将竞技馆内的比赛放在眼里。

鸩鸩也笑道:"风云赛是每年最隆重的官方赛事,光场地就比这里大上数倍,而且全服直播。"

凌小路幻想那壮观的场面,叹气:"哎,好想体验一下。"

解说的腔调又拔高了一度:"接下来从西门出场的队伍想必长期关注竞技场的观众不会陌生。他们就是,常年制霸第七层的金牌战队——半!刻!钟!这个队名的意思是,他们的对手,从来活不过半刻钟!"

离争身子轻微一震,缓缓抬起眼。

决赛局的对手向他们款款走来,当中一人率先开口。

"离争,好久不见。"

"不对,应该说是,手下败将才对。"

离争沉默。

凌小路惊讶地发现自己的袖口衣角被风吹动起来,明明刚刚场上还风平浪静,怎么突然起风了?

"奇怪,哪儿来的风啊?师——"

他话到一半,戛然而止。

疾风环绕着离争,卷着发梢与衣袂在风中劲舞。在他身后,盘踞着三层楼高的巨型白蛇,光是嘴里吐出的红信子,都足足有一米长。这是凌小路第一次见到离争放出宠物的完全体,山寨离争的蚯蚓与它根本没有可比性。

离争眼神冰冷,比凌小路见过任何时候的他更冷。在这样的凛冽寒风中,吐出的话也字句如刀割。

"戴面具的。"

鸩鸩微微侧头。

"这一局若是输了,我亲手送你去坐牢。"

凌小路清晰地听到,从鸩鸩面具下传来一声轻笑。

"离争,你的私人恩怨,为何还要牵连别人?"

话虽这样说,但凌小路亲眼看见解放出完全体的乌鸦在鸩鸩身后嘶叫着展开双翼,鸩鸩的鸦群平素就总能让人与悲凉孤凄联想在一起,放大成完全体后更是能散发出代表死亡的骇意。

一边是巨大的白蛇，一边是巨大的乌鸦，只剩凌小路"孤家寡人"，会不会显得不太合群？

凌小路也有苦衷，没有凌龙在的风息翼龙没有灵魂，容易被识破。可是把凌龙叫来，它扭头一看身边杵着几丈高的乌鸦，会不会被吓得当场"凌"魂出窍？

对面似乎跟他想到了一起。

"能得到这么严阵以待的迎接我很荣幸，不过相比之下我更想瞻仰全服唯一一条风息翼龙的风采。听说这位……鹿比，是风息翼龙的主人，能不能让我一开眼界呢？"

离争极少抢着说话，但他这一次先于凌小路开口："你还不值得让我徒儿放出宠物。"

凌小路心想：……这个人不简单啊，都能让师父抢我的台词了！

对面的人邪气一笑："看不出来，徒弟比师父还托大。也行，那就让我亲手把它打出来。"他自信满满地一挥手中的武器，那是一把造型恐怖的战斧，连接处雕刻着大大小小的骷髅。

"喔——哦——"这一声夸张的长叫来自现场解说，"真是火药味浓重！两队还没交手，我已经看到了现场的火光四溢！让我们继续刚才未完成的介绍——半刻钟的坦克——岩龟！这个名字曾经是对手给他起的外号，意思是他像岩龟那样硬不可摧！后来他就改了名字，没有人记得他曾经叫什么，只知道他拥有着一夫当关、万夫莫开的惊人防御能力！"

解说在激情四射地介绍对面选手，鸠鸠也在小声提点凌小路："这个人是游戏里极少数完全舍弃了攻击和敏捷属性、唯独强化血量和防御的坦克。他攻击你或许不疼，但你的攻击对他来说只能算抚摸。他是这个战队的第一堵墙，你想攻击另外两个人，必须穿透这堵难打的墙才行。"

"那么绕过他不就可以了吗？"凌小路天真地问。

"很难。"

连鸠鸠都说难，凌小路就更想挑战一下。

"接下来的这一位美丽的青媚，是《精灵契约》史上第一位成功佩戴项圈的玩家，也是游戏内第一位人系战宠！当年她的出现在全服引起轰动，并很幸运地在所有追求者中选择了最适合她的一位，也就是她身边这位英勇威武的金名！"

鸠鸠的声音不知为何听起来有些幸灾乐祸："这就是当年看上你师父，你师父又看不上的粉名。"

"哈？"这里面还有一段历史悬案呢？

"那她就不算是幸运地选择了最适合的一位,而是不得不退而求其次。"

"你师父看不上的人多了,不过只有这位是个烈性情,被拒绝后扬言只与能打败他的金名绑定。"

"能打败我师父的人?不可能!"凌小路对于离争的实力盲目崇拜。

"之前不一定,但有了一心想打败他的人辅佐,就不好说了。"

"我从不知道杀手也会这么八卦。"另一边的离争寒声道。

鸠鸠声音中的笑意更重了:"杀手收割之余也会找点乐子的。"

凌小路当然要为离争说话:"我师父可不是随随便便的人,他挑选粉名条件很多,要防御或敏捷型的近战,要眼缘合性格合三观合,要会种地会喂宠物会布置院子……"

离争瞥了他一眼:"你记得还挺清楚。"

鸠鸠嗤笑:"听起来可不像挑选粉名条件,该不是把择偶条件也加进去了吧?"

"也不怪我师父这么想,毕竟金名跟宠物只要上线就在一起,身边位置就那么多,有了这个就容不下别的了。"凌小路脱口而出,半天后才"咦"了一声,这话怎么好像在哪里听过?

"族长!加油!"看台上传来熟悉的声音。

凌小路循声望去,看到了411。

411与凌小路视线相对,兴奋地挥舞着鹿透社的横幅:"族长!我们都来给你加油了!"

凌小路朝他身边看去,家族里的成员果然悉数到场,包括同样很兴奋的常欢禧和永远面乏表情的零,匡扶正教三人组。再往远处看,南薰的左手边居然是窦寇和窦泥湾的族员,以他们跟鸠鸠的过节来看,想必是来为对面加油的。

在常欢禧和嵇晴中间,端坐着面色不善的嵇蒙,他揣起双臂,两条大长腿又得很开,恨不得一个人占两个人的位置。周围的观众不是兴奋就是雀跃,嵇蒙的臭脸显得有些格格不入。

凌小路不知道他一个人又在生什么闷气。嵇蒙的性格就是很容易发脾气,但在凌小路看来也很好哄。他遥遥地朝嵇蒙摆摆手,果不其然看到对方脸上的表情发生了些许的变化。嵇蒙欲盖弥彰地把脸别开,但没过两秒又转了回来。

"我的灯牌呢?"凌小路喊着问。

观众席太嘈杂,嵇蒙只看得见他动嘴,根本听不清内容,露出疑惑的表情。

凌小路做了一个举灯牌的动作,又指指411。

嵇蒙居然看懂了,狠狠地回了他两个字的口型:做梦!

嵇蒙回什么不重要,但凌小路知道至少这会儿他不生气了,隔空展露笑颜,嵇蒙再一次把头扭了过去。

解说的介绍不知道为什么这么长，还停留在半刻钟的队长身上。

"弑拔，游戏中实力最强的金名之一，自从契约了粉名，在全服几乎再无对手。上届风云赛，二人联手在决赛上击败离争，夺得冠军！这样说起来，虽说鹿战队是才注册半天的新战队，但两队成员渊源已久，可以说是狭路相逢！想不到我们竟然可以在竞技场的舞台上，一睹去年的全服冠亚军再次对决！"

凌小路嘴巴张得能放下灯泡："原来他就是那个打败过我师父的人！"

"是侥幸打败。"离争目不转睛地盯着弑拔，口中纠正。

鸠鸠难得同他意见一致："我看了决赛，两个人的优势，确实比一个人要大得多。"

凌小路为离争鸣不平："如果我师父也有粉名，他们肯定不是对手。"

"嗯……也许吧。"鸠鸠短暂思索后给出了模棱两可的答案。

一声巨响打断了他们的对话，岩龟重重地跳到了场地中央，拳头往地上一砸，地面多了一大一小两个坑。

他召唤出的宠物岩龟在空中飞速旋转着，最终变成一个圆形坚固的盾，被他抄在手里挡在身前。

"比赛开始了！"解说激动地宣布，"岩龟挡在了前面，鹿战队能穿过这第一堵墙吗？"

鸠鸠消失了，凌小路也想效仿，却被离争阻止。

"让他去，你不要试图绕后，那两个人很危险。"

"知道了，那我来牵制这个龟龟。"

"小心。"

"鹿比突进了！想不到鹿战队最先出手的会是鹿比！他想如何应对岩龟铜墙铁壁般的防守呢？！"

凌小路"唰唰唰"三刀砍下去，对方躲都没躲，硬生生挨了这三刀，生命值连续跳了三次"-1"。

"喔，果然很硬！"凌小路相信鸠鸠所说的了。

岩龟举盾往前方平挥，凌小路轻轻跳起躲掉。在凌小路眼里，他的动作很慢，很容易躲避。两个人就这样互相攻击了七八个回合，凌小路打不动他，他也打不着凌小路。

"鹿比的动作很敏捷，可反观他也无法对岩龟造成任何伤害，两个人除了拖延时间外没有任何意义！鸠鸠至今还没有现身，他们的战术会不会是让鹿比引开岩龟的注意力，鸠鸠趁机绕背偷袭？这也是最合理的战术，可他的目标会是谁呢？"

凌小路躲掉岩龟的又一次盾击，没忍住往弑拔的身后快速瞟了一眼，露出几分惊喜。

这个动作被大屏幕捕捉到，自然也逃不过岩龟的视线，他用力向斜后方一甩，手中的龟盾旋转着飞了出去，直击凌小路瞥过的方向。

"鹿比视线暴点了！他犯了一个每个新手都会犯的错误，他暴露了队友的位置！绕后的鸤鸠很可能会因为他的失误受到重创！弑拔也出手了，鸤鸠能否在两个人的攻击下全身而退……等等！"

岩龟的飞盾、弑拔的战斧统统打了个空，在全场注意力都被引到弑拔身后时，鸤鸠悄无声息地在青媚背后现身。

"鸤鸠的目标是青媚！鹿比故意向对手提供了错误的位置，这个竞技场新手成功地骗到了现场所有的人！鸤鸠控住了青媚，离争的法术来得恰到好处，这两个人的联手爆发足以秒掉一个脆皮，青媚会成为整场比赛中第一个献祭的人吗……岩龟！岩龟光速跳过来替她挡掉了所有的伤害！第一堵墙名不虚传，只要有他在，休想对他的队友造成一点伤害！"

鸤鸠和离争的爆发技能全部打在了岩龟身上，磨去他三分之一的血量。这个伤害已然很恐怖，凌小路对他的皮糙肉厚有了新的认知。

弑拔挥起战斧，鸤鸠退到凌小路身边将他往后一推："保护你师父。"

凌小路会意，将弑拔拦在前进的途中。他们队没有坦克，对上弑拔这种强攻的近战很吃亏，所以更要护住离争这个伤害力最高的点，让他可以无顾虑地输出。

弑拔完全没有把凌小路放在眼里，试图用战斧劝退，没想到尽数被凌小路躲掉不说，反倒挨了对方一次重击。他不得不缓下攻势，重新审视面前这个他眼里不自量力的新手。

"你刚才侥幸骗了我们一次，但这种小伎俩也只能成功一次而已，算不得什么。"

"真的吗？"凌小路居然当着他的面再度上演了一次"视线暴点"，这一次他演得更刻意，视线在弑拔身后停留得更久，全场人都看得出来他在演了。

弑拔愠火暗生："你当我是傻子吗？这样的当也会上？"

从隐身中现形的鸤鸠完美地送了喋喋不休的弑拔一套连招，连远处的岩龟都没反应过来，未能及时支援到场。

"干得不错。"一击得手的鸤鸠退开时顺便表扬了凌小路。

凌小路则对弑拔欠揍地比了个"二"："成功两次了。"

看台上的411兴奋地跳了起来："族长你太机智了！"

常欢禧花钱现场定制了个灯牌，高举在手里：鹿比Fighting（加油）！

嵇蒙在鸩鸠偷袭得手的一瞬间举了下拳头，又快速放下去，除了离他最近的嵇晴谁也没看到。

"想加油就大方点嘛。"

嵇蒙别扭地把手放到后面去："谁想给他加油了。"

"不想加油，难道想跟他一起上场比赛？"

嵇蒙被戳中了，不言语。

常欢禧偏偏听到了，扭头加入群聊："怎么，嵇蒙也想跟小鹿比赛？这个简单，让我教你——'我想跟你一起组队打竞技……'"

"住嘴吧你！"嵇蒙没好气地打断他。

"怎么了？上次我教你做任务那招不好用吗？"

常欢禧莫名其妙，转头对零尝试："阿零，我想跟你一起组队打竞技场。"

"好。"

"看，多简单啊？"

嵇蒙装作没听到。

嵇晴对着傲娇的嵇蒙，心里无奈地叹了口气，有这么蠢的弟弟，匡扶正教希望渺茫。

解说的声音回响在竞技场上空："鹿比再一次利用自己的初学者身份让弑拔上当了，半刻钟不应该这么轻敌呀！目前鹿战队暂时领先，但局势对于他们并不乐观，因为迄今为止半刻钟并未真正地出手过！不过鹿比看起来已经成功惹恼了弑拔，在新人身上连栽两次，这位实力战将现在必定很愤怒吧！接下来双方都不会再保存实力，比赛会变得更加精彩！"

赛场上，弑拔额角青筋暴跳，片刻后直起身子，身上冒出黑烟。

"看来是我小瞧你了。"

离争的大蛇从天而降，正中弑拔所站的位置，强烈的震动伴随着巨响，碎石飞溅，鸩鸠的乌鸦也在空中盘旋，时刻找机会加入战局。

凌小路后跳避开撞击，抬头发现弑拔飞到了空中，青媚也同他在一起。

"家人们不要玩了，认真起来吧，让这两个新来的，也品尝一次离争尝过的败果。"

凌小路发现弑拔这个人，就是喜欢将离争的失败挂在嘴边，反复以此来攻击他，难怪离争对他有不寻常的反应。

若是有人故意频频戳他的痛处，他也会觉得那人面目可憎。

离争性情高冷，不屑与这种人还嘴，他凌小路可就不一样了。

"天上的那位，不过是二打一侥幸赢了我师父一次，值得这样反复吹嘘吗？"

弑拔冷笑:"你师父原本有机会成为那个二的,是他自己不要。"

"你不是应该庆幸他不要吗?不然的话也轮不到你呀。"

观众们看热闹不嫌事大地怪叫,解说也惊叹于凌小路的勇气。

"弑拔虽说是全服第一个拥有粉名的金名,但他最介意别人提及他们之间这段恩怨,这句话对于弑拔可以说是禁语一般的存在。没想到鹿比竟敢在大庭广众之下公然嘲讽对方的心结,不愧是初生牛犊不怕虎啊!"

弑拔的脸色显著变黑。

"你很有勇气。"他的声音恐怖。

青媚伸手去拉他:"不要被他干扰。"

弑拔却反应强烈地将胳膊抽回,不肯与她发生身体接触:"但是他说的是事实!"

凌小路手里就差一包瓜子:哇,这是什么大型吃醋现场?

青媚性情也烈,一次被甩开,再不肯服软:"就算是,也过去这么久了,你有必要一直耿耿于怀吗?"

"究竟是谁耿耿于怀?你为什么一定要我洗成土属性,为什么一定要我养凤仙花,不就是为了克制离争吗?明明对手那么多,你为什么只刻意针对他一个?"

弑拔愤愤一甩,数十米高的凤仙花拔地而起。

离争的白蛇如临大敌,赤红的信子一伸一缩,发出恐怖的嘶嘶声。

凌小路有些看不懂:"为什么他既能带粉名战斗,又能带别的战斗宠物?"

"竞技场里粉名算独立的选手,所以金名可以额外带一只战宠,你忘记初晴的凤凰了?"鸠鸠也退下来吃瓜……不,是围观敌人内讧。

凌小路恍然大悟,更重要的是弄懂了一个世纪难题——他只能去1V1对战馆,不能去宠物对战馆,没机会跟雷噜噜一决胜负实属有点可惜。

青媚被一连串的逼问问到哑口无言,将怒火转移到罪魁祸首身上。

"你哑巴师父都教不会你闭嘴,不如我来替他教育你。"

她飞身下来,被离争用冰柱拦截:"我的徒弟,不需要别人教育。"

鸠鸠跳入场地,与青媚缠斗在一处。两个人眨眼间交换了十余个技能,空气中尽是兵器相接的嗡鸣声,炫杂的光影效果晃花了凌小路的眼。凌小路初见青媚穿着单薄妖娆,以为她是防御偏低的远程,不承想也是近战,半刻钟竟然是传说中的菜刀队。

凌小路边马不停蹄地往武器上打磨刀石,边说话分散青媚的注意力。

"我师父在我面前很健谈,你叫他哑巴,是不是因为他没话跟你说?"

青媚激战中还有空回嘴:"离争健谈?你在说梦话!"

好吧，这话凌小路自己也不信。

"那你知道他找粉名有三大条件吗？我很好奇你是在哪个环节被刷下来的……"

岩龟也紧跟着入场，凌小路见鸩鸩一打二，扔掉磨刀石加入战局。鸩鸩的乌鸦，以及岩龟的岩龟，四个人两只宠物的华丽对战，看台观众看得应接不暇，向来以语速快著称的解说也只能偶尔跟上他们的节奏。

"不愧为有大魔王之称的鸩鸩，摄像头在场上已经很难捕捉到他的身影了！他的技能链行云流水、毫无破绽，堪称完美的刺客教科书级操作！大魔王的统治力不止在野外！我想象不出来半刻钟要如何与一团虚无缥缈的黑烟作战！

"鹿比这位新人，不，这位新秀！从开局到现在向我们展现了他过人的机智和无穷的潜力！他拥有着出乎常人的敏捷度和柔韧性，这弥补了他装备等级上的不足！假以时日，必将成为令所有PVP爱好者感到棘手的对手！

"可惜他们面对的对手是岩龟！为克制刺客而生的岩龟！鹿战队凌厉的攻击打在他身上，不痛不痒！岩龟将青媚保护得密不透风，怎么办？！鹿战队根本攻不破这第一堵墙！唯一有希望的离争被弑拔牵制住了，战场被分割成了两个！弑拔今天难道是要在这里证明自己单打独斗也不输于离争吗？！"

观众席传来一声集体惊呼，竟是弑拔被离争大招命中，百分百地承受了这一下攻击。他拥有克制离争的属性，带着克制白蛇的宠物，却在1V1对战中落于下风，完全印证了广大群众对他"只有二打一才能打赢离争"的私下评价。

弑拔恼羞成怒，战斧劈向大地，带起巨石向离争笔直掷去。凌小路因担忧离争而分心望了一眼，忽觉身边一阵恶寒。他惊转头，但见青媚那张浓妆艳抹的脸出现在咫尺之间，令人感到恐惧的是，她脸上的皮肤突然像融化了一般向下剥落，好端端一个美女瞬间变成了女鬼。

"啊！"受到惊吓的凌小路高分贝尖叫。

鸩鸩以迅雷不及掩耳之势飞来将他抱离了原地，飞向半空。

凌小路惊恐地向下抓着自己的脸，反复模仿他见到的一幕："她的脸！她的脸……"

鸩鸩沉声："那是不死系的技能万物腐蚀，一旦接触到你也会变成那样。"

凌小路吓呆了。

"她还有一招瘟疫蔓延，感染上便无技可解，一定要当心。"

凌小路岂止感到惊恐，根本就是惊悚，一个如花似玉的美女，为什么要学这么令人毛骨悚然的技能！

弑拔在与离争的单挑中节节败退，青媚犹豫了刹那，还是决定帮助自己的

金名。

"半刻钟终于意识到赌气是不对的!他们现在需要放下矛盾,一致对外!弑拔与青媚再次联手,不愧是问鼎风云赛的最强搭档,两个人的配合天衣无缝!鸩鸠和鹿比想回头支援……被岩龟拦下了!一夫当关!万夫莫开!"

时间刻不容缓,凌小路说:"你去帮我师父,我来对付龟龟。"

"你可以吗?"鸩鸠快速问。

"除非它也会龟壳融化。"

鸩鸠果断隐身,岩龟疯狂地向周围转圈击打,想将鸩鸠打出原形,无奈徒劳无功,又被凌小路贴身缠上。凌小路不在乎能否对它造成伤害,只要留住它不让它加入另一边的战场。

鸩鸠的乌鸦先至,冲散了弑拔和青媚,他从鸦背上一跃而下,黑烟包围着青媚,青媚连衣角都碰不到他,那些恐怖的技能自然也就形同虚设。

离争法术吟唱到一半,改变了主意,漫天冰雨降落到岩龟头顶,岩龟魔法抗性低于物理防御,血量肉眼可见地向下衰减,径直降到了20%以下。

凌小路惊喜高喊:"师父厉害!"这样的大招再来一个,龟龟就只能变跪龟了!

残血的岩龟猛地将盾往地面一砸,从喉咙深处发出嘶吼:"啊——"

它身体发红,背上冒出火焰,吓得凌小路后退了一步:不好,龟龟要变身了!

解说激动喊道:"岩龟使出了撒手锏!令所有敌人绝望的终极技能!你以为我命悬一线,我为你表演满血复活!"

亲眼看见岩龟的血量从20%涨到100%的凌小路如实感受到了绝望,他们费尽千辛万苦才消耗掉岩龟八成血量,它却一口气就把自己"奶满"了,这是岩龟吗?这明明是"开挂"龟!

远处,那朵被弑拔嫌弃的凤仙花发了威,释放出使蛇身体麻痹的气味,无力反抗的白蛇被打得节节败退,鹿战队开局以来建立起的优势荡然无存。

"虽然比赛时间已经超过了半刻钟,但所幸半刻钟重新找回了他们的主动权,竞技场上的王者之队不是浪得虚名!就在刚刚解说得到了一个更激动人心的消息,本场比赛恰好是半刻钟连胜九十九场后的第一百场比赛!如果他们能在本局获胜,将获得开服以来绝无仅有的百场连胜成就!这个成就的奖励极其丰厚,在此之前从未有人获得,半刻钟,能创造历史吗?!"

弑拔嗤笑了起来:"一百连胜,真是有意义。多谢你接连送我这么有意义的胜利。"

他将战斧转得密不透风,不断有岩块浮到半空,又接二连三向离争飞去。

离争招来冰锥抵挡，但土克制水，越来越多的岩块撞碎冰锥，离争也不慎被命中。

这个岩龟实在碍事，赶又赶不走，打也打不死，凌小路气愤地绕到他背后："你秃了！"

岩龟愣了愣，把手中的盾往头顶一盖，原地变成一只乌龟壳。

"发生了什么事情！岩龟为什么趴了下去？他看起来很沮丧的样子！"解说一连三问。

凌小路突发奇想，手掌按在龟壳上："冰来！"

不断凝结的冰面将岩龟和地面冻在一起，像极了爱斯基摩人的巢穴。

有效果！但还不够！凌小路抬头高喊："师父！帮我一把！"

离争敏捷地转身躲过一记飞来的巨石："结！"

冰层越来越厚，将岩龟严实地封在冰下，再也不见动静。

"鹿比居然与离争联手封印了岩龟？这是什么神仙操作！看样子岩龟真的出不来了，场上局势变成了二打三！结局再次产生了巨大的悬念！鹿比加入群战，鹿战队能否逆转比赛？！"

场外观众齐声呐喊，五名近战的激烈混战，一招一式都看得人热血澎湃。绚丽夺目的光效、拳拳到肉的打击感、"普攻"混杂着技能的音响效果，为全场观众贡献了一场精彩绝伦的视觉盛宴。

411恨不得拿大喇叭加油助威："鹿战队加油！族长加油！离争师父！鸨鸨大哥！"

嵇蒙双手握拳，身体前倾，眼睛一眨不眨地紧紧追随着场上凌小路的身影。

凌小路正在对弑拔紧追不舍，两把弯刀舞得虎虎生风，弑拔举斧还击，胸前露出破绽。

"蚀月斩！"凌小路乘胜追击。

眼前人影一闪，弑拔变成了青媚，凌小路回忆起她骇人的技能，下意识收手，由于惯性打了个踉跄。

青媚又刹那与弑拔交换了位置，弑拔一斧重劈，命中凌小路。

鹿透社齐声吸气，嵇蒙险些没控制住站了起来。

嵇晴拧起眉头："这两个人的移形换位配合得天衣无缝，就好似一个人。要想做到这一点，势必要进行无数次的场下训练，和丰富的实战经验。即便在现有的金名和粉名搭档中，能达到这种默契程度的搭档也极为罕见。"其实他们两个才更适合彼此，那种对战斗的热情、对胜利的渴望、对追求最强的偏执如出一辙。

凌小路汗如雨下，并不完全是体力上的消耗，而是来自巨大的精神压力。表面看上去双方平分秋色，他们甚至领先一人，但只有他知道自己拿这两个人

束手无策。

每当他即将命中弑拔的时候,两个人就会瞬间交换位置。青媚身上的花样就更多了,攻击无效、攻击反弹,凌小路如果敢对她动手,就会发现自己的血量掉得更快。

凌小路自打进入这个游戏以来,第一次真正见识到金名与粉名配合的力量,并深深地为之震撼。

他因思考而分神,胸口被弑拔的岩块击中,跌跌撞撞地往后退了几步,离争及时在他面前竖起一排冰晶尖刺,才阻止了弑拔的进一步追击。

"鹿比好像坚持不住了!"解说为鹿透社观众席上方追加一层阴霾,"他能挺到现在已经超过了我们的心理预期,但实力是硬差距,强行保下去只会拖累队友。如果离争和鸩鸠再想不到速战速决的办法,鹿战队只能忍痛牺牲掉这个点了!"

鸩鸠在面具下吹响口哨,空中的乌鸦扑扇了几下翅膀,瞄准弑拔,直线俯冲。

"鸩鸠驱动了宠物!离争用法术限制了弑拔的行动,他们的这一次联手能成功吗?!"

弑拔不躲不闪,双手握斧,对准乌鸦飞来的方向重重挥去。乌鸦被击飞,在空中跌撞着旋转了好几圈。弑拔斧柄重击地面:"落岩!"

天上不断落下巨石,受伤的乌鸦在巨石间隙顽强穿梭,但终不幸被砸中左翼,倾斜着摔落地面。无情的巨石纷纷砸落,形成一座小山,将乌鸦深埋于地下。

凌小路揪心地望着乌鸦的坟丘无能为力,身边传来了浓烈的杀气。

鸩鸠收回作战姿态,无比缓慢地挺直了身子。

凌小路知道这是他愤怒的表现,他嗜血沙哑的声音也印证了这一点。

"小兄弟……"

"鸩鸠?"

"那位女士就交给你们师徒俩了。"

话音落,鸩鸠如箭弹射出弓弦。再一眨眼,弑拔已被他挟持在半空,鸩鸠从背后架住弑拔的手臂,熟悉的黑色羽翼在他背后展开,锋利的金属羽毛反射着寒光。

全场高潮!

"鸩鸠亮翅了!死神的翅膀!没人能在这对翅膀下存活!但羽毛耗尽他也会死,鸩鸠是打算与弑拔同归于尽吗?!"

鸩鸠羽翼一收,将弑拔紧紧包裹在内,弑拔行动被制约,动弹不得。

"鸩鸠!你敢散羽你也会死!"

一声瘆人的轻笑从身后传来,如果恶魔会发笑,声音也不过如此。

"地狱见。"

他十指一握,上百片钢羽瞬间从骨架脱解,狠狠地刺入弑拔的身体。弑拔身子一震,双目圆睁,不敢相信鸩鸠当真破釜沉舟至此。

离争手一伸,巨蛇化作长剑:"斩!"

冰锥飞向半空,贯穿弑拔胸口。

弑拔血量耗尽,无力回天!

"不可思议!鸩鸠的宠物被击落后,不惜用性命带走了弑拔!这是谁也料想不到的局面!现在场上只剩下青媚一人对阵离争和鹿比,结果似乎已成定局!鸩鸠左右了比赛,半刻钟终尝一败!"

青媚表情忧伤地落到弑拔半跪的"尸体"边,拾起他掉落在地的战斧——外表柔弱的女子艰难地挥起巨大沉重的战斧,在竞技场中央翩翩起舞。

"复活吧,我的主人!"

一道金光降落在弑拔身上,一舞毕,青媚跪了下去,弑拔重新站了起来。他发出桀桀怪笑:"鸩鸠,没想到吧,你拼上性命,我却从地狱独自回来了。"

鹿战队所有人表情剧变,被复活的弑拔吸收了青媚的力量,场上飞沙走石,落岩纷纷。

解说喊哑了嗓子:"弑拔站起来了!他又重新站起来了!鹿战队的人可能完全没有料到,青媚还有这样一招后手!复活的弑拔无人能挡,他向离争发起了终极攻势!"

凌小路拼了命地扑过去,却未能帮离争挡下这致命一击。

当向来孤傲清高的离争屈膝跪下的那一刻,凌小路仿佛听到心中玻璃碎裂的声音。

"师父!"

万人竞技场刹那全场静默,连解说都忘记了本职工作。

凌小路赶到离争身边,却无能为力,他没有青媚那样的起死回生之术。像这样强烈的无力感他只经历过两次,上一次还是亲眼看着鸩鸠被人围攻、倒在他面前的时候。

弑拔悠闲地向前走了两步:"离争,看到你再一次跪在我面前这熟悉的样子,不知道你师父会不会为你感到丢脸。"

凌小路心惊,为什么他从来没有听说,自己的师父还有师父?

离争听到这个久违的字眼身形一震,缓缓地抬起头:"你有什么资格提我师父?"

"就凭我站着,你跪着。我赢了,你输了。"

解说终于想起自己是做什么的,他用激动到发抖的手扶住耳麦:"期待

的奇迹并没有发生！半刻钟，即将带着全胜的记录，成为《精灵契约》游戏史上，第一支一百连胜的队伍！弑拔是不可战胜的！竞技场的王者！风云赛的冠军！"

观众席沸腾，人们为王者守住了他的宝座而欢呼雀跃，冠军永远是冠军，而亚军终将屈居于人！

凌小路离得最近，第一个发现了离争身上的异常。冰蓝色的雾气从他身上升腾，围绕在他周围再次卷起了劲风。

"等一等！等一等！"解说凭借丰富的职业经验嗅出了不同寻常的味道，"鹿战队似乎没有放弃！离争他打算做什么？"

凌小路从未见过这样的离争。

连弑拔也心生警惕："离争，你还打算垂死挣扎吗？"

离争眼底冰冷，嘴角却勾起。

"徒儿啊。

"为师这就送你——

"扬名立万！"

他身体消失，化作一道蓝烟，击中不远处倒在地上的白蛇。

白蛇的身体渐渐变成透明的冰蓝色，宛如幽灵。

幽灵蛇从死亡中复苏，紧贴地面高速滑行，将全然不知发生何事的凌小路一口吞下。

嵇蒙紧张地站了起来，鹿透社的人也站了起来，全场观众都心惊肉跳地站了起来。

解说也站了起来，撕心裂肺地狂吼："离争用幽魂控制住了宠物，他与蛇合为一体，化身幽灵蛇！幽灵蛇吞下了鹿比！幽灵蛇从地面一跃而起！弑拔被捆住了，他被幽灵蛇紧紧缠绕住了身体，接下来会发生什么？鹿比！幽灵蛇将鹿比吐了出来！"

动弹不得的弑拔抬起头，凌小路逆着光，飞翔在半空中，太阳越过他的腰际，露出半张脸。

在他身后，盘旋着远古神话中才有的白色巨龙，龙鳞反射着阳光，晃得弑拔睁不开眼睛。

这个曾经问鼎过全服冠军，在竞技场上叱咤风云的王者突然开始慌了。

"别、别过来……"

凌小路面色冷峻，弯刀寒芒，以风为翼，手起刀落。

"陨、星、斩！"

全场沸腾！

"鹿比做到了！在离争的助力下，这个初出茅庐的御龙少年、鹿战队最后的希望，成功地创造了奇迹！他斩杀了弑拔，终结了连胜，改写了历史！鹿战队，赢得了比赛！鹿比，一战成名！"

"鹿比！鹿比！鹿比！鹿比！"全场人异口同声地呼叫着他的名字。

"小鹿兄弟！你好棒！"

"鹿比哥哥，你真厉害！"

"啊啊啊族长！"

嵇蒙一把抢过常欢禧手里的灯牌，跑到看台最前面。

常欢禧："喂！"

鹿比站在场中央，扬起头，闭着眼，聆听着属于他的山呼海啸。

漫天的彩纸飘落到他脸上，睁开眼，威风凛凛的风息翼龙在空中翱翔。

"鹿比！"

凌小路转过头，看见嵇蒙在看台最前方高举着"鹿比 Fighting"的灯牌。

见对方看向自己，嵇蒙又努力地将手中灯牌向高处晃了晃。

"Well，"解说不呐喊了，开始调侃，"虽然鹿比不是这个赛场上获胜的第一人，但绝对是让太子为他举灯牌第一人。"

凌小路脸上慢慢绽放出笑容，在众目睽睽之下朝场外飞奔。

嵇蒙手里灯牌一扔，和扑过来的人来了个胜利式的熊抱。

初芽在看台上淡定地鼓着掌："看，虽然邪教胜利了，但邪永远不胜正。"

## 第二章

### 逃学魔女

"徒儿。"

熟悉的声音在耳后冷冷响起,凌小路赶忙撒开手,嵇蒙激动的情绪还未平息,怀里一空。

离争面色微有不悦,不远处鸩鸠也在朝这个方向走来。

凌小路有些心虚,按理来说赢了比赛应该与艰苦作战的队友庆祝才对,他却不知道怎么了,看到嵇蒙举着灯牌的那一刻突然热血上头,什么都没思考就冲了过来,只想第一时间同嵇蒙分享胜利的喜悦。

结果现在不仅惹恼了师父,由于方才撒手太快,嵇蒙也明显有些不高兴。

夹在两个不愉快的人中间,凌小路此番的获胜感言标题可以写成:《论冠军选手如何一次性得罪两个男人》。

凌小路悄悄"点开"自己的技能树:

哄嵇蒙:满级

哄师父:未点亮此技能

形势有些严峻。

"你跑得挺快嘛。"离争话里藏刀。

"你撒那么清做什么?我给你加油很丢人吗?"嵇蒙也没什么好气。

凌小路心想:这是什么史诗修罗场!《我的叛逆金名》剧本里明明没这段!

"族长是来找我们庆祝胜利的!"411在后方高喊。

"对对,我是来找大家的!"凌小路从善如流。

常欢禧兴奋地扑过来:"小鹿!你太强了,我想跟你一起组队打竞技场!"

"你滚开!"嵇蒙急了。

常欢禧:"不听不听王八念经。"

"怎么，你不说，还不允许别人说？"

零在一旁："我们三个？"

常欢禧："……"

他把零拉到一旁："我说笑的，逗他们玩呢。"

"逗他们玩？"

"我跟嵇蒙一直这样，我们就喜欢故意给对方添堵，看他吃瘪是我的人生乐趣。"

零似懂非懂。相处久了，常欢禧发现他有些一根筋，主要体现在读不出潜台词这一点上，不管别人说什么都会当真。

常欢禧猜测，他十有八九是个"死宅"程序员。

"你喜欢看，嵇蒙吃瘪。"零说。

"对……但是你不要学我，我们两个是死党，你是他大伯手下的员工，还是要尽量讨好他，免得你们领导找你麻烦。"

零懂了："讨好嵇蒙。"

常欢禧拍拍他，孺子可教。

鸩鸠走到凌小路身边："小兄弟，竞技场一胜成就拿到了吗？奖励道具很有用，记得选加敏捷的饰品。"

离争斩钉截铁："选第四个。"

鸩鸠双手插兜想了想："第四个是宠物饰品。"

"是。"离争对凌小路说，"对你的'龙'很有用。"他刻意重读了"龙"。

"如果我没记错的话，那个宠物饰品也是加敏捷的，但最适合风息翼龙的属性是魔攻。"鸩鸠说。

离争面无表情地转向他："风息翼龙也需要敏捷，我是他师父，我知道什么更适合他。"

"好了好了。"凌小路忙打断他们两个，"谢谢你们的建议，我会认真比较后再做决定的。"

两个人暂时放下分歧，不是因为凌小路，而是远处发生了异常。输掉比赛的弑拔和青媚这对亲密搭档，由于矛盾爆发而发生了剧烈口角。两个人都怒气上头，理智出走，完全不顾及这里是公共场合，在众目睽睽之下互相指责。

前来观赛的人们大多尚未离场，一见此状，又都回到座位上吃瓜。

凌小路肚子里还揣着好多疑问，比方说离争的师父到底是谁？

但从离争刚才的反应来看，他这位素未谋面的"师祖"似乎是位不能提及之人，因此他也不敢冒昧发问，只敢捡些无关紧要的话旁敲侧击。

"师父，弑拔说他为了针对你才洗成土属性，是真的吗？"

"他原本是火属性专精,风云赛前夕临时更换了天赋。从装备到技能全部换掉,需要花很多钱。"

宁可花很多钱也要针对离争,可见青媚对其宿怨多深。

"原来师父之前就认识他。"

离争何等警觉之人:"你到底想问什么?"

"呃……"

"他想问,你师父是谁,跟弑拔什么关系,现在在哪里?"鸠鸠就没什么可避讳的,想问就问。

"杀手又无聊想找乐子了?"

鸠鸠无奈地对凌小路说:"这次帮不上你了,我的陈年八卦档案室里没有这一页。"

凌小路赶忙摇头,他以为离争铁定不会说,岂料离争却出乎意料地开口。

"我的师父,是弑拔的女朋友。"他顿了一下,又纠正,"前女友。"

凌小路有点蒙:"现实中?"

"是。"

"他们是一起玩的?"

"是。"

"哦……"他傻乎乎地应了声,"师父你都这么厉害了,那你的师父该有多逆天啊?"

离争意义不明地扫了他一眼:"我也是从新手练起来的。"

凌小路表示无法想象,他认识的离争应该从建号那一刻起就是大神。

鸠鸠在旁边饶有兴趣地听:"羡慕你们这些上有师父下有徒弟的,我捡到你的时候怎么没想到要收了你呢?"

嵇蒙更气:"明明是我先捡到的!"

"是遇到,遇到。"凌小路示意他不要乱说。

"那这个故事就没什么悬念,"吃瓜杀手鸠鸠总结,"弑拔得了粉名,冷落了你师父,女友变前女友,师父的师父便没玩了。"

离争回答依旧简练:"是。"

鸠鸠耸肩:"这就是所谓的,身边的位置就那么多,有了这个就容不下别的了。"

嵇蒙满头问号。

"难怪呢,"凌小路说,"师父见到弑拔后反应那么强烈,我从一开始就觉得奇怪,以我师父的性格,应该不会对只是打败他的对手怀有那么深的怒气。设身处地地想一想,如果因为别人的原因导致我师父不玩了,我也会对那个人心生怨恨的。"

凌小路说完这段话，发现离争在看他，问："我说错了吗，师父？"

离争沉默着收回视线，没说对，也没说不对。

场中央的两个人似乎关系彻底决裂，弑拔怒不可遏地离开了，连宠物都丢弃不理，不招主人待见的凤仙花被孤零零地留在了场上。

青媚原本也义愤填膺地准备离开，余光捕捉到离争，脚下改变了方向。

"怎么，"凌小路警惕地问，"这位皮肤会融化的美女姐姐，你该不会跟弑拔分道扬镳之后，又跑回来找我师父吧？"

青媚对凌小路视而不见："离争，这只是一次再普通不过的竞技场对战而已，我跟你的战场还是在风云赛。"

"你参加风云赛是为了赢我师父，但我师父参加风云赛就只是参赛而已，你只是他众多对手中再普通不过的一个。"论口条，凌小路就没有输过谁。

青媚也气滞了一秒："离争，想不到你收的徒弟，这么聒噪。"

"轮不到你评价我徒弟。"

"我没兴趣评价你徒弟，那你有没有兴趣知道你师父当年为什么离开游戏？"

"难道不是因为你吗？"凌小路问。

"错！"青媚一口反驳，"想知道的话，等你在风云赛上赢了我，我就告诉你。"

青媚又踩着怒气冲冲的步伐走了，凌小路莫名其妙："这个女人，怎么临走还要留下点悬念？"

他转头问离争："师父，你很想知道吗……师父？"

很好！答案很明显！

"想知道也没有用，"鸠鸠泼冷水，"仅凭你一人一蛇是赢不过他们两个人的，除非他们拆伙。"

凌小路也开始为离争忧心："那怎么办？"

离争跪倒的一幕记忆犹新，他再也不想看到师父输给任何人。

"除非能在这短短的两个月内找到合适的粉名，否则很难有胜算。"

聒噪的凌小路异常地没有接话，离争也似乎不想让这个话题继续下去。

"我回去了。徒儿，记得去一楼领奖励。"

"等等！等等！"从远处跑来的窦寇阻止了离争的离开，他似乎面有难色，但又硬着头皮开口，"离争……美人。"

离争抬脚就走。

"等一下！"窦寇不得不追上去，从前面拦住他，"离争男神！好了吧？

我是有正经事要问你！"

这个称呼从窦寇嘴里说出来煞是违和，凌小路纳闷，窦寇的态度完全没有先前那般趾高气扬，看来是真的有事要拜托。

离争态度冷淡："说。"

窦寇很少求于人，若不是万不得已，他也不会来找离争。

"你的狐狸是哪里抓的？我派人去北邙找了一圈，连根毛也没见到，找遍攻略也搜不到。"

"我为什么要告诉你？"

"我给你钱，你开个价吧。"

"不需要。"

离争又要走，窦寇索性展开双臂把人强行留下。

离争站住了，窦寇往他的斜后方瞥了一眼，压低声音："我看小南薰很喜欢你那狐狸，我也想去抓一只送给她。你能理解我的心情吧？女儿喜欢的东西，说什么也要满足她。"

离争不动声色地向后一扫，南薰正在开心地跟初芽聊天，并没有注意到这边。

"我可以告诉你……"

凌小路耳尖听到了，忙拽稽蒙："小南薰喜欢狐狸，你知道在哪里抓吗？"

稽蒙皱眉："不知道，离争那只是哪儿来的？"

凌小路凑到跟前问："师父，你的云狐是从哪里抓来的呀？小南薰喜欢，我去给她抓一只玩。"

离争目光犀利："你抓得到？"

"呃，"凌小路忙把稽蒙推到前面，"他抓，我陪他去。"

离争又冷笑："你还要陪他去？你知不知道……"

话音说到一半，戛然而止。

窦寇急了："明明是我先问的！"

凌小路奇怪："狐狸又不是你们窦泥湾养的，谁先抓到就是谁的咯。"

窦寇气得跺脚："小朋友，送狐狸的念头是我先有的，你为什么总要跟我作对呢？"

凌小路当然有他自己的理由："万一南薰收了你的狐狸，你再对她提什么过分的要求，她又不好意思拒绝，岂不是被你阴谋得逞？想用一只狐狸就骗走我们小南薰，没那么容易！"

他拽离争的袖子："师父，狐狸哪里抓的，也告诉我呗？"

"……"离争很想知道像凌小路这么神经大条的人，是如何安然无恙存活到现在的。

抓狐狸,怕不是要连自己也搭进去。

离争改变主意。

"算了,我带你们去。"

鸠鸠信步走来,窦寇这段时间被他针对出了应激反应,立刻打起百分百警觉:"你又来做什么?"

鸠鸠只问凌小路:"小兄弟,你们去做什么?"

"我们要跟窦泥湾比赛抓狐狸,鸠鸠你去吗?"

鸠鸠隔着面具的视线意味深长地从窦寇身上划过:"有窦泥湾的人在,我当然太、想、去了。"

若不是竞技场内禁止自由屠杀,窦泥湾的人又岂能安然无恙活到现在。

"你——"窦寇才要发火,想到此行目的,只得忍气吞声,"这次给我一个面子,以后野外实力说话。"

"嗯……"鸠鸠有意拉了长音。

"算我拜托你一次行不行?"窦寇气急败坏地吼,"我不过就是想给我女儿抓只狐狸!"

"你为什么就不肯道歉呢?"凌小路问。

窦寇扬起脖子:"道歉是不可能的!但我可以堂堂正正与他一决胜负!"

凌小路拿这样固执的窦寇也没有办法,窦泥湾的倒霉日子看来还要继续。

鸠鸠双手插袋:"小兄弟,抓狐狸我就不去了,不过如果有人不正当竞争的话,随时叫我。"

"好!"凌小路一口应道。

"我要去我要去。"常欢禧拉着零加入,"我还没抓过宠物,我也去开开眼界。"

"走起!"

南薰远远看到他们一群人离开,好奇地问:"初芽姐姐,鹿比哥哥他们去哪儿?"

"听说是去抓宝宝去了。"

"抓宝宝?我也想去。"

初芽拦住她:"你可不能去。"

"为什么?"

"捉宠使用的所有技能,对未绑定的粉名都有效,何况他们那么多人,你是想被定身动弹不得,还是被吓得满地乱窜?"

南薰吓得吐了下小舌头:"那我还是不去凑热闹了。"

云狐出没于北邙海拔最高的雪山,这里弥漫着浓浓雾气。一说山峰高耸入云,雾气本质是云,云狐也因此得名。

离争寻了片宽敞开阔平地,抄起长剑,在雪地上几剑画出个带曲线的直角坐标系。

嵇蒙眉头微锁:"离争,说好来抓狐狸,你画高等函数做什么?"

"云狐不同时间出没的地点是不一样的,这是它的动态坐标,但它在每个坐标点出没的概率也只有5%,能不能找到就看你们的运气了。"

凌小路满头问号。

窦寇更是一头雾水:"你说什……这啥玩……能不能说人话?"

嵇蒙看了一眼地上的函数图,拉起凌小路转身就走。

"喂,你往哪儿去?你才看一眼就知道坐标了?"

离争毫不犹豫地跟在他们后面,常欢禧也坚信不疑地与零跟上,只剩窦泥湾的人留在原地面面相觑,不知该跟上去还是留下解题。

"你们!"窦寇懊恼地指着地上的图形,"就没有一个人知道这是什么意思吗?"

跟班们很努力地尝试了:"族长,要不咱们地毯式搜索吧?"

"地毯式搜索还用得着找离争来?!"窦寇觉得自己上当了,离争肯定是故意出题支开他,鹿透社的人早就清楚狐狸在哪儿,"想不到越好看的人,越是心机!"

"你们几个,去附近搜索有没有狐狸出没的痕迹!你们几个,跟我去追嵇蒙他们,千万不可以让他们抢了先!"

还剩下一个人:"族长,那我呢?"

窦寇恨铁不成钢:"蠢货!把图拍下来,发到世界上,问问有没有人看得懂这东西什么意思!"

"哦,好的族长!"

嵇蒙一行人来到分岔路口:"这两个方向都有可能出现,你们三个走那边,我跟鹿比走这边。"

常欢禧答应了声就带着零跑了,离争却亦步亦趋跟着凌小路。

"你跟来干什么?"嵇蒙不乐意见到他,"他们两个没有经验,万一错手把狐狸打死了呢?"

离争不置可否:"我走这边,安全一些。"

凌小路误解了离争口中"安全"的意思:"师父,是说云狐很危险很难抓吗?"

离争盯着对自身处境毫不知情的他,一语双关:"是啊,很危险。"

嵇蒙也交代他："野生云狐有一个迷惑的技能，会使人产生幻觉。你如果见到了，不可以一个人追得太深。"

"明白！产生幻觉会乱打人吗？这技能，不愧是狐狸精！"

嵇蒙来到一块凸起的岩石边，伸手摸了把上面的积雪。

"如果没算错的话，这个时间云狐的出没点就在这附近。"

"那我们去这周围看看吧。"

凌小路才要走，却被嵇蒙叫住。

"不需要，可以让它自己来找我们。"

说罢，嵇蒙从行囊里拿出销魂散。

凌小路心想：……为什么总是这一招？

"不可以用销魂散。"离争的声音从斜后方传来。

"没错！"凌小路立刻大声附和。

嵇蒙不明所以："为什么不能用？"

"因为……因为……"凌小路绞尽脑汁地想理由，"因为云狐是未成年！销魂散对它没用！"

嵇蒙看起来就很不相信的样子："云狐也分是否成年？你确定？"

凌小路用手比画："你没见过我师父那只吗？就这么大点一个团子……"

离争看不下去了："此地除了云狐，还有其他猛禽走兽。你把它们引来了，云狐就不敢出现了。"

这个理由比凌小路的听起来靠谱多了，嵇蒙半信半疑地收了销魂散："那我们往下个坐标走走，兴许能遇上。"

三人往林中深入，越往里走，积雪越厚。这里莫说白狐，有限的生命气息，也仅来自被白雪覆盖的针叶树木。

"离争，你真的没有画错吗？"嵇蒙完全不怀疑自己计算错误。

离争没出声，凌小路却跳了起来："那边有脚印！"

有脚印，就意味着云狐不久前在附近出没过。

凌小路对嵇蒙充满崇拜："你是怎么做到一下子就把坐标算出来的？你该不会是数学天才吧！"

嵇蒙被他夸得有些难为情："那么简单，谁都能看出来！"

"谁说的？我就看不出来。"凌小路没想到这么快就发现了狐狸的踪迹，兴致勃勃，"我们快顺着脚印追上去！"

离争呼出野兽雷达，虽然暂时还无法锁定位置，但已经出现了反应，证明云狐就在这片区域。

运气实在太好，就连他自己，当初也是花了一周多的时间才将其收入囊中。

"不着急,"嵇蒙不像凌小路那么咋咋呼呼,"贸然追上去,容易把它吓跑。"

"那怎么办?"

嵇蒙垂在两侧的手掌猛地一发力:"定身咒!"

强大的气流爆破扩散,绵延数里,漫天浮雪飞扬,松树重现绿装。

"它暂时跑不掉了。"嵇蒙自信收手。

凌小路:"……"

嵇蒙向前走了一步,发现凌小路没有跟上,不解地回头:"你人呢?"

离争抢先挡在二人之间,左手自然搭上了凌小路的肩,微微俯身:"徒儿你怎么了?是太冷被冻僵了吗?我不是告诉过你,在北邙不要开太高的环境感应吗?"

"……"凌小路一时之间竟不知哪个更令人发冷——是嵇蒙突然的定身咒,还是离争突然的关心?

嵇蒙大踏步地回头:"你蠢不蠢?环境感应都能忘记调?"

离争的雷达发出细小的"嘀嘀"提示音,嵇蒙一顿,他当然知道这声音代表着什么。

"锁定到云狐位置了?"

离争轻描淡写地往雷达上瞟了一眼:"西南方向27度,160米。"

嵇蒙把自己的雷达调出来,果然与离争所说分毫不差。

离争长袖遮住凌小路大半个身子,看上去就像在为他取暖,又说:"你先去,我们随后就到。"

嵇蒙觉得哪里不对的样子,还在犹豫,凌小路挣扎着开口催促道:"快去……别让……跑了……"

有点令人难以拒绝……

"你们快点!"嵇蒙甩下一句,飞快地消失在西南方向。

凌小路的定身状态进入倒计时,三,二,一,解除,终于好了。

"师父,我们……"他刚一抓离争袖子,身体又不能动了。

窦泥湾的人欢呼着从身边跑过:"找到了!云狐在这边!"

"雷达有信号了!"

窦寇边跑边急着喊:"不要乱了阵型!所有人围成圆形向里包,定身链不要断!"

凌小路在心里骂了一千遍。

还好他们的注意力都在云狐身上,没人在意站着不动的凌小路和离争。

离争快速环视了周围,确认无人,将凌小路一带,跳到了树上。

继续待在地面,目标太明显,指不定他们追过来的时候就会发现。

风中传来人们大呼小叫的声音，看来事情没有想象中那么顺遂。

凌小路靠着离争强有力的扶持才得以不从树干上掉下去，遥想二人初次见面的时候，好像也是这般境遇。

离争冰冷无机质的声音在风雪中响起："若是等下不妙，就下线。"

凌小路愣怔在原地。

脚下白影一闪而过，是云狐！

即使前方十几个人共同围剿，还是叫这机灵的小家伙逃脱了包围圈。

窦泥湾的人吵吵闹闹地跟在后面追。

"定身！快定住它！"

"族长，定身咒都在冷却！"

"恐吓呢？还有威慑！我不管你们用什么，万万不能让它跑了！"

树上的凌小路身形不稳地晃了晃，被离争用力按住。肉眼可见的豆大汗珠从凌小路额角渗出，顺着脸颊，流淌到下巴尖，挂在那里恋恋不舍。

云狐被震慑控制住了，趴在地上，呜呜地叫。重压在顶的凌小路突然有些心疼起它来了。

窦泥湾众人再次小心翼翼地将云狐包围起来："族长，我这里还有销魂散，要不要用？"

凌小路竭力抬了下被汗水打湿的眼皮，依稀辨认出离争在用口型对他讲话："下线！"

要是早知道会这样，凌小路压根儿不会来！下线容易，回头还要跟嵇蒙编理由解释自己为什么突然下线，搞不好又要面对太子的怒火，你说这人脾气怎么就这么大呢？

凌小路认命地开始默念"紧急下线"。

"拦住它！拦住它！"

下面一片喧哗。

云狐挣脱了震慑的束缚，从窦寇双腿之间"嗖"地穿过，又往林子里跑了。

窦寇急得直跳脚："都是废物！给我追！"

一群人哗啦啦地又全都不见了，凌小路可算经历了大起大落。

离争的手臂突然动了下，凌小路看到嵇蒙骑着影鹿从远处跑来，东张西望。

"鹿比？鹿比！"

这家伙，不去抓狐狸，反倒到处找他，天知道他冒着多大的危险躲在这里！

嵇蒙焦急又气愤地找遍了现场，全然没发现凌小路就在头顶的树上无力地看着他。

人哪儿去了！离争也不见了，太子很生气！

他策鹿出发到前面去找，那颗流连在凌小路下颌的汗珠，终于逃脱不了大地的召唤，垂直落了下去，不偏不倚打在嵇蒙停留过的雪地上。

离争扶着凌小路跳回地面："我先带你回去。"

凌小路说话还不是很流利，舌头发僵："我回……东野，这样回头……好交代一些。"

不仅是嵇蒙那里需要编理由敷衍，更重要的是，他不知道接下来如果跟离争独处，该说什么。

离争目光晦涩不明地盯了他片刻："好。"

凌小路不敢看离争，低头读条。

呐喊声再次传来，凌小路一慌，传送读条被打断。

"徒儿。"

离争想去抓凌小路，凌小路下意识地向后一翻："我走！"

离争没料到凌小路会跑，追踪树种也迟了一步，凌小路的身影消失在积雪覆盖的森林。

"徒儿！"离争的声音被淹没在由远而近的嘈杂人声中。

窦寇骑着白虎在他身边停下："美人，你见到狐狸了吗？"

离争凌厉地一转头，眉眼蕴含着怒气，窦寇下意识地操纵着白虎退了两步。

离争长袖一甩，扇动疾风，纵身飞入林中，几下不见了背影。

窦寇心有余悸："想不到离争生起气来这么可怕。"他又想想，"不过还是很好看。"

他抬高声音："给我地毯式搜索！一处也不要放过！"

凌小路一个人逃到林子最深处，这里极其安静，银装素裹、云雾缭绕，想必不会再有人来。

此间的环境音乐也动听到了极致，虚无缥缈、如泣如诉，像雪精灵在耳边呵气吟唱，一言一拍都来自梦境。如果不是在这种紧张的境遇下，凌小路或许还能坐下来陶醉聆听。

眼前出现一团毛茸茸的东西，凌小路擦擦眼睛，生怕看错。

"云狐？"

雪白的云狐乖巧地坐在前方大树下，瞪着乌溜溜的黑眼珠望着他。兴许他们是"同类"，凌小路的存在造成不了威胁，它没有半分逃走的意思。

凌小路心中充满矛盾，目标就在眼前，他却没有任何驯服宠物的技能。

他想了又想，虽然他不能抓宠物，但他可以"抓"宠物啊，只要抓到手，让离争过来收服就可以了。

他自觉这个想法不错，蹑手蹑脚地靠近："小宝贝，不要跑，到哥哥这里来。"

凌小路扑了个空,云狐在他不远处晃动着大尾巴,仿佛在故意气他。

"你不乖。"凌小路爬起来又要追,云狐突然跳起来,在空中转了一圈。

凌小路眼前的景象发生了扭曲,他慌张地左顾右盼,视线却越来越模糊不清……

离争终于在森林深处找到了凌小路,可他看起来很不对劲,呆呆地站在原地,连自己靠近都没有反应。

"徒儿?"离争试探着叫他,又用手在他面前晃了晃。

凌小路眼睛一眨不眨。

原来是中了云狐的幻术,离争松了口气。他拈起剑诀,正要施加解除之法,凌小路却毫无征兆地开了口。

"师父……"

离争的动作停了下来。

凌小路表情呆滞地望着前方,可能在他的幻觉里,也有离争的存在。

他的声音冷静、缓慢,没有太多起伏。

"师父,我一直有意躲着你,不是因为你对我太凶,也不是因为你让我种地、喂宠物、修院子……

"我躲着你,是因为你太聪明了,我好像什么秘密都瞒不过你。

"在我眼里,你不只是聪明,还很好看,很厉害。你就是我玩游戏之前幻想成为的那种大神,无论哪个方面都是完美的存在,而我也一直认为,你的完美,你的强大,都是理所当然的。

"如果你没有说那句话,说你也是从新手练起来的那句话,我根本不会想到,你也是从我这个阶段成长起来的,你也有过对游戏一片懵懂的时期,你不是生来就这样强大,你也有过师父。

"我有点羡慕你的师父,因为她见过新手时期的离争,兴许还见过你犯新手才会犯的低级错误,她教会你那些你教给我的游戏常识,带你领略这个世界……这些都是第一眼见到的就是巅峰时的你我,所无法想象的。

"我想她对于你,应该同你对于我一样重要。在游戏里,我知道你叫离争,我知道你长什么样子。但是离开了游戏,我们就是茫茫人海中的陌生人,你不认识我,我也认不出你。如果有一天,你突然不声不响地离开了这里,我也会不顾一切地想要追问一句,你为什么要走?

"即便这个原因,不会对你离开的结局造成任何改变,不会将你带回这里。但我还是会想知道,是什么让你做出了这样的决定,是什么让你切断了我们之间联系的唯一纽带,是什么导致你对这个世界再无眷恋。"

一滴泪悄无声息地从他木然无光的眼角飞快滑落。

"师父,我经常在你面前装傻,是因为我不知道如何回应你的期待。

"就在今天,那个我心目中不可战胜的你倒在我面前,我恨自己无能为力,我不能像青媚那样复活你。我听着对手有意嘲讽你,我无法想象,在比竟技场规模大上数倍的风云赛场上,在山呼海啸的欢呼声里,在全服玩家的目光里,师父你一个人,是如何面对他们获胜后无情的奚落的。

"师父,你就当我是玻璃心吧,从此以后,我不想再见你输给任何人。不管弑拔、青媚,还是别的什么人,我希望你能永远立于不败之巅,永远做我心目中完美的不可战胜的师父。"

他缓慢地举起右手,伸出食指。

"我没有什么能帮师父的,就只有这个了。"

嵇蒙纵鹿在林子里找了一圈又一圈,就是没有凌小路的踪迹。

好友面板里人还在线,而且显示就在北邙,却怎么也不见人影,私聊也不回复。

森林里的雾气不知从何时起越来越浓了,可见度只有几米。同来的十几个人,居然一个都不见了,耳边传来的只有鹿蹄踏在积雪上的声音,林内处处渗透着诡异的阴森气息。

"嵇蒙!嵇蒙!"终于有声音让嵇蒙确认自己还处于清醒状态,没有不知不觉中了幻术。

常欢禧兴奋地朝他跑来,身后跟着与他寸步不离的零。

"嵇蒙你看!我抓到狐狸了!"

嵇蒙刚想说怎么可能,就见常欢禧怀里抱着一团毛茸茸的白团子。

"怎么可能?"他还是脱口而出,"你怎么会有狐狸的图鉴?"

"我没有,但是零有呀!你忘记他是鑫山员工了吗?他教我怎么用,我一次就捉到了,厉不厉害!"

"……"这狐狸的捕捉难度极高,先不说难遇,即便是遇上了,连续失败个十几次也是常事。

对此,嵇蒙只能解释为常欢禧丑得连系统都看不下去了,送只狐狸弥补他。

常欢禧留意到嵇蒙并没有因此而感到高兴,反倒焦灼地东张西望。

常欢禧问:"狐狸已经有了,你还在找什么?"

"鹿比呢?你看到他人了吗?"嵇蒙皱眉问。

"小鹿兄弟?他不是跟你在一起吗?"

"我们走散了。"

"走散了啊……"常欢禧看着周围浓浓白雾，也感到头疼无奈。

"我再去附近找找。"嵇蒙刚要动身，听到零开口。

"你要找的是，鹿比吗？"

嵇蒙立即回头："你见到了？"

零答非所问："讨好嵇蒙。"

嵇蒙不解。

零缓慢而匀速地转动着颈部，仿佛在对森林进行细致的扫描。

"发现目标。"

他双目猛睁，一道疾风贯穿前方，将沿途雾气吹散得无影无踪，视野瞬间开阔。

嵇蒙震惊。

凌小路就站在嵇蒙突然明晰的视线尽头，动作诡异地举起右手，指向他面前的离争。

嵇蒙心脏骤然收紧，不知为何，这个画面，让他有一种即将失去凌小路这个朋友的错觉。

就好像下一秒，这两个人就会携手离开，从此跟他再也没有关系了。

然而下一秒，离争却做了个嵇蒙也看不懂的手势，凌小路肩膀一震，仿若从梦境跌落到现实。

"师父？"

凌小路恍惚地望着眼前的离争，也留意到自己莫名其妙伸出去的食指。

他不明所以地把手拿到眼前左看右看："我在做什么？"他为什么会做这么奇怪的动作？

"没什么。"离争的语气依然冷若寒潭，静寂无澜，"你中了云狐的幻术，我已经帮你解了。"

"我中了幻术？"凌小路神情困惑，"那我有说什么吗？"

"我来之前你一个人自言自语，一个字也听不清。"

凌小路努力回忆，却是一片空白。

"我也不记得看到什么了，好像是什么很难过的事情。"他虽然不记得画面，但隐约记得当时的心情。

"鹿比！"嵇蒙赶鹿前来，表面故作镇定。

凌小路一见嵇蒙，什么难过的心情都没有了，开心地迎着他跑过去。

"我看到狐狸了，它就在……"

凌小路转身，手指定格在中途。那里莫说是云狐，连离争的身影也不见了。

"奇怪，我师父呢？"

嵇蒙并不关心离争去哪儿了,走了更好。

"狐狸已经抓到了。"

"啊?"凌小路迅速被转移走了注意力,"你抓到的?在哪里?"

"在这里在这里!"常欢禧摇晃着胖胖的身体赶到,云狐乖巧地盘在他的脖子上,"是我抓到的!"

"哎?禧儿,厉害啊!"凌小路完全没想到先拔头筹的竟然是常欢禧。

"是吧?没想到抓宝宝这么好玩,"常欢禧开心地摸着云狐的尾巴,"驯服的一刹那特别有成就感!"

凌小路想起来他们还有竞争对手。

"窦泥湾的人呢?明明刚刚存在感还很强,这会儿怎么一个都不见?"

雾气又散去了些,凌小路在林子的另一边见到了窦泥湾的族员。

他们似乎也中了幻术,有的嘻哈傻笑,有的痴痴流泪,有的人紧抱大树不放,还有人黯然神伤地坐在地上吃雪。

窦寇则笑眯眯地对着一块大石头:"南薰,你喜不喜欢这狐狸呀?还想要什么,我都能抓到。"

他们四个都没学解除幻术的技能,好在 debuff 时间有限,中招的人陆陆续续恢复了正常。

窦寇清醒后,发现狐狸落入他人之手,又气愤,又着急。

"我已经答应小南薰,要送她狐狸了。"他愤愤然地在雪地上走了两圈,踩出乱七八糟的脚印,"那边的小胖子,狐狸卖给我行不行?"

"不行。"凌小路和常欢禧异口同声地说。

"这是我要送给小南薰的。"常欢禧偏偏还火上浇油。

窦寇气得半天说不出话:"你开个价,要多少钱你说话!"

"你看我长得像缺钱的样子?"常欢禧除了人物造型不敢恭维,从头到脚无一不是商城里售价最贵的商品,基本等同于行走的印钞机。

"那你开个条件!"窦寇豁出去了。

"唔……"常欢禧想不出来,"小鹿你说。"

"你要卖?"凌小路惊问。

常欢禧贴到他耳边:"看他态度挺诚恳的,给他个机会。"

凌小路也为难:"我能开什么条件,难不成让他分你一座矿?"

"矿能干吗?我又不稀罕。"

跟班也凑到窦寇身边,低声耳语了几句,窦寇的表情瞬间很纠结。

"不可能!做不到!"

跟班表情无可奈何:"族长,我只能想到这个了,兴许还有机会。"

窦寇暴躁地走来走去，嵇蒙不愿意跟他耗费时间，对凌小路和常欢禧道："我们走吧。"

"等等！"窦寇高声喝止。

他的表情就像刚刚做出一个艰难无比的决定："你们给我等着！"

凌小路莫名："不是有求于我们吗，怎么还放起了狠话？"难不成还要用抢？

窦寇不管他说什么，抬手按住耳垂，跟不知道什么人交流了几句。一转眼的工夫，鸠鸠利用好友传送飞到了凌小路身边。

"怎么，这个人说要找你们麻烦？"

凌小路一脸蒙："啊？"

"是我说的！"窦寇没好气地嚷嚷，"我不这么说，你能来得这么快？"

"有收割的机会，我向来到得很快。"鸠鸠尖锐的指甲从手套内弹出。

"等下，"凌小路拦住他，"先听听他想说什么。"

窦寇抓耳挠腮，最后终于狠下决心，立正站直，向鸠鸠飞快鞠躬："对不起！"

鸠鸠："……"

窦寇也就坚持了两秒不到的时间，又恢复了原样，说话气势汹汹："可以了吧！还要我怎么样啊！还得给他跪下认错不成？！"

鸠鸠转向凌小路："你们把他怎么了？"

凌小路指指常欢禧脖子上的云狐，鸠鸠了然："原来如此。"

"算了，给他吧。"嵇蒙没有什么感情地开口。

常欢禧倒也听他的话，把脖子上的云狐摘下来："去吧，宝贝儿。"

窦寇如获至宝地接住，欣喜若狂。

"恭喜族长！族长能屈能伸！"

窦泥湾的人时刻不放弃任何吹捧族长的机会。

窦寇迫不及待地要去找南薰献宝，经过凌小路一行人时脚步停滞，表情复杂，有话想说却说不出口，半天后一跺脚走了。

"等下！"嵇蒙叫住他。

窦寇像个爆竹似的炸了起来："又怎么了！要钱是吧？要钱可以，狐狸我是不会还的！"

嵇蒙面无表情："粉名不能携带战斗宠物，记得去学了坐骑技能再给她。"

"哎呀，"窦寇懊恼地拍着自己的脑袋，"我这脑子，怎么把这茬给忘了。"

他招呼族员："走，到宠物交易所学技能去！"

"是的，族长！"

窦寇兴高采烈地带着人走了:"我女儿有狐狸骑咯!我女儿能骑狐狸啦!"

凌小路不知是被气笑还是逗笑:"这个人还真的是,不管好的坏的,只要定下目标就不择手段。"

嵇蒙高冷了半天,窦寇走后一秒翻脸:"你不要说别人,说说你自己!你是来抓狐狸的,还是来被狐狸抓?说好马上就来,结果又跑到哪里去了?!"

凌小路:"……"

他怎么忘记这边还有"一拨劫要渡"。

"别生气别生气,"凌小路很自然地抓上了他的胳膊,"雾太浓,我迷路了。"

鸩鸠替凌小路打抱不平:"小兄弟,怎么你认识的人,对你一个比一个凶?"

"我可没有凶过小鹿兄弟!"常欢禧忙举手澄清。

"不凶,不凶,"凌小路昧着良心替嵇蒙美言,"他平时可温柔了。"

常欢禧吐了。

"被温柔"的嵇蒙凶着一张脸,并没有半点要变温柔的意思。

"别理他们了。狐狸抓完了,我带你下战场杀人去。"鸩鸠说。

"……"凌小路发现了,对鸩鸠来说,带人下战场杀人也是一种执念。

嵇蒙听到这话急了,硬生生把凌小路往身后一带:"不行!我们等下还要直播!"

"直播?不是明天吗?"凌小路傻乎乎地在他身后问。

"我跟他去打竞技场!"

"竞技场只有1V1和3V3,两个人没法打呀。"

"任务!做任务总行了吧!"嵇蒙气急败坏地扭头冲他吼。

凌小路害怕地后仰:直接说想一起玩嘛,这么简单。

他偷偷躲在嵇蒙身后冲鸩鸠比眼色,手上隔空模仿着顺毛的动作。

鸩鸠会意:"好吧,那就明天……"

"明天我们也要做任务!"嵇蒙毫不客气地打断他,"还有后天!大后天!"

鸩鸠轻笑,隐约还有些嘲笑的味道:"想不到还是个系列任务。"

"怎么,你瞧不起鑫山的策划吗?这个游戏里所有的任务都有始有终!"

常欢禧插嘴:"哎,这一点我们网零也不差的。"

嵇蒙瞪他,嫌他多余。

常欢禧耸耸肩,拉上零走远了:"阿零,你玩过我家游戏吗?回头我给你寄一套外设,你试试呀?"

鸩鸠的身形渐渐隐却在鸦群中:"我去看看窦泥湾的人在忙些什么。"

看来窦寇的道歉还是效果有限!

"如果他们跟小南薰在一起,那就网开一面!"凌小路在鸩鸠消失前叮嘱。

"放心。"空气中只留下两个字。

终于只剩下他们两个,凌小路趁嵇蒙再次发火前主动抢下话题权:"我们去哪儿做任务?做什么任务?"

嵇蒙高高提起的一口气慢慢放了下去,但表情说不清,道不明,甚至有些淡淡的难过。这样的嵇蒙让凌小路感到陌生。

"你刚才,跟离争在林子里,说什么了?"

"说什么了?"凌小路机械地重复了一遍他的尾句。

"我看到你用手指着他。"

"像这样吗?"凌小路又把手举起来了,片刻后觉得这个动作意义复杂,又放了下去。

"你做过梦吗?就是那种从梦中突然醒来,明知道自己刚刚做了梦,却怎么都想不起梦的内容。"

"知道。"

"我清醒时就是那种感觉,可能我当时在幻境里,正指向什么人或东西吧。"

嵇蒙低头用力抿了下嘴唇,想努力将喉咙深处那种怪异感咽下去。

"你知不知道,当零把雾气驱散,我第一眼看到你的时候——"嵇蒙话说到一半,又陡然刹住,"算了,不说了。"

"啊?别,说嘛,你当时怎么了?"凌小路好奇地追问。

嵇蒙抬起头,眼神中有明显的迷茫:"我当时以为,你要消失了。"

"我消失?怎么会!"

"我的意思是,你要跟你师父走了。"

"走?去哪里?回北邙吗?"凌小路更摸不着头脑,"这里就是北邙啊。"

嵇蒙鸡同鸭讲,这个人根本没有一刻严肃的时候,所以他当时到底为什么会突然真情实感地以为会失去他这个朋友?

有谁会在意失去一个傻子朋友!

嵇蒙气呼呼地下山,临走前也没忘记把凌小路抓上鹿背,不让他离开自己的视野。

"怕我又消失了?"

"闭嘴!"

"可是你还没说我们去做什么任务。"凌小路怀疑嵇蒙根本找不到接任务的地点。

嵇蒙更霸道,直接呼叫了自己的专属客服:"有什么适合傻子做的任务?!"

客服:"……"

她礼貌而含蓄地问:"请问您是要做任务吗?"

"对!"

客服联系上下文,陷入了沉思。

"不好意思久等,已经为您检索到,您尚未完成过的剧情任务。"

全息屏上密密麻麻地排列着任务名称,翻页条看上去后面还有很长。

凌小路乐了:"嵇蒙没完成的任务,那不就是所有任务-1吗?"

至今只完成过一个任务的人,还敢吹嘘自家的任务有始有终。

嵇蒙的客服善解人意:"经过我的最新筛选,这些是适合两个玩家共同完成的任务列表。"

数量少了很多,不过还是很夸张。

凌小路突发奇想:"有没有'无名士兵的遗愿'的系列任务?"

客服继续检索:"数据库里显示,'无名士兵的遗愿'是一个独立隐藏任务,没有系列任务,只有另一个任务与之有轻微关联。"

"是什么?"

"这是一个系列任务,初始任务的名字叫'逃学魔女'。"

"这个任务的名字好'中二'啊。"连中二少年凌小路听着都兴趣缺缺,嵇蒙更是打内心赞同。

"这同时也是游戏中的主线任务之一,不过……"

"不过什么?"

"主线任务耗时通常比较长,如果全部做下来,可能需要好几天的时间才能完成。"

嵇蒙:"好!就做这个!"

凌小路:"……"

客服收起全息屏,微微颔首:"那么,需要帮助您传送过去吗?"

凌小路心想:原来有钱连接任务的地点都不用自己找,"权限狗"!

这一次发布起始任务的 NPC 并非人类,而是一只慵懒地趴在洞穴里,外表看上去了无生机的巨龙。

同类的巨龙凌小路见过许多,它们是魔法大陆上的经典魔物,也是被嵇蒙驯服的飞行坐骑。

唯一不同的是,凌小路见过的所有龙都是漆黑一团,唯独面前这条,龙鳞似白玉,晶莹剔透,与众不同。

巨龙恹恹地睡在地上并未开口,甚至连眼皮也没抬,诡异的是凌小路和嵇蒙都"听到"了它的龙语。

——你们是来屠龙的吗？勇士。

好标准的魔幻世界任务开场白，凌小路抢着答："不，我们是来做任务的。"

——任务，就是屠龙。

——曾经有一条恶龙，袭击了某个村落，导致无辜的村民枉死。

——我的任务很简单，就是要你们回到过去，在恶龙袭击村落之前，杀了它。

>> 即将开启"逃学魔女"主线任务，是否确认？

两个人同时按下了确认。

>> 旧世界开启……

这是一个普普通通的小村庄，炊烟袅袅，野花遍地，铁匠锻造声不绝于耳，到处充满安静祥和的气氛。

"有件事我想不明白，"凌小路边沿路寻找线索，边提问，"为什么屠龙的任务会由一条龙发布？"

"龙也分善龙恶龙，阵营不同，有什么奇怪？"

"白龙善，黑龙恶，是这个意思吗？"

嵇蒙不以为然："你这是以貌取龙。"

他们走遍村子，也没发现恶龙的踪迹，这里的 NPC 都只会简单地打招呼，只有一位长袍魔法师打扮的老人引起了他们的注意力。

"孩子们，我那不成器的学生又擅自逃课了，你们能帮我把她找回来吗？"

"出现了！逃学魔女！"凌小路笃定就是这个没错。

"您能描述得再详细点吗？"嵇蒙问。

老人唉声叹气："她叫刹娅，七八岁年纪，生性贪玩。哦对了，她平时最喜欢去村子南边的郊外玩耍。"

"知道地方了还不好找？"凌小路信心十足，"这位老人家您放心，我们保证将她带回来。"

村子南部是一片广袤的草原，时值春天，草长莺飞，绿意盎然。

他们不费吹灰之力就找到了疑似老魔法师口中的刹娅，她穿着黑色的哥特风小裙子，身边跟着一条白色的幼龙。

"咦？"凌小路发出疑惑，"这条龙有些眼熟，会不会是我们先前遇到的那条？"

"有可能，但也不一定。"嵇式废话，说了跟没说一样。

"可白色的巨龙……本来就很少见不是吗？"

二人来到女孩跟前："小妹妹，你就是刹娅吗？"

刹娅小小年纪，态度却很傲慢："你们是谁？"

看来找对人了。

凌小路刻意板起脸："小妹妹，你这么小，怎么不好好上学呢？"

"我知道了，是那个老头派你们来的。"

"你也太不尊重长辈了吧，他是你的老师！"

刹娅欠抽地哼了一声："那又怎样？他的魔法课无聊死了，我才不要上。"

凌小路无奈地看了一眼嵇蒙："怎么办？任务里允许把熊孩子打晕了扛回去吗？"

刹娅提高警惕："怎么，你们两个大人，想对一个小女孩下手？"

"要什么条件，你才肯跟我们回去？"嵇蒙尝试触发关键词。

"没条件，不回去。"刹娅态度坚决。

她头也不回地往前走，幼龙亦步亦趋地跟在她身后。

"我警告你们哦，不要跟着我，不然我会不客气的！"

"嘿！"凌小路最不吃威胁这一套，"我倒要看看你一个小姑娘家，要怎么对我不客气，听话快回去上课！"

刹娅像大人一样拧起眉头："你好吵。"

"你不回去上课，我就一直在你耳边烦你，"凌小路开启"唐僧"模式，"去上课去上课去上课……"

刹娅站住了，不知从哪里变出魔法棒，转身对凌小路一指："我警告过你了！"

凌小路眼前的世界骤然放大几十倍——不，应该说他的身体在高速变小，小到要拼命扬起头才能看见青草外面的世界。他想开口说话，发出的却是陌生的"吱吱"声音。

刚才还勉强到他胸口、现在却变得像巨人一样的刹娅，在他面前蹲了下来："把你变成仓鼠，你就没办法说话了！"

凌小路："吱吱吱？"

另一只大手将凌小路从地上抄起来，对他来讲，是被一个庞然大物，快速地从地面带到半空。他抬起头，迎上的是嵇蒙的脸。

"鹿比？"

凌小路："吱吱吱！（是我！快把我变回去！）"

嵇蒙当然不懂仓鼠的语言，他好奇地用两根手指捏住"仓鼠"的后颈，将凌小路提起来仔细打量。

凌小路变的仓鼠拥有一身金黄色的皮毛，如同用上午九点的阳光烤成的松软面包，背脊处有一道颜色被烤深的线条。

"你变成仓鼠了。"

凌小路：这不是废话吗！

被拎在半空中的凌小路身体拼命扭动，四只爪子划着圈打出了咏春拳。

凌小路：放我下来！

不管这句嵇蒙有没有听懂，凌小路总算是被重新放回到了手掌上。

凌小路：现在！去找那个魔女！让她把我变回来！

嵇蒙一动不动，盯紧手心的"仓鼠"，眼中渐渐放出亮光。

凌小路身子一僵，糟糕，他怎么忘记嵇蒙是一个"变态小动物控"！

变态嵇蒙情不自禁地伸出了另一只手的食指，即便只是一根食指，在凌小路眼里那也是相当粗大。指头的黑影罩在凌小路头顶，面积逐渐放大。

凌小路：不不不……

嵇蒙试探性地摸上了被细毛覆盖的小脑袋，做了一辈子人的凌小路刹那间拥有了一种全新的体验。原来动物的毛根是如此敏感，初一接触时发痒，过程是指肚温柔抚摸过毛皮的触感，尾调是重新展开的舒畅。体感层次如此丰富，难怪动物都喜欢被顺毛。

嵇蒙从"仓鼠"的后脑勺，顺着背脊，小心翼翼地撸到尾巴根。凌小路则本能地跟随着他的动作，仰高脖子，脊椎节节弯曲，在指肚到达尾椎前翘起屁股，最后以一个战栗结束整个过程。

凌小路：啊——好爽！

嵇蒙也从凌小路的反应中发现了新世界，忍不住又如法炮制了一遍。

凌小路：啊——好爽！

嵇蒙沉迷于此，无法自拔。

凌小路生气：你没完没了啊——好爽！

搞什么鬼！凌小路要上演"仓鼠"骂街了，不是做任务吗？人都不知道跑哪儿去了！

凌小路鼓起腮帮子，用人类的肢体语言警告嵇蒙：我、在、生、气！

嵇蒙却找到了新的乐趣，用食指去戳"仓鼠"的左腮帮子，把口腔内的气体统统挤到右边，又反过来去捏另一侧。

凌小路：别玩了！你还能看到刹娅的影子吗！

凌小路：够了！我不是发泄玩具！

凌小路：你这个玩物丧志的昏君不是，昏庸太子！

嵇蒙可能终于想起了此行的目的，抬头东张西望。凌小路这才放心，可算想起来要找NPC了。

确认了目标，嵇蒙迈开长腿，朝附近一棵树走去。

凌小路：喂喂？你走错了吧朋友？那边可没有我们要找的人！

嵇蒙竟然在树下席地而坐，不知道葫芦里卖的什么药。

凌小路：拜托你去做正事！你在包里翻什么？喂，你把什么东西放在手里！咦咦粉红色的大丸子？让我闻闻——

凌小路抱着丸子深呼吸，啊——这该死的甜美！

嵇蒙眼睛里依然亮晶晶的，仿佛有星星。

"鹿比，想吃吗？"

凌小路紧紧抱住丸子不撒爪：我是那种经不住诱惑的鼠吗？

他伸出舌头舔了舔。

凌小路：我是！

嵇蒙盯着恨不得把头埋进丸子里狂啃的"仓鼠"，再一次情不自禁地去感受那毛茸茸的触感。

凌小路：我吃我吃我吃吃吃啊——好爽！

尾椎处仿佛有一个开关，只要嵇蒙触碰到那里，"仓鼠"就会情不自禁撅起小屁屁。屁股也是毛茸茸的，看起来手感无敌好，嵇蒙经不起诱惑，指尖在那里画了个圈，还弹了弹，弹性比想象中还好。

苦吃中的凌小路突然站了起来，表情呆萌，身体僵直，嘴角还沾着粉红色粉末。

凌小路：嵇蒙你干什么！

嵇蒙完全没意识到自己刚刚做了什么过分的事，见凌小路吃得兴致勃勃突然停住，不解地问："怎么不吃了？不想吃了吗？"

凌小路又羞又恼，一对小黑豆圆溜溜地瞪了他半天，再次一头扎进丸子里狼吞虎咽。

凌小路：吃！为什么不吃！这可是我出卖身体换来的劳动果实！

凌小路将嵇蒙给的丸子吃了个精光，连残渣也不剩下，那种久违的愉悦感再度袭来。凌小路静静地趴着，尽情摊开四肢，把自己变成一只"鼠饼"。血液中酥麻的感觉，从胸口蔓延到头顶、到四只小爪、到尾巴尖儿，再到每一根金黄的软毛。

进入兴奋状态的凌小路在嵇蒙的手掌上开心地打起了滚，恨不得用身体的每个部分蹭他的手心，一会儿摩擦小肚皮，一会儿翻过来蹭着背部，坚持不过三秒又一个轱辘翻起来，在手掌上飞快地原地转圈。他体内流淌着无穷的精力，嵇蒙的手心散发出无穷的魅力。他用这精力，去汲取那魅力，在嵇蒙的指缝间拼命留下自己的气味。

嵇蒙也看着心痒痒，当"仓鼠"再一次四爪朝天的时候斗胆搔了搔"仓鼠"白嫩的小肚皮。这里的手感，更柔软，更细腻，嵇蒙体会到了什么叫爱不释手。

凌小路先是愣了愣，然后大大方方地敞开肚皮，呈现邀请之态。嵇蒙迟疑地又摸了几下,见"仓鼠"不仅没有反抗,甚至还眯起眼一副痴迷陶醉的模样,便放心享用起来——一会儿顺时针,一会儿逆时针,一会儿又毫无规律,只将那硬币大一处面积的毛揉得杂乱无章。

他的指尖无意中划过凌小路的嘴边,凌小路不假思索用前爪抱住,张开嘴,用尖锐的小牙去啃。

嵇蒙刚刚坐在草地上,指尖有青草的味道,凌小路陶醉地边啃边想,从此后他就是一只吃草的仓鼠了。

嵇蒙脸上露出熟悉的姨母笑,若是在平日,凌小路准要吐槽他。但是此刻兴许是凌小路有"鼠眼滤镜",竟觉得这样的嵇蒙越看越好看,平时凶巴巴的脸上只剩下温柔的神情。真应该让常欢禧来看看,谁说嵇蒙不能温柔?

凌小路瞬间不满足于这种程度的接触,翻身顺着嵇蒙的手臂灵活地跳上肩头,在嵇蒙身上东闻西找。

"你找什么?还想吃吗?"

一个丸子就让凌小路失控成这样,它还哪敢吃第二个。

"仓鼠"从嵇蒙的肩膀上跳了下去,嵇蒙意识到一件很严重的事——他忘记拍照和录像了!

他把手里的"仓鼠"放到地上,刚比出拍照手势,却见"小仓鼠"高高站起身,呆呆地望着远方。

"你在看什么?"

话音刚落,"仓鼠"突然往他看过的方向拔腿狂奔,一眨眼就消失在高高的草丛里。

"鹿比!"嵇蒙不假思索地起身追去。

凌小路听到了从风里传来的号令声,他此刻非常确定,自己曾经来过这里!

他撒开脚爪狂奔,青草在他头顶摇摆,阳光时遮时现,微风也在耳边放大。

一队武装精良的卫兵正在这里进行野外训练,凌小路一眼就锁定了自己要找的人,无名卫兵正跟战友们一起,静悄悄地蹲伏在草地里。

金黄色的"仓鼠"像没头苍蝇一样朝他撞了上去。

凌小路:是你是你是你!没想到我还能见到你!

卫兵看到突然闯出来的"仓鼠",表情一愣。

见指挥官注意力在别处,卫兵小心翼翼地用手将闯入的不速之客托了起来。

"小家伙,你是哪儿来的啊?"

凌小路激动而又焦急地在他手里拱来拱去,反复转圈。

凌小路:你还记得我吗?你叫什么名字!

凌小路有数不清的问题想要问他,然而在卫兵耳中,那只是一长串没有意

义的"吱"。

声音引来了指挥官的注意。

"卫兵!"

凌小路立刻被放回地面,卫兵起身立正:"对不起,指挥官!"

"怎么又是你?战场上开小差很危险,你难道记不住吗?"

"对不起,指挥官!"

"蛙跳一百个!"

"是!指挥官!"

卫兵偷偷低头,冲凌小路俏皮地挤了下眼睛,转身蛙跳着走了。

凌小路依依不舍地跟在他后面跑了几步,又想到什么,停下来,表情悲伤地眺望着他远去的背影。

## 第三章

你们是来屠龙的吗？勇士

绿草如茵，沃野千里，忧郁"仓鼠"，直立远眺。

直到视线里再也没有卫兵的身影，"仓鼠"才重新前爪落地，转过身又朝着一团空气发呆。

如果没有记错的话，他和嵇蒙曾经就站在那里，亲眼看见卫兵因仓鼠而受罚。只不过那时的他们处于一个昏黄的空间，置身事外地旁观一切，这个世界的人看不到他们的存在。

如今他身处这个世界，却也看不见当时的自己了。

"鹿比！鹿比你在哪儿？"嵇蒙呼唤着凌小路的名字找了过来。

凌小路不再留恋此地，回头朝着声音的来处奔去。

在哪个世界不重要，重要的是无论在哪个世界，嵇蒙都在。

灵活的"仓鼠"顺着嵇蒙的腿绕着圈跳上肩膀，动作熟练得就像嵇蒙饲养多年的爱宠。

"你去哪儿了？你怎么总是乱跑？"不管是人类鹿比还是仓鼠鹿比，总有本事一眨眼就在他眼前消失不见。

凌小路把小脑袋凑过去，在嵇蒙的身上蹭了蹭脸颊。

嵇蒙质问的话便再也说不出口，他莫名觉得"仓鼠"做的这个动作令人难过。

"咳，那……"嵇蒙有片刻语塞，"那咱们继续去做任务，我刚才好像看到刹娅了。"

凌小路在嵇蒙肩头趴了一会儿，觉得铠甲太硬，又跳到嵇蒙头上，拿他的头发美美地做了个窝。

嵇蒙头顶凌小路，在草原的西边找到了刹娅，对方态度不像方才那么傲慢了，但显然不是发自内心，而是有求于他们。

"这条小龙迷路了,你们能帮我把它送回家吗?"

系列中的第二个任务出现——"迷路幼龙"。

凌小路站起来:"吱吱吱!(帮你可以,但你要先把我变回去!)"

刹娅手中魔法棒一点,变回人形的凌小路毫无准备地从嵇蒙头上滚了下来,还好嵇蒙反应快一把扶住了他,不然他铁定屁股开花。

"喂!你把人变来变去之前能不能提前打声招呼!"惊魂未定的凌小路气得直嚷嚷。

刹娅表情冷漠:"你们到底帮不帮忙?"

"……帮就帮!"上一个任务还未完成,他们根本就没有选择的权利。

幼龙变成了凌小路的跟宠,为了将它平安送回家,凌小路他们不得不沿途与遇到的村民打听。

人类与龙族矛盾久远,在听到他们的问话后,多数不愿搭理。顶着一路的嫌弃,他们终于找到龙族群居的领地。

幼龙见到熟悉的家,当即高高兴兴跑跳过去,却被体型巨大的黑龙一掌抢了回来。

"我们是不是找错地方了?"凌小路放眼望去,无论天上地下,尽是黑龙,没有一条白龙的影子。

"你没见到刚才幼龙的表现吗?显然它很熟悉这里。"

"那是为什么?"

"我就知道这个任务没这么简单。"

嵇蒙来到黑龙跟前:"你能听懂我说话吗?"

龙语自动在二人脑海中呈现。

——把这个灾星带走,该死的人类!

幼龙也听得懂,后退了两步,小心翼翼地伏低前半身,看起来楚楚可怜。

——它是变异的龙,会为我们的族群带来灾难!

"我还以为只有未开化的人类是愚昧的,想不到龙也这么迷信。"

幼龙从喉咙深处发出"呜呜"的声音。

黑龙并未因此产生怜悯,态度更加恶劣。

——滚!不然我把你们三个一起烧成灰烬!

凌小路无奈:"怎么办?"

嵇蒙说:"我们先下山,再想办法。"

山脚下,他们遇到了意想不到的人。

凌小路吃惊道:"刹娅?你一个小孩子家,怎么可以跑来离村子这么远的地方?"

刹娅不满意地瞥了眼垂头丧气跟在他们身后的幼龙："我就知道,交给你们两个肯定搞不定。"

凌小路要被这丫头气死了："知道搞不定,还派我们两个白跑一趟？"

刹娅魔法棒警告,凌小路"威武不屈"地闭上了嘴。

"你来这里,是找到解决的办法了吗？"嵇蒙比他更理智些,知道怎样让任务推进下去。

刹娅有些犹豫："我知道有一位……婆婆,她或许有办法。"

第三个任务——"森林女巫"。

森林中的小木屋,房檐上的青蛙,大锅里熬着诡异的紫色液体……

凌小路看不下去了："这不就是魔法故事里坏女巫的标配吗？！"

女巫一边熬着锅里的液体,泰然自若地回答："你说得没错,但敢问哪个女巫是自己出去作恶,不都是你们找上门来的吗？"

"……"

凌小路转向嵇蒙："怎么办,她说得好有道理。"

嵇蒙："直接说条件吧,我们赶时间。"

"白龙自古便是龙族的灾星,这一点我无法改变。"女巫晃动着她经典的黑色指甲,"但是我可以,把它变得跟普通的巨龙一模一样,这样龙族就会接纳它了。"

"难道我们不能吗？譬如用墨汁什么的。"凌小路思考。

女巫的动作顿了顿："你是我接待过的人中,废话最多的一个。"

这个"之最"拿得并不是很让人开心。

"好吧,说出你的条件。"嵇蒙说。

"我的条件很简单,只要十枚黑龙石,我就能把变异的白龙染成黑色。作为报酬,我需要十枚黑龙卵,不过分吧？"

"黑龙石要如何得到？"嵇蒙问。

女巫笑得阴森狡诈。

"每条黑龙身上都有黑龙石,你只要把它们像这样,"她做出一个抹脖子的动作,"杀掉,黑龙石就唾手可得。找到那些孵蛋中的母龙,杀死它们,带回龙卵,我就让你们愿望成真。"

"我们真的要助纣为虐吗？"凌小路走出木屋后问。

"杀怪本来就是任务中最常见的环节,"嵇蒙说,"更何况,我们没有别的选择。"

两个人返回龙族领地,一个杀龙,一个偷蛋。母龙见到有人要抢它的孩子,性情越发暴虐,两个人费了很大劲儿,才把女巫交代的物品收集齐全。

凌小路临走前回头望了一眼，只见遍地龙尸，一片凄凉。

女巫很满意他们带来的东西："请帮我把龙蛋放到那边的孵化室里，它们是我实验用的珍贵对象。"

说罢，她把黑龙石统统丢进了大锅，锅内泛起了气泡。

凌小路从孵化室里走出来的时候，迎面撞上女巫将白色幼龙丢入锅内。

"喂！"凌小路扑过去想要救，却迟了一步。

"你做什么？！"他吼道。

"不是你要我将它变成黑龙的吗？"

"我要你把它变成黑龙，不是让你把它煮了！"

女巫摆手："年轻人，少安毋躁。"

大锅开始剧烈地震动，嵇蒙伸手将凌小路拉退开一步，二人同时目睹锅口发出强烈的光芒，伴随一声巨响，锅碎成若干片，纯黑色的幼龙从里面跳出来，发出痛苦而尖锐的嘶吼。

女巫见状桀桀怪笑："如你们所愿。"

黑色幼龙被送回山上，没有一条巨龙前来找它的麻烦，因为它们都在沉痛地哀悼同伴。

凌小路不是很满意这样的任务走向："你们的任务就不能设计出自主选择的分支？"

"错误的过程也是过程，也需要玩家来推动。"

"为什么骗刀片都能说得这么清新脱俗。"

凌小路完成了送归幼龙的任务，刹娅并不十分情愿地随他们回到了村子。

刹娅的老师一见到她就开始唠叨："你这孩子，为什么总是不听话，总是要……"

"别吵了老头，不就是练魔法吗？我练就是了。"刹娅走到一旁，开始拿训练稻草人出气。

老师吹胡子叹气："孺子不可教也。"

他见到一旁的凌小路二人："谢谢你们帮我把她找了回来。如果二位还有时间的话，麻烦帮我把这封信送到镇上的学校里。刹娅曾是那里的学生，我要定期向学校汇报她的近况。"

第四个任务——"刹娅身世"。

镇上学校的校长看完他们送来的信，叹着气将信装回信封。

"果然是不好管的问题学生，真难为她的老师了。"

凌小路问："校长，我有个问题，既然刹娅是问题儿童，为什么不把她留在镇上，反倒送去村里，交给一个根本管不住她的老人家呢？"

校长面露难色:"这个……刹娅存在一些特殊情况,并不适合留在镇上。"

"什么特殊情况?"凌小路刨根问底。

校长再次叹气:"不瞒你们说,刹娅出生的时候,身上有胎记。这种胎记在传说里,是灾星的象征。就算我同意她留在学校念书,镇上的居民也会有意见。我们将她秘密送到村里,隐瞒真相,也是为她着想。"

凌小路有点生气:"怎么都是灾星?巨龙迷信,你们也迷信,你们难道是未开化的愚昧人类吗?"

嵇蒙突然捏住他的手臂,一脸严肃:"变异的白龙是灾星,而它确实为族群带来了灾难,我们就是那个灾难。这个世界里可能很多都是假的,但传说一定是真的。"

凌小路认真琢磨了他的话,脸色渐变:"不好……"

两个人拔腿往外跑,嵇蒙尝试召唤影鹿,却被告知不允许使用坐骑。

他们大步流星奔向村庄,周围的环境发生着剧烈改变。

"不对!"凌小路终于发现了这异常,拉住嵇蒙,"你看!"

树枝以肉眼可见的速度抽出新叶,枝头开满花苞再到盛开,天气变得燥热,知了开始鸣叫,这一切都发生在弹指一挥间。像有人故意调快了这个世界的时间,前一秒还是初春,这一秒已是盛夏。

不重要的时间悄然消逝,不祥的预感更加强烈,他们跑过原野,跑过山坡,凌小路再一次停下脚步,望着坡顶的方向发愣。

嵇蒙发现人突然不见,回头来找:"怎么了?"

凌小路迫切地抓住他:"你还记得这里吗?我们跟巨龙战斗的地方,有指挥官,还有无名士兵……"

嵇蒙抬头,甚至隐约听到从山坡上面传来的战斗声。

凌小路转身往坡上跑,被嵇蒙拉住:"你去哪儿?"

"去帮他们。"凌小路焦急地说,"如果我们去帮忙,哪怕是提醒他们,指挥官就不会身受重伤,兴许未来就会改变,卫兵就不会死。"他甩开嵇蒙的手,没跑开两步又被强行拦下。

"你忘记我们此次的任务了吗?还记得我们上次在这里见到的那个起火的村落吗?"

凌小路努力将前后两次任务联系在一起:"杀死……袭击村落的……恶龙。"

嵇蒙快速点头:"已经发生的事实不会改变,即使你赶过去也未必救得下指挥官。但这一次是我们接到的任务,我们还有机会拯救整个村子!"

"可是卫兵他……"

"卫兵在我们那个时间已经死了。但是刹娅,还是未知数。"

凌小路艰难地做着取舍,嵇蒙说的话很有道理,可卫兵是他在这个游戏里的第一个遗憾。理性与感性,两股力量,在他内心反复斗争。

"没时间了,快走吧!"

凌小路目光决绝地往坡顶望了一眼,狠下心,头也不回地跟着嵇蒙往村子里奔去。

凌小路与嵇蒙还是来迟一步,当他们抵达村庄时,火势已经开始蔓延。两个人冒着熊熊烈火,挨家挨户搜寻刹娅的下落,终于在一间小房子里有了发现。

"在这边!"

嵇蒙听到凌小路的呼声,飞速赶到。刹娅双目紧闭,倒在魔法盾里,不远处躺着她的老师。

凌小路第一时间冲上去检查了刹娅的情况:"她还活着!只是昏过去了!你那边呢?"

嵇蒙努力摇醒老魔法师:"老人家!老人家您醒醒!"

老师一声重咳,从昏迷中转醒,气息微弱:"救……刹娅……"

嵇蒙忙说:"刹娅没事。"

老师摇头:"救她……出去……不要告诉她……真相……"

"什么?"嵇蒙把耳朵贴过去,"您说什么真相?"

老师使劲最后的力气推了他一把:"快走!"

燃烧的木椽带着烈焰跌落房檐,木做的小屋即将被吞噬。

凌小路焦灼:"没时间了!我们先把刹娅救出去!"

情况危急,嵇蒙只能先保护孩子:"你等我们一下!"

他在前面开路,凌小路抱起刹娅跟在后面,穿过烈火的封锁,有惊无险地奔到户外。

就在他们逃脱生天的一刹那,身后的木屋轰然倒塌,将老魔法师永远地留在了火场。

连留给他们哀悼的时间都没有,整个村子的情况都不容乐观,夏日天干物燥,火势在各种干木的助燃下越发凶猛。

"先出村子!"嵇蒙在火场中为抱着刹娅的凌小路开出一条路,回头唤他。

凌小路一抬头:"前面有龙!"

一条巨大的黑龙迎面飞来,目标瞄准凌小路怀里的刹娅。

说时迟,那时快,一个圆球从天而降,重重地砸在巨龙脑袋上,又飞到嵇蒙手里,胖嘟嘟的身体化成一把巨大的剑。

嵇蒙持剑瞬间劈出两道雷,吓得巨龙向后退了退。

"一定就是它了!"袭击村庄的恶龙,他们这次的任务目标。

"你先带刹娅离开,我来搞定它。"说罢,嵇蒙举起巨剑,朝黑龙跃去,热浪中传来他专属的技能口令,"雷霆万钧!"

黑龙并不恋战,节节后退,嵇蒙一眼就看穿了它的意图。

"想绕开我去攻击刹娅?没门!"

黑龙被嵇蒙紧紧缠住,凌小路趁机把刹娅带出火场,安置在村外的树下,转身去帮嵇蒙。

黑龙被嵇蒙激怒,开始反击,无情的火焰向嵇蒙喷射。凌小路及时赶到,弯刀一亮,踩着龙尾跃上龙背。

巨龙拼命扭动身体,想将凌小路甩下来,凌小路控制不住平衡,招式施放不出。

"能不能帮我!"他喊,"让它别摇!"

嵇蒙剑头指向黑龙:"雷打不动!"

一道雷鞭蓄势而发,将黑龙紧紧捆住,越挣扎,电流声越响亮,失去自由的巨龙发出愤怒的咆哮。

就是现在!凌小路瞄准它的弱点,用力挥刀:"吞日斩!"

黑龙发出撕心裂肺的一声吼叫,无数个火弹从口中喷出,嵇蒙为了躲避不得不收了雷鞭,凌小路也摔到了地上。

嵇蒙看穿了它穷途末路的垂死挣扎,持剑镇定蓄力,然后挥出:"雷霆之怒!"

黑龙在落雷下不断地挣扎、抽搐,身体发生着变化。

凌小路震惊:"你看!"

只见它身上的黑壳开始剥落,一块又一块,掉落在地,露出晶莹剔透的龙鳞。

"是变异的白龙!"

白龙脱尽一身黑壳,重重摔落在地,凌小路不敢相信这就是他们前不久护送的那条幼仔,居然长到如此巨大。

"怎么是你们……"小女孩的声音从背后响起。

凌小路回头:"刹娅你醒了!你不要过来,这里危险!"

他与嵇蒙撤出火场,把刹娅也拉了回去。

刹娅面露惊恐地望着燃烧中的村庄:"为什么会这样?村子里的人呢?老头呢?"

凌小路面有难色,嵇蒙也闭口不答。

"老头他该不会……"刹娅不敢把猜想说出口,唯有尖叫着质问,"为什

么村子会着火?是因为龙吗?"

白龙倒在火中,一对眼睛遥遥地望着刹娅,但似乎已经没有了生命的气息,它死不瞑目。

稔蒙和凌小路的屠龙任务同时提示完成了。

>> 正在离开旧世界……

"等一下!"凌小路想阻止,却没有取消离开的选项,短暂的读条过后,两个人同时传送回来时的巢穴。

巢穴里没有白龙的身影,地上摆放着一堆珍宝,作为他们完成任务的丰厚奖励。

凌小路再也无法自欺欺人:"你说,之前躺在这里的那条白龙,是不是就是……"

"我们刚刚杀掉的那条。"稔蒙给出了肯定答复。

"可是为什么呢?"凌小路想不通,"它要大动干戈地把我们送回到过去,杀死它自己。如果我们没能杀死它,任务失败会怎样?"

"只会重来一次,直到任务完成为止。"

任务虽然完成了,可凌小路还有很多地方想不通:"白龙为什么要袭击村子,为什么要攻击刹娅,明明我们第一次见到他们的时候,他们两个看起来关系很好。"

稔蒙也有一件很在意的事情:"老魔法师让我们救刹娅的时候,说了句不要把真相告诉她,可是我们根本没有找到任何有关真相的线索。"

"我觉得我们应该再去一次那个村子,寻找线索。"凌小路说。

"你找得到?"稔蒙意外。

"我怀疑这里就是巨龙群居的地区,下山后应该就能找到村子。"

"你怎么这么确定?"

凌小路指着脚下:"看见那边的窝了吗?我在那里偷过龙蛋。"

龙窝里已不再有蛋,山上甚至连一条活龙的影子都没有,取而代之的是满地骇人的巨大骸骨。

从风化程度判断,这些龙骨已经存在了很长时间,在凌小路他们离开之后,这里究竟发生了什么?

山脚下有人类活动的痕迹,牧民在这里悠闲地放羊,画面安静祥和,凌小路却越看越觉得蹊跷:"你记不记得我们上一次来,这附近根本空无一人。"

"因为人类和龙族泾渭分明,龙会叼走人类养的羊,所以根本没有人会来山脚下放羊,说明那些龙已经死去很久了。"

凌小路跑到牧民身旁:"我想打听一下,山顶那些龙发生什么事了?"

牧民很是热情："龙？早就没有龙了。自从我们这里出了一个屠龙英雄，别说这座山，就是方圆百里，连颗龙蛋你都找不见。"

"屠龙英雄？"

"没错，别看她只是个小丫头，本事大得很呢，那些巨龙统统不是她的对手。"

凌小路与嵇蒙对视了一眼，继续问："小丫头？请问你知道这位屠龙英雄叫什么名字吗？"

牧民一脸敬仰："她在我们这里无人不知、无人不晓，她的名字叫剎娅，是人类的英雄！"

一别经年，逃学魔女摇身一变，成了人人称颂的屠龙英雄。然而对于凌小路他们来说，这一切发生得太过突然，他们无法将这两个称呼联系在一起。

"谢谢你，我还想问一下，往西边走，是不是有一个村子？"

牧民闻言脸色大变："你们千万不可接近那个村子，那个村子很多年前着了一场大火，全村的人都被烧死在里面。从那以后不仅整个村子荒废了，传说还会闹鬼……哎？你们去哪儿？那里是西边！"

往西边走要经过女巫的森林。

凌小路说："或许女巫那边会有什么线索。"

女巫的模样丝毫未变，多年前是个老巫婆，如今还是老巫婆，这算不算也是一种驻颜之术？

"你们要去被巨龙烧毁的村子？"女巫低头搅拌着锅里的液体，声音沙哑，"你们知道那里已经没有活人了吗？"

"我们亲眼见证了，那场火灾。"凌小路说。

女巫这才抬头，正视二人："我想起来了，我记得你们，你是那个话很多的委托者。"

看来女巫不仅驻颜有术，记忆力也很好。

女巫走到嵇蒙面前，凑近了用鼻子嗅。

这个过度亲密的动作引起了嵇蒙的排斥，以及凌小路的好奇。

"你说她会不会闻着闻着，突然开口管你叫哈尼？"

嵇蒙甩了凌小路一个荒谬的眼神。

女巫开口："本来我不想帮你们的，但你身上有我想要的东西的味道。"

凌小路更好奇："你私藏了什么？"

嵇蒙没好气："有共享，你不会自己看？"

不是凌小路不看，实在是嵇蒙包里东西太多，女巫不说，他也不知道对方

想要的是什么，兴许是雷噜噜呢？

女巫转身从她的宝箱里翻出一盏玻璃灯："这是用死人的骨灰做燃料制成的灵媒灯。有了它，你们就可以听得懂亡语，能够与死去的亡灵交流。"

她那瘆人的黑指甲指向嵇蒙："我想用它，换你身上的白龙石。"

凌小路大吃一惊："你打到了白龙石？"

"白龙死的时候掉落的。"嵇蒙说。

"可是一定要换吗？我们虽然听不懂亡语，但是幽灵可以举牌。"

嵇蒙想把他变成幽灵："玩家是玩家，NPC是NPC，这两者不一样。"

"……任务出现了！"

凌小路激动地接下了"亡灵村庄"，这证明迄今为止他们的解谜思路是正确的。

嵇蒙拿到了灵媒灯，却没有找到点亮它的开关。

"要怎么才能让它亮起来？"

女巫兴奋地摩挲着到手的白龙石："死人的骨灰只是燃料，要用活人的气息去引燃。"

说罢，她下了逐客令："快走吧，不要打扰我实验！"

凌小路和嵇蒙被赶了出来。

天色已近黄昏，二人迎着晚霞，快步赶往刹娅居住过的村庄。

就如同牧民所说，这里失火后，彻底荒废，断壁残垣，举目凄凉。巨龙的骸骨被烧焦，周围寸草不生。

他们很努力地找到曾经救下刹娅的那间小屋子，因为这里被烧得最为严重，几乎辨认不出原本的样子。

晚霞退场，月色上映，幽灵们不知从哪里冒了出来，在废墟上漫无目标地游荡。这个场景，在影视作品里见到是一回事，亲身经历又是另一种体验，凌小路害怕地躲到了嵇蒙后面。

"你怕鬼？"嵇蒙问。

"我、我不怕看鬼片……"

一只鬼飘到凌小路身后，吓得他毛骨悚然地叫起来："但是我怕演鬼片啊啊啊！"

鬼飘走了，凌小路加速的心跳却不能平复："你你你……你的灯呢？快拿出来。"

嵇蒙的心跳也不是很正常："如果你不是像章鱼一样抱住我的话，我原本是可以抽出手拿的！"

凌小路审视了一下二人的姿势，心虚地撒开手："那你赶紧拿。"

灵媒灯在手，还是点不亮。

"女巫说要活人的气息引燃，难不成是要往里面吹气？"

凌小路说试就试，然而不起作用。又一只幽灵飘过来，凌小路再次上演丢人的"八爪鱼"抱。

虽然丢人，但他却不肯撒手。

"对不起，我是真的，有点怕……"

"握住灯。"嵇蒙沉下声音，在这样的环境下，他的声音有定神的功效。

凌小路鼓起勇气将手覆在嵇蒙手上，二人一里一外握住灵媒灯。

灯亮了。

凌小路松了一丁点的气。

阴森的声音从背后响起："你们来这里做什么？"

"啊！"凌小路吓得手一松，灯又灭了。

嵇蒙把灯往凌小路手里一塞，然后自己从外面紧紧握住，这下凌小路没办法撒手了。

"不要怕，它们只是NPC。"

"NPC、NPC，不是鬼，是NPC……"凌小路不断给自己洗脑。似乎好一点了，他壮着胆子问，"我、我们想打听有关刹娅的线索，任何线索。"

"刹娅！"鬼凌厉地尖叫，"那个灾星！如果不是她，我们的村子也不会变成这样！"

"你这么说有点过分了。"凌小路热血上头，也不像先前那般怕了，"明明是巨龙烧了你们的村子。"

"谁告诉你是龙？不是！"

越来越多的幽灵围了过来，刺耳的尖叫声此起彼伏。

"是刹娅烧毁了我们的村子！"

"她才是罪魁祸首，她才是人类的灾星！"

"孩子们。"

"老人家！"

凌小路终于在一群陌生的鬼中见到一个熟悉的面孔："这到底是怎么回事，为什么村民们要诬陷刹娅？明明烧毁村庄的是龙，不是吗？我们，我和嵇蒙，亲眼所见。"

他迫不及待地扭头去寻求嵇蒙的支持："对不对？"

岂料，嵇蒙却缓缓摇头："我们见到的，是起火村庄里的龙，而不是龙点燃了村庄。"

"这个因果关系不是很明显吗？"

"那我问你,"嵇蒙一针见血,"如果白龙送我们回到过去,只是为了阻止它自己袭击村庄,为什么不让我们在它幼年的时候,在它更不容易反抗的时候,就动手杀掉它呢?"

凌小路被问住了。

"我们赶回村子的时候,时间转瞬而逝,说明一切都是设定好的,无论我们跑得多快,都只能在起火后抵达。我们目睹了火灾的过程,却没见到起因。"

凌小路的内心动摇了,却不愿承认:"可是刹娅,她只是一个小姑娘啊……"

老魔法师重重叹气:"刹娅,不是普通的小姑娘,她出身于赫赫有名的魔法世家,上面还有两个姐姐,飒迪娅和芙蕾娅。"

"女神飒迪娅!"

对方点头:"三姐妹一出生就拥有强大的法力,如果刹娅不是天生带有诅咒的印记,她在魔法界的地位不会低于她的两个姐姐。"

凌小路想起女神大婚,那是何等的风光,整个大陆的生灵都在为她道贺,那个时候刹娅在哪里?

是不是在能看到焰火的郊外,与她的白龙孤独相依?

同等的出生,同等的天赋,截然不同的命运。

"可是刹娅,如今也是被誉为屠龙英雄的人,"凌小路困惑地问,"人们同样敬重她,崇拜她,这样不好吗?"

"这就是问题所在!"老魔法师情绪突然激动,"这些年来她屠尽巨龙,只因她误将巨龙当作焚毁村庄、烧死村民的宿敌。而事实上,人类与龙族虽然常年有冲突,也仅限于人类侵占了龙族的地盘、龙族狩猎了人类的牲畜这种程度的矛盾。直到一些人类闯入龙族栖息的领地,偷走母龙的龙蛋,杀死幼龙的母亲,矛盾才渐渐升级!"

凌小路有些羞愧地低下了头。

"老人家,那场火灾又是怎么回事?"嵇蒙问。

话题触及了老魔法师不愿想起的回忆:"我只能告诉你,火灾与龙无关。我在临终前叮嘱过你,永远不要告诉刹娅真相,但是我现在反悔了。"

他表情凝重地垂下眼皮,内心天人交战:"我不应该放任她这样肆意屠杀下去了,错误的仇恨占据了她的心灵,那些龙类是无辜的,它们也是生命,不应承受这样的无妄之灾。最为重要的是,继续这样下去,种族矛盾只会达到不可调和的程度,届时龙族联合起来反攻,对人类也是巨大的灾难。"

他重新抬起头,情真意切:"孩子们,拜托你们,去阻止刹娅吧,无论使用任何办法,不要让诅咒在她身上应验。她本性善良,不应为任何一个种族带来厄运。她只是刹娅,她不是灾星。"

"亡灵村庄"结束,"寻找刹娅"自动开始,客服所言非虚,这真的是一个很长的任务。

"你不用休息吗?"往常这个时间,嵇蒙早就下线了,而凌小路则霸占了嵇蒙家里的床。

嵇蒙的床很舒服,而凌小路只要在线就有鑫山的加班费拿,何乐不为。

嵇蒙犹豫了下:"再往下做一点,我想见见刹娅。"

此言正合凌小路意,他也想知道刹娅现在在哪里,有没有长大,还像不像小的时候一样熊,一言不合就把他变成仓鼠。

凌小路念起了新任务文本:"……返回森林木屋,看看女巫有没有什么新发现,这是提示吗?"

"嗯。"嵇蒙点头,"我们走吧。"

女巫早已等待他们多时:"你们终于回来了。猜猜看,我从你们带来的白龙石上发现了什么?"

凌小路摇头。

"一段旧的记忆存档!这真是太有趣了!"

"等等,"凌小路打断她,"什么是记忆存档?跟游戏存档一样吗?"

女巫发出阴森的笑声:"你们有听过这样的传说吗?龙族自古以来就拥有操控时间的能力。"

又是传说,凌小路任务做到现在,最不敢小觑的两个字就是"传说"。迄今为止,他们听过的所有传说,无论好的坏的,统统应验。

"但实际上,现如今大部分龙类都只是普通生物,唯有被龙族视为灾星的变异白龙,才真正继承了这种能力。"

"然后呢?"凌小路问。

"你们好像并不意外?也对,我在旧的存档中见到了你们,你们正是被上一个世界的白龙传送过来的,是你们改变了故事的结局。"

"上一个世界发生了什么?村子为什么会着火?后来又怎样了?"

凌小路有点意外嵇蒙会问这么多问题。

女巫摇着手指:"不,现在还不是告诉你们的时候。我用这段记忆生成了秘密的幻境,入口就在这片森林的深处,只有当刹娅本人到场的时候,你们才拥有资格进入那里。"

"秘密的幻境?"凌小路不解,"那是什么?"

"就是副本。"嵇蒙问女巫,"那我们要怎么才能找到她?"

"我会派我的小宝贝送你们过去,但是能不能说服她过来,就是你们的问

题了。"

女巫一招手，木屋外落下黑色巨龙，原来这里还是有龙族存在的。二人骑上龙背，巨龙迎风起飞。

……

"多年"不见，刹娅由一个傲慢无礼的小姑娘，成长为如花似玉的豆蔻少女，然而凌小路还是一眼认出了她。

"刹娅！"他激动地从龙背上跳下来，朝她奔去。然而他越跑，这个世界越大，他们之间的距离越遥远。凌小路停下来低头一看，自己又一次变成了仓鼠。

凌小路：爱你！

刹娅的声音里带着一股成熟的傲慢："敢骑龙来我这里，胆子不小。"

凌小路变成的仓鼠气愤地在地上跑了一圈又一圈，想要理论，却苦于说不出话。

嵇蒙路过，将凌小路拾起来，放在头顶。凌小路站在巨人的头顶上，鼠仗人势，对着刹娅开启了一连串"吱吱吱"的谩骂和批判。

"他在骂我？"刹娅扬起下巴，问道。

"听起来像是。"嵇蒙从容回答。

凌小路：不是听起来像是！就是！

"我们来找你，是有正经事。"

许是嵇蒙态度严肃，刹娅不情不愿地把凌小路变了回去。

"你这个目中无人的熊孩子，小时候是熊孩子现在是熊丫头，你吱吱吱吱吱吱吱……"

刹娅居高临下睥睨着"仓鼠"："吱一声，我就把你变回去。"

凌小路感受到了屈辱："吱！"

变回人的凌小路这次学乖了，只敢在心里偷偷地骂。

"说吧，什么事？"刹娅终于不再对凌小路滥用魔法了。

嵇蒙开口："我想让你跟我们去一个地方。"

"什么地方？"

"去见一个你最在意的……对象。"

刹娅嗤笑："呵，你又怎么知道，我最在意的是谁？"

"当年迷路被你捡到的白色幼龙，你不惜委托我们将它变成另一个模样也要送它回家，后来它也一定下山找过你。如果我没猜错的话，你最在意的是一条龙，一条白色的龙。"

刹娅变了脸色："住口！我怎么会在意那种低劣的生物，我恨不得将它们全部消灭！"

"你难道就不想知道,当年你对白龙充满善意,它为何会恩将仇报,放火烧了你居住的村落?甚至烧死了你的老师?"

嵇蒙每个字都在揭刹娅的陈年伤疤,她的拳头攥得很紧,凌小路很担心口无遮拦的嵇蒙会被她一怒之下变成仓鼠。

盛怒边缘的刹娅突然改变态度,一声轻笑:"要我跟你们走,也不是不可以,只要你们能经过我的考验。"

第七个任务——"默契考验"。

凌小路放心了:"有任务了,有任务就好说。"

"不要拿你们之前完成的那些弱智测试与我的考验相提并论。在我这里,如果你们失败了,可能再也见不到彼此,敢赌吗?"

"这熊丫头,还学会危言耸听了。"凌小路才不信区区一个任务,还能让他与嵇蒙阴阳两隔?

嵇蒙对他无声地比了一个口型,只有两个字。

凌小路不解。

嵇蒙又慢慢地讲了一遍,这次凌小路看懂了,他说——仓鼠。

凌小路:"……"

凌小路端正态度:"我们敢赌,你说吧。"

刹娅揣起手臂:"我的问题跟刚才一样,只要你们答对对方最在意的对象是谁,哪怕只对一个,我就答应跟你们走。我还可以加一个限制条件,仅限于游戏内。"

凌小路没想到是这样的问题:"那你怎么知道答案正不正确?"

刹娅笑了:"我说我有读心术,你信吗?"

凌小路当然不信,但游戏规则是人家定的,他不想变仓鼠只能遵守。

"让我想想,嵇蒙最在意的……"

"不要瞎猜,"刹娅提醒他,"每个人只有一次机会。"

这个问题真的很难,凌小路甚至不知道自己的答案是什么。

"那你先说。"他把球抛给对方。

无数个答案在嵇蒙脑海中闪过,最有可能也是他最不愿意承认的,但他也只有这一次猜测的机会。

"离争。"

凌小路迷惑。

"回答错误!该你了。"刹娅毫不犹豫地宣布。

凌小路严肃了起来,虽然他也无法笃定自己的答案,但他没想到嵇蒙会认为自己最在意的对象是离争。

"倒计时，十，九，八……"

"别急别急，让我想想。"凌小路冥思苦想。

刹娅更无情，直接跳过中间的："三，二……"

"我知道了！"凌小路十分确信自己的答案准确无误，"是雷噜噜！"

嵇蒙不解。

他额角青筋一跳："你是不是蠢？"

"很遗憾，回答错误！"刹娅手中魔法棒一挥，"消失吧！"

凌小路瞬间不见了踪影，嵇蒙到处寻找，地上连仓鼠的脚印都没有，凌小路就这样凭空消失了。

"你把他变到哪里去了？"他声音暗含愠意。

"变到一个，你不可能找到的地方。"刹娅悠闲地说，"不然我再给你一次机会吧，只要你能找到他，我就跟你走，去看我在意过的对象，要如何解释它的所作所为。"

嵇蒙第一时间打开好友面板，凌小路所在的位置显示为"未知"。

"我要提醒你，私聊和传送功能在这里都是不好用的。"

"你要我找人，起码给个线索。"嵇蒙虽然没怎么做过任务，但也知道任务都是有提示的。

"没有线索。"刹娅一口拒绝，"不仅没有线索，还会有限时，三分钟之内找不到人，就算你们整个任务失败！"

嵇蒙沉默，刹娅得意："想不出来的话，提前放弃也是可以的。"

"不用想，我知道他在哪里。"

"我不信！"

"没有线索，限时三分钟，条件越苛刻，答案越简单。任务是一定可以被完成的，而这么短的时间根本不容许去其他地方找。"

他十分笃定："所以鹿比就在这里。"

凌小路把刚才没骂完的话统统骂了一遍，畅快淋漓。

这都要感谢刹娅将他送到了异次空间，此刻的他眼中昏黄一片，能够清晰地看见和听见那两个人在对话，只是他们都看不到他，所以他才能如此放肆。

他不仅狠狠地谴责了一番熊丫头，还虚空踹了几脚，虽然都像幽灵一样穿过了对方的身体，却获得了精神胜利。

报了仓鼠之仇的凌小路又跑去捉弄嵇蒙。当嵇蒙一脸严肃说出"鹿比就在这里"时，凌小路正在为他比兔耳朵拍照，顿时有种被抓包的心虚感。

刹娅脸色变了又变："就算你猜到又怎样？你还是要把他找出来才行。"

嵇蒙不再理会她的话，开始寻找附近有没有可以藏人的可疑地点，又或者是刹娅用魔法将他变成了环境的一部分。

"我在这里啊！"凌小路又蹦又跳，"朋友，看看我！我在这边！"

他伸手去抓嵇蒙，却只能一次又一次徒劳地从他身上穿过。

而嵇蒙还在认真地检查附近的每一棵树，虽然他很自信地说出了那番话，但如果刹娅将凌小路变成了一块石头，或是一片叶子，那他也没有把握能在三分钟之内把人找出来。

刹娅见状，露出得意的笑容："友情提示，时间只剩下两分钟了。"

凌小路发现他无论怎样触碰嵇蒙都不起作用，上一次他们从异次空间出来，还是在飒迪娅吟唱圣歌的时候，可如今难道要让他去寻找女神吗？

"鹿比，你听得到我说话吗？"嵇蒙对着附近喊。

"我听得到啊！"凌小路就在他耳边大声说。

"如果你听得到，能不能给我一点回应？"

回应？凌小路陷入了沉思。

"最后一分钟！"刹娅胜券在握。

凌小路跳起来，他终于想到还有一样东西可以连接两个空间，是风！

他跳到落叶密集之处，快速地旋转。旋转带起了风，风微微带起了另一个世界的落叶，落叶在地面打着旋儿，片刻又恢复了宁静。

尽管极其短暂，但这番波动成功地引起了嵇蒙的注意力。他本能地走了过去，在落叶无风自动的地方停住，倘若此刻他能看得见，就会发现凌小路正激动地站在他面前。

"鹿比，是你吗？"

他迟疑着举起手，似乎在等待一个回应。

凌小路看了一眼，效仿他的样子，举起自己的手，隔着一个世界，慢慢与他掌心相贴。

两只手掌紧密贴合的一刹那，凌小路所在的昏黄世界突然有了颜色，赤橙黄绿青蓝紫，一层又一层地涂满，从浅到深，从单调到缤纷。凌小路惊喜地四下张望，像从未见过颜色的孩子，惊叹于自然姹紫嫣红的美。待所有变化趋于静止，凌小路收回视线，却发现面前的嵇蒙正定定地凝视着他——他在看风景，嵇蒙在看他。

凌小路突然想问，如果嵇蒙最在意的不是雷噜噜，那会是谁？

"你们两个打算兄弟情深到什么时候？"刹娅计划没有得逞，不悦地打断他们，"我生平第一痛恨龙，第二讨厌的就是所谓好朋友。"

两个人被一语点醒，把各自的手收回去。

凌小路忍不住开怼："你自己没朋友，还不允许别人有朋友了？而且明明

是你出这种问题刁难我们!"

要不是他们两个一起做过无名士兵的任务,怎么可能想得到用这种方式传讯号!

嵇蒙也并不比他从容多少,强行收回去的手不知道往哪儿放,似乎手臂是多余长在身体上的。

"现在任务完成了,你可以跟我们走了吧!"

刹娅不愿意也不行,凌小路得到系统通知,NPC"刹娅"成为他的跟班。

"哈哈哈,跟班!"凌小路有种大仇得报的快感,"我看当了跟班你还怎么把我变仓鼠!"

跟班刹娅阴着一张脸:"你们到底走不走了?"

……

经历一番波折,三个人终于站在副本前,副本门口有一个形状奇特的凹槽,似乎要将什么放在上面才能够解除封印。

嵇蒙与凌小路默契地盯着刹娅,直到她极不情愿地从脖子上拿下一条项链,完美地镶进了凹槽。

副本的封印被打开了,这就是用白龙石的记忆存档生成的世界——一个曾经真实发生过,又被人为抹杀掉的世界。

记忆从小女孩时代的刹娅与幼年白龙第一次相遇开始,白龙是被逐出龙族领地的祸水,刹娅是被发配至乡村的灾星,两个孤独的灵魂一见如故。刹娅时常逃课与白龙在一起,久而久之被村民发现,引起了众人的戒备。

"龙是人类的敌人!"

"你不可以跟它在一起!"

"它会毁掉我们的村子!"

年仅七八岁的刹娅没有保护白龙的能力,在村民们下了"要么让龙走,要么跟龙一起走"的最后通牒后,不得不委托陌生的路人,让他们不惜代价将白龙伪装成黑龙,送回龙族领地。

路人受到女巫的唆使,为龙族带去了灾难。失去孩子的母龙夜夜悲歌,会在夜间下山袭击走夜路的行人,受到不明原因攻击的人类又武装起来反击,矛盾愈演愈烈。为了自保,村民们不得不向著名的魔法世家送信,恳求驻守春分城的神官飒迪娅能够前来帮助他们,剿灭龙族。

年幼的刹娅并不知道自己闯下了多大的祸,只是从人们的交谈声中得知外面的世界并不太平,时常有黑龙袭击人的事件发生。

直到有一天,她也被体型硕大的黑龙拦住了去路,她紧张地举起了法杖:"不要过来!我会烧死你的!"

岂料那龙竟真的后退一步，伏低脖颈，双脚在原地快速踩了若干下。

这是一个在刹娅记忆深处，见惯了的撒娇动作，她出声："白龙？"

白龙知道自己被认出来，在她面前高兴地原地转圈。

"真的是你吗？"刹娅故友重逢，万分欣喜。

变成黑龙的白龙驮着她，在空中展翅高飞，这一定是白龙记忆中，最幸福的一段光阴，仅仅从地面上仰望着他们的身影，凌小路都能感受到那份得来不易的幸福时光。

巨龙落地，该是它回家的时候了。刹娅不舍地摩挲着它的脖子："现在的你跟其他的龙长得一模一样，我今后要怎么认出你呢？"

她从自己脖子上摘下项链，重新找了一根很长很长的绳子串起来，戴在巨龙脖子上。

"戴着它，以后只要我见到这个，就知道是你来了。"

"啊，"凌小路认出来了，"这不就是你刚才解开封印用的项链？"

刹娅重新将项链抓在手里，爱恨交加地望着它："这是我亲手戴在白龙脖子上的，那场火灾后，我在龙的尸体旁边发现了被烟熏到乌黑的项链。"

凌小路问："所以你就笃定，是白龙烧了村子？"

刹娅抬高声音："除此之外，你告诉我还有什么可能性？"

"你难道一点记忆都没有吗？"嵇蒙问。

"我醒来的时候，就只见到死去的白龙和杀死白龙的你们，不是它，难道是你们？"

人类与龙族的战争爆发打断了他们的交谈，在这其中只有一对是例外，那就是刹娅和白龙。她们在前线打得不可开交时私下跑到森林或者河边嬉戏玩耍，外界的纷争对于她们仿佛不存在一般，有她们在的地方就是一处世外桃源。

然而纸是包不住火的，刹娅与敌为友的消息传遍了村子，关于她是灾星的传说也被泄露出来。村民们现在相信，他们之所以遭受这样的无妄之灾，全都是因为有刹娅这个灾星的存在，他们不顾老魔法师的劝阻联合起来，要将刹娅赶出村子。

刹娅一个年幼的孩子，面对全村人的刁难与驱逐，连凌小路看了都有些于心不忍。

"要不咱们还是别看了……"刹娅毕竟是女孩子，他不应该强迫对方重温这段凄惨的经历。

刹娅却咬紧牙关，一言不发，一双眼睛死死盯着过去的自己。

而过去的她，也是一模一样的表情，紧盯村民的双眼中充满怨恨。

"为什么所有人都叫我灾星？我明明什么都没有做错，为什么所有人都赶

我走？"

村里的人如此，镇上的学校如此，连她出生的家都容不下她，年幼的刹娅被命运不公地对待，渐渐失去了理智。

"起火了！"嵇蒙低声快速道。

凌小路一看，果然如此，幼年刹娅的周围燃起熊熊火焰，凶猛的火势向着紧逼她的村民们蔓延，人们尖叫着乱撞逃窜，整个村落顷刻间沦为火海。

老魔法师在危急之下，将保命用的魔法盾套在刹娅身上，而刹娅则因过度透支法力而昏迷。戴着项链的黑龙呼啸着闯入，叼起昏倒在地上的刹娅，冲出火海的重围。

嵇蒙终于懂了："所以我们看见白龙出现在村子里，并非为了放火，而是为了救人。"

"不可能！我不信！"刹娅尖叫着。

凌小路纵是不满总是被她变仓鼠，此时也不忍心说任何可能会刺激到她的话。

那是白龙愿意用生命保护的真相，真相比谎言更加伤人。

白龙将刹娅带离了起火的村庄，村民们却永远地留在了里面，成为在废墟上夜夜游荡的亡灵。

刹娅从昏迷中醒来，她不记得发生过什么事，却从白龙的欲言又止中猜到了一切。大人们没有说错，原来她真的是灾星。

从那以后，刹娅与白龙只身做伴，浪迹天涯，成为彼此唯一的依靠。然而她心中始终有愧疚，郁郁寡欢，不久便意外离世。

白龙回到了它居住过的巢穴，孤独地等待着屠龙勇士的到来，用操控时间的能力将他们送到过去，只希望刹娅这一次能够不必背负愧疚活下去。

——你们是来屠龙的吗？勇士。

## 第四章

绝地求生存 or 绝地求生子?

副本门口站着两个人。

就在不久前,剧情结束的时候,刹娅再次法术失控,导致副本内部沦为惨烈火海。

凌小路想救人,却发现自己被定身,紧接着女神飒迪娅凭空出现,将昏迷的刹娅带走。

就像嵇蒙说的,有的任务需要玩家做点什么,有的任务就只能陪着角色走完。走完这一程,他们就被自动传送到副本门口。

凌小路叹险道:"刹娅应该不会有危险了。不过白龙好傻,只为了能让刹娅过得心安理得,宁可自己当背锅侠,还连累了全族。"

"它应该也没有料到,刹娅会迁怒于整个龙族。它的本意是希望刹娅不要背负愧疚而活,却不知背负仇恨而活也是一样痛苦。"

"对了,任务奖励。"凌小路从背包里翻出刹娅的项链,"这应该是刹娅最珍贵的东西吧,即使她错怪白龙毁了她的村庄,也始终戴在身上。"

项链的属性很不错,但凌小路已经打算将它与无名卫兵的雕像安置在一起,只因它的纪念价值远高于实用价值。

嵇蒙内心所想与他天壤之别,比起项链,他更想要刹娅那根能把人变成仓鼠的魔法棒。

凌小路揣好项链,下意识打了个哈欠:"几点了?"

他一看时间,吓了一跳。竟然是第二天的早上,他们整整做了一个通宵的任务。

"难怪我这么困呢。"虽然表面是不下线的网瘾少年,但其实凌小路每天都有乖乖睡觉,他才十八岁,不想太早变秃头。

嵇蒙也意识到玩得太"晚"了:"赶紧回去睡觉。"

凌小路点头:"嗯,我去我师父家把蛇喂了就去睡。"

嵇蒙一听不乐意了:"你熬了一个通宵还要帮他喂蛇?你师父自己没长手吗?"

"就喂个蛇、收个地,很快的。"凌小路积极顺毛,"你如果见过我师父那双手,一定不舍得让它们干粗活。"

"他就舍得让你干粗活?你的手就不是手吗?你那么喜欢喂宠,怎么没见你帮我喂?"

"朋友,讲讲道理,你的宝宝一个个都吃得滚瓜溜圆的,还用得着我喂?再喂就成球了好不好……不对,明明都已经是球了。"

嵇蒙觉得这都是借口:"你没玩游戏之前他的蛇是怎么活下来的?还说你最在意的不是离争,我看那个任务根本说什么答案都是错误吧!"

"不是吧?"凌小路惊呼,"你还记到现在?那这么说你最在意的是雷噜噜咯?"

"当然不是!怎么可能?你回答问题的时候脑子里在想什么啊!"嵇蒙吼道。

"那是谁?"

嵇蒙憋了半天:"……当然是我姐!"

凌小路一拍大腿:"就说嘛,我在姐姐和雷噜噜之间犹豫了好久!"

嵇蒙一肚子气没法撒。

"我就不一样了,我最在意的人当然是你了。"

嵇蒙漏气了:"是……是吗?"

这种话,是怎么可以这么容易说出口的?

可凌小路完全不觉得这有什么难的。

"白龙是刹娅的第一个朋友,你是我在游戏里的第一个朋友,第一个朋友都是有特殊意义的!"

嵇蒙有一点点被哄好,但还有些怀疑:"真的吗?"

凌小路就差没举手明誓:"如假包换!"

"……离争也是你第一个师父。"

"这游戏里还能有好几个师父?"凌小路发现嵇蒙态度软化下来了,就势轻抚他的背,"好啦好啦,喂蛇几分钟就好,我保证喂完就回去睡觉。"

嵇蒙沉默了一会儿:"不行。"

凌小路满头问号。

"你去可以,我要跟你一起去。"

"我师父家你进不去啊。"离争只给了凌小路进出权限，但凌小路是没办法放外人进去的。

"你进去喂，我在门口等你。"

凌小路觉得他大概不能说服对方改变主意，道："好吧，反正我很快就能出来。"

有"太子爷"守在门口，凌小路的动作要比平时快很多，只用了五分钟不到就喂饱了一群动物，急急忙忙往外赶，却发现嵇蒙坐在离争家门外，倚着飞龙睡着了。

他无语地走过去，蹲下来，心想这是个老人家吗？熬一次夜就困成这样。

关键是困成这样还不肯下线，还非要陪他来喂蛇。

可惜手里没有笔，不然在嵇蒙脸上画个胡子……

"你主人睡着了，怎么办？"他小声问飞龙。

飞龙从鼻子里吐了一口热气作为回答。

"我把他扛到你背上，你再把他扛回家？"凌小路想来想去也只有这个办法了，既然嵇蒙都抱得动他，那他也肯定抱得动嵇蒙。

凌小路说做就做，他将嵇蒙双臂绕过自己脖子，奋力一起——

不仅没有起来，反倒被压趴了下去。他忽略了一个问题，那就是他的力量点数没有嵇蒙高，对方穿的还是重装铠甲！

好在嵇蒙这么一摔也醒了，以为自己被人偷袭了："发生了什么？！"

凌小路在他身下"哎哟哎哟"地叫着："你快起来！压死我了！"

嵇蒙低头一看："这是怎么回事？"

"先不要问了好吗！我的腰就要被你压断了！"

头顶传来冷冷的声音："你们感情很好嘛，大清早就在我家门口叽叽歪歪。"

"不是的师父！你听我解释！"凌小路来不及起身就忙着辩解，"嵇蒙他刚刚睡着了。"

"他是无家可归了吗？要来我这冰天雪地的北邙睡觉？"

嵇蒙终于把凌小路从地上拉了起来，两个人就像闯祸被长辈抓包的小学生一样狼狈。

凌小路老老实实地说："师父，你听我说，我们两个做了一宿任务，然后他来陪我喂蛇……"

"你们两个通宵了？"

"啊。"

离争凉凉道："不错啊，连喂蛇也要跟着，形影不离嘛。"

嵇蒙口气也并不比离争好，里面可能也有缺觉的原因："他是你的徒弟，不是你的苦力，不要什么活都甩给他做。"

离争笑了，虽然是冷笑，但对于凌小路来说这就是有大事发生的讯号。

"徒儿。"

"师父？"

"我之前吩咐你做这做那，是找理由让你每天都过来。"

凌小路听傻眼："啊？"

嵇蒙哏道："我就知道！"

"从今天开始，你来了之后可以什么活都不用做，赏花看雪泡温泉，你想做什么就做什么。"

凌小路受宠若惊："真、真的吗……可是为什么？"

"如果我说，我后悔了呢？"

凌小路一头问号。

离争拂袖而去，没有半句多余的解释，留下一头雾水的凌小路和暴跳如雷的嵇蒙。

"有温泉了不起吗？！"有温泉就能拿出来诱惑人吗？他离争以为自己家是旅游胜地吗？

"不是，我师父说他什么事后悔了，"凌小路心慌慌，"他该不是后悔收我这个徒弟了吧？"

"后悔了更好！趁早解除师徒关系！"嵇蒙不给凌小路追进去问的机会，拉上人就走。

凌小路被动地跟着他走："你有师父吗？没有师父是不会理解被逐出师门的难过的。"

"没有！我一个人就能练得很好，不需要师父那种东西！"

"也是，如果你有师父，他还不得被你气到退游。"凌小路小声嘟囔。

嵇蒙耳朵尖，听得一字不漏："离争的师父也退游了，也是被他气的吗？"

"不要戳人伤疤嘛，再说这种时候，你不是应该检讨自己家游戏好不好玩吗？"

嵇蒙突然站住，回头凶巴巴地瞪着凌小路，凌小路被盯得心里怕怕。

"……好玩，好玩，《精灵契约》真好玩，太子嵇真帅。"

嵇蒙把凌小路带上龙背，却迟迟不见起飞。

凌小路坐在他背后，不知道他在发什么呆。

"朋友？你又睡着了？"

"有意见你可以提。"

凌小路不解。

嵇蒙背对着凌小路，凌小路看不见他的表情，但至少从语气中听出了他的烦躁。

"听不懂吗？你觉得这个游戏哪里不好玩，有意见可以提出来……虽然不是百分百能够满足，但是，但是至少……"

凌小路完全听懂了弦外之音，他轻轻拍了拍嵇蒙的后背，会心微笑："放心吧，我不是我师父的师父，我不会退游的。"

嵇蒙因这一拍有了明显言语上的卡顿，可片刻后还是嘴硬："谁关心你会不会退游啊！我是关心游戏的品质！"

"是是是。"凌小路全然附和，"以玩家意见为先，鑫山最负责了，我们现在是不是可以回去睡觉了？"他打了个哈欠，如果再不飞，他怕是也要这么靠着嵇蒙的后背睡着了。

回到东野，嵇蒙养的圆球们都跑出来迎接他俩，凌小路闭着眼睛去柜子里摸吃的。

嵇蒙把人推进卧室："你睡吧，我来喂。"

"哦。"凌小路昏昏沉沉也没拒绝，又闭着眼睛去时装库里把睡衣换上了。

嵇蒙眼前一晃，凌小路身上的衣服换了一套，梅花鹿的连体衣，四肢棕黄，肚皮洁白。转过身，背后布满可爱的斑点，帽子懒洋洋地挂在脖子后，下面垂着一对棕褐色的角。

嵇蒙看了他一眼，心想，谁敢说《精灵契约》不好玩，就让那人看看这套睡衣，可爱到犯规！

不过凌小路的衣服是什么时候买？他好像没见凌小路充过钱，凌小路为什么不找自己代付？

凌小路面朝下直直倒在了床上，几乎在倒下的一瞬间就睡着了，让人怀疑他到底是不是在半空中就进入了梦乡。

嵇蒙却没睡，而是走出大门，招来飞龙，重新飞回了北邙，按响离争家门铃。

离争没有现身，嵇蒙的专属客服主动出现。

"您好，系统监测到您已经在线时间超过十六个小时且没有休息了，为了您的健康状况着想，请立即休息或下线。"

"不行，"嵇蒙拒绝她，"我还有点事。"

"您的疲劳指数很高，不适宜继续游戏，如果再不休息的话，我有权为您断开连接。"

嵇蒙拼命地按响离争的门铃："离争！你出来，我有话跟你说！"

"请您立刻下线。"

门开了，离争面无表情地走出来。

"有事？"

嵇蒙似乎很不愿意提："你今天说后悔了是什么意思？"

"这关你什么事？"

"有个笨蛋以为你后悔收他为徒，要逐他出师门。"

"所以呢？"

"启动强制离线倒计时，十……"

"等一下！我就再说一句话！"

嵇蒙盯着离争，他也说不清此刻的心情是怎样。

客服的倒计时还在继续，他被迫声音急促：

"你既然跟鹿比相处那么久想必也知道他是什么样的人。虽然我不待见你们的关系但如果你强行解除了他一定会难过的。"

离争态度冷漠："鑫山太子，管得很宽嘛。"

嵇蒙心急："你师父退游了，你不想你徒弟也退游吧？总之你不要在他面前再提'后悔'两个字！"

"那你知道我在后悔什么吗？"

嵇蒙被问住了："不知道……"

离争嘴角轻勾，眼底冰冷："如果我没有后悔，此刻后悔的恐怕就是你了。"

"……一，断开连接。"

嵇蒙原地消失，客服礼貌地行了一礼："打扰您了。"

离争的视线朝她扫过来："连总裁侄子都蒙在鼓里，你们保密工作做得不错啊。"

客服装傻："我不知道您在说什么。"

"他能为一个捕风捉影的猜测就跑来这里闹，你猜他知道真相后会做什么？希望鑫山客服中心的玻璃足够结实。"

离争转身将人关在门外，客服委屈地断开连接，举手。

"经理，我认为有必要强化一下客服中心的玻璃质量。"

最好再替她买个保险。

凌小路是被摇醒的。

"小鹿！小鹿兄弟！"

他睡眼惺忪地睁开眼，半天才从模糊的影像中辨认出常欢禧的轮廓。除了他，常欢禧也有嵇蒙家的访问权限，可以自由出入。

"禧儿？"他吐词不清地问，"发生什么了吗？"

"还睡啊，都下午了！"

凌小路揉着眼睛坐起来："昨天玩得太晚了。"

"是太晚了，还是太早了？"常欢禧的声音有些幸灾乐祸，"你知道吗，嵇蒙因为在线时间太长被客服踢下去强制休息，只有健康值达标了才允许上线！"

凌小路才被叫醒，脑子转得没有那么快，常欢禧后知后觉地发现他身上的连体睡衣。

"小鹿，你这套衣服很可爱啊！"

"啊？"凌小路的思路还在嵇蒙被强制下线那件事上没转回来。

穿着这样的衣服，头发乱成鸡窝，一副毫不设防的模样，实在是太可爱了！常欢禧不假思索地拍了张照片——睡衣小鹿慵懒地坐在床上揉眼睛，拿去卖给嵇蒙，不晓得能赚多少钱！

坑兄弟满级的常欢禧美滋滋地收好照片："小鹿，嵇蒙见过你穿这套衣服吗？"

"应该没有吧。"凌小路不确定地说，低头看看自己，也不是什么见不得人的衣服，"看到又怎么了吗？"

常欢禧摇头："我就是提醒你，防变态之心不可无。"

"……"凌小路很难想象，这个人会是嵇蒙三次元唯一的朋友，用损友描述或许更加恰当。

凌小路跳下床，习惯性走到宠物柜前，把食物拿出来后才想起常欢禧还在旁边看着。

他打了个激灵，忙把手里的东西给了松鼠。

"还喂呢，"常欢禧吐槽，"你看他那松鼠，都圆成球了。"

凌小路从另一个柜子里翻出正常食物来吃，含混地回："嵇蒙就喜欢这种，你又不是不知道……对了，你找我有事？"

"我跟零上午体验了两局战场，特别有意思，想找你们两个四排，结果一个在睡觉，一个根本上不来。"

"我醒了啊，"凌小路换回战斗装，问，"什么战场，是抢水晶的那个吗？"

"不是啊，名字叫'绝地求生存'，拿枪射击的，特刺激。"

"需要淘汰人吗？"

"全程枪战，生死看淡！"

嵇蒙上不来，但凌小路还知道另一个战场爱好者。

"我问问鸠鸠要不要一起。"

"好呀！我让零去排，然后把我们拉进去。"

鸠鸠听说要下战场，欣然响应。

十分钟后，四个人在小黑屋碰头。

"我第一次玩，什么都不会。"凌小路先打预防针。

"没事，我跟零也就玩了两局而已。"还要把第一局落地成盒也算上。

相比他们三只菜鸡，鸠鸠一看就是身经百战的大神："不用怕，等下全程跟紧我。"

倘若凌小路此刻能看见他的眼神，想必是充满了自信与杀气。

"我有预感，"常欢禧的自信不知从何而来，"这把能吃鸡。"

这个组合在出生地一亮相，立刻引起了所有人远程围观。

"是欧皇鹿比！好想去摸摸他，沾沾欧气！"

"摸了鹿比能吃鸡吗？"

"想多了，被鸡吃还差不多，信不信太子嵇让你号没了。"

"我就不一样了，这是我从鹿边摊买来的护身符，随时随地，想摸就摸。"

"那个小胖子是不是网零的太子？摸他会掉SSR（稀有卡）吗？"

"不要小胖子小胖子的叫，你见过他本人吗？帅得让人想给网零充钱！"

"一群人不要光说不练，你们倒是上去摸呀，一个个站这么远做什么？"

"我们心怀梦想，不代表我们会为了梦想奋不顾身，这种近距离接触大魔王的机会还是让给你吧。"

任何时候只要有鸠鸠在，他们周围会自动形成一圈真空区，凌小路发现了最适合鸠鸠的职业——做明星的保镖！比如说经常被人缠住叫霸霸的窦寇！

他还真见到一支窦泥湾的队伍，可怜的他们被鸠鸠追杀出了心理阴影，从一开始就瑟瑟发抖地抱团躲在角落。

这种情况一直持续到上飞行器，脚下还是熟悉的魔法大陆，但因云雾遮罩而显得前程扑朔迷离、险象环生。

"跟我跳。"鸠鸠拉了一把凌小路，低头看风景的他立刻跟上，零也想跳，却被常欢禧拦了下来。

"我们跳前面那个点，然后跟他们在下面会合。"

凌小路顺利地着了陆，鸠鸠落地后马不停蹄地翻进了西边的绿色房子，看来对这边的地形轻车熟路，凌小路也打起十万分精神跟上。

地上一把纳米枪，鸠鸠一秒捡起掩身在门口，凌小路进去后收到了鸠鸠的信号。

"躲起来。"

凌小路不解。

"有脚步声，有人。"

凌小路竖起耳朵也没听到什么动静，不过既然鸠鸠这样说了，他也立马在门的另一侧躲好。

片刻后，他终于听到从门外传来的凌乱脚步声，一个冒失鬼迎头闯入，他怎么也没想到第一间屋子里就潜伏着两个人。

鸠鸠手起枪响，干净利落。

"外面还有同伙，我去看，你解决掉这个。"

冒失鬼本来还指望着同伙能来相救，一看埋伏自己的人是大魔王，万念俱灰。

"命运让我遇到大魔王，怎能不落地成盒？"

他的同伴听到枪声便觉不妙，刚想找藏身处，发现出来的人是鸠鸠，腿先软了，把刚刚捡到的核电粒子枪丢到地上："我、我投降还不行吗？"

凌小路的武器只有赤手空拳一对，敌人在地上爬啊爬，他一拳打过去，偏了，再一拳，又偏了。

队友被淘汰的消息跳出来，这人也绝望地放弃了挣扎，被凌小路淘汰，总好过被大魔王干掉吧。

"求求你了，给我个痛快吧。"他老老实实地不动了。

凌小路一拳一拳地把人打到淘汰。

鸠鸠从窗户动作利落地翻进来，把核电粒子枪给了凌小路："你用这个。"

凌小路没见过，特别新奇，拿在手里反复打量。鸠鸠趁着空当搜空了二楼，给凌小路配了一身基础防具。

"你不用吗？"凌小路问。

"后面还有，"鸠鸠示意他跟上自己，"一般人没那个本事打中我。"

凌小路相信他说的是真的。

鸠鸠在野外跑路从来都是之字形，从一个掩体到另一个掩体，身形如鬼魅，随时警惕地观察四周，凌小路必须全力以赴才能跟上他。

鸠鸠突然在一栋建筑不远处停下脚步，老练地抬头："房子里有人。"

"怎么知道？"

"刚才二楼冒头了。"

鸠鸠拉开一只穿甲弹："可能不止一个，我先试试深浅。"

他手一挥，穿甲弹以完美的抛物线飞入二楼窗户，爆炸声紧接传来，两人倒地。

"人头给你。"

凌小路拿到枪后还没试过，兴奋地往里冲。开门的瞬间一梭子子弹飞出来，凌小路中了前两发，灵敏地利用墙壁躲过后面的攻击，甚至还回头反击了几枪。

鸠鸠藏身于后方，开枪补掉露头的埋伏者，跳过去飞快地摸了下凌小路的脑袋，示意他做得很好，并迅速闪入房间。

"我没想到一楼还有人，不过你动作很快。"

刚才那波几乎可以算得上是贴脸攻击，换作一般新手早就倒了，凌小路居然只身中两枪，还能趁对手换弹的时机还击。

两个人转移到二楼，一个舔包，一个打绷带，顺便埋伏在这里看有没有人会过来。

"说真的，我很想挖离争墙脚。"鸠鸠警惕地监视着窗外，口中说着不相干的事。

"啊？"凌小路有些蒙。

"你是我见过战斗方式与我最相似、又最有潜力的人，我可以把你培养成跟我一样的杀手，让你无敌于野外。"

他微微偏头："离争是远程，他可教不了你这些。"

"呃……"凌小路有些尴尬，"可是我师父，对我也不错。"

"我知道，所以我只是说说。"鸠鸠又转了回去，透过面具犀利地扫瞄着战场，"不拜师也可以，只不过少了些养成徒弟的乐趣。"

凌小路一下子捕捉到了重点："你能教我？！"

他从一开始玩这个游戏，就梦想带着威风凛凛的风息翼龙，成为一名来无影去无踪的刺客。翼龙的梦虽然碎了，但粉名的身份并不妨碍他成为一名出色的刺客。

"只要你想。"鸠鸠在地平线上敏锐地发现了敌人的行踪，"来这里，架枪。"

凌小路照做。

"看见了吗？"

"嗯！"凌小路点头。

鸠鸠从身后圈过来，帮他微微调整好了枪头。这是凌小路离鸟首面具最近的一次，脸颊甚至能感受到金属散发的寒气。

"不用考虑太多，子弹存量充足，放手射击就好。"

凌小路在"好"字音落时不假思索地连续开枪，子弹密集地飞射，不断地有击杀消息在虚拟屏幕的右上角弹出，凌小路几乎以一己之力肃清全队。

"干得漂亮。"鸠鸠夸他，同时开启倍镜，将唯一一个幸存者一枪淘汰。

凌小路也想说，鸠鸠果断开枪还能弹无虚发的样子酷到没朋友，如果他不是什么令人闻风丧胆的大魔王，一定也能收获不少迷弟迷妹。男生羡慕他的操作，女生花痴他的帅气，传说中的男女通吃大概指的就是鸠鸠这种人。

"想学吗？"

"想！"凌小路不假思索地回应。

"走，我们暴露了位置，这里很可能会有人来。"鸠鸠从二楼潇洒地一跃而下，走出去两步又折回来，正好跟刚落地的凌小路面对面。

凌小路想说站在这里会不会不安全，却听鸠鸠说："小兄弟，你玩这个游戏的乐趣是什么？"

凌小路：……在枪林弹雨的环境下适合聊这个吗？

"乐趣呃……有很多，尤其是希望成为一名优秀的近战玩家。"就像你一样。

"我从这个游戏第一次内测的时候就开始玩，经历过三次删档，该体验的我都玩过了，该得到的我全都有，我玩到现在，唯一剩下的乐趣就是收割人头了，你会不会觉得我为人残忍？"

凌小路立刻摇头："当然不会，淘汰别的玩家本来就是游戏准许的规则之一，不应该拿现实中的道德观评判。"

鸠鸠最欣赏他的直率："所以你是第一个不怕我的人。虽然我说我体验过游戏中的每一项内容，但在遇到你之前，我从没考虑过收任何人为徒。"

一个经验丰富的老手，带着一个懵懵懂懂的新人，教会他自己掌握的所有战斗技巧，看着他成为一名与自己旗鼓相当的高手，会是一种什么样的成就感？

鸠鸠转身，子弹上膛的动作充满了无情的肃杀感，面具下传来的声音却隐约有几分笑意。

"感谢你让我在这个游戏里发现了新的乐趣。"

　　

常欢禧与零降落在另一边的废墟，这边鲜有人来，资源虽有限，但养肥两个人绰绰有余，甚至还够他们挑挑拣拣。

"我选的地方不错吧，"常欢禧跟零吹嘘，"我上一把就相中这地方了，不用初期跟人硬刚。"

眼前弹出击杀消息，仔细看还是来自队友，常欢禧吓了一跳。

"爱你！他们这么快就跟人交火了？"

这段时间，常欢禧对鸠鸠的名声也有颇多耳闻，但从未亲眼见识过他的实力。

"希望他们能撑到跟咱们会合。"

零在废墟上跑了一圈回来，把收集到的道具一件件扔到地上，铺了一地。

"这是做什么？你不用？"常欢禧意外问道。

零说话比之前流利很多，只是言简意赅的习惯依然存在："你先挑。"

常欢禧捡了把脉冲激光拿在手里，又背起质量加速器，头甲武装完善，最后不忘留下足够的电池。零选择了轨道炮，这种武器虽然杀伤力高，但是弧线

攻击，很难瞄准，需要掌握精密的计算及预判能力。

"剩下这些不要丢在这里，咱们一路扔过去，看有没有人会上钩。"

"好。"零照做，把乱七八糟的装备沿途丢下，形成一道长线诱饵，两个人则埋伏在附近。

一辆幽灵装甲车远远驶来，从他们面前扬长而过，谁也没发现埋伏在草里的人。

装甲车停下，又倒回来，车上跳下四个人，是一组满编队。

他们不知道从哪个穷乡僻壤里出来，搞到唯一值钱的东西就是这部载具，此刻见到散落一地的装备，还以为自己捡到了宝。

"这是哪位大佬不要的？便宜了咱们。"

"前面还有！那个涂装马甲是我的，谁也不要抢！"

四个人被诱饵吸引着越走越远，常欢禧与零对视一眼："我们有车了。"

那队倒霉蛋直到听到车辆启动的声音才发现自己上当了："不好！有人偷我们的车！"

常欢禧启动车辆，"嗖"的一声窜了出去，四个人不甘放弃地追在后面持枪射击。

零坐在副驾驶，炮筒向后，一炮淘汰一个小朋友，准确率高达100%，不仅对面，连常欢禧都惊呆了。

"阿零，可以呀！"

被零连续打中的队员气急败坏："爱你！我爱你大伯的外挂汪汪！"

零一炮送他成盒。

"看不出来，你枪法这么好，"常欢禧把幽灵装甲车开出了F1的感觉，"做程序员真是屈才了，你应该去打职业！"

零转身坐回到位置上："我不是程序员。"

常欢禧吃惊地瞥了旁边一眼："你不是？那你在什么岗位？"

"我是……测试。"

常欢禧一脚急刹车，装甲车甩尾旋转了180度才停下。

"你是测试？"他声音中充满了意外。测试员是游戏公司技术含量和薪资最低的工种，可多日相处下来他觉得零在各种方面都很能干，做测试简直大材小用。

零点头。

常欢禧果断表示："别在鑫山做了，来网零，我给你安排个更好的，你想打职业我也可以资助你。"

"我爱鑫山。"

常欢禧东张西望："你在游戏里的一言一行是不是受到监控？嗯？还是说刚才那句也是屏蔽词？"

开玩笑，他都不苛求网零的员工说这种话，只要大家都爱网零的工资就行！

"网零是我们的竞争对手。"

"……对。"

"但你不是我的敌人。"

"废话，我又不是公司的人，我就是一普通家属……我甚至可以去鑫山上班，做你的同事，"常欢禧小声追加了一句，"在我想不开的情况下。"

他把方向盘打到底，掉转车头："走，我们去找小鹿他们。"

鸠鸠带着凌小路清空了罪城，在这片竞争最激烈的区域，凌小路对"收割"二字有了更直观的认知。

他在乱局中淘汰了六个玩家，鸠鸠是他的一倍，仅凭他们两个人就淘汰了战场上整整三分之一的对手，对手之间也互有伤亡，这次的战场从一开局就充满硝烟。

空投砸脸，鸠鸠没有感到特别意外。

"不愧是欧皇。"他用别人惯用的称呼调侃凌小路。

"呃……"

"兴许决赛圈也会刷在这里，我相信你的运气。"鸠鸠投出烟幕弹，借着掩护将空投收入囊中，这时早已潜伏在附近的孤狼跳出来，以视死如归的精神，誓要与鸠鸠同归于尽。鸠鸠一时疏忽，竟没料到此地还有死士，凌小路虽意识到有突发情况，但架起枪后才发现自己也看不清战局，生怕会误伤鸠鸠。

"让——开——"常欢禧的声音伴随装甲车发动机的轰鸣声远远而至，鸠鸠反应敏捷，利用线圈炮的后坐力在空中向后弹射，常欢禧驾驶着高速行驶的幽灵装甲车，头也不回地冲进迷雾，撞飞孤狼，又撞倒围墙，车毁人亡。

提前跳车的零赶过去，把人拉起来，常欢禧拍拍身上的尘土："来晚了，还好赶上了。"

鸠鸠确认附近再没有潜伏的敌人，向他道谢："多谢。"

常欢禧不在意地一摆手："听说你是大神，你倒了谁带我们吃鸡？"

他扭头遗憾地望着废墟："可惜我们的车没了。"

"不需要车。"鸠鸠把空投装备分发给三人，"我预感最后的圈就刷在这里了，我们四个人，守住四个方向，不让任何人进圈。"

凌小路这个方向最为开阔："我做什么？"

"你刚刚是不是拿到了很多雷？没事做你就扔雷，他们要么在圈外被毒死，要么进来被炸死。"

这个差事好，架枪毁视力，投雷乐趣多。凌小路把雷握在手里，只等远处有人冒头。

鸤鸠带了预言家，他们四人所在的位置完美地刷出了天命圈，这就好比鸡主动跑过来，自己把毛拔光，跳上烤架。

凌小路开心地往边界扔起了穿甲弹，一个接着一个，远处形成了一个轰炸区。

零没有拿鸤鸠给的武器，依旧用他的那把轨道炮，静静地瞄准远方，在任何人都没有看到敌人露头的时候开炮。

仅一炮就跳了击杀！鸤鸠狐疑地往他所在的方向瞄了一眼，常欢禧一无所知，大声替他喝彩。

"我就说你适合去打职业！"

凌小路也盲炸淘汰了一个，高兴地问："我呢？"

常欢禧换了一副口吻："你适合被职业打！"

凌小路不服。

"刚才是我替嵇蒙说的。"常欢禧无缝切换成自己。

凌小路：……学得还真像！

鸤鸠开启粒子光束发射器，刺眼的激光向着极远处扫射，没有护目镜的敌人先是被致盲，然后很快被扫到空血，倒得毫无还手之力。

"跳跳跳！"鸤鸠高喊着从阁楼上跳了下去，凌小路离窗口最近，也翻身跃下。他们还在半空中时，就听轰然一声，阁楼被炸得粉碎，常欢禧和零都无法幸免于难。

"没事，我去拉他们，你还有雷吗？"鸤鸠问。

"还有一个。"

鸤鸠把隐身马甲脱下来给他："偷偷摸过去，我在这边掩护。"

"好！"凌小路果断应下来，开启了马甲的隐身特效，飞速朝刚才攻击发出的方向狂奔。

他发现了敌人！巧的正是窦泥湾的队伍，他们居然一路苟到了最后，正抱成团向圈内切进。

凌小路匍匐过去，他要做的很简单，向远处的鸤鸠打一个讯号，让鸤鸠知道往哪里扫射即可。

他引燃穿甲弹，瞄准四人所在的方向一丢。

四条击杀消息同时弹出。

——大吉大利，今晚吃鸡！

凌小路疑惑。

战场结算，凌小路作为第一次玩这个的新人，居然有淘汰了十一个玩家的战绩。

常欢禧一回到小黑屋就对他夸赞不止："小鹿兄弟牛！一雷淘汰四个人！"

鸠鸠半开玩笑道："这还是我第一次'躺鸡'，感觉很不错。"

最莫名其妙的是凌小路本人，他明明是去探路的，怎么就成了比赛终结者。

"怪他们四个站得太近。"想炸不死还需要点技术。

"是你运气好，"鸠鸠勾唇，"欧皇名不虚传。"

凌小路每次听到这个词都一阵心虚："这个战场真的很好玩，不过可惜我等下要直播。"

他开启好友面板，发现嵇蒙已经可以登录了，他有了个主意，吃鸡、直播两不误。

匆匆告别了鸠鸠他们，凌小路传送回东野，拉上正在喂宠的嵇蒙。

"朋友！我带你去打一个特别好玩的战场！"

"战场？"嵇蒙皱眉，"不是要直播？"

"战场直播，应该也是可以的吧。"凌小路直奔娱乐大厅，嵇蒙更纳闷了，战场的入口哪里是这个？

"哦对了，我还没开直播。"

凌小路开启直播，同时飞快地在游戏检索中输入"绝"，只出现一个结果，他看也不看就点了进去。

"等等！"嵇蒙飞快地阻止却还是慢了一步，"你知道这是个什么游戏吗？"

"当然！"凌小路才刚从那里出来，怎会不知，"这是个吃鸡的游戏！"

弹幕上密密麻麻地刷满了问号。

嵇蒙表情古怪："你真的要玩这个？"

"怎么了，你不喜欢吗？是男人都应该喜欢呀！"

枪战！男人的浪漫！

嵇蒙被他说得哑口无言，不承认，显得自己不是男人；承认，这爱好未免过于奇怪了！

场景转变，凌小路"咦"了一声。

"这是哪里？"根本是完全陌生的环境。

"不是你刚刚选的吗？"

"可是我刚刚跟禧儿他们玩《绝地求生存》时，场景明明不是这样的呀。"凌小路一头雾水。

嵇蒙要疯："你选择游戏的时候难道没有仔细看吗？这不是《绝地求生存》，这是《绝地求生子》！最后那个字不一样！"

凌小路不解。

"等等，为什么会有《绝地求生子》这种游戏啊？"凌小路也要疯了。

"我以为你知道呢！你说这是个刺激的游戏！"

"我说这是个吃鸡的游戏！我怎么会知道它有这么刺激啊！"

友情提示：在接下来的游戏中，你只拥有一个小时的寿命，请珍惜每一分钟。

凌小路："一个小时？"

\>\> 正在随机分配出生地……

二人的身体逐渐透明化，嵇蒙低头看了一眼匆忙交代："好好活着，我去找你！"

凌小路仍一头问号。

眼前一灭一明，睁眼已是异世界。周遭的气氛不是那么令人舒服，色调压抑，音乐低沉。

一个"大人"身着染血破旧的战斗服出现在他的视野里，一手扛着冲锋枪在脑后，另一手拎着由脏兮兮的布裹成的袋子，看样子像是刚刚从外面拾荒归来。

"那个……"凌小路试探着开口。

大人一愣，扭头，这才意识到凌小路的存在。

"我以为这个避难所不会有孩子诞生了。"

"孩子？"

大人走过来，从头到脚打量了下凌小路，从高处伸出一只手："你好啊，鹿比。"

凌小路望着眼前的大手，迟疑地将自己的手举起来，才举到一半，发现哪里不对。

"我的手怎么变小孩子的手了？"他吃惊地盯着自己稚嫩的小手，不可思议地去摸自己的脸，最后低头看，"我变小了！"

那大人把手收了："你是第一次玩这个游戏？"

凌小路绝望地回答："是啊。"就这名字，谁能上两次当呢？

"别紧张，你出生时是小孩子，但很快就会长大成人了。"

凌小路不太确定地看着他："你是……玩家？"

"当然，跟你一样，你不久也能跟我一样了。"

他把凌小路轻轻松松抱起来，凌小路这才发现自己刚才所在的位置是个破旧斑驳的垃圾箱。

这是哪门子绝地求生子，这根本是垃圾箱里捡孩子吧！

"我应该叫你什么？"凌小路十几年没有被人这么抱过了，有些尴尬。

"理论上，应该叫我爸爸。"

凌小路疑惑。

"哈哈，不过如果你难为情，可以叫我叔。"

"叔！"凌小路毫不犹豫地开口。

大叔打开一道结实的安全门，把凌小路抱了进去，放在地上。

"叔给你简单介绍下这游戏背景。"

"好的，叔！"

"人类被病毒感染了，外面全是变异者，我们是幸存的人类，这里是避难所。"

凌小路等了半天："完啦？"

"嗯！"

"这幸存的人类也太少了吧！"

"不不，像这样的避难所还有很多，这个避难所就只剩下你和我。"

"那其他人呢？"

"就在你来之前，这里被变异者袭击了，除我之外所有人都死了。"

"……"残酷的世界！

大叔拍拍他的头："别担心，虽然咱这个避难所资源紧缺，但叔一定想办法把你养大。"

"谢谢叔！"

大叔把今天拾荒捡到的应急罐头拿给他吃："多吃点，吃了长得快。"

罐头看着脏兮兮的，保质期不知道猴年马月截止，如果不是凌小路知道这是游戏道具，还真不敢轻易下口。

"叔，你再多给我讲点这游戏的玩法呗？"他边吃边问。

"其实很简单，就是保证自己不死。不饿死、不冻死、不被变异者咬死。"

"这么容易？"

"要做到这些可不容易，你如果一直留在避难所里就会饿死，出去找食物就有可能被吃掉。人多的避难所一般是分工合作的，有的人留下加工食物，装备好的人出去开荒，就是杀怪、捡垃圾。"

"哦，"凌小路似懂非懂地点点头，"叔，你怎么不吃啊？"

大叔乐了："咱就这么点食物，叔吃了，你吃啥？"

凌小路不好意思地停了下来："那岂不是我占了叔的口粮？"

"你放心吃吧，大人对饥饿的忍耐度更强，叔没那么容易饿死。"

"咦？"凌小路看着自己的手，"我好像长大了点。"

"新人刚到的时候是六岁，然后每分钟长一岁，十四岁就可以帮着干活了，十八岁可以外出。"

"还挺快！"

"当然了，最多活到六十六岁就会死，毕竟条件艰苦，寿命没有那么久的。"

"叔现在多大？"

"四十四岁，如果不发生意外的话，叔能把你带大成人。"

他站起身："来，叔先教你简单的工作流程，这样等下你就可以直接上手了。咱人少，得辛苦一点了。"

"没问题的叔！"

……

嵇蒙降生在一个繁荣的避难所，第一个发现他的大人愣了一下，然后光速跑到屋里喊："太子嵇降生到咱们这里了！"

"什么什么？"

"真的假的？"

避难所里所有居民都跑出来围观：

"真的哎！我家哈尼小时候居然这么乖！"

"天啊，六岁的小太子，好萌！"

"让我拍一张，求求你们让我也拍一张！"

六岁的小嵇蒙像大人一样皱着眉，在高大的人群中艰难寻找着自己要找的人。

"鹿比呢？鹿比有没有来？"他脆生生地问。

"鹿比？鹿比是哪个？"

"没见他来噢。"

"是不是降生到别的避难所了？"

嵇蒙得到答案了就坚决不肯再开口，既不说话，也不吃东西。

一群大人捧着食物焦急地围着他：

"太子，你吃一口吧，再不吃就饿死了。"

"求求你吃东西吧，再怎么也不能绝食呀！"

"求求你了，哈尼呀，你忍心看着我守寡吗？"

时间过了三分钟，嵇蒙，卒。死因：饥饿。

他又降生到另一个避难所，见人便问："鹿比有没有来这里？"

"鹿比？没有看到啊。"

"新人都是随机降生的，这里避难所这么多，很难碰到一起的。"

"喂喂，太子你怎么不吃东西啊，是我们这里的食物不好吃吗？那你也不能饿死自己啊。"

嵇蒙，卒。

凌小路，狼吞虎咽。

这是避难所里最后一点食物了，好在凌小路已经年满十四岁，可以帮忙做一些简单的家务了。

他记忆力极强，叔演示过一遍的流程，他做起来丝毫不差，一个人净化水、做面包、缝衣服、裁绷带，将避难所打理得井井有条。

大叔带着新伤和战利品归来，不由得为他优秀的学习能力喝彩。

"想不到你一个人可以胜任几个人的工作。有你在，我们避难所不愁东山再起！"

"叔冒着生命危险外出战斗，我做的这点算什么？"

说到这点，对方哈哈大笑："我今天收获不小，打到一件可以短时间免疫变异者咬伤的防装，等我死了以后，这些都留给你。"

凌小路不高兴："就咱们两个相依为命，你死了我一个人有什么好玩的？"

"这不是我想不想死的问题，你十四岁，我也五十二岁了，最后的生命只剩下不到一刻钟，时间一到，不管我舍不舍得，都会自动重生。"

凌小路面露悲伤："既然横竖都是要死的，为什么现在要努力地活着？"

"因为你啊。"大叔目光炯炯有神，"我活着才能遇见你，你活着才能遇见你的后人，我们这么一代代地传承下去，人类就会生生不息。虽然终点是死亡，但每个人努力活着对这个世界是最重要的，我们是人类的火种。"

"可是，可是我还是舍不得你。"

大叔笑道："往好了想，如果我重生到条件更好的避难所呢？"

凌小路想想，也对，不会有哪里比这边条件更艰苦了。

"那好吧。"他不无遗憾地说，"虽然我不想你走，但还是希望你下一世能出生在一个富裕的家庭。"

外面传来异响，大叔仔细聆听，脸色剧变。

"发生什么事了？"凌小路缺乏经验，但从他的反应推断出不妙。

"嘘——"大叔提醒他，"好像有变异者来了。"

"变异者？！"凌小路虽然知道这是个求生游戏，但从未与变异者正式面对面。

大叔透过封闭的窗户缝隙向外望，心底一凉。

"鹿比……你在做什么？"

凌小路艰难地把冲锋枪带往头上套："奇怪，我怎么背不上这个？"

大叔一把抢过："你还没成年，用不了武器的。"

"不用武器，我怎么跟变异者搏斗，难道要在这里坐以待毙吗？"

大叔只用几秒钟就在内心做出了决定，凌小路看着他把身上的装备一件一件往下丢，只剩一件背心，上面交叉绑着两排炸药。他肌肉结实，像极了要去执行任务的敢死队成员。

"叔，你这是做什么？"

对方按住他的肩膀，示意他冷静："孩子，你毕竟是我带大的，我能叫你一声孩子吗？"

凌小路惶恐不安地点点头。

"孩子，你听我说，外面来的变异者很多，我们两个加起来也不是对手。唯一的方法就是我去把它们引开，然后想办法同归于尽。你很快就能成年，我走了以后，你穿我的装备，去附近寻找别的人类避难所。这里不要了，你一个人很难坚持下去的。"

"不可以！"凌小路坚决反对，"我不能让叔一个人去送死！"

"我如果留下来，我们两个都会死！我的时间本来也所剩无几，倒是你，好不容易长大成人，如果就这么死了，实在是太可惜了！"

"可是叔是我在这个游戏里唯一的亲人。"

对方俯下身，与凌小路平视。

"听好了，情感是人类最大的累赘，末世法则，只有生存是排在第一位的。在资源紧缺的避难所里，人类可以自相残杀，可以把刚降生的孩子扔到外面自生自灭，如果我遇到你的时候，没有绝对把握让两个人同时活下去，也是会毫不犹豫地放弃你的，知道吗？"

凌小路咬着牙点点头，对方带他领略了人类的温情，现在也教会了他末世的残酷。

"记住我说的话，带上所有值钱的东西，放弃这里，去寻找其他幸存者。不要忘了，我们是人类的火种，火种在，人类才能永存。"

凌小路依依不舍地盯着他，相逢时他是壮年，如今眼角皱纹已生，两鬓斑白，面目沧桑，短短时间，凌小路竟似随他走过半生。

但大叔表情爽朗如故，他在安全门处暂停下脚步："鹿比，很高兴认识你，希望重生以后我们还有机会再见。"

变异者的哭号随他远去，片刻后屋外传来震耳欲聋的爆炸声。

凌小路在这个末世里唯一的亲人没有了。

伴随着这声巨响，凌小路成年了。

他恢复了自己原本的模样，强忍住伤痛，将对方留下的防具一件件穿在身上，整装待发。

门外传来一声响，凌小路惊喜地打开安全门："叔，你没死？"

外面的小孩不悦地皱起眉："谁是叔？"

凌小路瞪大眼睛，不可思议："朋友？你怎么来了！"

六岁的嵇蒙没什么好气："你知道我费了多大劲、死了多少次才重生到这里吗？外面刚刚怎么那么吵！"

凌小路想起外面可能还有僵尸，赶紧侧身把小嵇蒙放进来，把门关严。

嵇蒙就算变成六岁也是个臭脸小孩。

"饿死了，有吃的吗？"他不悦地扫了一圈避难所，"其他人都在哪里？"

"这里的人都死光了，只剩下我一个，现在又多了一个你。"

嵇蒙不可理喻地看着凌小路："那你还一个人坚守在这里做什么，为什么不……"他突然顿住，想起游戏开始前自己交代的那句话——好好活着，我去找你。

想不到凌小路竟为了他，一个人坚持了这么久。嵇蒙态度瞬间软化，又有些不好意思而眼神闪烁。

"是因为……等我吗？"

"因为我答应了叔，要做人类的火种！"凌小路认真地说。

"……"嵇蒙想一盆冷水泼灭这枚火种。

"我饿！"

凌小路忙拿面包给嵇蒙吃："家里比较穷，就只有这个了。"

他不好意思说罐头都被他吃完了。

嵇蒙咬了一口："硬，难吃。"

"我做的。"

"是吗？"嵇蒙面无表情地啃光，"勉强能吃。"

凌小路并不介意嵇蒙的挑剔，他蹲在地上，双手托腮，双眼冒星地望着对面的小朋友。

嵇蒙被凌小路盯得有些不自在了："有什么好看的？你不用干活吗？"

凌小路笑嘻嘻："我没想到能见到六岁的小太子，好可爱。"

六岁的小太子板起脸："哪里可爱了？一点都不可爱！"

故作凶巴巴的表情让他看起来更可爱了，凌小路忍不住上手去捏。

"干什么？！别捏我的脸！你给我松手！"

凌小路恋恋不舍地松开手："说起来你应该叫我爸爸。"

嵇蒙脸一黑："做梦！"

"哦不对，你是太子，应该叫我父皇才对！"凌小路眉开眼笑，"想不到

有朝一日我也能当皇帝，朕要登基！"

嵇蒙脸色更黑："你要驾崩。"

"明明长得这么可爱，说话不要不可爱嘛。"凌小路又捏着他的脸蛋揉来揉去。

嵇蒙被凌小路捏得说话漏风："你给我松鼠（手）！你给我史（死）！"

凌小路趁机拍了一张嵇蒙的童年照，并拍胸脯向他保证："皇儿放心，虽然咱国库空虚，但父皇说什么也要把你养大成人。"

他豪迈地比画着一贫如洗的避难所："看到了吗？这些都是将来要留给你的江山！"

凶神恶煞的嵇蒙在下面踹了他一脚，没有一丁点对父皇的尊敬。

"别啰唆了，快去干活！"

凌小路缩起脑袋，委屈巴巴地跑去做面包维持生计。

呜呜，这个皇帝当得好没有地位……

## 第五章

清除程序，启动

*Qunxiong Zhulu 2*

"壶里的水要溢出来了。电路正负极接反了。燃料就快没有了。面包烤焦了。"

凌小路一个人做八个人的工作，在避难所里跑来跑去忙得不可开交，脚边跟着个"嘴强王者"，一边啃面包一边指点江山。

换谁来体验这样的生活估计都会疯掉，但凌小路就是有能力对年少可爱的嵇蒙无条件包容，甚至还在百忙之中抽空把人抱了起来。

小太子涨红了脸："你、你干什么！"

凌小路贴心地帮他擦掉嘴边的面包屑，又递给他一瓶水："面包太干，你又一直说话，容易口渴。"

小嵇蒙纠结地看着手里的瓶子，这是他刚刚亲眼看到凌小路用污水过滤出来的"净水"。

凌小路一看便懂："不喝会渴死的，这种条件下就不要挑三拣四了。"

谁挑三拣四了，小嵇蒙赌气咕嘟咕嘟把水喝个精光。

凌小路心都萌化了，他好想养一个六岁的嵇蒙。他现在能理解为什么嵇蒙会看着他那些宝宝露出姨母笑了，如果有镜子，他相信自己此时的表情也跟嵇蒙相差无几。

他把小嵇蒙随手放在桌边坐好，把之前的人留下来的旧衣服找出来，准备给嵇蒙裁一件新衣服。嵇蒙现在身上穿的还是破旧的新手服，等下长大成青少年，长裤就会变得成短裤，有损太子形象。

避难所由于电力不足，灯光熄灭了大半。在昏黄的台灯下，凌小路专注地裁剪缝补，一直在旁边指手画脚的嵇蒙也难得地安静下来，视线落在凌小路认真的侧颜。如此宁静温馨的画面，很难想象发生在一间末世的避难所内。这一

刻没有变异者,也没有其他人类,整个世界只剩下他们两个,相依为命,每个人都是彼此的唯一。

如果时间可以静止在这一刻就好了。

凌小路并不知道嵇蒙此刻的心理活动,缝衣服是个复杂的活儿,大叔也没有教过他,他硬是靠着游戏说明制作出了他的第一件成品,成就感爆棚。

"怎么样?这是父皇亲手为你缝制的龙袍!"巧了,凌小路找出来这件旧工装恰好是黄色的,上面凝结的油污与血渍也可以勉强伪装一下龙纹。

嵇蒙换上凌小路做的工作服,脑海里竟浮现出"慈母手中线"五个字。他赶紧摇摇脑袋把这个可怕的想法甩走,强行认爹已经很蠢了,凌小路居然还想做爹又做妈。

"喜不喜欢?"凌小路见嵇蒙还板着个脸,以为嵇蒙对这件连体工装不满意。但这也怪不得他,游戏里的服装款式不是他能左右的。

小嵇蒙撇撇嘴,给出了他能给出的最高评价:"还行。"

凌小路脑海中浮现出小孩模样的嵇蒙穿着连体工装、拿着扳手,沾了油污的脸蛋上写满了傲娇——

"水管我已经修好了,爸爸下次淋浴的时候能不能轻一点!"

凌小路幸福地捂住胸口,他终于知道为什么有人热衷于养崽游戏了!

嵇蒙一看就知道凌小路脑子里在想奇怪的东西,可他又不能问,问了估计会更生气。

凌小路清醒过来,想起还有正事要做。

"你乖乖在家哦,我等下去拾荒……"

凌小路还没说完,嵇蒙就开始紧张:"你要把我一个人扔在这里?"

他并不是紧张他自己,外界凶险,多少人有去无回。他好不容易找到了凌小路,可不允许凌小路以身犯险。

"我还是个小孩!"他甚至把年龄搬出来阻止对方。

"不要怕,避难所里很安全。"

"安全的话,之前的人是怎么死的?"

凌小路竟无言以答。

他只能好好地跟儿童讲道理:"我不出去找食物的话,咱们吃什么呀?"

"我检查过了,这里的存粮只要省着点,足够我们两个撑很久。"

至于很久以后的事,那就等很久以后再决定。

凌小路说服不了他:"那就……"

门外有动静。

"什么声音?"

不像是变异者来袭的声音，凌小路小心翼翼地打开门。

一个陌生的孩子见门开了条缝就拼命地挤进来："终于找到你们了！"

凌小路："你是谁？"

"我是谁不重要，重要的是，我吃得少，很能干，会维修电器，会做陷阱捕老鼠，会扒皮晒老鼠干，我会帮助家里做很多事，请一定要留下我！"

凌小路无奈地与嵇蒙对视一眼，摊手："这下存粮肯定不够了。"

嵇蒙遇到了棘手的问题："那、那就把他丢出去啊！"

孩子"哇"的一声跪倒抱住凌小路的腿："爸爸！"

"开什么玩笑！"凌小路护住那孩子，"他也是我的孩子，你的弟弟，怎么可以丢出去呢？"

敲门声再次响起，这回一次来了两个孩子。

凌小路：双胞胎？？

三个新来的当着他俩的面相互认亲：

"你也是看了直播来的？"

"是啊，我整整死了六次才重生到这里！"

"我死了七次！"

"但这一切都是值得的，我们终于生到帝王家！"

凌小路不解。

三个人激动地握着手："二皇兄！"

"三皇妹！四皇弟！你们辛苦了！"

小嵇蒙气得吹头发："你看！我说让你把他们赶出去了！"

"你怎么能这样？"凌小路教训他，"就算生在帝王家，现在也是末世，兄弟姐妹要相互扶持，不能总想着宫斗那一套！"

"父皇说得对！"老三强烈附和，"爸爸，我会修补各种工装防具，你留我下来保证不亏！"

老四也拼命表忠心："虽然我工作能力没有哥哥姐姐们强，但我会唱歌、会讲段子、会活跃气氛，在末日保持一颗积极向上的心才是最重要的，不是吗？"

"放心放心！"凌小路给他们打定心针，"不管你们会不会、会什么，我一定努力把你们每个人养大！"

小嵇蒙如果不是长得太矮，一定要上前把他那自不量力的便宜爹摇醒。作为避难所里唯一一个大人，养活一个已经很困难了，凌小路居然还要养一窝！

他气得闭上眼，睁眼时发现视角变高了许多。

凌小路惊喜地望着他："你长大了！"

小嵇蒙不知不觉中成长为了少年嵇蒙，个子高了一头，胳膊腿都细了不少，

面容清秀,正像是发育中的少年形象。

看到自己亲手把他从一个小娃娃养成小帅哥,凌小路还有什么理由不努力,他此刻心中充满了动力!

"你们的大哥已经可以做家务照顾你们了,爸爸出去拾荒,争取多捡点有用的东西回来!"

"好的爸爸!"

"注意安全啊爸爸!"

事到如今,嵇蒙根本无法阻止,凌小路如果不出门,他们几个只能在这里饿死。

"出去可以,不能走得太远,不要跟变异者正面接触,天黑之前一定要回来。"嵇蒙开启唠叨模式。

"知道知道,"凌小路笑着掰过他的头,极其自然地嘱咐他,"家里就交给你了。"

凌小路走了,丢给嵇蒙一屋子的工作,还有三个除了吃,什么都不能做的孩子。

嵇蒙有生之年没有遇到过这么艰巨的挑战,那些在凌小路手里显得轻车熟路的工作,自己上手才发现难度超乎自己的想象。

他做了这个便顾不上那个,心里惦记着凌小路的安危,偏偏那三个累赘还在一旁边啃面包边指点江山。

"壶里的水要溢出来了,哥哥。"

"燃料就快没有了,哥哥。"

"面包烤焦了,哥哥。"

"啰唆!都给我住嘴!"嵇蒙怒吼,恨不得把三个聒噪的小破孩扔到外面。

小破孩们撇着嘴委屈,刚刚直播里爸爸明明不是这么对哥哥的,他可温柔可有耐心了,为什么哥哥一点都不像亲的?

在嵇蒙濒临崩溃之际,凌小路终于回来了,可他也惊呆了,原本井井有条的避难所里乱成一团——面粉撒了一地,炉子里传来可疑的烧焦味道,蓄水壶都是空的,灯泡时灭时亮。

"发生什么了?变异者来了吗?"他惊慌失措地问。

三个孩子悄悄用小手指向罪魁祸首,这才是整个末世最可怕的变异者。

嵇蒙搞砸了家务,满肚子火气,但总算见到凌小路平安归来,一颗悬着的心刚要放下,却因凌小路两只手牵的"东西"而瞪大了眼睛。

"你、你不是出去拾荒吗?你捡回来了什么?"他表情活像见了鬼。

凌小路一手牵着一个孩子："他俩啊？是我刚刚在门口捡到的。来，给你们介绍一下，这是你们的大哥、二哥、三姐、四哥，欢迎加入我们的大家庭。"

"哥哥姐姐们好！嵇哥哥好！"

"欢迎小五和小六！"

嵇蒙头痛欲裂："我们家孩子已经够多了，你能不能不要往回捡了？"

还一次捡俩，是嫌吃饭的嘴还不够多吗？

凌小路高高兴兴地往里走："别担心，我这趟出去有好多收获。"

他把脏旧的背包打开："看，这些是我从废弃超市里找到的罐头和压缩饼干，足够我们所有人吃的！"

"哇！爸爸好厉害！"

"我爱你爸爸！"

稚嫩的童声此起彼伏。

"就算够也只够吃一顿的，等下你岂不是还要出去找食物？如果没有这么多张嘴，你就不用总出去冒险了！"

新来的小五小六号啕大哭："嵇哥哥不要赶我们走，我们保证只吃一点点！我们喝点水就行了！"

"你们……戏精！"

凌小路安抚被气得火冒三丈的嵇蒙："不要暴躁，想想我们现在最缺的是什么，是食物吗？是人口！初期阶段虽然困难了点，但是你看，老二老三他们马上就要长大了，就可以帮着家里干活了。"

被点名的小朋友骄傲地挺起了胸。

"以后等到所有人都长大了，这个避难所就会拥有很多劳动力，何愁发展不起来？太上皇把江山交到我手里，就是希望我能带领它重新走向繁荣，我不能辜负他的养育之恩！"

就算凌小路说得有道理，嵇蒙也高兴不起来。

"好啦好啦，"凌小路安慰他，"时间紧迫，你们吃饱喝足，好好看家，我再去找点吃的回来。呃……那些家务，如果不会做就先不要做了。"如果什么都不做的话，看起来还好收拾一些。

"爸爸慢走！"

"爸爸小心变异者！"

凌小路冲可爱的小朋友们挥挥手，才拉开安全门，却被另一股更大的力气将门重重关上。

他不解地转过身，成年的嵇蒙一手按在门上。

凌小路眨眨眼，上一秒还是个清秀的少年，怎么一转眼就不可爱了？

成长的真相，就这么残酷吗？

然而，更残酷的还在后面。

"脱！"

凌小路不解。

"我让你脱！"

凌小路迷惑。

"傻愣着干什么？"嵇蒙凶道，"我成年了，我可以出去！把你身上的装备脱下来给我！让我留在这里照顾这几个鸡崽，我宁可去外面送死！"

凌小路一脸惊恐，双手捂胸，直到听到这话才松了口气。

"早说呢，我还以为你要篡位！"

附近围观的"鸡崽"们也泄了口气，真失望，他们还以为嵇蒙要造反！

凌小路把自己的装备换给嵇蒙，穿上后几乎可以看到布料下肌肉线条的黑色紧身背心，军绿色的夹克洗得发旧，上面撕裂的痕迹诉说着这件外套曾经如何陪同主人出生入死。各种尖锐锋利的防身短兵器绑在腰间，迷彩裤凸显了腿的笔直与修长，裤腿紧紧扎进军靴的靴筒。军靴线条犀利硬朗，随处可见的斑驳擦痕宛若战争的勋章。

嵇蒙手一扬，冲锋枪松松垮垮地背在了背上，他低头在手上缠满绷带，以免双手接触到感染物质。

凌小路傻愣愣地看着嵇蒙用牙齿咬着绷带末端将结系紧，由于操作不便眉头微微锁住，而且从这个角度看过去，嵇蒙的鼻梁显得格外高挺，轮廓锋利如刀削。他忍不住疑惑，明明这套装备他刚刚也穿过，怎么偏偏嵇蒙就能穿出末世孤胆英雄的味道？

嵇蒙抬起眼皮，发现凌小路在对着他发呆，不悦道："看着做什么？过来帮我！"

"哦哦。"凌小路忙过去帮他缠紧绷带，不好意思说由于太子长得太帅，父皇有点想退位！

装备齐整，凌小路把背包递给嵇蒙，嵇蒙接过斜斜地背在肩上，举手投足都透露着一种英勇且洒脱的赴死感。

"我走了。"

凌小路像送别亲手养大的孩子去战场，心情无比复杂："一定要小心变异者！还有变异的野狗！"

别问他怎么知道有野狗，都是血和泪换来的经验！

"知道了。"嵇蒙出门前回头望了他一眼，想说话，却对上四五双期待憧憬的小眼睛，瞬间又什么都不想说！

凌小路还以为他放心不下孩子们，把"鸡崽"们都推到前面："哥哥要去帮我们找食物了，跟哥哥再见！"

"哥哥再见！"

"一定要小心变异者！"

"还有野狗！"

嵇蒙憋着闷气，脚步决绝地踏出避难所，头也不回！与其抚养"鸡崽"，他宁可拥抱变异者！

嵇蒙蹚过污水，翻过废墟，几次在被变异者发现的边缘成功逃脱，被野狗追过整个街区。

这变异野狗必须用特殊子弹才能对付，嵇蒙带的普通弹药对它们根本不起作用，他现在知道凌小路为什么特别叮嘱要他小心野狗了！

嵇蒙一次又一次地化险为夷，带出来的背包也越来越满，他仿佛已经看到凌小路充满崇拜的目光……外加一些无关人员。

满载的嵇蒙归心似箭，他重新躲过变异者，在被野狗追逐的街区狂奔，翻过废墟，蹚过污水，回到了他心心念念的家里。

打开安全门，嵇蒙愣住了，避难所内灯火通明，干净整洁，几个长大的孩子各司其职，将工作完成得井井有条，跟他在时的光景全然不同。

凌小路站在屋子中央，听到门响，开心地转过身，手里还抱着一个女娃娃："你回来啦！"

对变异者也面不改色的嵇蒙紧张地贴在墙上，手里指着凌小路怀里的孩子："那是什么？！"

"这个呀，"凌小路低头笑道，"小九，叫哥哥。"

小九咧开小嘴："哥哥。"

嵇蒙彻底受到了惊吓："小……小几？"

"哦对，你应该还没见到，"凌小路四下寻找，"小七、小八，你们哪里去了？快来见过你们的大哥！"

孩子们都跑了出来，"哥哥"不绝于耳，嵇蒙感受到了被"无性繁殖"统治的恐怖。

"我不在家你一个人都能'生'这么多？"嵇蒙抓狂道，这家伙以为自己是英雄母亲吗？

凌小路很自豪："说明我们避难所发展前景良好，有这么多人愿意主动加入。"

小孩子们初生牛犊不怕虎，把外出归来的嵇蒙团团围住："哥哥，我饿。"

嗷嗷待哺的人口太多，家里没有存粮了。

嵇蒙绷着一张脸把背包重重丢到地上，敞开，露出里面丰厚的战利品。

"哥哥好厉害！"

"大丰收哦！"

凌小路眼睛一亮，正在想要怎么夸赞他几句，就听嵇蒙凶巴巴地对孩子们吼："谁让你拿的？放下！"

小八胆战心惊地把食物放回原处。

"没有我的允许，谁都不许拿！"他成功震慑住了所有小孩，抬头冲凌小路，"你先拿！"

凌小路："……"

"我是大人，我扛饿。"他还想替孩子们说几句话。

"我管你扛不扛饿！"嵇蒙不客气地打断他，"这些都是我给你找的，你不吃饱谁都别想拿！"

"孩子们再不吃就饿死了。"

"这么多，饿死一个两个又怎么了？他们又不是不能到别的地方去！"他嵇蒙为了找凌小路，硬是把自己生生饿死好几次，他又说什么了！

"好吧。"凌小路只能投降，把自己和嵇蒙的份拣出来，"这下可以了吧？"

见嵇蒙不作声，孩子们一哄而上，把剩下的瓜分干净。

嵇蒙阴着一张脸把凌小路拉到无人的工作间。

"干什么，"凌小路警惕道，"你要是劝我放弃孩子们中的一个两个，我可做不到。"

虽然每个都是从垃圾箱里捡来的，但凌小路全都视他们如亲生骨肉。

"谁跟你说那个了！"嵇蒙没什么好气道，从怀里掏出两盒牛奶，"给你！"

凌小路感动地接过来，牛奶还带着嵇蒙的体温，这是末世里最稀有珍贵的食物，他舍不得喝。

嵇蒙误会："看什么看！没有过期！"

凌小路抿着嘴，把其中一盒重新塞给他："一人一盒。"

嵇蒙犹豫了一下，没有拒绝。

凌小路吸着牛奶，心中愧疚："你带回那么多食物，一眨眼就分光了，要是我不捡那么多孩子，还能多撑一段时间。"

"你知道就好！"

"要不这次换我出去吧，你把装备脱下来给我。"

"换你出去做什么？被野狗追吗？"嵇蒙嫌弃。

凌小路愣，顿时领悟："你被野狗追了！"

"才没有！怎么可能！"嵇蒙心虚地大声反驳，眼神凌乱，"那些野狗怎么可能追得上我！"

凌小路：……这不还是被追了吗？

嵇蒙话不投机，掉头就走："你老实在家带你的那些麻烦，别想把他们推给我！再说……"

他停下来，背对着凌小路不情不愿地说："你处理这些比我熟练得多，还是出去找食物这种事更适合我。"

嵇蒙嘴硬心软，不想他去冒险。凌小路会意地不揭穿他："那你一定要平安回来哦，孩子们不能没有哥哥。"

不能没有爸爸还差不多。嵇蒙心里想着，大步朝外走，衣角被人拉住。

他低头，见小九抬头仰望着他，声音稚嫩："哥哥要小心，遇到变异者要快跑。"

嵇蒙转到别人看不到的角度，掏出牛奶丢给她："接着。"

小九收到牛奶，高兴地正要叫出声，被人用力捂住了嘴。

嵇蒙蹲在她面前，紧张地扫了眼忙碌中的其他人："自己喝掉，不许让别人知道，听到没！"

小九如小鸡般频频点头。

嵇蒙再赴战场，小九背着他给牛奶拍了张照片，准备游戏结束后配文发到个人主页。

——末世的珍贵礼物，来自 @嵇蒙哥哥。

嵇蒙再一次蹚过污水，翻过废墟，带着满满一背包战利品，风尘仆仆地赶回家，却发现避难所内乱作一团。

他的包摔落在地："发生什么事了？！"

孩子们宛若见了救星："太子哥哥！避难所被变异蜘蛛袭击了，蜘蛛已经被我们消灭掉，但是爸爸为了救小十一，被蜘蛛咬伤了！"

"救……救谁？！"嵇蒙怀疑听力出现问题。

"被变异蜘蛛咬伤，五分钟内得不到特效药治疗就会死，现在已经过去两分钟了！"

嵇蒙转身朝外奔，凌小路忙派老二和老四把人追回来。

最开始来的三个孩子都长大成人了，老五老六也很快要年满十八岁，马上都能外出了。

"不要白费力气，"凌小路劝嵇蒙，"我查过游戏手册了，特效药只有在变异者集中的区域才有，需要一支武装齐全的队伍才有机会搞到，你这么去就是送死。"

嵇蒙愣了下，打开商城，找遍了跟这个游戏有关的一切也没发现特效药的

踪迹。

他气呼呼地叉掉商城界面："太不像话了！这个游戏里居然存在充钱都解决不了的问题，这合理吗？！"

凌小路感到好笑，但又不敢笑，强行憋住。

"充钱也不是能买得到一切的，你看，我就拥有了充钱也买不到的东西。"他张开双臂，佯拥住在场所有人，"就是亲情。"

"爸爸！"

"爸爸你不要死！"

呜咽声此起彼伏。

凌小路面带微笑走到嵇蒙跟前："虽然我不能坚持下去了，但是我还留下了你们十一个孩子，一个都没有掉队，这就是我这一生的成就。养育我的人希望我能帮助这个避难所东山再起，我想我应该没有辜负他，至少开端是良好的，之后的发展就靠你们了。"

他握住嵇蒙的手："今天朕就传位于你，作为家里的老大，希望我走了之后，你能把剩下的几个孩子带大，也不枉我养育你成人。"

对方阴着脸不说话，凌小路也心中有愧："对不起，给你留了这么大一个摊子。"

嵇蒙示意他不要说了："我知道了，我会争取做到。"

嵇蒙承诺的事，凌小路无比放心："那我也能了无牵挂地重生了。"

他蹲下去拥抱每一个孩子："拜拜了孩子们，今后听你们哥哥的话。"

小孩子毫无负担地哇哇大哭："知道了爸爸！"

他站起身，端详着这一屋子大大小小的成员，心中充满了成就感。当他第一次迈进这间避难所时，这里只剩下大叔和他两个人，现如今，已经是个小有规模的家庭了，未来的发展不可估量。就像大叔说的，只要火种不灭，人类就会永世长存，生生不息。

他最后拥抱了嵇蒙，贴在对方耳边悄悄说："你还是不肯叫我一声爸爸吗？"

嵇蒙嘴硬："死都不可能！"

"那我就要死了呢。"

"……"嵇蒙犹豫，这一犹豫，凌小路就死了。

凌小路，卒。死因：变异蜘蛛毒液。

享年三十二岁，在末世中收养子女十一人，全员存活，此生无憾。

凌小路走后，嵇蒙撑起抚养全家的重任，好在成年的孩子越来越多，大家主动分担起家长的工作。他们共同面对了火灾、鼠疫，齐心协力抵御住来犯的变异者，又收留了前来寻找庇护的难民。这个一度落魄至险些废弃的避难所，在三代人的努力下，重新焕发了生机。

一晃十二年过去，最小的小十一也长大成人，嵇蒙终于达成了凌小路的遗愿。大家还是叫他哥哥，就连前来投奔的难民都入乡随俗。

嵇蒙率领避难所内的精锐力量，扫荡了附近变异者聚集的场所，获得了更多稀有物资，其中就包括治疗变异蜘蛛咬伤的特效药。

老四见嵇蒙手握特效药发呆，不由得感慨：“若是早一些拿到这药，爸爸也不会死。”

嵇蒙回去的路上一言不发，老二暗地抱怨老四：“为什么要提哥哥的伤心事！”

老四委屈：“我以为哥哥已经忘了呢。”

避难所的安全门被重新加固过，嵇蒙正打算开门时，旁边的垃圾箱内有窸窸窣窣的声音传来。

嵇蒙警觉："什么人？！"

一个小男孩从垃圾箱里哼哧哼哧地爬出来，小短腿在空中晃呀晃，终于着了地。

"鹿比？"嵇蒙瞪大眼睛，不可思议。

六岁的凌小路着地后转过身，见到嵇蒙，露出一个灰暗末世里最灿烂的笑容，冲着来人张开双臂："爸爸！"

嵇蒙圆满了他的一生，意犹未尽地结束游戏，不再继续重生。

凌小路也趁机退了出来，不然这个无限流的游戏可以无休止地进行下去，他们今天已经玩得够久，也混够了直播时长。

本次直播的在线观看人数破了非战斗类直播的历史新高，吃瓜群众表示很满足。

一个AI客服留住了正要离开娱乐大厅的二人。

"感谢您二位对《绝地求生子》游戏传播做出的卓越贡献，游戏制作组为表答谢，为二位准备了一份特别的小礼物。你们可以在这两位之间，选择一位你们心仪的非战斗智慧型宠物。宠物的认养是有条件的，只限于在私人住所内饲养，无法带至公共地图活动，还望周知。"

她左手边是六岁的小太子，右手边是六岁的小鹿比，一个凶萌，一个呆萌。

凌小路满心惊喜："这个游戏这么好？玩完还能打包带走？那我当然要……"

一旁的嵇蒙抱起小鹿比就跑。

"等等！"凌小路为他的无耻震惊了，"你怎么可以这样？"

嵇蒙跑得更快了。

凌小路扑过去抱住嵇蒙的大腿:"朋友!你不可以这样!"

他都不好意思说,游戏里的嵇蒙除了第一次见面时有一瞬间的犹豫,可真把他抱起来之后就再没撒过手,导致童年小鹿比的脚整整八年没有着过地!如果不是他长大了,他相信嵇蒙这个行为还会一直持续!

身为避难所的领袖,嵇哥哥晚年沉迷养娃,只管安排其他人外出拾荒打野,自己门也不出,活也不做,日日宅在家里含饴弄"孙",简直成何体统!

凌小路号啕大哭,脸都不要了,使尽撒泼之能:"我不管嘛!我要小太子!我一定要小太子!你不可以做一个独裁的昏君!朋友!太子!亲爱的!"

往常凌小路一这么叫,嵇蒙可以说是有求必应,但这次不一样了。

他非常执着地紧紧抱住小鹿比,拖着凌小路一瘸一拐地前进,不管对方叫什么都坚决不从。

有道是没理的比不过讲理的,讲理的比不过无耻的,最后在东野后花园里欢腾着扑蝴蝶的,到底还是活泼可爱的小鹿比。

凌小路不甘心地回头找客服,却无功而返,两个只能选一个,充钱买也不行,凌小路真实体会到了嵇蒙那句名台词的感受——

一个游戏里居然存在充钱都买不到的东西,这合理吗?!

不!

客服说是非战斗人形战宠,AI智能等级也跟雷噜噜差不多,会说的话估计加起来不超过十个字。

"爸爸,抱!"

"爸爸,饿!"

"爸爸,爱你!"

就这已经足够把嵇蒙哄得五迷三道,忘乎所以了。

凌小路郁闷地趴在栏杆上,看小版的自己和被勾了魂的嵇蒙,恶毒地想,你怎么知道他说的爱你是字面意思的爱你,没准只是一句脏话!

他在心底暗自把每一个爱你翻译成了脏话,才得到一丝莫名的安慰。

此时一只雷噜噜路过,凌小路心生歹念。

"普斯,普斯普斯。"他用气声唤它。

雷噜噜嫌弃地瞥了他一眼。

凌小路佯装同情状:"你主人有了新欢,他不要你了。"

雷噜噜如遭晴天霹雳,小鹿比脚边炸下一道响雷,把孩子吓了一跳。

"爸爸,怕!爸爸,抱!"

嵇蒙赶紧把人抱起来哄,小鹿比软软地搂住嵇蒙的脖子,在背后冲雷噜噜吐了吐舌头。

凌小路："……"

他小时候有这么戏精吗？！

嵇蒙头顶出现商城的图标，片刻后小鹿比身上的衣服换了一套。

凌小路不确定地定睛看了好几遍——这不是他穿的小鹿睡衣同款吗？

穿上毛绒连体睡衣的小鹿比更萌了，在花园里蹦蹦跳跳，活像一只调皮的小鹿在独自玩耍，连凌小路也忍不住想上去逗一逗。

嵇蒙发现了新的乐趣，唰唰唰买爆了商城，他玩不了《鹿比环游世界》的心，终于在小鹿比身上得到了淋漓尽致的解放。

凌小路看不下去了，尤其是嵇蒙每给他换上一套衣服就会得到一句"爸爸，爱你"的回应，这是非战斗人形宠物？这根本是"骗氪"型钱包黑洞吧！

嵇蒙还在无休止地买买买，凌小路愤愤地回去睡觉了，眼不见心为净——嵇蒙花自己家钱买自己家东西，他一个外人操什么心！

熬夜的玩家发现嵇蒙的个人主页更新了。

嵇蒙虽然是个朋友圈屠版狂魔，但公开动态闲得几乎可以长草。结果今天太子嵇不仅更新了，还一口气更新了十几条，全服务器在线的人都惊了。

点开后，所有人远程围观了一场小鹿比的个人深夜时装秀，每套衣服都拍满九宫格，嵇蒙拍照技术之纯熟，让人很难相信他是第一次做这种事。

——惊！太子嵇深夜发博，内容竟是这些！

——我们只能在游戏里拥有小鹿比，为什么有的人可以领回家？鑫山太子未免太特权了吧！

——楼上是不是想多了？即使在游戏里你也不会拥有小鹿比。

——@初晴：我家弟弟终于不满足于在朋友圈里刷屏秀宠物了？

——捕捉大小姐！这句话信息量很大啊，原来太子嵇私底下竟然是朋友圈刷屏狂魔吗？

——我家哈尼酷炫狂霸拽的人设崩了／大哭！

——你家哈尼的人设是这会儿才崩的吗？你没看到他直播里抱着小鹿比不撒手吗？他甚至连净化水都不舍得给人喝，你见过在末世里喝牛奶长大的小孩吗？反正我今天晚上是大开眼界了，太子嵇再发什么我都不会意外。

——我一点也不关心太子嵇人设是怎么崩的，我就想知道这么可爱的小鹿比是怎么得的！那套小鹿睡衣也太可爱了吧！想……

——别想了，你号没了。

嵇蒙不亦乐乎地玩到后半夜，为防止再次被踢下线，飞快地回去打了个盹，醒来后又迫不及待地登录游戏。

一个意想不到的人联系他。

"离争？你找我做什么？"两个人在家族领地里见面。

离争表情冷淡："我来找你，是想为上次你找我的事做一个答复。"

嵇蒙紧张："你改变主意了？不与鹿比解除师徒关系了？"

"你到底是希望我们解除关系，还是不解除？"

嵇蒙很纠结，从他的角度当然希望离争离得越远越好，但他也知道这样会让凌小路伤心。

离争轻吐出一口气："让我照你说的做也可以，不过我有一个条件。"

嵇蒙提高警觉，他从没想过离争会拿这件事同他谈条件。

"什么条件？"

离争眯起冷眸，散发着在嵇蒙看来绝对属于危险的光芒。

"我要去你家。"

嵇蒙不解。

凌小路伸了一个懒腰走到院子，东野早晨的阳光最令人惬意，空气中混杂着青草与泥土的芬芳。他揉揉睡意惺忪的双眼，说了声："早啊，师父。"

凌小路："……"

他重新揉了揉眼睛："师父？"

他惊慌失措地打量着周围，他没有穿越吗？为什么离争会出现在嵇蒙的院子里？

这种强烈的违和感，就好比在赤道见到企鹅，在南极见到狮子一样，让人不由得怀疑是不是空间产生了扭曲！

此时的离争，双手负在背后，似是漫不经心地垂眸打量着地上的小孩，身着小鹿睡衣的小鹿比也在歪头打量着这个大人。

一大一小对视了半天，离争从袖子里变出一根棒棒糖，面无表情地递过去。

凌小路震惊。

他才不相信离争会随身携带棒棒糖，这根本是特地准备好的吧？！

小鹿比接过棒棒糖，喜笑颜开："抱！"

凌小路：……怎么一根棒棒糖就被收买了，有点骨气啊！

嵇蒙横插进来，态度强硬地拦在二人中间："只许看！不许碰！"

离争别过头，低低地叹了口气，满是嫌弃。

凌小路：……这是什么画面，不忍直视。

他一定是没睡醒，还在梦里。

凌小路决定回去重睡。

鸠鸠发来私聊。

鸠鸠：这个是怎么得的？[图片]

凌小路点开图片，傻眼。

鹿比：怎么一个两个都？

鹿比：照片是怎么得的！

鸠鸠：你朋友主页。

凌小路赶紧打开嵇蒙主页，往后翻了半天，各种打扮、各种造型的小鹿比，转发量高到逼死服务器。

凌小路："……"

这家伙是不是发朋友圈发错版了啊！

鸠鸠居然还在问。

鸠鸠：没见过游戏里哪有这个功能。

鸠鸠：小兄弟你有点可爱。

鸠鸠：怎么得的？我也养一只玩玩。

鹿比：……

鹿比：玩鸟去吧！

凌小路，很生气，哄不好的那种！

半小时后，凌小路坐在鸠鸠的树屋里与他一起玩鸟。

这不是气话，是事实。

鸠鸠的红眼乌鸦此刻就站在凌小路的手腕上，低头啄食凹聚在他手心里的宠粮。

鸠鸠放弃了山谷里的小房子，重新在野外觅了一处树屋落脚。

对他来说，这些横竖是游戏里临时休整的场所，环境好坏并不那么重要。反正他大部分时间，不是在收割，就是在去收割的路上。

凌小路气呼呼地向鸠鸠抱怨。

"就在你问完我后不久，姐姐和初芽都去了，还有小南薰，我第一次在嵇蒙家见到那么多人！

"就连我师父都过去看小鹿比！我师父！出现在嵇蒙家里！你能信？

"我看干脆把嵇蒙家设置成卖门票参观好了！"

"嗯……"鸠鸠虎口托住鸟喙沉思。

"你在想什么？"这个"嗯"在凌小路听来别有深意。

"我在想，门票贵吗？"

他怎么忘记了这里还有一个"想养一只玩玩"的觊觎者！

"开个玩笑。"鸠鸠慵懒地一扬手,乌鸦扑棱着翅膀飞过去,落在他的手背上。

说是手背,其实是紧紧包裹的手套,手套又束紧在袖口上,鸠鸠浑身上下没有一寸皮肤露在外面。

这种装束上的距离感,大概也是玩家们对他谈虎色变的原因之一。

"说正经事。"鸠鸠不开玩笑了。

凌小路也从他的语气中听出几分正经,端坐好。

鸠鸠斟酌着语句:"你对家族里的零……了解有多少?"

"零?他怎么了吗?"

"昨天下战场的时候,我发现……他的身上有疑点。"

疑点?凌小路一皱眉:"你指的是哪方面的疑点?"

一个同时拥有金名和粉名权限的测试账号,如果这都不算疑点,那就没有什么算得上疑点。

可是凌小路并不确定鸠鸠从哪里看出了破绽,何况他还答应了要替鑫山保守秘密。

没有证据,鸠鸠也不想平白扣人罪名。

"算了,就当我多心,如果真的像我想的那样,我们四个现在应该已经被停号调查了。"

他今天还能正常上线,就说明他的怀疑有误。

鸠鸠随手逗弄着乌鸦,但愿如此。

此时此刻,鑫山运营中心。

负责处理战场举报的客服战战兢兢地找上了经理柯铭。

"柯经理,收到一条问题举报,想请您处理一下。"

战场每天都有大量举报,内容无非那么几种,骂人、挂机、演员,再严重点就是非法程序,俗称外挂。

处理起来也没什么难度,查明是否属实,属实就扣分、警告,最严重账号封停,不实举报就忽略掉,柯铭想不出有哪点会令客服为难。

"举报理由?"

"外挂,"客服说完又抓紧补充了一句,"疑似。"

"外挂是很难处理的问题吗?查战场录像,没有疑点就PASS(通过),有疑点就暂停账号,查后台监控。"

"有疑点。"

"那还有什么顾虑?"

客服擦了把汗:"涉及的四个账号,都不太好做封停操作。"

"哪四个账号？"

"一个是外设故障后，被划做公司测试账号的鹿比，一个金名账号禧儿，还有他的粉名零。"

上次他的同事把常欢禧的账号暂时封停，经理被迫全服直播道歉，他还哪敢随便操作。

柯铭沉默了下："还有一个呢？"

"鸩鸠。"

不仅是玩家，客服也普遍对这个名字存在阴影。万一封得不对，本人抄着重型武器来客服中心"突突"一下，那可比直播道歉要严重得多。

还好远在线上的鸩鸠不知道客服的真实想法，不然他或许会……感到荣幸。

柯铭："……"

他大概猜到是怎么回事，零的内部保密等级又高一级，眼前这个客服并不晓得零的真实身份，不敢封禁只是因为他绑定着常欢禧。

"知道了，交给我处理。"

客服如释重负地走了。

柯铭疲惫地掐了掐睛明穴，用内线招来了零的负责人。

"收到用户举报，零在战场使用外挂。"他开门见山地说。

技术人员愣了一下："零内置了最精密的计算系统，如果是射击战场，它可以做到百发百中。"

"对于普通人来说，那不就是外挂？"柯铭感到头疼，"你们就不能把他的表现降低一些，让它看起来更像一个正常人吗？"

"经理，我上次就跟您提过，零现在不适宜上线，这个技术现阶段存在太多隐患。"

柯铭猛地站起来，吓得技术人员把话咽了下去。他不耐烦地在办公室内走来走去，半天不见下文。

"你继续说。"

"零是学习型 AI，它的表现只能提升，不能降低，而且它的学习能力非常强，从上线到现在，交流能力已经进化到跟正常人相差无几。这确实是我们项目启动的初衷，希望能开发出与真人表现无异的 AI 智慧型战斗宠物，满足更多金名账号的需求。但是，零只是一个半成品，它没有经过测试就与玩家绑定……"

"那是因为上一次我没有别的选择，"柯铭打断他，"况且我也需要一个人看住网零家的小子。"

技术人员斗胆道："如果您派过去监视的人，就是公司现阶段研发的最高

机密呢？您真的不怕它身份曝光，被竞争对手公司剽取吗？"

柯铭再次沉默。

半晌，他开口："那你说怎么办？"

"我认为，正好趁这次机会，以非法使用外挂的理由，对外宣布将其账号封停，然后……"他顿了下，"就数据销毁了吧，虽然有些可惜，但角色创建之初考虑不周，给了它太高的权限，它利用系统漏洞制造的这些混乱，您也亲自目睹。"

比如给常欢禧刷人气榜、将副本 BOSS 移动到主城、提高常欢禧捉宠成功概率等等，这些日子，他们项目组没少给零打扫战场而头疼。

"常欢禧那边怎么交代？"

技术人员沉思片刻："他毕竟是网零高层家属，对游戏公司封禁外挂账号这种事，应该也会理解的吧。"


常欢禧不理解！

他满腔怒气地冲到嵇蒙家，一院子的人在逗小鹿比玩，该在的不该在的都在，但他没什么心思过问，直奔嵇蒙。

这么一副来者不善的模样把嵇蒙吓到了，不知道还以为他是来讨债的。

"你怎么了？"

常欢禧扫视一圈，不想此事被第三个人知道，将嵇蒙拉进屋子。

"你们公司封号有瘾吗？"他劈头盖脸地问。

"吃炸药了你，又有谁被封号了？"

"零！阿零被封号了！"

嵇蒙如听天方夜谭："零被封号？不可能吧，他不是内部员工？"

常欢禧冷笑："是啊，我怎么知道鑫山发起狠来连自己人都杀。"

"是不是有什么误会？"

"昨天我们四个人一起下战场，阿零发挥太好被举报，谁知今天就变成了这样！"

"我们公司的后台检测不会出问题。"

"后台就不会出错吗？有没有用外挂，你可以去问鸟人大神和小鹿兄弟！哦，对了，你们的那个什么经理亲自来电致歉，说对外封禁理由是外挂，其实是利用职权擅自使用管理权限……你说他一个底层测试员，哪里来的职权？"

这个罪名非同小可，如果经理所说属实，那"零"怕是很难再在同类公司中谋求工作，相当于将一个人业内封杀。

"那他现在人呢？"

"被开除了。"常欢禧没好气道,"这个时候鑫山的效率倒是很高。我要求见面,不同意,我要个联系方式都不肯给,还说是本人拒绝。"

"要真是零本人拒绝那我也没有什么办法。"不想见网友很正常,如果对方真的是因违反职业道德而被开除的,那就更正常不过了。

"首先,我不相信阿零是会做出这种事的人!其次……"

他手里举着一张照片,嵇蒙定睛一看,是穿着小鹿睡衣的凌小路睡眼惺忪坐在床上的起床照。

嵇蒙:"你怎么会有这个?"

他伸手去夺,常欢禧向后一撤,他抓了个空。

嵇蒙额角青筋一跳:"给我!"

常欢禧不受他威胁,接着刚才的话题说下去:"其次,就算他真的做了,我也想听他亲口告诉我,而不是通过什么不明不白的人转述。打听一个离职员工的电话,对你来说不难吧?一个电话换一张照片,是不是很赚?"

嵇蒙:"……"

半小时后,嵇蒙通过一个在人力资源部门工作的亲戚,拿到了今天被开除员工的电话。

这位亲戚只分管人事,对技术开发的部分一概不知,更不懂嵇蒙为什么突然找她要这样一个人的联系方式。

更古怪的是她尽管在人事档案里查到有这么一个人,却丝毫没有对这位员工的印象。

鑫山员工虽多,但被开除的并不多,如果不是嵇蒙找过来,她压根儿不知道测试部门有一名临时工今天被开除了,原因是违反规章制度。

嵇蒙拿着要来的电话号码,纠结要不要给常欢禧。

他一不知道零是不是真的违反规定,二不知道零对常欢禧是什么态度,如果真的不想有现实中的接触,他这么做妥妥算侵犯对方隐私。

更重要的是,他也想知道零到底有没有违规操作。

凌龙接到消息,急匆匆地赶往 AI 研发部门的内部研发中心。

作为与项目有关的工作人员,他是客服部极少数知道零真实身份的员工之一,他甚至参与了零的诞生,自然也不希望见到它被毁灭。

"一定要销毁吗?"他问,"难道不能只是封存?以后作为研究数据也是可以的呀。"

"零一开始就是以'人类'的身份诞生的,我们为它虚构了身份、年龄、职业,给它植入了普通人的记忆,甚至在公司给它建立了人事档案,它也一直以为自己是人。将它封存相当于使一个人沉睡,万一哪天它醒了呢?"

"那就更不能销毁了!你在杀人!"

"在它什么都不知道的时候动手,总比等它察觉到什么之后强。它的学习速度超乎你我的想象,人工智能的上限谁都不知道,现实中的人可能不受影响,网络上的玩家怎么办?"

凌龙哑口无言。

项目组的工作人员已经完成了最后的检查。

"组长,可以执行清除程序了。"

零存在的时间很短暂,但也是项目组的心血。可心血一而再再而三地脱离掌控行事,他们也只能忍痛割爱。

游戏出BUG(漏洞)可以修复,但没有一个游戏公司敢在安全问题上冒险。

组长遗憾地拍了拍凌龙的肩膀,回头:"准备。"

……

嵇蒙终于拿定主意,第一个电话由他来打。

零与他的关系毕竟不比同常欢禧那般深厚,退一步讲,如果零真的做了不好的事,向他承认也不至于太过尴尬。

倘若零拒绝与常欢禧本人联系,嵇蒙也不会强求。

只可惜了那张照片……

嵇蒙在线上使用通讯功能,拨通了零的电话。

鸩鸩在带着凌小路打劫矿车。

游戏里的一个PVP(玩家对战)任务,是玩家护送运载魔法石的矿车,从矿洞到城镇贩卖给NPC,护送的路途越远,卖得的价格越高。

在这个过程中,每个玩家都可以对其进行打劫,成功一次可以抢夺20%的矿石,同样可以拿去卖给NPC。

部分玩家遇到鸩鸩,直接放弃抵抗,再把消息传出去,这条线短时间不会再有人来。

这个时候鸩鸩就会带着凌小路埋伏到下一个镇的必经之路上,让那些改变路线的人生无可恋。

期间自然也有那不服输的被劫了矿车之后,带着一整个家族在线的人回来讨伐,可两个人又不见踪影。他们分散寻找,就被偷袭,聚集在一起,又找不到他们。这场躲猫猫游戏持续了一整个下午,凌小路玩得不亦乐乎。

与人斗,其乐无穷。难怪鸩鸩说,淘汰别人是他在游戏里仅余的乐趣。

凌小路的外联通信设备响了,这个游戏做得很人性化,即便在线也可以与三次元接打电话。

"我接个电话！"他从战局中跳出来，对手欲追，被鸠鸠挡下。

"你没听到吗？他要接电话。"鸠鸠的声音被面具过滤，掺杂着金属的无机质感。

凌小路在乱战的边缘接通来电："喂，你好。"

这个声音与嵇蒙想象中相差甚远，更令他困惑的是，听起来似乎有些耳熟。

"你好？"他试探着开口。

周围的技能声很吵，凌小路听不清楚，对他说："你等一下！"说罢回头，"鸠鸠！太吵了我听不见，我到那边去接！"

鸠鸠干脆利落地结果一个对手："去吧。"

凌小路两步跳到了安静的地方："喂？哪位？如果是快递的话，麻烦你放在门口。"

"……"

如果刚刚嵇蒙还只是猜测，清晰的"鸠鸠"两个字让他的猜测板上钉钉。

"鹿比？怎么是你？"

听筒里传来的声音充满了不可思议，凌小路也愣怔在原地："朋友？"

他检查通讯装置，确认是来自游戏外呼叫没错，而且是个陌生号码。

"你怎么知道我的电话？"

"我……"嵇蒙刚想说他不知道，后知后觉想起来他拨打的明明是零的电话。

"你查我的玩家资料！"

"我没有！"

位于鑫山的某个研发中心，一切都准备就绪。

由项目组长下达最后的指示："清除程序，启动。"

屏幕上的字符开始疯狂地滚动……

凌小路刚想说好你个以权谋私的鑫山太子，突然身体像断了电的机器人一样，直直地倒了下去。

正在打劫矿车的鸠鸠注意到这边的异常，不假思索地瞬移过来，接住凌小路，避免他的脸与大地亲密接触。

可是凌小路已失去意识。

"小兄弟？小兄弟！"

嵇蒙在电话那边看不到画面，只听得到声音，不知道发生了什么事。

"鹿比！鹿比！发生了什么？你说话……鸠鸠！你听得到吗！喂？"

安静的研发中心里，项目组长突然扑到仪器前，拼命地拍打着终止键。

"不可以销毁，不可以销毁！"

周围的工作人员都吓坏了:"怎么了组长?"

"零的数据被另一个玩家绑定在一起,如果它被销毁了玩家数据也会被销毁!"

凌龙涌起不祥的预感:"另一个玩家?是谁?"

"你忘了吗?有一个人拥有与宠物原始属性完美匹配的数据,导致项圈戴到他脖子上摘都摘不下来!我们就是用他的数据创造的 AI,它的名字还是你起的,你说既然小鹿比姓凌,我们不如就叫它'零'!"

"可是,"其中一个工作人员慌乱地说,"我们当中没有任何一个人,把鹿比和零的数据绑定在一起过。"

组长手上的动作停了下来,有一个可怕的猜测。

"不是我们的人做的,难道是零自己?"

面前的屏幕黑了下去。

片刻后,那上面一个接一个地跳出了文字,只有四个字。

>> 我想活着……

研发中心鸦雀无声。

凌龙竭力用操作台撑住身体:"你说在它什么都不知道的时候动手,总比等它察觉到什么之后强。

"但如果,它已经知道自己不是人了呢?"

## 第六章

### 我想跟你，坦白一件事

柯铭从椅子上站了起来："你们什么意思？零为了自己不被销毁，'绑架'了鹿比做人质？"

技术人员支支吾吾地回答："目前看来，似乎是这样。"

"什么叫似乎是这样？"

项目组长面如土色："零跟其他 AI-NPC 不同，那些 NPC 拥有设定好的智能等级，它们没有进化能力。而零是我们首次尝试应用 AI 自主学习技术，谁都不知道它会进化到什么程度。"

而它学习的对象，是庞大的网络信息数据库，以及上百万游戏玩家。

它在暗处观察人类的一颦一笑、一怒一悲，并将那些模拟成自己的情感。

它可能习得善，就有可能习得恶，它也一定知道生存是第一法则。

"为什么不对它的学习内容进行筛选！"

"因为这个项目的初衷就不是制造完美的产品，而是创造能够以假乱真地替代智慧型战斗宠物、服务金名的'AI'。谁能保证一个人从小到大，学到的都是良性的内容呢？"

"很好！现在你的 AI 学会了绑架人质！"

"……"项目组长无言以对。

凌龙紧张地插嘴："那、那我家小鹿比现在……不行，我得上线看看。"

他启动 GM 外设接入游戏，第一眼见到的不是凌小路，而是戴着面具的鸨鸠，比来时更飞快地滚回线下。

在场所有人都盯着去而复返的他。

身高一米九的他在众目睽睽之下，紧张地挤出两个字："……有鸟。"

众人："……"

凌龙稍微平复了一点："不过我看小鹿比好像没事了。为以防万一，最好再有同事过去确认一下。"

柯铭派人去查看，又问项目组长："这两个人……这两个账号绑定的数据，还分得开吗？"

组长也在分析这些数据："就现状来看，很难操作，数据穿插得很烦琐，而且多有加密。"

即使硬要分离，也是一项大工程，非一朝一夕能够完成。

"如果强行销毁零的数据，鹿比这个账号会怎样？"

"最好的情况是被踢下线，从此无法连接。但如果零的目的是绑架人质，应该不只是这种结果。"

"那最糟的情况呢？"

"他会在线上，昏迷不醒。我们不可能冒这个险。"

柯铭也逐渐恢复了职业冷静："给我一个解决办法，难道我们要放任它就这样在全息网络里进化？"

今天绑架人质，明天就不一定会做出什么惊世骇俗的举动。鑫山可不想因网络安全问题爆出丑闻。

"由于鹿比这个账号本身也存在问题，才有可能导致最糟的结果。如果他的外设能取下来，可以两个角色一同销毁，对玩家本人不会造成影响。"

问题好像又绕回到最初。

"那么请问他的外设什么时候才能摘下来？"

AI研发小组成员面面相觑："这个不是我们组负责的范畴。"

嵇蒙关心则乱，在电话里"喂"了半天，才想起自己也在线上。

他飞至凌小路身边，正赶上凌小路缓慢苏醒。

"这是怎么回事？！"他质问鸠鸠。

"他刚才晕了过去，不过时间很短。"

嵇蒙的手在凌小路眼前紧张地摇着："你是不是生病了，你有哪里不舒服？"

凌小路抓住嵇蒙的手，声若蚊蚋，嵇蒙把耳朵贴近细听。

"你说什么？"

凌小路："你晃得我不舒服。"

"……"

凌小路重新站了起来，活蹦乱跳，没有半点不良反应。

可嵇蒙还是不放心，叫来了他的客服。

他的客服——这么巧也被经理派过来检查凌小路现状的那一位——不动声色地为凌小路进行了健康扫描，结果看起来毫无问题。

客服放下心，冲嵇蒙礼貌鞠躬："请问您需要什么帮助？"

"这个人刚刚不明原因晕倒，是不是身体有什么问题？用不用去医院检查一下？"

嵇蒙这副小心紧张的样子，凌小路都想喊他一声"嵇妈妈"。

"我没有事，"凌小路拍了拍自己，还转了一圈，"你看，真的没事！"

"没有事会无端晕倒？"游戏里难道还会低血糖吗？

就算低血糖，也轮不到逮啥吃啥的凌小路都没有脂肪肝听上去有可信度！

"我知道了，一定是你又吃了乱七八糟的东西！"

凌小路：……劫个矿车他能吃啥，魔法石吗？

客服轻咳："请您二位……"

她小心地看了眼鸠鸠："请您三位放心，方才是服务器短暂出现了波动，导致极少数玩家外设读取异常，这种情况非常罕见，但是对玩家的身体健康不会造成影响。"

客服按照经理给她的说辞念稿，其实她也不清楚究竟发生了什么事。

整个VIP客服部门，只有经理和凌龙两个人神神秘秘的。

极少数玩家……凌小路下意识地摸了下颈后，希望不是所有粉名集体晕倒，那可就百口莫辩了。

不对！颈后！

凌小路摸着那里空空如也，说明项圈在十五分钟内已经被触发隐藏了！

他刚刚是在鸠鸠臂弯里醒来的，唯一的可能性就是倒下时被鸠鸠接住，然后触碰到了隐藏机关。

现在问题来了，他是朝前倒的还是朝后倒的，鸠鸠是直接碰到还是把他翻过来之后碰到的……重点是，鸠鸠有没有发现！

他边想边下意识轮流模拟前倾和后仰的动作，反复揣摩各种姿态倒下去可能造成的后果，看得嵇蒙紧张到欲伸手去接。

"你怎么了，还是站不稳吗？"

"……"凌小路看到他半举起的手臂才清醒过来，刚才事发紧急，鸠鸠不一定意识得到。

就算发现了，也未必知道那是什么。同样的地方嵇蒙和离争都碰到过，他不还是好端端地站在这里吗？

凌小路放下心来，面带微笑地看了眼鸠鸠，鸠鸠的神色一如既往……看不见。

不能观察微表情真是太糟糕了。

不过就算知道那是什么又能怎样？凌小路的视线上移到鸠鸠的ID，在黑名后面打了个等号，后面写着"安全"。

"这种情况非常罕见……"鸠鸠重复客服的话。

"是的。"

"我从第一次删档内测玩到现在，一次也没遇到过，确实罕见。"

客服：……保持微笑。

"感谢您多年来对鑫山游戏的支持。"

她急中生智（也不是很智）地岔开话题。她能怎么办啊？她也是公测三个月后才入职的，排资论辈还得叫鸠鸠一声元老！

嵇蒙嗤笑："呵，你不是那个什么，欧皇吗？连这种概率你都不放过。"

凌小路：……并不想参与这种事件好嘛！

"好了好了，既然我没有事，就让我们继续下一个问题。"凌小路叉腰，"你为什么会有我的电话？！"

嵇蒙："我没有！"

鸠鸠火上浇油："他有你的电话，他私自查你的资料？"

嵇蒙："我没有！"

"你能查到他的电话，就能查到他的瞳膜编码、家庭住址、银行账户。怎么，游戏公司高层家属就可以非法人肉玩家吗？"

嵇蒙抓狂："我没有！"

嵇蒙的私人客服认为她有必要为自己的服务对象辩解。

"这位玩家您误会了，个人信息是玩家的隐私，连我们VIP客服也没有权限调取，只能由上级授权。而上级是不会随意泄漏玩家隐私的，即使是对公司高层家属也不可以。"

嵇蒙一肚子委屈："我也想问，我明明要的是公司员工电话，为什么打到他那里去了？！"

"公司员工，谁呀？"凌小路问。

"零，他被……他今天离职了。"

鸠鸠："零是鑫山员工？他被公司开除了？因为昨天在战场里非法使用权限？"

凌小路：……这是鑫山太子自己说漏嘴的，应该不算我泄密。不过鸠鸠是什么怪物，嵇蒙才起了一句，他一个人补完了承转合……等等！零在战场里非法使用权限？什么时候！明明也在现场的我为什么显得像个瞎子？！

客服：不清楚整件事的来龙去脉，因此还是保持微笑。

嵇蒙：保持不爽。

"抱歉，这件事我不清楚原因，我对其他部门的同事认识有限。"

嵇蒙摆摆手："我知道，这不关你的事。"

"会不会是我跟零的电话号码比较相近，你打错了？"凌小路猜测。

不是没有这种可能，但嵇蒙不愿承认他犯了这种低级错误。

"不知道！"

"算了，谁让你是我朋友呢。"

凌小路打开外部通讯设备，当着嵇蒙的面把他的电话保存下来，备注是"朋友"。

"干什么？！"看到这个操作嵇蒙其实是有点开心的，但本能偏偏要令他傲娇一下。

"下次半夜三更打电话给你，让你翻个身重睡。"

"……"开心个鬼！

鸠鸠插话："小兄弟，我们两个不算朋友吗？"

凌小路："来来来。"

嵇蒙更不开心了。

乌泱泱地来了一群人，凌小路这才想起之前他们都干了些什么。

"朋友，要不要一起找点乐子？"

嵇蒙面色不善地瞪着来势汹汹的人潮："你管这个叫乐子？"

他又瞪鸠鸠："都是被你带坏的！"

鸠鸠动作慵懒地放出了乌鸦："幼稚园小鬼就乖乖去抓宝宝，大人的乐趣你不会懂的。"

嵇蒙第一次被人说幼稚园小鬼，气坏了，往常别人都叫他小学生的！

"走着瞧！"

晴朗的天空响起阵阵雷鸣，雷噜噜像一个保龄球似的朝着人群撞去。宝宝怎么了？宝宝也是能用来战斗的！

客服不慌不忙地断开连接，向上级汇报。

"经理，鹿比的身体状况没有检测出异常。此外嵇蒙说他给一位公司离职员工打电话，但电话号码是鹿比的。"

"嵇蒙查了零的人事档案？"

客服根本不知道零是谁，她现在只想人身威胁凌龙，让他把知道的都说出来。

威胁凌龙很简单，只要找只鸟来……

凌龙被她意味深长地盯着，一阵阵发冷。

客服走后，柯铭质问凌龙："我记得当初零的人事档案是你填的？"

凌龙含糊道："严格来说不是我填的，零是直接用鹿比的资料创建的，别的内容都好编，电话，我就没有改。"

见柯铭面色不悦，凌龙眼神闪烁："我怎么知道嵇蒙会给零打电话？我现在就去把档案删除。"

"不要删。"柯铭留住他，"嵇蒙发现电话不对，一定会回来重查的，删掉岂不是更可疑？"

"那怎么办？"

柯铭在桌面上无规律地敲着："把之前的号码改一个数字，哪个打过去是空号，就用那个数，再把号码买下来。"

凌龙竖起大拇指："高，实在是高，我这就去办！"

柯铭再一次感到头疼，鑫山旗下那么多游戏，大小姐和太子怎么就偏偏相中他负责的这一个了呢？

经理今天也想申请转组。

傍晚时分，零毫发无伤地回来了，运营团队在很不起眼的位置发了一条公告，声明这个账号被系统误判使用外挂程序，现已查明，重新解封。

常欢禧对这样的处理结果很不满意，他还想让经理公开道歉，被嵇蒙拦了下来。

"消停点吧，零被封号这件事本来就很少有人知道，何必弄得众人皆知？直播公告是被你买下来了吗？"

常欢禧不屑："嘁，我还想弄个包月，二十四小时投放我家的广告。"

那画面想想都美。

嵇蒙冷着脸伸手："拿来。"

"什么拿来？"

"照片！"

"我让你拿电话换照片，电话呢？"

"人都回来了，还要什么电话！"

嵇蒙又麻烦亲戚帮忙查了，果然是他弄错了一位，不过也没有必要给常欢禧了。他想要零的电话号码，大可以去问本人。

常欢禧想想也是，索性大方地把照片给了他。

嵇蒙不仅赚到了照片，还歪打正着得到了凌小路的电话，成为这场封号风波中最大的赢家。

而风波的真正主角，凌小路，并不知道自己才从虎口脱险了，还很开心见到零重归游戏。

"我就知道你肯定是被冤枉的!"

"谢谢你信任我。"

凌小路顿了下,零最近说话流畅多了,也不像先前那样,总使用倒装句了。

"不过听你说话多了,怎么总觉得声音有些耳熟?"凌小路好奇地问,"我们现实中认识吗?"

零摇头:"不认识。"

"那应该就是我听错了。"

凌小路仔细看看四下无人,凑近,指着自己的脖子,小声问:"测试大哥,我能不能打听下,这个东西,什么时候能弄下来啊?"

再不摘下来,他都要开学了!

零垂眸,若有似无地扫了一眼,眸光中不包含任何人类的情感。

但它却学会了人类的一语双关。

"在安全的时候。"

"也是。"凌小路揉着脖子,"也不能把我的头砍下来吧。"

"辛苦了。"零说。

"没有没有,你们肯定经常加班,更辛苦。"

"合作愉快。"

他丈二和尚摸不着头脑,合作什么?什么愉快?

"不好啦,不好啦!"411慌慌张张地从外面跑进来,"零你在吗?"

他一头撞上了他们两个:"族长你也在哦。"

凌小路反倒成了多余的人。

"怎么了?你一副火烧屁股的模样。"他问。

"春分城出事了,零你快去看看吧!"

凌小路纳闷:"主城出事,难道不应该第一时间想到我吗?为什么会特地来找零?"

"也对哦!"

凌小路莫名其妙:"算了,我们一起过去看看。不过到底出了什么事?"

411不知道该怎么形容,夸张地比画着:"你去看看就知道了,到处都是通红一片的,可红可红了!"

凌小路脑海中闪过许多可怕的画面,比方说,血染春分、火蔓春分、火山岩浆流淌过春分城……

等到了之后他才发现,原来玫瑰的红,也是一种红。

春分城沿街铺满了玫瑰,仔细再看,那些并不是普通的花,而是植物系的

玫瑰宠物，一簇簇堆满街道。

这些玫瑰是有生命的，自行绽放、摇曳，婀娜多姿，整个春分城被装点成花海，浓郁的花香扑鼻而来。

"……这就是你说的出事了？"

这事看起来还……真的蛮大的。

"嘿嘿！"411一改慌张，"族长，这可不是我逻辑有问题，是禧儿让我去找零，要给他一个惊喜，我演技还不错吧？"

零："惊喜？"

"对呀，你难道没有一种，特别惊喜、特别意外的感受？"

零若有所思："原来这叫作惊喜。"

凌小路却只感到莫名："禧儿在做什么？他从哪儿弄来这么多花？"

"我把全服宠物商人手里的玫瑰宝宝都收来了。"常欢禧的声音从背后响起，凌小路转头，居然还见到他在给一个商人结账。

商人接过优厚的报酬，兴高采烈地走了。

常欢禧来到三人身边："这是我为阿零准备的压惊礼物，喜欢吗？"

零似乎有些不解风情："为什么？"

"我也想让经理给你直播道歉，可嵇蒙劝我不要太高调，宣扬出去对你不好。不宣扬可以，可你受的委屈怎么办？"

凌小路："哇——"

"我这个人什么都可以忍受，就是受不得委屈。不仅我受不得，我的人也不能受委屈。"

"所以你专程布置了一座花城，就是为了哄零开心？"凌小路星星眼望着零，"羡慕啊。"

零沉默了下："谢谢。"

"我看是闲的。"嵇蒙脸色不佳地从花丛中走来。身为常欢禧的好兄弟他也被迫参与了这个计划，有半条街的玫瑰都是他摆的，由于被抓壮丁而显得不是很开心。

更主要的是，常欢禧的这种行为，向来被他视作是无聊玩家才会做的铺张排场，并没有实际意义，所以脸上嫌弃的意味很明显。

常欢禧却不这么觉得："游戏也要有仪式感。结婚要有，道歉要有，诚心诚意想哄一个人开心，当然也要有。不信问阿零，你开心吗？"

"开心？"

"你看，是人看到了就会开心吧。"

凌小路：……我怎么觉得刚刚听起来像个问句？

常欢禧语重心长地教育自己不开窍的兄弟："像你这种不懂得浪漫的人，就该向我学习，你要是有我一半的手段，何至于单身到现在。"

嵇蒙表示不屑、不齿、不值效仿。

"这还没完呢，"常欢禧打了一个响指，"你们看。"

春风城的街道地面缓慢亮了起来，像流淌着弥漫荧光的水，晶莹冰蓝，熠熠生辉。所有的玫瑰同一时间盛开、舞动、旋转，地上洒满了花瓣，浮于泛光的"水面"。

凌小路惊喜地捂住嘴："哇！"

凌小路这个反应被嵇蒙看在眼里，常欢禧给了他一个得意的表情：你看？

嵇蒙不爽地瞥开头，虽然他也承认这有些好看。

凌小路小心翼翼地踏上"水面"，发现脚下依然是结实的陆地。只是水也像是真实存在的，用脚一踩，会有碧荧的水珠溅起来。他轻轻一踢，激起水花，带动着玫瑰花瓣在地面流淌。更多的花瓣落下来，铺了厚厚的一层，只有在花瓣之间的细小间隙，才透出冰蓝色的光芒。但如果用手去捧，就会连花瓣带"水"一同掬起来，再顺着指缝倾泻而下。

常欢禧，视觉上的天才，精心策划的场景如果拿去追女孩子，凌小路相信他会无往不利。

春风城的盛况早就被路人通过文字、照片、直播等各种途径传播出去了，玩家们慕名赶来参观。

玫瑰花宝宝并非特别稀有但也不算特别平民，玩家们喜欢用它们摆成心形，向另一半告白，这在游戏里也是司空见惯的事。

只是从来没有一个土豪能像常欢禧这样，用玫瑰摆满一座城。

不知不觉，城中布满观光游客。

"天啊，这也太漂亮了，为什么只有春分是这样？美术偏心！"

"这不是鑫山美术干的，听说是禧儿个人搞出来的，他之前就在世界上高价收玫瑰宝宝，有多少收多少。"

"哦！我知道了，是网零美术干的！"

"是……"

令人啼笑皆非的言论比比皆是，凌小路蹲在地上，沉迷于搅动花瓣，将它们向着一个方向转成漩涡，再彻底弄乱。

尽管搞不懂那似水非水还能泛光的物质是什么，但这不耽误他玩得不亦乐乎。

等到他想起来，再次抬起头的时候，常欢禧和零早就不知道去向，411也不见踪影，嵇蒙倒是在不远处，刚刚对准他比出取景框。

也许就是心有灵犀，这一瞬间被他抓了个正着。

嵇蒙："……"

嵇蒙老实本分地看了半天，才想起要偷拍，就被抓了现行，表情尴尬。他赶忙欲盖弥彰地把取景框移开，佯作拍周围的风景。

凌小路：……这镜头转得太刻意了！

凌小路清清嗓子，想说"拍就拍嘛"，却被阵阵刺耳的尖叫声打断。

"啊！哈尼！太子！"

"……"好久不见，凌小路都忽略了游戏里还有嵇蒙的太太团存在。

一群女生尖叫着跑来，嵇蒙比被凌小路抓包还慌乱："你们想干什么？！"

他的臭脸对一两个人还能起到震慑作用，但在一群人面前威力全无。

凌小路眼睁睁看着嵇蒙起初还想挣扎一下，但很快就放弃抵抗，掉头狂奔，心中涌起阵阵同情。

什么爱情，都是假的！凌小路不仅不酸，还同情得有些想笑！

还好嵇蒙看不到，不然头都能被他气掉！

凌小路站起来，拍落身上零散的花瓣，慢悠悠地向前走。

沿途，观光游客摆出各种各样的姿势拍照、留念，有些还邀请路过的凌小路一起。

"合影吗？"

凌小路微笑着拒绝。

鹿边摊有自动销售系统，也有自动收购系统，凌小路收的东西不多，主要是帮离争收龙鳞。

他检查了库存，发现又有二十多枚龙鳞进账，离争给的价钱很好，玩家们都喜欢来这里交易。

离争大概是看到了他的位置，发来私聊。

离争：在店里？

凌小路服气。

鹿比：师父，你也有心灵感应？

风席卷了店面，离争在风雪中登场。玫瑰花瓣被风卷到了空中，又洋洋洒洒地飘落。

这个出场画面的视觉效果，可以打一百分。

离争颇有几分意外地打量了周围陌生的环境："这是什么活动？"

"呃，禧儿为零准备的……大型压惊活动？"

离争还以为这么大手笔是官方作品，没想到是个人行为。

他把带来的东西一样样摆出来，凌小路默契地接过去录入拍卖系统。

离争每次带过来的东西都很好卖,他只用设置一个起拍价,就会有很多人参与竞拍,拍得的钱再拿去收购龙鳞。

"上次的东西都卖完了,收到龙鳞23片,还剩下这些,师父你要看账单吗?"

"不必了。"离争相信他的数学。

凌小路继续埋头录入,在拿到某件宠物饰品时多看了一眼属性,仅这一眼,就被离争捕捉到。

"送你。"

凌小路僵硬地维持着先前的姿势:"……"

"给你的龙用。"离争又刻意地补充,刻意地重读,无处不刻意。

凌小路:压力好大……

不过这个饰品属性真的好,加移速加攻速,正是他需要的。

"……谢谢师父。"

凌小路顶着压力收下来。离争负手站在鹿边摊门口,冷情的眼皮低低地垂着,凌小路这个角度正好对着他轮廓分明的侧颜。

他的背景是大片大片鲜红的玫瑰,娇艳欲滴。凌小路特地在心底比较了一下,认为还是蜡梅更配离争孤冷遗世的气质,玫瑰则是将人衬得妖冶,仿佛下一刻他就要用那张倾国倾城的脸去祸国殃民了。

这个画面不仅吸引着凌小路,也吸引了往来的玩家。但不同于对嵇蒙,大家都自觉地保持着一段距离,远远观望,屏气凝息,生怕一口气将这如画的美景吹散了,就连拍照都显得小心翼翼。

同样是金名,有的人就是可远观不可亵玩,有的人就被追得满街乱跑。

附近传来吵闹声,几个女生为了一处背景发生了争执。

"你有没有素质?懂不懂什么叫先来后到?"

"你占着这里拍了多久心里没点数吗?这里是你买的吗?"

"你们还拍不拍了啊?吵架能不能把地方让出来?"

她们从争地方升级到了外貌攻击,语言越来越刻薄难听,最后发展成了撕扯。

无独有偶,另一边也爆发了矛盾,玫瑰宝宝也被她们拿来当作互相攻击的工具。

尖声的言语越来越不堪入耳,离争眉心微蹙。

凌小路看出了他的不爽,自己也有点生气,他的春分城怎么就成了某些低素质网红女的打卡胜地。

他刚想出去制止,又逢411呼哧呼哧跑了过来,身后还跟着几个一脸期待

的大哥。

"族长，有人说咱这好看归好看，能不能再找找刺激？"

"刺激？"凌小路眉毛扭到了一起。

"就像上次的史莱姆王，能不能再弄一只过来？"

"把我这里当鬼屋，不是，当恐怖之城玩呢？"

他寻思着这些人在这里又打卡又找刺激的，也没买门票啊！

"我来帮他们找找刺激。"声音冷漠。

"师父？"

天色突然暗了下来，凌小路抬头，惊愕地发现遮挡住阳光的不是乌云，而是密密麻麻的鸦群。数不清的乌鸦在空中凄厉厉地飞过，遮天蔽日，犹如打开地狱之门，恶魔成群结队地涌出，带来死亡的气息。

头顶是乌黑的鸦群，脚下是鲜红的玫瑰，这两种对比鲜明的色彩结合在一起，产生了强烈的视觉冲击。

城市主干道被封闭得有如一条隧道，只有两端的尽头有光亮传来。

在其中一边的亮光里，出现一道模糊的黑影。他从光芒中慢慢走来，身影也渐渐清晰，挺拔瘦削，数米宽的翅膀在他身后展开，周围弥漫的黑烟宛如具象的杀气。

互扯头发的女生停下了动作，想找刺激的男生也鸦雀无声。鸩鸠不紧不慢，踏着玫瑰花瓣，逆光而来，每一步都像是行走在刀尖上——是刺向他人心里的刀尖。

凌小路困惑地眨眨眼："鸩鸠，怎么能进城呢？"

"这里是家族的主城，他自然进得来。"离争像是全场唯一一个，对鸩鸠的出现没有感到意外的人。

"是你把鸩鸠叫来的吗，师父？"

离争若无其事地冷眼旁观，不予否认。

"这些人不是想找刺激吗？还有什么比这更刺激的呢？"

受惊过度的人们反应过来，朝鸩鸠的反方向无头逃窜，方才那几位想找刺激的大哥跑得比谁都快。

离争手一扬，几米高的向日葵完全体堵在隧道的另一出口，大有一"花"当关万夫莫开之势。

凌小路诚恳地说："师父你也学坏了。"

离争不以为意："城里到处都是花，我加一朵助兴，怎么了？"

凌小路：……没毛病！

有个人被追赶着慌慌张张地跑过来，想往鹿边摊店里躲。

离争袖子一挥,那人弹了出去,不偏不倚撞上由鸩鸠化作的黑烟,转眼间变成幽灵。

凌小路有点傻眼,助攻难道不涨杀气吗?

那黑烟在城里肆无忌惮地穿梭,不是没有玩家想倚仗着人多试图反抗,可连鸩鸠的身形都捕捉不到,反倒提前释放了灵魂。

其他人见状,更失去了反抗之心,只想往无人的街巷里钻,企图逃命。

离争将凌小路往店里一带,挥袖合上店门。

反应迟钝的411意识到自己被孤零零地丢在外面了,拼命地捶门:"族长!离争师父!你们不能丢下我啊!"

凌小路:"……"

他在考虑要不要把人放进来,离争倚在门上,垂眼看着他,薄唇轻启:"听说你今天晕过去了?"

"啊?是有那么一下。"

"怎么回事?"

"我也不知道。"凌小路实话实说,"就突然没有知觉了,不过据鸩鸠说,半分钟不到我就醒了。"

离争继续意义不明地盯着他,像在判断这件事的危险程度。

凌小路又开始紧张,虽然离争承诺过不会再逼问,但如果他变卦了呢?

"我希望你记住……"

凌小路绷直身体:"师父你说。"

"你可以什么都不说,但如果你有危险,一定要告诉我。"

凌小路支吾着:"哦,没有危险,能有什么危险啊?"

"还有,如果你一旦决定说了,别忘了我的号码牌,是第一个。"

凌小路:……这还有取号机吗?!

雷声砸下来,轰隆隆连成片,当凌小路意识到那是什么之后,头更疼了。

八成鸩鸠跟嵇蒙两个人打起来了,这个人在收割的时候,真的可以做到铁面无私,连自己人都打!

门外的411没有动静,估计也是凶多吉少。

凌小路在屋里跟离争大眼瞪小眼——主要是他瞪,离争在说出刚才那番话后,几乎就没怎么看他。

但是这并不能减少他的紧张感,还有愧疚感,还有很多掺杂在一起的复杂情感。

外面终于静下来了,只有一个熟悉的人声由远至近。

"小兄弟,你在里面吗?"

如果这是恐怖片，剧情应该发展到变态杀手杀光了整条街的人，浑身是血，拿着凶器，慢慢逼近主角藏身的房间，口中如猫捉老鼠般问着："你在里面吗？"

还好这不是，因此鸠鸠的话音里隐约藏着笑意。

凌小路迫不及待地打开门，仿佛他才是被变态杀手绑架的那一个。

"我——在啊……"

门外的411气愤地举着牌子：我恨！

凌小路："……"

天空重新恢复了光明，花瓣依旧铺满道路，只是放眼望去遍地坟墓，这诡异的景象估计也是千载难逢。

凌小路从鸠鸠的脚步中都能体会到对方心情的愉悦。

"大丰收？"

鸠鸠如实回答："好久没有这么自在了。"

这根本就是在羊群里投下一匹狼，为所欲为！

"我能不能问问你现在杀气攒到多少了？"

鸠鸠声音惬意："如果再进监狱，差不多可以关上七年。"

凌小路震惊。

如果杀气可以换钱，鸠鸠怕不是全服首富！

鸠鸠意味深长地看了眼店内的离争。

"多谢通知。"

离争似乎并不想领他的谢意："那些人太吵了。"

"是吗？"鸠鸠放松着手腕，"下次有人吵你随时叫我，还你一个耳根清静。"

离争下意识地扫了凌小路一眼，凌小路居然心领神会了！

平时哪有人敢吵离争，估计最吵的就是他了！

鸠鸠看看离争又看看凌小路："我有事情想问小兄弟，介不介意我把人借走一会儿？"

这种事明明应该问凌小路本人，可他却问的是离争。

离争摇头，凌小路不知道鸠鸠找他什么事，不过不管什么事只要离开这里就好。

两个人回到了鸠鸠的树屋，这里空间更加狭小，凌小路反倒松了一口气。

"你要问我什么事？"

鸠鸠答非所问："我见你跟离争在一起很紧张的样子，找个理由把你带出来。"

凌小路愣："这你都能看出来，我表现得很明显吗？"

鸠鸠用指甲点了点他的额头："都写在脸上了。"

凌小路：……我也需要一个面具！

两个人面对面席地而坐，凌小路紧绷的神经松弛下来，比平时更加慵懒无防备。

"离争对你做了什么，让你这么害怕他？"

凌小路摇摇头："我不是怕我师父，我是不敢面对他。就好像我很喜欢你，想跟你做很好的朋友。但我心里有秘密，没办法坦诚面对你，越喜欢，越愧疚，所以也没办法做朋友，你懂那种感觉吗？"

"很复杂，不过我能理解。"

"或许我也应该去搞个面具，就像你在想什么，我永远都不知道。"

"我的想法很简单，"鸠鸠以食指虚抵住鸟喙的边缘，"我从来不会想问题复杂化。"

"也是，羡慕你。"哪来那么多钩心斗角，一言不合就开杀。

"你有什么想要问我的？"

"嗯？"

"你说你跟离争有隔阂，是因为你心里有秘密。但我不想跟你怀着秘密相处，你有什么想问我的事，都可以问。"

凌小路愣怔了下，他倒是从没想过要知道鸠鸠什么秘密。

"你为什么要戴面具？"

"你觉得呢？"鸠鸠反问。

"一是面具很帅，二是……你不想让人知道你是一个很和蔼的人。"

"和蔼？"鸠鸠对他的形容词产生了兴趣，失笑问道。

"我虽然看不到，但我经常能感觉到你在笑，就像刚才那样。你嘴角上扬时说话的语气，会跟平时不太一样。另外，你文字聊天时也会用笑眯眯的表情。"

鸠鸠迟迟没有给出回应，凌小路看不到他的表情，还是没有十足的信心。

"我分析得对吗？"

"第一次有人用'和蔼'这个词描述我，有点……意外。"

凌小路这话若是敢出去说，估计会得一个"全服首瞎"的荣誉称号。

讲个笑话，鸠鸠为人和蔼……

"那是为什么，我能知道吗？"

"你说的也不是没有道理，我不想在杀人时让猎物看到我的表情。"

"杀气腾腾的表情？"

"不，是一种……"鸠鸠面具下的眼睛眯起来，嘴角也不受控制地上扬，"兴奋、乐在其中的表情，我控制不住我自己。"

"……"凌小路想象了一下，果然还是戴着面具比较好。起码给人造成的

心理阴影没有那么大!

"我很好奇,"他身体微微向前探,"你面具下的样子。"

"你想看吗?"鸩鸠带着笑意问。

"想!"凌小路不假思索地回答。

"我能看吗?"他又问,眼睛紧紧地盯着对方。

"忘记我刚刚跟你说的话了?"

"什么话?"

"我不想与你怀着秘密相处。"

鸩鸠在凌小路面前坦然摘下面具,露出一张俊俏薄情的脸。他眉眼狭长,眸光犀利,皮肤有些苍白,唇色也微微泛白,却很好地勾出一道弧度。

凌小路有些迷惑,他是第一次见到这张脸,却感到很熟悉。他曾经想象过鸩鸠摘下面具是什么样子,好像就应该是这副样子。

一副冷情杀手应有的样子。

"……这是你原本的模样吗?"一个常年佩戴面具的人,似乎也没有花钱整容的必要。

"失望吗?"鸩鸠问。

凌小路连连摇头,宛如拨浪鼓,把鸩鸠逗笑了。鸩鸠慵懒地用手背托着下颌:"你还有什么想问的?"

凌小路想了想,又摇头,"鸩鸠长什么样子"是全服十大未解之谜之首,他连鸩鸠的庐山真面目都看到了,还有什么不满足?

"那么该我了?"

"哎?"凌小路反应很蠢,"你刚刚跟我师父说有事情要问我,是真的?"

鸩鸠用手指随意地点了点自己的后颈:"今天你晕倒的时候,我发现你这里有点古怪。"

凌小路震惊。

"但是我再去检查的时候,那里什么都没有。"

本来就是触发隐藏的,当然什么都没有!

鸩鸠嘴角带笑:"我也很好奇,那是什么。你知道,很多 AI 机器人,都把开关设置在脖子后面。"

凌小路不解。

"而且你突然倒下的时候,真的很像断了电。"

凌小路:……

鸩鸠盯着他,眼神犀利:"你是人吗?"

凌小路震惊。

为什么他的思路能偏到这个地方去啊！

鸠鸠见凌小路一副脱力状："该不会我猜对了吧？"

"没有！"凌小路坚决反驳。

"那是为什么？"

凌小路纠结了一下，不过也就一下而已。

"好吧，我实话实说……但在游戏里你是我第一个坦白的对象，我愿意告诉你也是因为你是一个黑名，我跟你说的话千万不可以告诉别人！"

鸠鸠惊奇道："这跟名字的颜色也有关系吗？"

"因为……因为其实我是一个粉名。"

凌小路从鸠鸠的表情看得出，他并不是很相信——谢天谢地，他终于能看到鸠鸠的表情了！

"我知道这听上去很天方夜谭，事实是我这里也有一个项圈，只是被隐藏起来了。"

凌小路把自己去买外设、测试项圈摘不下来，鑫山协助他隐瞒身份整件事原原本本和盘托出。

伴随着凌小路的坦白，鸠鸠的眼神越来越亮，但凌小路一心只在解释来龙去脉上，完全没考虑过那是什么。

凌小路全部交代完，竟有种松了一口气的感觉。一个人长期保守一个秘密不容易，凌小路甚至感谢鸠鸠让他将这一切说了出来。

"事情就是这样，但我只跟你一个人说，你一定要帮我保守秘密！"

鸠鸠紧紧地盯着凌小路，眼底充满猎手伏击猎物时的兴奋，凌小路莫名被他盯得有些不安。

"恐怕不行。"

凌小路疑惑。

鸠鸠头顶冒出了商城的标志，不消片刻，两排金色的药水整整齐齐地摆在他的面前。

这种药水凌小路曾经见嵇蒙用过，是洗杀气值的道具，不过嵇蒙当时的瓶子比这小得多。

"鸠鸠，你这是……干什么？"

鸠鸠打开一瓶，一饮而尽，紧接着第二瓶、第三瓶……

凌小路彻底为他的操作愣住了。

"等等，你是在洗杀气值吗？攒杀气不是你的爱好吗，为什么要洗？"

"攒杀气确实是我的爱好，不过杀气值高了很多事情都不能做。"鸠鸠边喝边答。

"比如什么？"凌小路眼睁睁地看着空瓶横七竖八被扔了一地。

"比如……"鸩鸠仰头喝下最后一瓶，凌小路瞠目结舌地看着他头顶的名字，由黑色变成了金色。

金灿灿的金色，不掺一点杂质的金色。

鸩鸠摘下万年不离身的手套，露出中指上的戒指。

凌小路后知后觉地跳起来，想要逃跑，却迟了一步。

鸩鸠一把扣住他的手腕，眼睛亮晶晶，宛如嵌着群星。

"跟我结契。"

凌小路很慌，慌到大脑空白，不知所措，甚至忘记该怎么下线。

他靠机警敏捷和装傻充愣躲过多次危机，但没有一次来得像鸩鸠这样直接。

鸩鸠的处事风格果然是不走弯路的！

凌小路情急之下用自由的另一只手捏住耳垂。

鹿比：师父！！求救！！！

离争几乎是秒传送了过来，狭小的树屋由于塞进三个人而显得拥挤。

离争第一眼察觉到的自然也是鸩鸠变了颜色的名字，精神高度警觉。

凌小路如抓到救命稻草，心慌意乱："师父，我以为他是黑名才说的，我真的不知道他是……如果我知道我一定不会说的……"

他挣扎求助的表情和语气很好地说明了刚才在这个树屋里发生的一切，离争何等聪慧之人，瞬间理清来龙去脉，长袖一抖蛇剑在手，二话不说向鸩鸠展开攻击。

这两个人原本就势均力敌，鸩鸠一只手又怎么会是对方的对手，不出几下就不得不放开凌小路，使出全力与离争对峙。

他们从拥挤的树屋打到户外，利爪与剑刃铿锵相接，乌鸦与法术齐飞，一时间很难决出一个胜负来，直到鸩鸠喊停。

"等一下！"

两个人同时罢了手，再看周围，哪里还有凌小路的影子。

鸩鸠对离争的介入有些愠火，不满的情绪毫不掩饰地写在狭长的眉眼里，让人丝毫不怀疑，此时如果有无辜路人经过，必将沦为他迁怒的炮灰。

离争这时才将注意力转移到他的脸上，鸩鸠的样貌在魔法大陆里一直是一个传说，就连离争这种事不关己漠不关心的人也下意识地多打量了两眼。

鸩鸠与离争短暂视线相接，意识到对方在看什么。

"啧。"他很不屑地咂了下舌，懒恹恹地将面具戴回去。

"被自己的徒弟当刀使，还心甘情愿呢。"他挖苦离争。

"总比需要用刀对付的人好。"离争面无表情地回讽。

鸠鸠双手插兜，恢复成心不在焉的模样。就像枭兽捕猎的一瞬间狠准毒辣，爆发后无论成功与否都收起利爪，但谁也不敢说这困倦的模样就是本体。

"小兄弟说他从来没有跟第二个人坦白过，我相信他的话。那么你是怎么知道的？猜到的？"

离争不作答。

鸠鸠知道自己猜对了："难怪呢，我说离争怎么莫名其妙收了个徒弟。"

"我收他为徒，跟他的身份无关。"

"是吗？"鸠鸠无谓耸肩，"你说无关就无关咯，反正你们的关系也仅限于师徒为止。"

"我徒弟不想做的事，没人能逼迫他。"

"如果你管你那种慢性的、无形的压力不叫逼迫的话。"

鸠鸠犀利地一针见血，离争再次缄口不言，剑拔弩张的气息在二人之间暗暗流动。

凌小路很没有骨气地龟缩在东野，这个他们两个人都进不来的地方。

凌龙去打探消息终于回来了。

"小鹿比，我终于摸清是怎么回事了！"

他把收集来的情报讲给凌小路听。

"鸠鸠是游戏最早一批内测玩家，他购买外设的时候还没有金名的存在，公测不久他就因杀气值积累过多，长期保持黑名。

"直到公司推出金名服务后，他也是第一批购买戒指的用户，不过黑名是默认覆盖所有颜色的名字，所以游戏里没有人知道他升级了外设。

"而且鸠鸠本人还拒绝了公司为他配的专属客服，经手这件事的客服很早就离职了，导致现在部门里知道这个账号是金名账号的人几乎没有！"

凌小路绝望抱头："这么重要的事为什么不早一点查出来！"

凌龙也很委屈："我为什么要无缘无故地去查鸠鸠的账号权限啊，会被传染上鸟气的！"

凌小路："……"

"那现在我该怎么办？不仅鸠鸠知道了，我师父也猜到了，我不可能就这样在嵇蒙家一直躲下去吧！"

凌龙想说现在最危险的问题已经不是身份暴露，而是绑在他身上的不定时炸弹，零不知道会做出什么出格之举，项圈拆除才是他们现在首要的任务。

可是他又怕告诉凌小路之后，让对方徒添惊慌，谁能接受自己莫名其妙跟一个 AI 共存亡？

136

"您还是能拖一时是一时,现在所有的程序员都在加班解决这个问题,争取早日把项圈摘下来就什么事都没有了。"

他不敢把话说得太严重,生怕吓到凌小路。事实是,三个部门的同事,几乎都在通宵达旦地研究如何解除项圈,至少要将凌小路和零的账号分离。

"您先不要担心缔结契约的事,只要您主观不同意,就算他们绑着您的手指点下去也不会生效!"

比起结契,凌小路更担心的是以后要如何面对自己的师父和兄弟。为什么一开始不坦诚说出来并表示自己不愿意接受呢?至少不会发展到像今天这么严重!

凌小路小心翼翼地探出头,那两个人就站在嵇蒙家门外。

他充分地发扬了鸵鸟大法,不仅躲着不出来,连私聊功能都可耻地关闭了。

结果这两个人干脆堵在门口,大有凌小路不出来,他们不离开的毅力。

凌小路好生苦恼,金名与粉名,难道就只有结契一条归途?难道就不能和和气气地坐下来,三个人一起斗斗地主吗?

嵇蒙跟很多年轻人一样,很害怕各种叫不上辈分的亲戚。

上次查零的电话是不得已为之,还一连拜托了两次,当时他就有些犹豫,因为这个亲戚出了名的八卦。

他最怕的事果然来了,亲戚主动找他来"唠唠家常",这个那个问候了一堆,最后把话题拐到了零身上。

也只有说到这个话题时,嵇蒙才稍微清醒一点,不至于听睡。

"小蒙,你上次让我查的那个临时工,有点问题。"

"你又去查了?这件事已经过去了。"嵇蒙口上敷衍。

"不是,你听我说!你让我查的这个人,我一点印象都没有。"

"公司上上下下那么多人,没有印象也有正常,何况零只是一个临时工。"

还是测试部门的,这个部门有时甚至会招学生兼职做事。

"不仅我没有印象,我问了人力部其他同事,也都没有印象。就连问他们部门的人,都没几个人说得上这是谁。"

嵇蒙头疼:"你打听了那么多人?没必要吧。"

不用想也知道,这会对零本人造成困扰,这可不是嵇蒙的初衷。

"只有一个跟我关系不错的部门经理,无意中透漏了一句,你猜是什么?"

"如果是公司秘密研发的项目,可能不想让人知道吧。"

尤其是这种爱八卦、大嘴巴的内部员工,比商业间谍还难防。

亲戚神秘兮兮地问:"你知道公司在秘密研究 AI 吗?"

"知道。"嵇蒙很是不耐烦了,"这算是秘密吗?从很久以前起,各个游戏公司都在研究 AI 领域。"

大到高级 NPC,小到各种宠物,都是拥有一定智能等级的 AI 生物。正是因为有了这些 AI,让游戏更加生动有趣。

"那你知道公司在研发 AI 型玩家吗?"

嵇蒙沉默了下:"不知道,玩家怎么研发?"

"就是用 AI 冒充玩家啊!给 AI 植入玩家的记忆,让 AI 自己都不知道他们是 AI,跟普通玩家一样!"

嵇蒙皱眉:"意义呢? AI 会充钱吗?"

"不能!但是可以刺激消费!所有游戏公司的运营策略都是哄好高层玩家、抓紧中层玩家、稳住底层玩家。底层玩家虽然不怎么充钱,但是是整个游戏的基石,有了他们,中高层玩家才愿意消费。不是姨说你,你虽然还小,但不能光沉迷游戏,也该开始学习这些知识,将来都是有用的呀!"

嵇蒙揉着山根,在想用什么理由结束通话。

"你让我查的那个临时工,应该就是负责测试这个项目的……哦对了,我还听说,测试中的 AI 开关都设置在脖后。你下次遇到举止奇怪的玩家,摸一下他们的脖子后面有没有异常,就知道了。"

"……"

"喂?小蒙你在听吗?"

"在听。"嵇蒙突然没来由地心情很差,"我知道了姨,我有事,先挂了。"

"喂?我还没说完呢,喂喂?"

嵇蒙挂断电话,在屋子里烦躁地走了两圈,可能隐约地记起来什么,却又不愿意接受。

他启动外设,连接上游戏。

自家院门外站着两个意想不到的人,如果说嵇蒙刚才心情很差,看到他们两个就更差了。

"你们两个有事吗?"

离争不说话,只将视线移向鸠鸠,似乎他的存在,才是自己守在这里的原因。

嵇蒙也在看到鸠鸠名字的一刻愣住了。

"你买戒指了?还是说你本来就是?"

上次鸠鸠坐牢,他主动出资帮对方洗黑名,还被拒绝了!

鸠鸠倒是很放松,对他的问题置若罔闻。

"麻烦你叫小兄弟出来下,跟他说我不会怎么样,只想跟他说几句话。"

"你不能自己跟他说吗?"

"也行,那你让他把私聊功能打开,我亲自跟他说。"

嵇蒙才不想帮鸠鸠传这个话,他费了好大的劲帮常欢禧布置春分城,结果连凌小路一张照片都没拍到,就被这变态冒出来打死了,简直神经病!

当然,嵇蒙纯粹是不满意他这种无缘无故杀人屠城的行为,才不是因为自己打不过他而生气!

"鹿比连私聊功能都不开,就说明他不想跟你说话,你爱等就等去吧!"

说完,嵇蒙也不搭理离争,扬长而去,还重重地扣上了门,颇有宣告领土主权的意味。

鸠鸠无所谓,索性屈膝坐了下来,反正他在游戏里素来居无定所,又有大把的时间,就是不知道另一个人能跟他耗多久了。

凌小路见嵇蒙上线后紧张地跳了起来,又觉得自己的紧张有些多余。

"怎么回事?"嵇蒙没好气问,"那对黑白无常杵在我门口,是要做什么?"

凌小路吞吞吐吐:"我们之间……发生了一点小小的矛盾。"

"你终于认清了那鸟头不是好人?你知不知道昨天……"嵇蒙顿住,"算了,不说。"

说出来丢人。

"不过那家伙怎么突然就变金了?你知道吗?"

凌小路从昨天起就在纠结,此刻终于鼓起勇气:"朋友……我想跟你,坦白一件事。"

嵇蒙见他态度有异,也正视起来:"什么事?"

"就是,就是,我不是一个普通玩家……不对,我是说我是一个普通玩家,但我又有不普通的地方……哎呀要怎么说!"

跟嵇蒙坦白似乎比跟鸠鸠坦白更难:"其实这件事真的不怪我,真的是你们公司的外设出了差错,这个项圈不是我不想拿下来,而是它确实拿不下来。身份也不是我故意要隐瞒,而是我根本没有想过要用宠物的身份进行游戏!"

他语无伦次,嵇蒙听得云里雾里:"你到底在说什么?"

凌小路深吸一口气,把昨天跟鸠鸠说的话,又完完整整地复述了一遍。有过第一次经验之后,他讲述得也更细节、更全面、更绘声绘色了。

凌小路觉得他可以凭借自己的天赋去讲故事。

然而嵇蒙的反应却不像鸠鸠那样,在倾听的途中眼睛越来越亮。而是恰恰相反,随着凌小路的讲述,嵇蒙的脸色越来越黑。

直到凌小路讲完整个经过,他都紧紧地抿住嘴唇,一言不发。

凌小路以为嵇蒙在因自己的隐瞒而生气,又或者根本不相信他讲的话。

"朋友,我没有要恶意欺骗你的意思,你能理解我并不想、但又不得不戴着这个进入游戏的心情吗？

"还是说你觉得这一切都是我在骗你，你还记得我们第一次见面时的情景吗？我可以向你证明的！"

他抓起嵇蒙的手，用力贴上自己的脖子。

起先能摸到什么，但很快又不见了。

"看，我没有骗你吧，这个真的存在，我手腕上这个是假的！是鑫山做出来迷惑别人的，就是为了转移项圈的注意力。

"项圈也不是百分百能被人察觉到，只要触碰过开关一次，就会自动隐藏十五分钟。

"你、我师父，还有鸠鸠，都是因为开关的事对我起过疑心。只是你很快就忘了这件事，而我一直在面对我师父的猜测，也完全没想到鸠鸠是金名。"

嵇蒙维持着这个姿势，一动不动，竟似化作雕像。但他脸上的表情又让凌小路相信，他此刻是有情绪的。

如果说刚才嵇蒙脸色阴沉，那么在凌小路企图向他证明自己后，他的脸色变得铁青。

他就纹丝不动地站在那里，像是知道了什么难以接受的事实一样，眼睛死死地盯住凌小路。

凌小路被他盯得发毛，颈后寒意阵阵传来。

是散发自嵇蒙指尖的寒意。

"朋友，你怎么了？你还是不相信我吗？"

他胆怯地去推嵇蒙绷紧僵硬的手臂。

"朋友？"

## 第七章

### 君子协议

稽蒙的手掌从凌小路的脖后，缓慢摩挲着来到前面，停留在凌小路的脸上。凌小路不理解他的这种行为，诧异地垂眸瞥了一眼。

稽蒙又艰难地举起另一只手，落在凌小路另一侧的脸上，将他用力地捧在手心。

他的下颌被稽蒙抬起些许，四目相对，稽蒙眼里的情感是复杂的，不明了的，甚至有些没来由的痛苦。

凌小路的心被愧疚之情填满，他不过是隐瞒了身份的事实，对稽蒙的打击竟然这么大吗？

那张英俊的面孔又接近了少许，像是要把凌小路揉进眼睛里一样，狠狠地观察着他脸上每一个细节。

紧接着，稽蒙重重地捏了下凌小路的脸。

凌小路："哎哟！"

另一边的脸也被捏疼了，被挤压着，揉搓着，凌小路能想象到自己的脸被稽蒙揉来揉去导致变形的模样。

看上去应该挺可笑的，但传入耳中的声音莫名苦涩。

"一定要做得这么逼真吗？"

凌小路迷惑。

稽蒙对他做出了这种无理又不合常理的举动，让凌小路忍不住想问这个人是不是有病，可偏偏稽蒙的声音听起来又像是要哭了。

"我以为我在游戏里交到了朋友。"

凌小路的心一下子软了，他怎么忘记了他是稽蒙在这个游戏里交到的第一个，也可能是唯——一个朋友。被唯一的朋友欺骗了，就不允许人家难过吗？

"虽然在这件事上我欺骗了你,但我是真的诚心实意把你当朋友……"凌小路小心翼翼地说。

嵇蒙使劲地摇头,不想听他说任何话。

他紧闭双眼,硬朗的眉心拧成"川"字。

凌小路从未见过嵇蒙流露出这样的表情,他于心不忍,试探着向嵇蒙伸出手:"朋友……"

嵇蒙回避了凌小路的触碰:"先不要管我,让我静一静。"

他伸手在凌小路脖子后面摸索着:"关机在哪里,是长按这里吗?"

凌小路:什么玩意儿?

他用力挣脱了嵇蒙的手:"朋友,你是不是误会了什么?"

嵇蒙痛苦地摆手:"这不是你的错,你也不知道。"

凌小路:我不知道个啥?

嵇蒙松开凌小路,在房间里毫无头绪地走着,举起一只手臂,想用力地捶向哪里泄愤,却找不到目标,用力地空挥了两下,最后重重地砸在宠物食品柜的柜门上,发出巨大的声响,吓得凌小路身子一震。

他说话的声音晦涩而又哽咽:"柜子里的宠粮每天都在少……我以为是松鼠……"

背锅侠松鼠迷惑。

凌小路志忑着:"对不起,我不知道,你这么介意这个……我可以补上的!"

嵇蒙又摇头,仿佛他介意的根本不是这件事。

他越回忆,凌小路暴露出的漏洞越多,凌小路似乎根本就没有刻意隐瞒过,是他自己统统忽视了。

"我为什么之前没有想到呢?"

"这也不怪你,"凌小路想安慰他,"毕竟不是人人都像我师父……"

提到他师父,嵇蒙又有顿悟:"你的任务是什么?刺激离争消费吗?"

凌小路一脸蒙:"哈?"

嵇蒙又迅速否定了自己:"算了,我为什么会问你这个问题呢,你明明什么都不知道。"

凌小路:"……"

"朋友,我把我的事都讲给你听了,你可不可以不要跟我打哑谜?"

嵇蒙在他面前站正:"你有没有问过自己一个哲学问题?"

凌小路迷惑。

"我是谁?我从哪里来?我要到哪里去?"

凌小路掰着指头数:"……这是三个问题!"

"不过你有问题吗?在这种时候问我这种问题?"

凌小路还以为他会暴跳如雷地凶自己一顿,然后再无理取闹地要求自己与他结契……这才符合嵇蒙的人设不是吗?

突然讨论哲学是什么神转折?

嵇蒙站在离他一米开外的地方,表情复杂。

"真羡慕你,什么都不知道。"

你知道得多你倒是说!

嵇蒙别开头,生怕继续看着他会情绪崩溃。

"对不起,我先下线。"

凌小路真愣住了。

嵇蒙欲言又止:"……记得今天周五。"

"周五……怎么了?"

"每周五晚上21:37,是你下线跟你父母视频通话的时间。"

"你居然记得这么清楚。"

"我原本设了闹钟……"嵇蒙又痛苦地捂住眼,"我早该想到,从来都不下线,却在每周固定的时间下线,怎么会有人跟家人打电话需要这么精准的时间……为什么连系统维护的理由都想得这么人性化。"

凌小路:Excuse me(打扰了)?

鸠鸠与离争在嵇蒙家门口等得百无聊赖,又谁都不愿先走。

"喂,离争。"鸠鸠叫另一边的人。

离争冷漠地扫了坐在地上的他一眼。

"等得好无聊,来切磋吗?"

"……"

半小时后,一位路人经过。

路人产生了幻觉,路人走了。

路人又折回来了。

【世界】楚方:求鉴定,我是瞎了吗?

【世界】江东鸡血子:说出来,让我们看看你瞎到了何种程度。

【世界】楚方:我看到离争跟鸠鸠在嵇蒙家门口PK。

【世界】十年:全盲,鉴定完毕。

【世界】小锤子:全——这个等级有些浅了。

【世界】楚方:……大魔王的名字好像还是金色的。

【世界】凌威风:上来就断定人家全盲真是太没有礼貌了!我认为这种情况有可能是你得了癔症。

【世界】林对对：你不是我隔壁床的病友吗？怎么跑去东野了？

【世界】陆马蹄：不如你发个直播出来，让大家一起瞎一瞎？

【世界】楚方：[视频直播]

很快，全服的人都瞎了。

凌小路慢吞吞地打开嵇蒙家大门，前一秒还打得难分难舍的离争与鸠鸠两个人同时罢了手。

"徒儿。"

"小兄弟，你终于肯出来见我了？"

凌小路困惑且迟疑。

"嵇蒙……好像疯了。"

疯了的嵇蒙跟常欢禧在一起，常欢禧是被嵇蒙从线上强行拉下来，原话是要陪他喝酒。

但碍于两个人都不会喝酒，常欢禧把嵇蒙拉到了水吧，好意地为他点了一杯珍珠奶茶。

大杯！去冰！三分甜！

"发生了什么不得了的事，居然会让你想到要借酒浇愁？"

这种千载难逢的情况，简直可以排进嵇蒙不可思议事件之最。

嵇蒙狠狠地灌了一口奶茶，不说话。

能让嵇蒙有这么大情绪波动的人也不多，常欢禧只需要按顺序猜下去："是不是鹿比……"

"不要提鹿比。"

常欢禧：……这也太好猜了吧！

"我知道了！一定是小鹿兄弟带着小鹿比搬到他师父家里去住了！"

"……"还好手里的杯子是玻璃的，不然铁定被嵇蒙捏碎，常欢禧是个什么恶魔，居然能做到字字诛心。

"谢谢你，被你这么一说，我竟然觉得之前的问题还可以接受。"

常欢禧："……"

他就这么有开导天赋吗？

"兄弟，到底是什么问题，你说出来我才能想办法帮你解决。"

嵇蒙从牙缝里往外蹦字："鹿比……不是人。"

常欢禧不解。

"鹿比是个AI，一个仿真的AI，你懂吗？智能生命！"

"别急别急，"常欢禧安抚他的情绪，"我当然知道什么是AI，你慢点说，

什么叫鹿比是 AI？"

嵇蒙把他知道的一切都跟常欢禧说了，包括凌小路自己交代的那些。

"想不到他们还给 AI 编了这么丰富的故事背景，就是编成小说都够写三十多万字了。"嵇蒙想想就更觉伤心。

——他是多么真实地相信自己是一个人类，有父母，有朋友，甚至有一段倒霉的难以启齿的经历。

——如果现在告诉他一切都是假的，他该有多难过？

常欢禧花了好长时间才缕清整件事的来龙去脉。

"你是说，小鹿兄弟是鑫山实验开发的 AI？但他不知道自己是 AI？以为自己跟其他人一样，是个普通……呃，有那么点不普通的玩家？"

嵇蒙困难地点头。

"可是这一切也不过是你的猜测而已，你有证据吗？"

"从我第一次见到他起，他就很奇怪。喜欢吃宠物食品，喝鹿儿酒会醉，会定期下线维护……更明显的是，他脖子后面有一个开关，就像很多实体 AI 会有的那种开关。"

"但如果他告诉你的是事实，这些也能解释得通啊。你再想想，还有其他可疑的地方吗？"

"我不想回忆。"嵇蒙难过得将手插进头发，"我以为我交到了真正的朋友，他甚至为我的每一条朋友圈点赞，从来没有任何人这么做过。"

常欢禧心里一凉："完了完了，AI 实锤了，真人哪有不屏蔽你朋友圈的。看来他不仅是个 AI，还是个内置了一键点赞小程序的 AI……"

嵇蒙眼神复杂地看着他："你也把我屏蔽了？"

"……"

常欢禧义气地拍拍嵇蒙的肩膀："好兄弟就别谈这么伤和气的话题。"

嵇蒙受到的打击更大了。

"可就算小鹿兄弟是 AI，你也不用这么难过……"

嵇蒙打断他的开导："不难过？如果你知道零是 AI 你不会难过？"

"当然不会，AI 怎么了？2415 年了，AI 满地跑，跟真人又有什么区别？"常欢禧理所当然地说。

"但鹿比是没有实体的！"

"没有实体，让鑫山给你做一个啊，现在的科技又不难……"常欢禧突然醍醐灌顶，"你说得不对，小鹿兄弟的任务可能不是为了让离争充钱，他是为了你开发的！"

"为了……我？"

常欢禧为自己的发现激动不已:"你想想,你是不是刚认识小鹿不久就觉得他很特别?"

"是……又怎么样?"

"因为他很有可能是照着你的喜好设计的!而且知道怎么接近你!他为什么在你家住,而不是在离争家住?他跟你在一起的时间多,还是跟离争在一起的时间多?一定是鑫山的员工看你一个人玩游戏很无聊,特地设计出一个AI来陪你!"

他说得有理有据,嵇蒙几乎要被他说服了。

"是这样吗?"

"他们见你每天上线就是玩宝宝,干脆做了个更智能的宝宝给你。你就当小鹿兄弟是——会说话的雷噜噜,长大了的小鹿比,你就把他当宝宝一样宠着不就完了吗?"

"可是他有成人的智能。"

"那就对他更好一点!养宠物这方面你是专家!你管他被植入了什么样的记忆,要不然他为什么不答应他师父跟鸩鸠大神,因为他就是你的呀!"

"但是,但是那种感情是不一样的!"

"无非就是超越了物种的情谊吗?我懂,"常欢禧替自己想不开的死党着急,"都什么年代了,别活得像个21世纪初的古人一样,我妈追的那部人机爱情剧都一百八十多集了。要是鑫山不行,回头我把网零的人工智能团队介绍过去,保证做一个跟线上一模一样的鹿比给你,OK?"

嵇蒙表情凝重地喝着奶茶,不说话。

另一边,天台上,凌小路依旧围着围巾,跟他妈妈视频通话。

都这么久了,凌小路妈妈不无担忧地问:"儿子,你是不是动手术了,要瞒着我,把伤口挡住?"

"妈,我看你这脑洞也很大,我就是开了颅都想不到。"

"还是开颅手术?那就更严重了。"

凌小路:"……"

他抓抓头顶的黄毛:"妈,我问你个问题,我是人吗?"

视频画面里的妈妈一愣:"妈呀,这是什么问题?"

"如果我是真实的人类,为什么你们都不在我身边呢?"

妈妈心疼:"是不是爸爸不能陪着你,你都孤单得开始说胡话了?"

"可是我们的通话时间真的很固定,我都想不起来最后一次见到你们是什么时候了。"

146

"你是少年痴呆了吗？你初中的时候我跟你爸没上船，我们还是住在一起的啊……"

"但是记忆可以是假的。"

"……"

妈妈呼唤身边的人："完了完了，他爸你快来看看，这孩子疯了。"

嵇蒙在脑内走完了一百八十集的人机剧，回过神发现常欢禧在跟人通电话，表情在他看来有点……恶心。

好在常欢禧聊得不久，很快就挂了机。

"你跟谁讲电话？"

"阿零啊，想不到吧，我要到了他的电话号码。"常欢禧嘿嘿笑道。

嵇蒙默念了几遍"电话号码"，又想通了一个疑点。

"原来鹿比和零的电话相似不是巧合，公司有时会买下一整个号段给员工做工作号码，想不到他们连 AI 都顾及到了。"

"鑫山的工作人员为了你，连细节都考虑得这么周到，你可不能辜负他们的好意，重点是千万不要怪罪他们，这些人也是为了你好。"

嵇蒙从通讯录里调出鹿比的号码，翻过来覆过去地看。

常欢禧给他一个鼓励的眼神："想打就打呀，这么拖泥带水的风格可不像平时的你。"

嵇蒙迟疑着按下了拨号。

凌小路才刚挂了跟妈妈的通讯，就收到新来电，看到来电提示后差点没把手机抖掉。

在现实中接到嵇蒙电话，次元壁有点不稳。

"朋友？"他小心翼翼地接起来。

嵇蒙其实也没想好要说什么："那个，你维护……不是，你电话打完了吗？"

凌小路：……"不是"前面那两个字是什么，麻烦你给我说清楚。

可他嘴上却乖巧地回复："打完了呀。"

"那……"嵇蒙又卡壳了，"上线？"

"好呀，你等我！"他不假思索地答应下来，挂掉电话，往楼下飞奔。

嵇蒙也很慌乱："见到他我该说什么？"

"就说你见到他时最想说的第一句话！"常欢禧恨不得上手帮嵇蒙启动戒指上的客户端了，"把你的心里话说出来就好！"

嵇蒙被他半推半赶地送上线，常欢禧这才松了口气。

"这回绑定要是不成功,我改姓嵇!"

两个人同在东野下线,又同时面对面地上线。

他们相隔一步,四目相对,无声胜有声。

嵇蒙内心百转千回——他的父母是假的,老师、同学是假的,手环是假的,连过往也是假的。

他生活在楚门的世界里,孑然一身,却死守着别人编造出来的谎言,天真无邪地相信着整个世界。

嵇蒙长手一抄,跟凌小路来了个友爱式的拥抱。

"别担心,你还有我。"

就算你的全世界都是假的,但我是真实的。

凌小路:……哦?

嵇蒙又用力紧了紧怀抱。

"我会好好照顾你的。"

凌小路:不想要。

凌小路用力挣脱开:"朋友,你是不是还在误会什么?"

嵇蒙果断摇头:"没有,你说的一切我都相信。"

凌小路反倒不信。

"我接受你的人设,不是,"嵇蒙慌不择言,"你说你不想结契是吗?那就不结,你想怎样都行。"

凌小路:……更不可信了!

嵇蒙指着凌龙:"这是你的客服吗?我想见他。"

凌龙被召唤来,看到嵇蒙在现场,有点心虚。

"我什么都知道了。"

凌龙谨慎地瞄向凌小路,对方的表现淡定得超乎了他的想象。

"是的,"凌小路替嵇蒙做证,"我什么都告诉他了,该知道的都知道了。"

不该知道的也都脑补了,你看着办吧。

"你编号多少?"

凌龙不想说,可又不敢不说:"92735。"

他心想完蛋了,这算不算欺"君"之罪?

以太子嵇出了名的暴躁性格,他很有可能饭碗保不住了。

"太……这位玩家真的很抱歉,我也是客服部门一名人微言轻的小员工,只能听从上级的吩咐做事,我不是故意要隐瞒您的,嘤嘤嘤。"

凌小路也心疼起这个嘤嘤怪,这种时候了还差点叫出嵇蒙的黑称,不死凌

龙，天理不容。

嵇蒙的表现却让二人大跌眼镜。

"没事，我知道这不怪你。"

凌龙："……"

他仗着嵇蒙对龙的身体构造不熟，暗中用龙爪拍了下龙头，意思是：他脑子不正常？

凌小路默契地点点头，从他坦白的那一刻起就有病症了，而且肉眼可见地不断恶化。

嵇蒙接着说道："你不仅要当他的客服，帮他隐瞒身份，还要伪装成他的宠物……"

凌龙险些眼泪汪汪：知音啊！想不到他的知音竟然是少东家！

"一直夹在公司和鹿比之间，真是辛苦你了。"

迷你龙爪紧紧扒住嵇蒙的手，凌龙热泪盈眶："不辛苦！这都是我应该做的！"

"谢谢你。"

嵇蒙的视线从凌龙转移到凌小路身上："谢谢你把他照顾得这么好。"

凌小路："……"

凌龙："为了公司，我万死不辞！"

"给你加薪。"

凌龙震惊。

"谢太……不是，谢谢这位玩家！"

"AI研发部门的资金够用吗？需要拨款的话可以说话。"

凌龙也愣了：不应该是硬件外设部门吗？

"如果，我是说如果我想开发新功能的话……"

"你还要什么新功能啊？！"凌小路抓狂地打断他，"我怀疑你的思想出了问题！"

"不用开发了，"嵇蒙忙收回刚才的话，"现在这样就挺好。"

"什么叫现在这样挺好？你干脆叫那个什么部门把我删了算了！"

嵇蒙犹豫了一下，再次伸出手，把气呼呼的凌小路搂到怀里，拍了拍他的背。

"是我说错话了。"

凌小路并没有好很多。

"不原谅！"

嵇蒙回忆自己平时是怎么哄生气的雷噜噜的。

"给你。"他手上多了一枚粉色的丸子。

凌小路:"……我吃!"

凌龙目瞪口呆地看着他们两个,现在的小朋友吵架都这么标新立异的吗?他怎么一句话都听不懂?

吃了丸子的凌小路难掩兴奋地用额头在嵇蒙肩膀上摩擦,凌龙仰望着嵇蒙扶住对方后脑勺,背着他居高临下地冲自己比出口型:加奖金。

凌龙:"……"

迷你龙一个后空翻,两只前爪握在了一起:"这位玩家,还想加什么功能,您尽管提!"

小鹿比蹦蹦跳跳地跑过来,看到爸爸在喂别人吃东西,揪着嵇蒙的铠甲。

"爸爸,要!"

嵇蒙果断给小鹿比也喂了丸子,抱起来,脸上露出了久违的姨母笑。

凌龙不能白拿人家的薪水,敬业地帮忙拍照,谁让拍照原本就是小宠物的功能之一呢。

"他脖子上的这个,有显示的办法吗?"嵇蒙指了指项圈的位置。

公司既然给凌小路设计了这样的故事背景,就一定有让项圈显露的方法。

嵇蒙私心,想看一眼头顶粉名的凌小路。

凌龙:"有的哦,在开关部位长按三秒,然后在脖子上划至少半周,就会解除隐藏状态。"

嵇蒙照做,凌小路的项圈果然出现在了脖子上,名字也变成了粉色。

凌小路倒是感觉不出来什么,但在嵇蒙眼里,那就是日思夜想的变成了现实,可偏偏又动不得,因为要尊重他的人设,嵇蒙在天堂地狱两地奔波。

他费了这么大力气才控制住冲动,可另外两个虎视眈眈的对手就不好说了。

他也没办法像窦寇那样一天二十四小时派人跟着,只能选择开诚布公的谈判。

不受待见的"黑白无常"被请到了嵇蒙家里——这也是鸩鸠第一次进入到嵇蒙的私宅,他在这里如愿见到了小鹿比。

小鹿比跟大鹿比一样,也不怕鸩鸠,好奇地伸出白白嫩嫩的小手摸他的面具。

鸩鸠想把人抱起来,却被嵇蒙抢走,嵇蒙对凌小路像换了一个人似的,但对上外人依然没什么好脸色。

"跟雷噜噜玩去。"他把小鹿比送走,回到谈判桌。

"鹿比的身份想必你们已经清楚了,"他冷冷地看着在座的二位,"请你们来是想做一个君子协定,鹿比本人不想绑定金名,只要他不同意,任何人都不能强迫他。"

150

"强迫了会怎样,"鸠鸠调侃道,"号就没了吗?"

"你可以试试看。"

"我想跟徒儿单独谈谈。"

嵇蒙不同意:"就在这里谈。"

鸠鸠难得跟他意见一致:"说什么悄悄话,怎么还不让听呢?"

这三个人中,凌小路最觉得对不起的就是离争,离争比所有人都更早猜到自己的身份,却从来没有威胁过他,甚至屡次助他化险为夷。

"师父,对不起,你那么帮助我……"

"我帮助你是我自己的选择,你不用说对不起。"离争打断他,"我等这个跟你正面沟通的机会很久了。你不想公开,我可以等,既然等到了,我就要说。"

凌小路很紧张,生怕离争说出来的是他无法拒绝的话。

嵇蒙尽管不愿意承认,但他内心也是紧张的,只有鸠鸠看不到表情。

"我一直在寻找一个适合绑定的对象,你是第一个让我第一眼见到时就觉得,如果是这个人就很合适的人。

"我为了等这个人出现,得罪了一些人,他们都想向我证明,我不选择他们是错的,就像你见过的青媚。

"我也不在乎别人怎么想,但是这个女人,为了报复我,挤走了我的师父。

"我的师父,在我像你一样的新手期时捡到我,放狂言说要把我培养成全服第一,半哄半骗引我拜了师。

"然而她自己,性格大条,丢三落四,连怎么顾好自己都不知道,就大言不惭地说要栽培我。

"可也是这个人,见证了我的所有成长,所有人都看到了山顶的我,却只有她看到了我登山的过程。

"不管有多少人仰望山顶的我,我都会铭记在我登山过程中,一直给我鼓励的人。

"同样也是这个人,在自己的男朋友和别人结契的前一天,离开了这个游戏,一句话都没有留给我,从此再也没有出现过。"

离争微微顿了顿。

"弑拔和青媚,是我在这个游戏里,最不愿认输的两个人。但是现在的我,没有绝对的把握打败他们两者的联手。

"哪怕被他们当面嘲讽是懦夫也好,我曾决定放弃今年的风云赛。场下的奚落,总好过场上的惨败。

"直到我见到了你,你让我看到了希望,看到了重新击败他们的希望。"

离争目不转睛地盯着他:"我需要你。"

离争大概把他整个游戏生涯攒的话都放在今天说了，可还没等凌小路想好怎么回复，鸠鸠先笑了。

"怎么了离争，开始卖惨了，唱得不好身世凑，你当这是PK选秀吗？你明知我小兄弟的弱点就是心软，还拿这个绑架人家，这可不厚道。再说，连那种人渣都打不过，你的蛇就那么不中用吗？"

他轻松揶揄的口吻一下子化解了房间里的低气压，离争营造的气氛被他四两拨千斤破坏，连嵇蒙都暗中松了口气。

离争不愧是凌小路的师父，对自己小徒弟的罩门拿捏得死死，刚才有那么一瞬间，嵇蒙差点以为凌小路要答应了。

被鸠鸠毫不客气吐槽的离争垂着眼，银蛇不知何时已化作剑，被他虚虚握在手里，指尖若无其事抚过锋芒。

鸠鸠漫不经心地用手指敲着桌子，但是他的指甲弹出来了，发出的是尖锐物体敲击桌面的铿铿声。

"小兄弟，别听你师父说得煽情，说到底只是你对他有用罢了。我就不一样了，虽然我为你洗了杀气，但那是我个人的选择，你不用觉得是欠我的，我只是单纯地想跟你一起玩。喜欢在一起玩，还需要什么理由吗？"

尽管隔着面具，但嵇蒙和离争都觉得自己被视线扫到了。

"你看看这两个人，一个冷冰冰，一个凶巴巴，跟他们在一起有什么好玩的，一点也不自在。跟着你师父，一天到晚没几句话；陪太子读书，一不小心号就没了。不如跟我在一起，战场野外，想杀谁就杀谁，想去哪儿就去哪儿。"

"不绑定也可以一起玩啊……"凌小路弱弱地说。黑鸠变成金鸠之后，在他眼里一下子变得可怕了。

鸠鸠慵懒的声音夹杂着一丝魅惑："但是绑定以后玩的花样更多。"

嵇蒙的脸一下子黑了："我怀疑你有不良企图，要是被我抓到证据，你号没了！"

鸠鸠一声轻嗤，表示不屑。

嵇蒙明显不悦，他原本是叫这两个人来商定君子协议的，现在是怎样，竞争上岗吗？

就你们两个长了嘴，欺负他不会说吗？

既然这样，就别怪他不择手段了！

嵇蒙的手重重拍在桌子中央，离开后留下一样东西。

离争扫了一眼，脸色微变。

鸠鸠的声音也收起了慵懒："嵇蒙，你这就过分了。"

凌小路好奇心爆棚，能让他师父变脸，大魔王提高警惕的东西，到底是什么?

他越过嵇蒙探头去看,桌子正中央摆着一枚淡紫色的丸子,外观跟他吃过的粉色丸子差不多,但体积要大近一倍,而且正散发着浓郁的香气。

凌小路深吸一口气,陶醉了……

嵇蒙胜券在握:"宠物声望崇拜才能换到的忠诚丸子,你们有吗?"

传说中的顶级忠诚丸子,可以将宠物的忠诚度由0瞬间提升至100,灵魂绑定道具,无法交易。

宠物声望只能通过收集和抚养宠物获取,如果想达到崇拜,需要花费大量的财力和精力,光砸钱没有用,还要有时间、耐心,以及对宠物的满腔热爱。

对比需要付出的精力,这个顶级宠物丸子的性价比就显得没那么高。没有顶级的,那就喂次级一点的,多吃几个,忠诚值总能满。

也就只有像嵇蒙这样真心热爱宝宝的,才会不计回报地养一屋子宠物,把每一只都喂得溜圆,又不拿它们去打架,在宠物界声望噌噌地涨。

凌小路听不到嵇蒙说了什么,他正傻张着嘴扒在桌边,口水流了一桌子。

当事人的反应就是最好的回答,嵇蒙心中得意,不要以为重感情重义气是凌小路唯一的弱点,对付不了你们两个,还对付不了一个吃货?

他要用实际行动告诉他们,机会是留给有准备的人的。

最后使出来的,那才叫撒手锏!

偌大的房间里,暂时只有鸩鸠指甲敲桌的声音,无规律地响着。

半晌,他手上一用力,五枚指甲深深地嵌入了桌面内,也不知道游戏里的家具是什么材质做的,光滑的桌面硬是被他刺出了五个窟窿。

鸩鸠动了动手指,指甲收回到手套内部:"君子协议是吗?我同意。"

离争微微向后欠了下身子:"同意。"

嵇蒙志满意得:"凌龙,麻烦你以鑫山工作人员的身份做一个见证……凌龙?"

早就滚下线的凌龙:您想多了,有我没鸩鸠,有鸩鸠没我哦亲!

"算了,我们三人互相监督。"只要有两个人牵制,第三个人就不敢随便胡来。

一场剑拔弩张的谈判和平解决,作为东道主的嵇蒙成功地掌控住了局面,他正要将丸子收回行囊,对上的却是凌小路失望的脸。

凌小路:啊?不是给我吃的啊……

他的心里话都写在脸上了,嵇蒙的手悬在中途,收也不是,给也不是。

"咳咳,"鸩鸠提醒他,"承诺过的,不率先使用道具。"

"……"嵇蒙只能硬着心肠把丸子收回去,这个灵魂绑定的丸子也有一个使用规则,就是只能给绑定的宠物服用。他不过在外面放了一会儿,小鹿比、雷噜噜、松鼠、肥啾……一大家子都循味而来,守在门口蠢蠢欲动。

　　常欢禧人未至,声先闻:"兄弟!你搞定了吗?"

　　他闯进来,被一屋子的人吓了一跳:"这么多人,打麻将怎么不叫我?"

　　众人:"……"

　　他又想起零还在外面等,招呼嵇蒙:"哎,你先把阿零放进来。"

　　"做什么?"嵇蒙皱着眉头,给了零一个临时访问权限,常欢禧又不满意。

　　"给一个永久权限嘛,看你那小气样。"

　　"你到底是来做什么的?"

　　"庆祝呀!我还把大家都叫来了。"

　　嵇蒙不懂:"庆祝什么?"

　　常欢禧草草观察了在场的人,看得出来,都不是特别开心,这麻将局怕是嵇蒙独赢三家。

　　另外两个人不爽他能理解,小鹿兄弟看起来怎么也蔫头耷脑的?

　　常欢禧偷偷用胳膊肘撞嵇蒙:"喂,成功了吗?"

　　"不要打哑谜。"

　　"庆祝你绑定成功呀?"

　　嵇蒙:"……"

　　常欢禧急得声音一下高了起来:"你不是上线来跟人绑定的吗?"

　　在场的人都听到了,嵇蒙恼羞成怒地涨红了脸:"胡说什么!你再乱、乱说就滚出我家!"

　　"你说什么?你没打算绑定?!"

　　常欢禧恨铁不成钢,半天憋出一句:"爱你!"

　　他都把前置气氛推到极致了,只差最后一句话的事,这人都能谈崩,到底是有希望他改姓!

　　嵇晴带着初芽到访,这两个人倒是有权限,直接进了屋。

　　"常欢禧说有喜事要我们来庆祝,"嵇晴看着这一屋子的人不像有喜事的样子,"什么喜事?"

　　"姐姐别问了,从今天起我就是嵇欢禧了。"

　　"嗯哼?我倒是不介意多一个弟弟。"

　　"相信我,绝对拉高你家弟弟的平均智商,不信问你那个货真价实的弟弟。"

　　"小蒙?"

　　"不是,我到底怎么了?"

嵇蒙就搞不懂了，他刚刚打了漂漂亮亮的一场胜仗，此时正应该昂首挺胸骄傲地在谷场里溜达三圈呢，怎么在常欢禧嘴里就成了战败的斗鸡？

鸩鸩幸灾乐祸："他刚赚了五百万呢，你们先不要提醒他赔了一个亿的事。"

嵇蒙拉下脸："你和离争一人二百五吗？"

离争站起来："我走了。"

"别走啊大神，"常欢禧留他，"难得人这么齐，我们准备开 Party 的。"

"谁说要开 Party 的？"嵇蒙气，这还是不是他家！

"哔——"声音刺耳，零在他身边吹响了卷笛，纸卷弹出去的时候，末梢还打到了嵇蒙的脸。

常欢禧突然想起他事先订好的后续安排，急忙冲零使眼色。可惜对方不太懂得变通，又没看到常欢禧发过来的信号，依旧按原定计划进行。

"恭喜恭喜。"零面无表情地手一扬，彩屑如雪花旋转着落下，落了嵇蒙一头一身。

嵇蒙："……"

常欢禧扭头吹口哨，发生了什么，跟他一点关系都没有。

大门外，411进不来，急得直喊："太子殿下，我也是家族成员，也放我进去呀！"

嵇蒙冷着一张脸把人放进来，411欣喜若狂。

"虽说咱家族里的金名有四个之多，但这还是我第一次有幸拜访金名的家……"他的视线对上鸩鸩的金名，"噢？"

鸩鸩：呵。

411蹲在墙角流泪。

"我本以为自己已成为时代的弄潮儿，为什么时代再一次将我抛弃，呜呜呜呜……"

"你新买的戒指？"嵇晴问鸩鸩。

鸩鸩似笑非笑："买了很久了，大小姐。"

"多谢支持。"

"可惜买了这么久也没有粉名，"鸩鸩半开玩笑道，"系统也不包个分配。"

"这个确实有难度，"嵇晴也跟着开玩笑，"不如我向 AI 研发部门申请开发个智慧型战斗宠物给你吧。"

不远处的嵇蒙身子一震，慢慢地看过来。

果然，他姐姐也知道公司开展了这项业务，为什么没有人早一点告诉他？

嵇蒙的家里以前只有他一个人，自打凌小路住进来以后，来往的客人就越来越多，今天更是几乎家族主要成员悉数到场，可以用乱成一团来形容。

等嵇蒙好不容易从一堆不知道是谁的宠物中抬起头来，寻找凌小路的身影时，却怎么也找不到了。

凌小路一个人躲到了院子里，事情从他向嵇蒙坦白那一刻起就开始乱套，他真的应该认真考虑那三个哲学问题。

花园里多了个蹦蹦跳跳的身影，小鹿比今天穿了件红色的小披风，一如既往的可爱。

小鹿比伸伸胳膊伸伸腿，口中念念有词，凌小路挂着下巴趴在栏杆上，看乐了。

想不到小鹿比居然还会跳舞，不愧有他的基因。

不过这舞姿看起来有点奇怪，还有点眼熟。

凌小路又看了一会儿，笑不出来了。这不是雷噜噜跳的那个转圈圈拍肚皮的舞吗，什么时候小鹿比跟雷噜噜学会了跳舞？

区别在于，雷噜噜唱的是"啊噜啊噜啊噜"，而小鹿比的发音是"啊爸啊爸啊爸"？

自己的幼年版居然跳这么幼稚的舞，凌小路感到丢人。

"你在这里呀。"

凌小路听到这个声音立刻起身回头："姐姐。"

"怎么不去跟大家玩？"

常欢禧忽悠所有人一起玩狼人杀，嵇晴被第一个牺牲掉了。

凌小路能说他在思考哲学问题吗？

"没什么，想一个人静静。"

嵇晴没有追问，与他并肩站在栏杆后，若有所思地看小鹿比手舞足蹈。

"鑫山旗下有很多游戏，比这个游戏火的还有好多个，《精灵契约》只能算是一个中等热度的游戏。很多玩家认为，把宝宝养成作为一个游戏的主题，是很幼稚的一件事。"

"姐姐也这么觉得吗？"

"如果我也这么觉得，就不会出现在这里了。"

"哦……"凌小路意识到自己的问题有点傻。

"不过我倒无所谓玩哪个，不像小蒙。"

"嵇蒙很喜欢《精灵契约》吗？"

"我给你看一样东西。"

嵇晴投出来一本全息相册，凌小路划动页面，第一张就是一个小孩子的画，画的是一只不知名动物，尖尖的耳朵，圆滚滚的肚子，短短的四肢。

"这是什么？"

"小蒙的画。他小的时候没什么朋友，父母工作比较忙，就送了很多陪伴型 AI 宠物陪他玩，应该说他从小就是跟这些宠物宝宝一起长大的。"

难怪，凌小路心想，他到现在都没怎么学会交朋友。

"你看到的这些简笔画全都是他画的，他想象中的宠物宝宝。后来公司决定开发一款宠物战斗主题网游，公开征集设定图，他就很高兴地把整本画册投过去参了赛，然后就入选了。"嵇晴笑笑，"小蒙应该是《精灵契约》项目组里，年纪最小的编外原画了。"

"等等，"凌小路指着画面上的不明动物，"这个该不会是雷噜噜吧？"

嵇晴点头。

凌小路："……"

这美颜前后的巨大差异，雷噜噜是如何从这幼稚的几笔中进化过来的，凌小路对鑫山美术肃然起敬。

"我还有一事不明，那个比赛的评委，是怎么慧眼识珠地把这张画从那么多张参赛作品中挑出来的？"

"哦，"嵇晴不以为意，"小蒙用的是原名投稿。"

凌小路翻到下一张，圆滚滚，大尾巴，手里抱着个栗子："呃，松鼠？"

"嗯。"

再下一张比较好认。

"是肥啾！"

"没错。"

凌小路在相册里见到了嵇蒙家里所有的动物，还有些他家里没有，也根本看不出来是什么的生物，心中惊讶嵇蒙画了如此之多。更惊讶的是，画了这么多，画技居然也没什么长进。

"你现在知道，为什么小蒙会对《精灵契约》情有独钟了吧？因为这里是让他儿时梦想成真的世界。"

凌小路也想有这么雄厚的家庭实力，小的时候幻想什么，家里就给他变出来一个真的。

最后一页的画跟前面的看上去不大一样，没有角，没有奇怪的耳朵，也没有尾巴，各种结构看上去都像个人。

"这难道，是个人吗？"

嵇晴瞅了一眼："应该是吧。"

"他画的不都是宠物宝宝吗？为什么会突然冒出个人来？"

嵇晴视线又飘回到院子里。

"可能小时候的小蒙也想，陪伴他的宠物宝宝中，能有一个跟他一样的人类小孩吧。"

凌小路很努力地从嵇蒙的画上找线索，奈何嵇蒙画得实在太抽象了，他实在看不出那上面的人跟自己有没有关系。

但是反向一想，雷噜噜的"原画"跟雷噜噜，那也是天差地别的两种生物……

"姐姐，你觉得画上的这个人，跟我有什么相似的地方吗？"

嵇晴看看画又看看他："都是人类。"

凌小路眨眼："那有没有可能，美术把前面那些都做出来之后，顺便把最后一张也做了呢？"

"这我倒是没想过，你这个想法很有创意。"

凌小路心想，有创意的怕不是我吧。

嵇蒙左右不见人，到后院来找，看到凌小路和自己姐姐在一起。

"你们在这里做什么？"

他刚说完，就看到了全息相册里熟悉的简笔画。

"这、这是……姐你怎么会有这个？你干吗要给他看啊！"

嵇蒙急地上手取消，可相册是嵇晴投出来的，他无论怎么点，手都只能徒劳无功地从画面上穿过去。

最后，他干脆站在相册和凌小路中间，执着地用身体挡住对方的视线。

"姐，你快关了！"

"有什么不好意思给人看的？再说小鹿比已经看完了。"

"……"

这是什么公开处刑，堂堂太子嵇还要不要做人了？！

"好吧好吧，我走了。"

嵇晴关了相册，潇洒走人，留下嵇蒙尴尬得连手都不知道该往哪儿放。

就算对方是AI怎么了？AI面前人类就不要尊严了？

"那些、那些都是我小时候胡乱画着玩的……这一段不重要，你把它从记忆里删掉吧！"

"还好啊，"凌小路想起嵇晴说的，"你是不是从秋咔比宠物世界获得的灵感？我小时候也有一只。"

秋咔比是风靡全球的AI宠物品牌，打出的宣传口号是："让每个三至十四岁的孩子，都拥有一只秋咔比AI宠物。"

"真的？"嵇蒙的注意力被转移了，"你养的哪一只？"

"波卡兽。"

"我也有!波卡兽的技能光环很厉害,只有伽罗人鱼天克它!"

嵇蒙聊起这个话题,整个人精神焕发,神采奕奕。

"伽罗人鱼的泡泡可以让波卡兽三个回合放不出技能!"

"但伽罗人鱼是限量版的,很贵,没几个人有。"

"我有!九种限量款的宠物我都有,尤其是灰嘟嘟,它三段进化后的大招可以秒天秒地……"

嵇蒙突然住了口,意识到自己谈的内容很幼稚,秋咔比是小学校园的宠儿,可他现在已经是准大学生了。

凌小路亲眼见证他眼睛里亮起光,但一瞬间又黯淡了。就像打开储藏记忆的宝箱,才透出点光芒又迫不及待地关上。

他拥有 AI 宠物大概是七八岁的年纪,那时每天跟同学聊得最多的就是这个话题,玩得最多的就是宠物对战。

他们这个年龄的小孩,童年大部分光阴都是由秋咔比填满的,就算不吃早饭,也要攒够零用钱,买一只基础宠物,否则就跟其他同龄人没有共同话题。

那时倘若有谁拥有一只限量款,绝对是校园里的明星人物,家门都要被小伙伴们踏破。

嵇蒙坐拥所有的珍稀宠物,可连一个跟他讨论的伙伴都没有,这些话他不知道憋了多少年,终于有个对象可以说出来,却又意识到自己早已不是聊这个的年龄了。凌小路的脑海里,浮现出在偌大的房子里,自己指挥宠物们互相 PK 的小太子,赢家是他,输家也是他,观战的是他,喝彩的也是他。

不玩的时候,就在纸上画自己设计的宠物。所以,当他画那个人类小孩时,到底是什么心情呢?

嵇蒙经历了"尴尬—忘我—再一次尴尬"的过程,他真的需要向研发部门申请权限,把凌小路这段时间的记忆删除。

屋里传来一阵哄笑,这样的场景早在两个月前还令他陌生,但近来,似乎越来越习以为常了。

"走吧,我们进去看看他们在做什么。"他笨拙地岔开话题,故作无事地转身准备离开,仿佛刚才什么都没有发生,他没有说那些如小学生般幼稚的话,凌小路也什么都没有听到。

手臂被人从身后轻轻抓住了,嵇蒙困惑地转头,对上凌小路真诚的双眼。

"对不起,我来晚了。"

"……"

长廊的尽头,白色身影一晃不见。

"我找了你们半天,原来你们两个在这里!"

常欢禧晃着小肚子跑过来。

"我们又发现了一个答题闯关的游戏，要不要一起？人多好过关啊。"

"直接说你们有题答不上来不行吗？"

"这是家族团建！团建你懂吗？"常欢禧把嵇蒙往屋里推，边推边往身后张望，"奇怪，离争大神呢？"

"找他做什么？"

"也叫上他啊，他刚刚就在那边，我一来人就不见了，你们没看到吗？"

凌小路完全没察觉，离争是什么时候来的？

回到屋内，离争也不在这里，常欢禧没有再去找，而是启动了他所说的那个答题闯关游戏。

一个教师打扮的 NPC 出现在现场："同学们，准备好挑战答题了吗？"

"准备好了！开始吧！"常欢禧喊。

"那么开始我们的问题吧，答对有奖哦！请听第一题——"

NPC 在系统题库里搜索：

"第一题，数学题。"

"还有数学题？"凌小路以为会是游戏相关的问题。

"这个嵇蒙可以！"常欢禧对兄弟的能力很有自信。

"请听题，一加一等于——"

凌小路不解。

这是数学题还是脑筋急转弯题？

嵇蒙："二。"

"回答正确。"

众人不解。

"这也能叫题？"凌小路感到不可思议。

常欢禧同意他的看法："你们鑫山搞的什么幼稚园题库？"

鸠鸠借着面具的掩饰打了个哈欠，困了。

"这只是第一题，后面会逐渐提高难度的。"嵇晴解释。

众人不信，第一题出"1+1=2"，后面的题能难到哪儿去？

"请听第二题——"

"第二题，数学题。"

凌小路："怎么又是数学题！"

"请听题，阿尔法趋近于零时，对艾克斯平方乘以考赛因阿尔法和艾克斯的乘积进行积分，所得到的值为多少？"

凌小路震惊。

嵇蒙:"三分之八。"

"回答正确。

众人不解。

凌小路:"你知道答案?"

嵇蒙:"不知道。"

"你作弊?"

"有作弊的必要?"

"你怎么算出来的?"

"口算。"

"……"

"请听第三题——"

常欢禧:"能不能不出数学题了!"

"第三题,数学题。"

"爱你!"

"请听题,一万三千九百八十四乘以四万七千六百六十八等于——"

众人不解。

零:"666589312。"

"回答正确。"

众人不解。

常欢禧:"不要告诉我你也是口算。"

"心算。"

常欢禧:"……"

这家族里都是些什么变态,还能不能带凡人小伙伴们一起玩耍!

常欢禧掏出法杖:"再出数学题信不信我一个流星砸死你。"

鸠鸠懒洋洋地托着下颔:"有没有实战类的题目?来两个。"

NPC:"……"做个出题人,压力山大!

"请听第四题——

"第四题,历史题。"

常欢禧姑且满意地放下了武器。

"请听题,我国通过外太空管理法案是哪一年?"

终于有一个凌小路知道答案的题目。

"公元2333年!"

"回答正确。"

"这个我也知道的。"初芽没抢过他,与奖励失之交臂。

"下道历史题给你答。"凌小路发扬绅士风格。

第二道历史题很快出现——

"请说出唐朝的建立时间。"

"不是吧!"房间内哀号一片,"这谁记得啊?"

"2415年了,能不能出点与时俱进的问题!"

初芽:"我放弃这个题目,小鹿比还是你来吧。"

嵇蒙已经准备在商城里下单跳关道具了,只听凌小路清清嗓子,清脆地念了出来。

"公元618年。"

"回答正确。"

鹿透社众人目瞪口呆。

"族长,你是妖怪吗?活了五百年的那种。"411佩服得五体投地。

"嘿嘿,我是历史课代表。"

"……"嵇蒙沉默地关了商城,他早该想到,凌小路可能是自带信息库的,检索这些陈年资料,花费的时间可能不超过一秒。

常欢禧作为唯二知道凌小路"真实身份"的人之一,此刻也恍然大悟:"噢,难怪——"

嵇蒙瞪了常欢禧一眼,常欢禧乖乖把想说的话咽下去了。

"历史课代表……厉害!"他比了个大拇指。

"哎,等等,我接个电话。"

常欢禧接起电话,笑容渐渐消失。

"坏了坏了,我忘记家里安排今晚吃饭,迟到了迟到了。"

嵇蒙可算找到打击报复的机会:"是相亲吧?"

"不是!就是两家一起吃个饭,认识一下罢了。"

零:"相亲?"

他开始在信息库里检索这两个字的含义。

"你别听他瞎说!"常欢禧气急败坏地否认,"我才多大,相什么亲啊?就是两家生意伙伴约着吃饭,顺便让小辈们认识认识,只是对面恰好是个女孩而已!"

零查到了相亲的意思,表情不解:"我们不是已经结婚了吗?"

"……是结契!再说我根本不是去相亲!"

常欢禧狠狠地瞪嵇蒙,都怪这家伙,挖坑给自己跳!

嵇蒙故意望向别处,谁让常欢禧一直坑自己呢。

零还是不理解:"结契那天,你亲口说的,在你们的游戏里,结婚要有很

盛大的场面。"

"我……"常欢禧好像确实是这么说过，但那是个类比，"算了，太复杂了，等我回来再跟你解释这个问题。"

零："……"

"我迟到了，先下线了噢，你们继续玩。"

常欢禧选择下线，却发现离线的面板黑了，无论如何都点不了离线。

他又试了快捷动作、意念调取，但都是同样的结果。

"奇怪了。"

嵇蒙问："怎么了？"

"出 BUG 了，我下不了线了。"

"不可能，我从没遇到过这种 BUG。"

嵇蒙对自家产品有一种盲目的自信。

"真的！不信你看我面板！"

"你呼叫一下客服？"嵇晴提议。

常欢禧把自己的专属客服叫来，他不愧是个有独特喜好的人，专属客服的自定义外观是一只人身鱼尾、长有六只手臂的海妖，头发全是蛇。

"您好，需要什么帮助？"

"我的账号无法离线，麻烦帮我看一下，我有急事。"

"请稍等片刻。"

客服检查常欢禧的账号一切正常，这个问题只能上报排查。

"请问您在一个小时内有过重要操作吗？如贵重物品交易等。倘若没有的话，您可以先尝试使用紧急下线，紧急下线会有小概率的数据丢失风险。"

"没有，那我先紧急下线，回头你们帮我查清楚。"

"一定会的。"

常欢禧开始默念"紧急下线"，念了半天人还在线上。

"你怎么还没走？"嵇蒙问。

"你以为我不想走？我都念了十几遍了！"

客服："不如我先用管理权限将您强制下线吧。"

"快快快。"

常欢禧的电话又响了，他不得不接起来一连串的"马上就到""已经出发了"。

可挂掉电话，他还在线上。

"这是怎么回事？"

客服从未见过这样的情况，她抱歉地从控制面板上抬起头：

"不好意思，您的账号，好像被锁定无法离线了。"

# 第八章

庄周梦蝶

鑫山技术部门乱作一团,这是继玩家佩戴项圈无法摘除后最严重的技术故障。

线上也好不到哪里去,在场的人几乎都试了一遍下线再上线,没有任何问题,似乎这个BUG只针对常欢禧个人。

而中了大"奖"的苦主常欢禧则不得不一遍遍在电话里解释:

"妈,我不是找借口不去吃饭,是真的下不了线。"

"不是什么不三不四的游戏,是嵇蒙家的游戏。"

"谁家游戏没BUG?鑫山真的没有绑架我,别报警啊喂!"

常欢禧本来就聚在一起的五官愁得更加集中,也显得他的面包脸更大更圆更蓬松。

零走过来,还没等开口,常欢禧就抢先一步安慰他:"没事,别担心。"

他还踮起脚,凑到对方耳边悄声道:"不会投诉你们公司的。"

零问:"那你还去相亲吗?"

"相……我解释过多少遍了,真的不是相亲!两家人一起吃饭,有很多人的!"

"相亲有三种形式,第一种是只有相亲的双方到场,第二种有介绍的中间人到场,第三种是……"

"停!"常欢禧打断零,"你怎么了解得这么清楚,该不是经常去相亲吧?"

"我刚刚查的。"

"刚刚查的?"常欢禧觉得这话怪怪的,不由得低声念了两遍,但又说不出哪里怪。

"不要去相亲好不好。"这虽然是个问句,却是陈述的语气,零刻意压低

噪音时的声音,用少女的话来评价,是"苏死人的嗓音"。

常欢禧不是少女,但也被蛊惑得七荤八素,更致命的是,他发誓他一定在哪里听过这个声音!

零向他走近一步:"永远留下来陪我打游戏好不好?"

"好……"常欢禧如同被蛊惑,可又即刻清醒,"阿零,你……该不会是依赖型人格然后对我产生依赖了吧?"

"依赖?"

常欢禧依旧没听出那是个问句,他只感到不可思议,指着自己:"不要告诉我,我这样一张脸让你很有安全感。"

零很认真地回答,完全不像是在撒谎:"这张脸有什么问题吗?我觉得很好。"

"……"

常欢禧想去问答网站上答题,被自己的好兄弟依赖上,是一种什么感受?

"阿零,你这么说,我很高兴。可是……"

他刚说完这两个字,零就在他面前消失了,只有紧急下线才有这样的效果。

常欢禧愣住,难道他不好意思面对自己,所以跑掉了?

可是他也没说"可是"后面是什么呀,他也不是一定不让零依赖自己的……

客服急匆匆地上线反馈:"您好,您的问题已经解决,请您检查是否可以正常下线。"

常欢禧心事重重地打开面板,果然发现离线的按钮重新亮了起来。

"可以了……"他无精打采地说。

客服接连道歉:"给您造成这样的不便非常对不起,希望没有耽误您的行程,我们今后一定杜绝此类情况发生。"

一个"行程"提醒了常欢禧,他当务之急是赶去饭局,无论如何不能让他妈妈报警!

然而此刻,没有什么能形容嵇蒙心底的惊涛骇浪。

就在刚刚,凌小路的影像飞快地闪烁了两下,就像全息投影受信号不好的影响,在短时间内高频率地断开又复连,甚至产生了几毫米的位移。

而凌小路对此一无所知,他见嵇蒙眼睛一眨不眨死死地盯着他,下意识摸上了自己的脸。

"我脸上有东西吗?"

嵇蒙一言不发,片刻后喉头艰难地滚动了一下。他明明已经接受了凌小路是 AI 的事实,为什么当真凭实据摆在面前时,还是会震惊到失去言语。

他强行将视线从凌小路身上移开,去观察周围的人。刚才那一幕发生得太快,应该只有他一个人注意到了。

也幸亏是这样,不然铁定引起骚动。

"没有……"嵇蒙回答了他上一个问题,几番迟疑着伸出手,去抚摸凌小路的颈后,检查开关有没有被隐藏好。

"虽然我能接受,但我不能保证其他人也能……所以你一定要小心。"

凌小路:"……"

小鹿比呼叫爸爸,嵇蒙魂不守舍地离开,凌小路望着他的背影不知道该说什么好。

"遇到感情难题了?"

一个戏谑的声音在耳边响起,凌小路扭头,差点被鸩鸠的金名晃瞎眼。

"我比你年长,有什么感情问题可以问我,或许我可以帮你。"

凌小路琢磨这件事该怎么描述:"如果你最好的朋友不把你当人,你怎么办?"

"杀了他。"

"……"

简单粗暴,是鸩鸠的风格。

"哈哈哈……"鸩鸠面具下传来爽朗的笑声,他笑着揉了揉凌小路的头,"开玩笑呢。"

"不过嘛,"他双手插兜,"以我过来人的经验看,情缘是游戏里最不稳定的感情,今天结,明天就有可能死。你知道我从内测到现在,见过多少嘴上称兄道弟的朋友,最终却反目成仇吗?前一天行囊共享,第二天悬赏榜见,你有时间的话真应该蹲一天悬赏榜,看看什么才是人间真实。"

凌小路很认真地在听鸩鸠这个"过来人"的教诲。

"难道就没有始终互相扶持互相帮助的吗?"

"也有,但凤毛麟角。"

鸩鸠点点他的额头:"所以啊,不要轻易对网上的人动感情,你又不知道他现实中长什么样子,叫什么名字……"

"我知道他叫什么名字……"凌小路小声反驳。

"那你知道他是什么样的人吗?"

凌小路答不上来了,不知为何,他脑海里浮现的是南薰的那句:"嵇蒙哥哥是很好、很好、很好的人。"

可是嵇蒙纵使有这么多般"很好",他也没有亲眼见过,凌小路不由得羡慕起小南薰了。

"……小南薰呢?她怎么没有来?"

凌小路后知后觉地反应过来,家族主要成员几乎都来过,唯独小南薰没有到场。

以常欢禧的性子,不可能邀请所有人独独漏了南薰。

411跟他有心灵感应似的,突然火急火燎地大喊:"不好了族长!你看世界频道!"

凌小路唤出世界频道,最后一条消息是视频直播链接,然后所有人就像说好了那样,全部奔去看直播,世界频道就像冻住了似的。

一点开直播凌小路便叫了出来:"是我师父!"

画面上,白衣胜雪的离争翩翩然站在瀑布顶部的巨岩上,与他隔着瀑布面对面的是他的死对头弑拔。

这两个人怎么碰面了?凌小路一想到弑拔在竞技场上奚落离争的那些言语,就感到扑面而来的窒息与愤怒。

鸠鸠也只扫了一眼:"深涧瀑布,我知道在哪里。"

鹿透社的人赶到时,两个人已经交起手来。他们的身影在瀑布上空交织穿梭,光效炫目,技能招式与瀑布水声不分上下,闻讯赶来的围观人群在瀑布下方喝彩叫好,时不时被招式波及的巨大水花溅一脸水。

弑拔的攻击手段凶狠又毒辣,凌小路落地时下意识喊了声:"师父!"

离争听到这声音,手上动作延迟了半秒,被弑拔抓到破绽,一脚踢下瀑布,离争不得不在水里借了下力才重新飞回到巨岩上,但衣服下摆湿了大半。这场景很难堪,可离争依然维持着惯有的气质,表面上看不出一丝狼狈。

围观群众一片唏嘘。

"想不到离争单打独斗已经不是弑拔的对手了。"

"听说今年的风云赛离争连名都没报。"

"呜呜,我的男神。"

"别男神了,除了竞技场那一次,这么久也没打赢过人家,也是时候该走下神坛了吧。"

想乘胜追击的弑拔被一袭黑衣的鸠鸠拦下,弑拔打了几下占不到便宜,又被嵇蒙的雷劈中半边身子,故作无事地跳回原地,慢慢地等待雷电的麻痹效果结束。

他身体中了麻痹效果,嘴巴可没有:"离争,看不出来,你也沦落到打不过要叫帮手的地步了。"

鹿透社的人都集中在离争的这半边,鸠鸠还没活动开筋骨,懒洋洋地转着脖颈和手腕。

"离争,还是不是一个家族的人了?有这么好的收割杀气的机会却不叫我。"他表面上跟离争说话，实际否认了弑拔口中的"叫帮手"，还暗示对方人很多。

果不其然，在弑拔身后，还有几十个跟他头顶相同家族家徽的成员虎视眈眈地盯着这边，刚才就算离争得胜，这些人也不会善罢甘休。

弑拔轻蔑地一哼："只有我们人多？难道你们就没有人吗？"

凌小路从刚刚起就想问了，为什么南薰和灰衣人会在现场，这个局面不像离争和弑拔的个人之争，倒像是两个人带领两拨人打群架的前奏。

"小南薰，这是怎么回事？"

南薰把之前发生的事原原本本道来："我跟工作室的哥哥姐姐们在这里打金，那群人过来不分青红皂白就把我们都杀了。"

"窦泥湾的人呢？他们不是一直跟着你吗？"

"他们人多，窦泥湾的两个哥哥也被杀了。"

负责保护南薰的两名"保镖"羞愧地低下了头。

"然后离争师父就来了，再然后那个人，"南薰小心地指着弑拔，"也来了，他们就打了起来。"

家族成员被杀，在家族频道是有通知的。

按时间推算，南薰被杀的时候正好是常欢禧账号出故障的那段时间，没人注意到这个细节，只有离争千里迢迢地孤身支援。没想到冤家路窄，撞上的正好是弑拔所在的家族。

"这么大的事，怎么不叫我们？"这凶巴巴的口气是嵇蒙无误了，凌小路怕他吓到孩子，暗中推了推他，冲他递眼色。

南薰低着头嗫嚅道："因为是工作室的事，不想麻烦大家……"

"不是说过了吗？你们的事就是我的事。"不知是不是凌小路的眼色起了作用，嵇蒙口吻比先前好了一些。

南薰瞪大的眼睛里充满感激之情，工作室的成员被杀是常有的事，但第一次有这么多人前来为他们撑腰。

"为什么要杀我们家族的人？"凌小路以族长的身份冲对面喊话。

弑拔冷笑："杀蝗虫还需要理由吗？"

蝗虫就是这个游戏的底层，无论谁见到都可以顺手杀掉，反正他们绝不会还手，只会等人走了默默起来继续打金，NPC都活得比他们有生气。

"蝗虫本来就不该存在在游戏里，我的族员只是随手净化环境。"

"他们不是蝗虫，"凌小路提高声音，"他们是我们的家族成员！"

灰衣人的脸上出现了不一样的表情，大概是从来没有人讲过这样的话，他们有些惶恐不知所措。

"那麻烦问问你们的家族成员之一，"弑拔意指鸩鸩，"他杀人需要理由吗？"

鸩鸩先前百无聊赖地蹲在了地上，此刻站起身来："不需要。"

弑拔露出得意之色。

鸩鸩："全息网游，实力说话。"

鸩鸩身形一灭一现，弑拔的阵营里就有一个人变成了幽灵，谁都没看清鸩鸩是怎么动的手。

弑拔脸色变了："鸩鸩，你不要太嚣张，信不信我送你去坐……"他的视线落在鸩鸩金灿灿的名字上，"……过山车！"

凌小路："……"

这也太刺激了吧！

鸩鸩也笑了："不急，等我杀光你们所有人，你就可以尝试送我去坐牢了。"

弑拔发现跟他说话讨不到好处，动起手来，对面四个金名，他们家族这点人根本不是对手，索性再一次把攻击点转移到离争身上。

"离争，我一直把你当劲敌看待，可你却沦落到跟蝗虫在同一个家族，还躲在这种人背后不敢出来，看你这个样子，真像缩头乌龟啊。"

"用不用我提醒你，这届风云赛报名截止日期马上就要到了，听说你还没有报名，是不敢，还是怕了？

"不过也难怪，我要是你，带着一条废蛇，我也不好意思报名参赛，不然再一次成为我的手下败将，多丢人啊。"

他身后的家族成员都不怀好意地哄笑起来。

离争始终垂着长长的睫毛，看不出任何表情，此刻嘴角却有一丝极难被人察觉的上扬。

弑拔用力地闭了闭眼睛，想知道自己是不是看错了，再次睁开来时对方已恢复原状。

围观群众的议论纷纷传到凌小路的耳朵里：

"原来离争没报名风云赛是真的！"

"是明知自己敌不过弑拔和青媚的组合吧。"

"上一届离争竭尽全力也不是他们的对手，这两个人磨合一年，实力更强了，可离争连个粉名都没找到。"

"要是当初离争绑定了青媚，现在两个人的结局就是反过来的，我猜他现在心里一定后悔死了。"

"报名就是自取其辱，没有粉名离争赢不了的。"

……

"够了！"凌小路脆生生的一声喝，成功令全场观众闭嘴，连直播上刷弹幕的玩家也停了下来，想看看这个被离争青睐有加的徒弟要如何维护师父的尊严。

"怎么，听不下去了？是不是觉得你的师父很没用？"弑拔虽败给过凌小路，但并未把他放在眼里，态度依然嚣张。

凌小路站出来，与不断挑衅的弑拔隔着瀑布面对面。

鸠鸠的声音沉了下去："小兄弟。"

嵇蒙也顿感不妙："鹿比！"

凌小路长按住后颈，沿着脖子划了半圈。简单的两个动作，被他做出了破釜沉舟的气势。

"谁说我师父没有粉名？"

411"扑通"一声跪了下去："我的娘咧。"

平凡的道路上，他注定孤苦伶仃……

弑拔腔调变了："你是粉名？"

凌小路的身手他是见识过的，如果离争肯砸钱将凌小路武装一下，凌小路甚至可以在极短时间内成长为实力不亚于青媚的劲敌。

离争又怎么可能是花不起钱的人，弑拔感受到了前所未有的危机。

他为了捍卫这个"全服第一"做了多少自己不愿去做的事，如果失去了，那他所做的一切还有什么意义？

"我不同意。"

离争的声音在身后淡淡响起。

"师父？"凌小路不解地转身。

"你只是一时的冲动，我不想你因一时冲动选择我，日后后悔，就像上次一样。"

"上次？"凌小路迷茫了，倒是嵇蒙想起些什么，变了脸色。

"我给你一天时间，一天之后，不管你有没有改变主意，来北邙找我。"

离争留下这样一句话便传送离开，留下凌小路跟其他家族成员面面相觑，以及全场错愕的围观群众。

嵇晴先开口："小鹿比，是不是可以解释一下，这是怎么回事？"

初芽："嵇小蒙，这件事你早就知道？"

嵇蒙闭口不答，凌小路不想他被误解："我才告诉他不久。"

"不久？他告诉你的第一时间就应该把人绑了！"

初芽说话直截了当，嵇蒙恼羞成怒："说什么！我是那么不讲道理的人吗？"

他可是小心翼翼地呵护着 AI 鹿比的初心幼芽，这也有错？

南薰走上前，试探着摸了摸凌小路的项圈："鹿比哥哥，原来你也是粉名呀？为什么你的项圈可以藏起来？"

"对呀对呀，"有围观群众提出异议，"从来没有听说外设可以同时佩戴两个的！"

凌小路："这个……说来话长。"

但众人早已七嘴八舌议论起来了：

"他们家族那个零，是不是也是之前绿名，后来突然变粉名了？"

"没错，凭什么这个家族的人想绿就绿，想粉就粉，想黑就黑，想金就金，非主流吗？"

"难怪鹿透社金名那么多，人家家族粉名包分配的。"

"我知道了，鑫山先把 AI 粉名包装成普通玩家，优先供 SVIP 玩家挑选！"

"敢情其他金名花了五百万，只买到普通 VIP 的资格吗？"

"敢问 SVIP 要充多少钱，首先要姓嵇吗？"

人们脚下的地面发生了震动。

"地震了？"

"是有人用了地震术！"

地面开裂，瀑布被垂直劈成两半，窦寇杀气腾腾地蹦出来："是谁？谁杀了我女儿？"

他第一眼见到弑拔："是不是你？你个混账！"

他不过是去开了个会，会议结束后得知南薰被杀，这么重要的事，为什么不在第一时间告诉他！

弑拔连离争都不放在眼里，更遑论是窦寇。

"她跟蝗虫混在一起，我们家族的人只是误杀。"

"误杀？"窦寇抬高声音，"她跟她的家人在一起，你们居然对一个毫无战斗能力的小姑娘下手？"

"我怎么知道她有没有战斗能力，"弑拔冷漠，"拿蝗虫当家人，那敢问她是什么？"

窦寇一个冲刺突击到了弑拔面前，弑拔毫无防备，本能地拿出武器格挡，但还是几乎完整地接下了这个技能的伤害。

窦寇在咫尺之间，一字一句地警告他："我女儿的家人，就是我的家人，你再敢对他们无礼一句，我窦泥湾绝不善罢甘休！"

窦泥湾实力虽有折损，但百足之虫，死而不僵，弑拔还不想跟他们正面为敌。

权衡利弊，弑拔丢下一句："走着瞧。"临走前，还狠狠地剜了凌小路一眼。

窦寇赶走弑拔，第一时间跑来跟南薰邀功，却与变成粉名的凌小路碰个正着。

"小朋友……你真的是粉名？"

凌小路："……"

窦寇志得意满地扭头冲跟班们："你们看！我当初说什么来着？"

跟班们异口同声："族长英明！族长威武！"

窦寇又转过头来，真诚地说："不过小朋友，多谢你当初没有答应我。"

"……基本操作，不用谢。"

"不然的话我怎么能遇到我女儿这么好的小姑娘？"说完，他就撇下凌小路，到南薰身边嘘寒问暖，"女儿，你有没有事啊？那群变态有没有伤到你？"

凌小路看到窦寇一副女儿奴的模样。

窦寇又冲当值的跟班发火："废物！怎么连人都保护不好！"

"他们人太多……"

"人多不能来找我吗？"

"族长在开会……"

"开会重要还是我女儿重要？！"

"……"

"爸爸。"南薰开口，窦寇一秒安静。

"女儿你说。"

"我们结契吧。"

凌小路："小南薰！"

嵇蒙："南薰！"

两个人几乎异口同声。

南薰冲他们摇摇头，示意他们不要说话。

窦寇被巨大的幸福砸中，耳朵里"嗡"的一声，突然就什么都听不见，眼前也雾蒙蒙，仿佛飘到了云里。

"我不是在做梦吗？"他脚步虚浮地飘到跟班甲面前，命令，"打我。"

跟班甲哪敢，掐了跟班乙一下，跟班乙配合着"哎哟"了一声。

"族长，不是在做梦。"

窦寇又飘了回来，热泪盈眶："真的吗？我女儿真的答应我了？"

南薰点头："真的，不过我有三个条件。"

"别说三个，就是三百个，爸爸都答应你。"

"第一个，我不喜欢打打杀杀，所以恐怕没有办法像别的粉名那样，可以提供战斗方面的帮助。"

窦寇拼命摇头:"你不喜欢战斗,爸爸在前面保护你,再说爸爸还有老虎啊!你高兴的话,在后面刷刷治疗……就是什么都不做,只喊喊加油,也没有问题!"

"第二个,我喜欢鹿透社家族里的朋友们,我要留在这里。"

"这……也可以,你想留下就留下,想来爸爸的家族,当然也热烈欢迎!"

"第三个,我想让窦泥湾放弃惊蛰城。"

窦寇不解了:"为什么?"

凌小路却顿悟,他们跟骑士团是盟友关系,倘若窦泥湾去攻惊蛰城,鹿透社定要去支援。如果弑拔或什么人这个时候对春分城宣战,他们就会分身乏术。

南薰其实是不声不响为春分城解决了一个巨大隐患,凌小路身为代理城主,想得还不如一个十二岁小姑娘长远,着实汗颜。

窦寇看看凌小路,又看看南薰,大概猜到了她的用意。

"行,爸爸答应你,既然以后都是一家人了,惊蛰城我不会动,春分城有难我也会帮,这样算不算有诚意?"

跟班:"族长,那今后我们的主城怎么办?"

窦寇冥思苦想,想出一个倒霉鬼来:"刚才那个变态有主城吗?是哪里?"

"季夏。"

窦寇一锤定音:"我们就打季夏!"

弑拔在遥远的家族领地打了个喷嚏。

"女儿,爸爸这么安排,你满意吗?"

看得出来,窦寇对这个心心念念的女儿,毫无底线,予取予求。

南薰点点头:"我还想单独跟鹿比哥哥说几句话。"

……

南薰是凌小路在游戏里见过的最纯粹的风景党,她没有跟工作室的人在一起的时候,永远是在风景秀美的地方发呆,一发呆就是小半天,窦泥湾的跟班们有不少都被她带出了佛性。

凌小路与南薰并肩坐在草地上,凌小路也很想像南薰那样,惬意地享受自然风光,然而他心烦意乱,怎么也静不下来。

"小南薰,你不用为了家族牺牲自己的。"

南薰摇摇头:"不是牺牲,其实我早就决定好了,只是顺便多提了个要求而已。不管窦寇在你们眼里是个怎样的人,他真的做到了像他承诺的那样,像疼女儿一样疼我。虽然我没有爸爸,但是我想,有一个疼爱自己的爸爸,大概就是现在这种感觉。"

凌小路欲言又止。

"你是不是想问，我的爸爸呢？"

"这是你的隐私，你不必说的。"

南薰再次摇摇头，转移了话题："鹿比哥哥，你是不是觉得，这风、这阳光、这草地，都是理所当然的？"

"什么叫理所当然？"凌小路不解。

"对我来说，这些都是奢望一样的东西。我从出生就生活在罩子里，因为我得了一种很罕见的免疫疾病，一点点灰尘就可以要了我的命。我呼吸的空气必须经过三层过滤，每天只能摄取同样的特制食物和净化水。生我的爸爸妈妈，在知道我得了这种病后，把我丢在中心一走了之，我从来没有见过他们。我能理解，谁会想要一个活不长、又一辈子只能留在罩子里的女儿呢？"

"中心？"

"特殊病症研究与防治中心，在那里有很多跟我一样的人。有一走路就会骨折的人，有生出来就没有手臂的人，甚至还有昏迷不醒的植物人。"

"那你口中的家人……该不会是……"

"没错，就是他们。鑫山几年前跟中心建立了合作关系，针对我们这些特殊人群开发特制的外设。我们中很多人使用的外设，要比普通外设复杂得多。比如一个先天失明的人，想让他'看'到全息世界，就要重新激活他的视觉神经。这不是一件简单的事，但是鑫山做到了。他们帮助失明的人看见，帮助失聪的人听见，让没有行动力的人重新奔跑起来。研究和制作这些外设的成本是很高昂的，但公司不仅免费赠予我们使用，还免除了月卡费用。"

"工作室也是鑫山要求的？"

"当然不是！"南薰一口否认，"我们当中也有能独立生活的人，他们不像我，除了中心哪儿也去不了，他们有自己的家庭。健全人觉得打金辛苦，收益低，瞧不起我们，但对于我们中的很多人来说，这已经是一份很理想的工作了。不仅可以养家糊口，还可以以健全人的身份活动，有什么比这更难得呢？鑫山默许我们存在，也是扛下了很大的压力，我们唯一能做的，就是尽量不惹事，不给公司添麻烦。"

凌小路终于明白，为什么灰衣人面对其他玩家的排斥，能打不还手、骂不还口。他更惊讶的是，南薰在讲述这些话时，语调非常轻松，就像在听一个初中女生，闲聊她学校里的日常。终身在狭小封闭的防护罩内生活，仅凭想象就足以令凌小路窒息。

"小南薰，你为什么能这么乐观？"

"乐观吗？"南薰不置可否，"因为总是相信，这些疾病最终都是可以治愈的吧。我听说啊，几百年前，连癌症这种小病都令当时的医学界束手无策

这么多年过去了，人类逐渐消灭了天花、霍乱，攻克了癌症、艾滋，虽然一直有新的疾病产生，但也始终有更先进的医疗手段解决它们，这些都是我的主治医生告诉我的。所以我相信，事情只会越来越好。更何况，还有嵇蒙哥哥那样的好人存在。"

她站起来，向着太阳伸了个大大的懒腰。

"嵇蒙哥哥是两年前第一次来到中心的，当时只是为了要完成暑假公益作业，代表鑫山向中心捐赠了一批外设。我是在屏幕里见到他的，那是我每天唯一的消遣。后来我们当中有越来越多的人匹配上了外设，因为知道我很无聊，所以经常会来跟我讲一些全息世界的事，每个人在讲的时候都很兴奋，还说嵇蒙哥哥也经常到中心来。

"直到嵇蒙哥哥发现了罩子里的我，问我为什么不上线去玩。"

"因为年龄不够？"

南薰点头："第二天我就收到了人生中第一个外设，是一枚耳环。据说，是嵇蒙哥哥说我是女孩子，特地要求选漂亮一点的外设给我。这枚耳环整整经过了六个小时的彻底消毒才递到我手上。"

"你有过整整六个小时盯着一样东西一动不动的经历吗？"南薰兴奋地说，"我有。"

"然后我终于知道了，风吹在皮肤上是什么感觉，阳光晒在身上又是什么感觉。人们总是告诉我，花是香的，草也是香的，但他们没有告诉我，花和草闻起来是截然不同的味道，是嵇蒙哥哥让我知道，真实的世界是这个样子的。

"现在你知道，我为什么说嵇蒙哥哥是很好、很好、很好的人了吧，他不仅照顾到我们每一个人，还一直高价从工作室那里回收金币。他经常跟我们说，到了游戏里，遇到任何麻烦，就来找他。不管什么问题，不管什么困难——"

南薰叉起腰，模仿嵇蒙别扭的样子，那一瞬间，凌小路仿佛见到嵇蒙的影子跟她重合了。

"——你们也不用担心找不到我，我就叫这个名字，我就长这副样子。"

凌小路目不转睛地盯着嵇蒙很久了，久到嵇蒙怀疑自己脸上长了蘑菇，他下意识伸手去摸："我的脸有问题吗？"

凌小路使劲摇头，然后继续全神贯注地盯。

嵇蒙没有整容？他长得这么帅，居然还没有整容？

凌小路突然理解什么叫天妒之人，就是像嵇蒙这种，高、富、帅，三样占全，一点都不考虑他人感受的人。

回想起他们刚认识的时候，自己还不客气地吐槽了嵇蒙用真名游戏的行为，甚至还劝对方改名。

明明这个名字对他就很重要，可嵇蒙一句解释的话都没有。

嵇蒙被他盯得发毛："没问题你一直盯着我做什么？"

"看你长得帅。"帅到让他可以整整盯六个小时！

过于直白的夸奖令嵇蒙脸颊飞上一丝诡异的红："有毛病！"

过了一会儿，他又问："南薰到底跟你说了什么？"

自从跟南薰单独聊完后，凌小路就变得不正常。

"我是不是让你失望了？"

凌小路一开口让环境温度骤降几度。

嵇蒙口是心非地扭过脸："……没有啊。"

与其说嵇蒙是在安慰他，不如说是在说服自己："在那种情况下不站出来的你，那就不是你了。会为别人挺身而出的你……"

嵇蒙的视线又飘到凌小路身上，有着理解，但也有浓浓的不舍："才是我认识的鹿比。"

"……"

凌小路拉起嵇蒙往外跑。

"去哪儿？"

"今晚还有一次双人直播，你忘记了吗？"

嵇蒙当然没有忘，但他以为凌小路在这种情况下，应该没心思去玩什么休闲游戏，就像他一样。

所以嵇蒙表现得很消极："你想玩什么？"

凌小路不假思索地呼叫了初芽，他有直觉，这种问题问初芽会得到最佳答案。

鹿比：今晚最后一次直播，推荐个游戏来！

初芽秒回。

初芽：《庄周梦蝶》。

初芽：记住这个游戏只有一条命！

这个名字听起来有点浪漫主义色彩，放在过去凌小路是绝对不会考虑的，他更青睐冒险动作类的刺激游戏。但今天，凌小路毫不犹豫地对这个名字按下"进入游戏"。

场景发生了改变，在他们周围，有很多NPC打扮的人……又或许他们就是NPC。

"欢迎两位客人，请问是来体验全息网游的客人吗？"

"全息网游？"凌小路困惑地与嵇蒙对视一眼，确认他也没玩过这个游戏。

"这里不就是全息网游吗?"

NPC:"您说笑了,这里是现实世界哦,全息网游是我们公司研发的最新科技。"

他们眼看着一个NPC走进游戏舱,另一个NPC对他交代了几句后,关闭了舱门。

"通过我们的游戏舱,你们可以体验到一个全新的奇幻大陆。那里有着截然不同的风土人情,不想尝试一下吗?"

"好吧。"凌小路愿意相信初芽一次,"就玩这个。"

NPC将二人带到两个相邻的舱位:"这个游戏只有一个注意事项,那就是每个人仅有一条命,请二位务必珍惜。"

这点跟初芽说的也一致。

"知道了。"

凌小路躺入舱内,最后看了隔壁的嵇蒙一眼,发现对方也在看着他。

没来得及做更多沟通,舱门缓缓闭合,阻隔了二人的视线,紧接着眼前一片漆黑……

一个粉笔头丢到凌小路脑袋上,他吃痛地从课桌上爬起来。

"凌小路,起立!"

凌小路听到班主任的声音,条件反射地站了起来。

可等他看清眼前的人时,还是发出了诧异的声音。

"……罗老师?"

底下传来嗤笑声,凌小路惊讶地看着周围一张张熟悉的面孔——他阔别数月的高中同学们。

"还有一个星期高考,居然还敢在课堂上睡觉?"

"高……高考?"凌小路还没完全摆脱这两个字的阴影,"不是已经考完了吗?"

"哈哈哈……"这下全班哄堂大笑。

班主任脸都气变形了:"你大白天说什么梦话呢?"

"我不是在打游戏吗?"

"哈哈哈哈哈哈……"

"我看你是没睡醒!"

凌小路慌了,难道他刚刚真的只是在做梦?

嵇蒙、离争、鸠鸠、南薰……这些都是他梦里的人?

那这个梦未免也太细节、太真实了吧!

"这个游戏怎么能这样呢？我明明都已经考完了。"

凌小路委屈得快哭了，还有什么比让一个告别高考三个月的毕业生，穿越到高考前一周还恐怖的啊？！

班主任火冒三丈："凌小路！给我站着上课！"

"嵇蒙，嵇蒙，醒醒！"

嵇蒙倏地睁开眼睛，警觉地坐起来观察周围，从周围的家具辨认出这是在自己家里。

常欢禧被他反常的表现吓了一跳："你醒着啊？吓死我了。"

"常欢禧？"

"兄弟你怎么了，做噩梦了？"常欢禧想去摸一下嵇蒙的额头温度，被对方拦下。

"我怎么在这里？"

"这是你家啊，你不在这里在哪里？"常欢禧奇怪道。

"那你怎么在这里？"

"……我来找你啊兄弟！"

"我不是在线上吗？"

"线上？你刚刚在玩什么？"

"《精灵契约》。"

"没听说过，谁家的游戏？"

常欢禧面色如常，一点都看不出是在说谎。

"鑫山的游戏，你也在玩。"

"得了吧，"常欢禧嫌弃状，"我怎么可能玩你家的游戏。"

"为什么不可能？"

"喏，我给你点点啊，鑫山巨制大作，都有什么呢？"他掰着指头数，"《剑侠情缘三十三》《新剑侠情缘四十六》《剑侠情缘网络版一百零八》……好不容易有一个没情缘的，《VR剑侠世界》！你看看，多没有特色啊，逮住一个IP薅羊毛，让你家策划改个名，比让他们长出浓密秀发还难！"

"……"

嵇蒙好像又觉得，常欢禧说得没错。那些游戏他都知道……可《精灵契约》去哪儿了？

他突然紧张地低头检查自己的手指。

"我的戒指呢？"

"什么戒指，你结婚了？"

178

"鹿比他人呢？"

"这又是谁，你的未婚妻？"常欢禧迅速否认了自己的逻辑，"不对，结婚了就不应该叫未婚妻了。"

"今天是什么日子？"

"你还能想起来问啊？"常欢禧露出一个"终于"的表情，"今天是大学开学日，你不是连开学第一天都要迟到吧？"

"……"

嵇蒙也不知道怎么就稀里糊涂被常欢禧拖到大学校门口，"烟山大学"四个字赫然在目。

来的路上，他暗中上网搜索了《精灵契约》，但就像常欢禧说的那样，搜索不到任何与其有关的信息。

难道前面发生的一切都是梦吗？

这也太荒谬了。

常欢禧沉浸于校园生活开始的兴奋中："烟大！我们来了！"

嵇蒙心事重重地被他拽着往里走，一路上都是前来报到的新生，这两个人相貌出众，引来不少或直白或含蓄的打量。

常欢禧习以为常，甚至还大方地回以秋波，嵇蒙却始终拧紧眉头，视线几乎没离开过地面。

"我想明白了。"沉默一路的嵇蒙终于开口。

"你想明白什么了？"

"我还在游戏里，这是个全息世界。"

常欢禧站住了："没病吧兄弟？"

他又有冲动去测嵇蒙的体温了。

"你是NPC？"

"……"

真是一大早活见鬼了。

"嵇蒙，你没毛病吧？"常欢禧想打开他的脑壳，看是不是进了水，"你从起床开始就在说胡话，你昨晚到底梦到了什么？"

"我梦到……不，不是梦到，我之前在一个全息游戏里，体验另一个全息游戏。"

"哈，"常欢禧失笑，"这么有创意吗？要不你来网零当策划，我向公司申请给你开最高级别的年薪。"

他凑过去小声道："保证你是同岗位上发量最多的。"

嵇蒙摇头："不对，一定有办法证明你是NPC。"

"怎么证明?"

"我杀了你,过一会儿你还会刷新。"

常欢禧猛地跳开两米外:"嵇蒙!你疯了吗?"

动静过大,吸引了路人的注意力,还有人在看着他们窃窃私语。

常欢禧可不想一入校就以"开学杀人惨案"的受害者身份闻名校园,他现在确定嵇蒙脑子是真的进了水。

"别说了,我要离你远点。喏,你报到在那边,我在这边,你可千万别跟我走一起啊,保持距离!"

嵇蒙:"……"

"等你什么时候恢复正常了再联系我!拜!"常欢禧捂着肚子一路小跑着溜了,生怕嵇蒙不由分说捅自己一刀。

现实虚拟分不清楚,网瘾少年真的可怕!

嵇蒙不知道该去哪儿,沿着常欢禧指的方向继续往前走。

沿途中,他给家里和嵇晴都去了电话,他们上来都对嵇蒙的大学报到表示了关心,却没有一个人听说过《精灵契约》是什么。

嵇晴甚至还问他,你是想开发新项目吗?

挂掉电话后,嵇蒙翻遍通讯录,也没找到鹿比这个名字。

"你是来报到的新生吗?"

一个女声令他猛地站住抬头,却看到两个陌生女生站在面前。

她们眼中的光芒何其熟悉,嵇蒙生怕她们下一次开口就要叫"哈尼"了。

另一个女生开口了:"学弟——"

嵇蒙悬起的心放了下来,还好,天知道他刚才差点就要拔腿跑路了。

在游戏里被粉丝追着跑已经够耻辱了,他可不想在校园里跑成一道风景线——哪怕这个校园是假的。

"学弟,你是迷路了吗?你是哪个学院的,我们帮你看一下?"

嵇蒙祭出千锤百炼的生人勿近的气势:"不用。"

两个学姐兴奋地各掩住半边嘴:"这届学弟好帅噢——"

嵇蒙:"……"

学姐并没有知难而退:"那我们交换个联系方式好不好?"

嵇蒙刚想拒绝,话到嘴边又收回,取而代之的是伸出一根大拇指。

学姐有些不懂:"这是……给我们点赞的意思?"

"该不会是夸你棒棒的吧?"另一人戏谑道。

嵇蒙默默地收回去,绕过她们一声不吭地走了。

游戏互动手势无效!

"哎，学弟，还没交换联系方式呢！"

声音从身后传来，嵇蒙置若罔闻。

他现在最想知道的是，鹿比到哪里去了？

如果他也在这个世界里，他要怎么在茫茫人海中找到鹿比？

他也不可能再利用反复重生的方式寻找鹿比，NPC说过，这个世界里只有一条命。

更何况……鹿比是AI啊！他要如何在人类的社会里，找到一个尚无实体的AI？

走着走着，身边的人多了起来，学生们有说有笑地从他身边经过，左手边的建筑上写着"第二食堂"四个大字。

这是他想象中的大学校园，可不应该是现在。

一个金黄的小脑袋在人群中一闪而过，熟悉的个头，熟悉的身材，嵇蒙瞳孔骤缩，那是……

川流不息的人群不断地遮挡视线，嵇蒙焦急地扒开人群，穿过一路障碍，一把从背后抄住了少年的手腕。

"鹿比！"

凌小路受惊回头，错愕的表情定格在嵇蒙的视线中。

凌小路的表情从错愕，到惊喜，再到激动得如同见到了失散多年的亲人，眼泪在他眼眶里打转，几欲夺眶而出。

他不顾一切地扑了过来，像是走失的孩子终于找到了爸妈，声音伴着哭腔："嵇蒙！我终于找到你了！"

嵇蒙迷惑。

周围的同学都看过来。

"今年的新生真热情啊！"

嵇蒙尴尬地拍了拍凌小路的后背，紧张得不知道该用什么表情应对周遭吃瓜的目光，恨不得找一个屏障把这里与世隔绝。

但即便这样他也没有推开对方的意思，任由凌小路将整个人扒拉在他身上。又过了好久，凌小路才抬起头："原来我不是在做梦！我都快怀疑自己是不是疯了！"

五分钟后，两个人面对面坐在了二食堂里，凌小路恨不得一口气把他过去这段时间的经历倒出来给嵇蒙听。

"我醒来的时间是高考前一个礼拜，我以为是游戏策划跟我开玩笑，没想到是真的！"

"我居然就这样又参加了一次高考！又！你懂那种噩梦重演的感受吗？还好我还记得题目怎么答，不然我真的要撞死在考场！"他激动地说。

"高考结束后我第一时间去了我当初买外设的那个游戏商店，你知道那个店员跟我说什么吗？

"根本没有《精灵契约》这款游戏！根！本！没！有！

"那我过去的几个月都在玩什么？难道我精神分裂了吗？"

嵇蒙拍拍他："别激动，你冷静冷静。"

凌小路长吸了一口气，继续道："然后我就在网络上查，你猜怎样？一点关于这个游戏的信息都没有！鑫山根本就没有做过《精灵契约》，只有各种版本的《剑侠情缘》！

"接着我又查你的名字，查鑫山总裁的侄子，查姐姐……总之就是把我知道的查了个遍，结果一无所获！没有半点证据能证明，过去几个月我的经历是真实的！"

嵇蒙现实中比较注意隐私，不管是名字还是照片，都没有在媒体上出现过，凌小路查不到也是正常。

"然后更诡异的情况出现了，我仿佛是经历了一整个暑假，又仿佛是只过了一天，我现在都不知道我在这个世界里究竟生活了多久。重点是，在我的记忆里，整整三个月，我每天都在做数学题，一直到昨天！"

凌小路语无伦次地抓住嵇蒙的手："要不是今天见到你，我真的以为自己疯了，虚构了一个完全不存在的记忆出来，没有一个人相信我说的话！"

"别急别急，"嵇蒙把另一只手搭上去安抚他，"现在我在这里，我能证明。"

凌小路倾诉完这一切，有种畅快的如释重负感。

"太好了，终于能证明我不是精神分裂。这到底是个什么游戏啊？全息世界里的全息世界，那我们现在到底在哪个世界？这个世界是真的吗？我们该怎么回去？"

嵇蒙一时也理不出头绪，只能说："你……饿了吗？要不边吃东西边想吧，据说这个食堂在烟大很有名。"

凌小路使劲点头："要要要，我只有在吃东西的时候，才感觉自己是真实存在的。"

他们随便来到一个窗口，AI工作人员热情地招呼："同学，想吃点什么？"

凌小路好奇道："二食堂这么先进，连打饭阿姨都是AI？"

之所以能一眼辨别，是因为这里的AI都是经济型，上半身是拟真人类，下半身是机器履带，被窗口一挡，从远处根本看不出差别。

打饭阿姨解释道："之前也是由普通人类担任的，但由于经常被同学打，便统一更换成了 AI。"

嵇蒙和凌小路："……"

经常被同学打,这食堂到底有多难吃?!

他们便不抱什么希望,随便要了点东西,凌小路还多买了一个阿姨强推的包子,据说是这里的特产,不吃就算白来。

嵇蒙看着对面埋头苦吃的凌小路愣了会儿神,他做梦都想不到,自己与不存在实体的凌小路,能以这样的方式在现实相处。

如果这不是一个"里世界",而是一个真实的世界,那该有多好?

他看着狼吞虎咽的凌小路,老父亲般叮嘱道:"慢点吃,别噎着。"

凌小路答应得挺快,吃东西的速度却一点也没慢下来。

想到这可能是身为 AI 的凌小路,第一次吃"现实"中的食物,嵇蒙突然有些后悔,为什么不带他去外面吃好一点,为什么要让他的初体验这么简陋。

凌小路把嘴里的东西咽下去:"你怎么看?"

"我怀疑,这里绝大部分的人,都是 NPC。"

"但是他们跟我认识的人一模一样!我仔细观察过,就连我高中班主任嘴角那颗痣的位置都分毫不差,这个内置游戏的科技真是太可怕了!"

"可既然你我是玩家,肯定还有其他人是。你忘了我们在那个游戏场景里时,亲眼看到另一个 NPC 进入了游戏舱,说明在这个世界里,他就是所谓的玩家。"

"可是现实世界太大了,这么点玩家稀释进去,想找出来等同于大海捞针。"

"我们不需要把他们找出来,也可以试着寻找线索,或者关键 NPC,也许会有提示指引我们回去。"

"现有的提示我只能想起一句,"凌小路回忆两个不同的对象跟他说的同一句话,"这个游戏只有一条命。"

既然两个人都强调了,说明这句话很重要,不然初芽为何不向他透露别的讯息呢?

"这句话我猜,是警告我们不能把这里当作跟游戏一样,随随便便寻死。"

"谁会在这么真实的世界里寻死啊?"人类都是有求生本能的好吗?

"但如果死了会怎样?"嵇蒙突然反应过来,"公司不可能让玩家身涉险境,即便是难度最高的关卡,最先要保障的也是玩家的人身安全。"

凌小路怎么忘记了,鑫山太子是最了解鑫山的。

"难道说,在这个世界里死掉后就会自动返回游戏?"

这个想法很大胆,但又符合逻辑,可没人会去轻易尝试。

"兄弟!你也在这里吃饭啊?"

凌小路抬头，柳叶眉、桃花眼，好一个熟悉的陌生人，哪怕是初次见面，他也一眼认出。

"禧儿？怎么是你！"

"禧儿是谁？"常欢禧掐了掐下巴，"不过这名字有点棒，下次打游戏的时候我就叫这个。哎对了，你又是谁呀？为什么会跟我兄弟嵇蒙一起吃饭？"

凌小路不解。

嵇蒙头也不抬："他是NPC。"

"你这病还没好！"常欢禧叫道，"你该不会还想杀我吧？"

"你要杀禧儿？"凌小路惊。

"我只是想试试他能不能刷新。"嵇蒙说。

"你说说，这人说的是人话吗？"常欢禧拉着凌小路要他评理，"枉我做他唯一的兄弟这么多年。"

"我不太明白，如果你只是想试试看NPC能不能刷新的话，为什么不杀只蚂蚁呢？"

嵇蒙："……"

常欢禧："……"

"你怎么这么聪明呢？"常欢禧兴奋地揽住凌小路的肩膀，"你也是新生吗？哪个学院的，我对你真是相见恨晚！"

嵇蒙皱眉："松开他！"

"……这么凶干什么？"

嵇蒙站起来："我看还是不要蚂蚁了，就这个吧。"

常欢禧闪电般蹿出去十米远："二位慢慢吃，不打扰二位了！"

"不要管他，"嵇蒙把对面的盘子推了推，"继续吃。"

凌小路只剩下一个包子。

他用手掰下来一小块送进嘴里："我觉得……"

话音戛然而止，嵇蒙略感诧异。

"怎么了？"

凌小路表情奇怪："没、没什么。"

他把装包子的袋子翻过来，看那上面写的字：

二食堂包子，百年老字号！

传承五百年，经典口味永不变！

下面还有一行小字：

凭本包装可在隔壁大药房享九折优惠。

凌小路："……"

嵇蒙见他举着包子纠结,迟迟不吃第二口。

"你吃饱了?"

"呃……是……"

嵇蒙微微前倾,长手一抄拿走了他手里的包子。

凌小路忙阻止道:"等会儿!"

嵇蒙回了他一个"怎么能浪费粮食"的表情,直接一口咬下去……动作僵住。

凌小路不好意思地说:"这个传统风味好像有点,独特。"

岂止是独特,嵇蒙开始怀疑,如果自己不拿过来,凌小路是不是就打算这么吃下去。

为什么要让 AI 对人间的食物有这么大的误解?

嵇蒙皱着眉,把凌小路吃剩下的包子消灭得一干二净,他感觉到对面射过来的眼神,已经近乎崇拜了。

不仅对面这样,右手边好像同样有人盯着他看。嵇蒙转头,隔壁桌的学生投来羡慕的目光。

"新生?"

"唔……"嵇蒙不太乐意地应了声。

"你知道吗?烟大校园里流传的勇气挑战,第二难的关卡,就是完整地吃完二食堂的包子。"

嵇蒙:"……"

"那最难的关卡是什么?"凌小路好奇地问。

"跳扪萝山。"

扪萝山,湖朔近郊著名风景区,因为流传着不少传说,也是高人气的学生朝拜圣地。

凌小路跟嵇蒙都去过扪萝山,嵇蒙是在十岁左右跟家人一起去的,凌小路初中学校组织夏令营,在山里待了两天一夜。

彼时年纪都小,没留下什么深刻的印象,两个人这会儿把扪萝山的全息模型投射出来,才发现有很多他们不曾留意过的景点。

这个模型是旅游部门制作的,手指触及景点会弹出对应的介绍。

"百鸟朝凤——在鸟类迁徙季节群鸟休憩之地,好像跟游戏没什么关系。"

"云蒸霞蔚——观察日落最佳点,我好像去过这里,还拍过照片。"

"……"

"咦?"凌小路点开一处,"你看这里。"

"置之死地……而后生?"嵇蒙念出了景点名,"名字很奇怪。"

凌小路接着念下面的解释:"相传,古时有个富商遭仇家追杀,慌不择路进了山林，遗憾夜间无视野，不幸坠入山崖，家人以为生存无望，空墓葬之。

"一年后，富商无恙现身，声称意外跌入异世界之门，众人皆称奇。"

"异世界之门！"二人异口同声地说。

凌小路立即连接网络，把与"扪萝山置之死地而后生"关键词有关的新闻全部调出来。

"看，这里有说，这个景点是勇气挑战胜地！"

"过去一年内有高达63起游客失踪事件，失事率这么高，却没有得到管控，这不合理。"

"这里还说，全国大约有一百余个类似的景点，共同点都是游客失踪率特别高！"

"所以这些游客不是失踪，而是找到了回去办法的玩家。"

凌小路兴奋地与嵇蒙击掌："就是这里，没错了！"

这个时代的交通极其便利，在附近任何一个交通点都可以乘坐飞行交通工具高速前往扪萝山，不仅可以选择山脚作为目的地，甚至可以直达山顶。

景点距离山顶较近，二人在行车面板上设置了山顶路线。

在全息游戏的全息游戏里乘坐飞行器，凌小路略感新奇，一直扒着玻璃往下望。

导航显示他们已经行驶了全程的一半，嵇蒙突然不喜欢这种交通方式了，它为什么要开得这么快？

这甚至可能是他跟凌小路唯一一次在"现实"接触的机会。

为什么不坐耗时三个半小时的观光大巴车？

为什么不坐驴车？

嵇蒙再一次后悔今天的决定。

一想到凌小路回去就要跟离争绑定，他就更加烦躁了。

如果可以的话，他真想一直留在这里，留在这个凌小路以人类的模样，待在他触手可及之处的世界。

凌小路打了个哈欠，小脑袋一点一点的。

嵇蒙趁他打瞌睡，偷偷调慢了飞行器的时速。

# 第九章

## 我想跟你一起组队做任务！

凌小路迷迷糊糊地醒来，居然还没到目的地，可是他感觉已经睡了很久了。

"醒了？"

凌小路有些不好意思地坐起来："怎么这么久还没到？"

嵇蒙不动声色地瞄了眼被人为调整过的行驶面板。

"不知道，可能离得远吧。"

刚说完，船舱内响起语音提示：

"亲爱的旅客，您的目的地即将到达，请您检查好随身物品，做好离舱准备。"

飞行器稳稳地落在了扪萝山顶交通站，二人一前一后走出舱门，凌小路一落地便深深吸了口新鲜空气。

"山顶的空气真好啊！"

嵇蒙启动了半透明悬浮地图："按导航走，大概半个小时就能到。"

做了三个月数学题的凌小路已经很久没有过这么大的运动量了："我想念你那条肥龙了。"

"之前是谁坐上去就怕得要死？"

"那都是很久以前的事了！"凌小路不服气地说。

非公共假期，山里的游客不多，他们两个就像逃课来玩的小学生。

"我上次来的时候，这里还不是这个样子。"

嵇蒙隔的时间更久，记忆更模糊，不过他很想知道凌小路被植入了什么样的记忆，为什么连这种细节都充分考虑到，难不成用的是真人记忆的转移？

不知不觉中，他们已经来到目的地附近。

道路尽头一拐，隘口竖着座石碑，上面刻着"置之死地而后生"七个书法字，笔锋犀利，气势磅礴，看来是这里没错了。

"那是什么？"凌小路指着长草间若隐若现的牌子。

嵇蒙过去拂开草叶，露出一块被风雨长期腐蚀的路牌，指向他们左手边的位置，用小字刻着"最佳跳崖点"。

二人："……"

这样也行？也太不合常理了吧？

他们来到所谓的"最佳跳崖点"，这里有一块人工开凿的平坦石台，从边缘向下望去，隐约是雾气笼罩的深渊，凌小路只看了一眼，便觉得腿脚发软。

"真的要从这里跳下去吗？"

倘若他们推测得不对，那结局就是粉身碎骨。

"如果这里真的是游戏世界，相信无论如何都回得去，区别只是在通关与否吧。"

"那如果不是呢？"

两个人都语塞，如果这里才是真实的世界，如果上一个世界才是他们的幻想，那这纵身一跃，就是他们生命的终点。

哪怕99%的概率为假，但仍有1%的概率为真，敢赌吗？

他们并肩站在悬崖边缘，风从他们脚下过，凌小路站了几秒，仿佛腿都要僵了。

他艰难地退开一步："我觉得还是等等。"

嵇蒙也趁势下来："要不我们还是先回去，再找找看有没有新线索。也许……也许这个游戏是时间制的呢，只要存活到一定时间自动通关。"

"如果是那样的话，我在做数学题的时候就该游戏结束了。"凌小路说，"我们好不容易来到这里，万一，我是说万一，这里是真实世界的话，那我们什么都没有留下，岂不可惜？"

"你想怎么样？"

凌小路在周边四处寻觅，终于在很偏僻的地方觅得一块石壁。

"有尖锐的东西吗？"他问。

嵇蒙在地上捡了块边缘尖锐的石头："这个可以吗？"

"应该行。"凌小路拿起石头，在石壁上一笔一笔地刻上名字——

庞比

刻完，他把石头递过去："你也来。"

嵇蒙模仿他的样子，在左边一点的位置，平行刻下"嵇蒙"两个字。

"这样也算在这个世界里留下了姓名吧。"凌小路异想天开，"假如我们返回真正的现实世界，就回到这个地方，你猜到时候会不会还有这四个字？"

"如果有的话，那就是惊悚片了吧？"

"嘿嘿，我开玩笑呢。"

两个人重新站在了悬崖边。

"朋友，如果这真的是你人生中的最后一天，你有什么想说的话吗？"

嵇蒙大脑一片空白："我想不出来。你呢？"

凌小路扭头去看旁边的他："如果最后一天是跟你在一起，好像也不是很遗憾……我是说，跟好朋友在一起，总好比孤零零一个人。"

"……"嵇蒙犹豫了下，拉住他的手。

两个人的手心都有汗。

"你紧张吗？"

"嗯。"

凌小路心跳得飞快，几乎要跳出胸膛。

他也听到嵇蒙的呼吸在渐渐加速。

"你知道吗？人在特别紧张的时候，会心跳加速、手心出汗、肾上腺素上升，很容易跟另一种生理反应混淆。"

嵇蒙与凌小路视线相接，眼神中流淌着复杂的情绪。

"我知道。"

凌小路害怕自己的真实想法被他知道，丢人现眼，嘴硬道："所以你不要误解。"

"我知道……"

夕阳斜照在他们身上，一只苍鹰在高空展翅滑过，发出长长的惊空遏云的鹰唳。

"我数三个数，然后一起？"

嵇蒙点头。

"三——"

"二——"

"一。"

凌小路一个激灵睁开眼，映入眼帘的是游戏舱的内部结构。

坠崖的脱力感控制了他的身体，让他好长时间维持着现有姿势动弹不得。

方才坠崖过了一段时间——在他感知中很漫长，但想来大概也只有几秒——之后，下方出现了一片副本入口模样的光影漩涡。

穿过漩涡，眼前的光影发生了扭曲，然后他就回到了这里。

外面传来敲击舱门的声音，接着舱门缓缓打开，一脸担忧的嵇蒙由下至上在眼前刷新。

动弹不得的凌小路忽然就有了力气，跳出游戏舱紧紧地握住了对方的手，他能感受到对方也拥有同样的心情。

只有共同经历过生死的人，才能领会劫后余生的百感交集。

"没事了，"嵇蒙拍着他的背安慰他，"游戏而已，没事了。"

"我们现在算不算生死之交？"凌小路的声音闷闷的。

嵇蒙顿了下："算……出生入死过的好兄弟。"

凌小路冷静下来。

"这好像是我们最后一次直播了。"

嵇蒙宛若受到打击，身体震了一下，但又很快装作若无其事的样子。

"是吗？初芽那丫头交代的任务终于完成了。"他努力地演绎着解脱感，仿佛刚从一桩极不情愿的工作中释放出来。

"我想说的是，我玩得很开心。不只是这一次，而是每一次。"凌小路认真地看着嵇蒙。

嵇蒙有些演不下去了。

"如果有机会的话，真希望还有下一次。"

嵇蒙已彻底假笑不出来。

"哦，对了，这段时间收到好多观众打赏，我们是不是应该在最后感谢一下金主？"凌小路又说。

此刻的嵇蒙心乱如麻，根本没心思听他说了什么，稀里糊涂地被凌小路带着面向镜头，与对方同步鞠了一躬。

嵇蒙的私聊频道也遭到初芽疯狂的攻击。

初芽：嵇小蒙！为什么玩游戏要这么认真地通关！你是一根筋的直男吗？！你知道不知道，只要你们不找传送门，就可以一直留在那个世界，可以想待多久就待多久，你就不能把人绑定了再回来！你们都能一起跳崖，还有什么话不能说！

初芽：我都帮你到这个份上了，你为什么这么不争气！！

初芽：啊，气死我了！！！

嵇蒙面无表情地叉掉窗口，转头听到凌小路在断断续续感谢"氪金"名单。打赏人数在疯狂增加，凌小路很快就念不过来了。

"谢谢每一个人，谢谢你们的喜欢……希望以后还有机会给大家直播……"凌小路越说声音越低，口吻就像在与老朋友告别，离别的伤感笼罩了直播间，弹幕多得令人眼花缭乱，几乎都是在让他闭嘴。

——闭嘴闭嘴闭嘴闭嘴！不要说的跟诀别一样啊啊啊！

——什么叫希望还有机会？你！给我直播！每一天！播什么我都看！

——不直播跟我们哈尼玩游戏，直播离争男神的狐狸也行啊 QAQ

——小鹿比我是你的唯粉，不管你跟谁绑定我都只想看你！

——这一百盟币我买主播不要说话，就微笑就好了。

……

游戏时间结束，二人被自动传出副本，一道冰箭对着嵇蒙迎面而来。

"爱你！"

用这种口令的，全服大概只有那么一号人，凌小路关闭直播的动作，也被这一箭打断。

"禧儿，怎么了？"

嵇蒙更是平白吃了一下攻击，心情不爽："常子，你干什么？"

常欢禧收起法杖，正义凛然："你当我没看直播？是谁在游戏里跟我说，'杀了你看能不能刷新就知道是不是 NPC'？"

"有问题吗？又不是真的你。"

"那也不行！你就不能随便杀一个路人吗？你怎么舍得对那么帅的我下手？"

"禧儿你别在意，"凌小路帮身边人说话，"嵇蒙他开玩笑呢。"

常欢禧瞥了他一眼，把嵇蒙拉到一旁。

"我不在的时候发生的事，我都听说了。"

嵇蒙反应冷淡："难为你相亲还惦记着游戏里的事。"

"都说了不是相亲！零都不见了，也不接我电话，我怀疑他在生我的气！我警告你不要再乱说话！"

"行吧行吧，"嵇蒙敷衍道，"你想说什么？"

常欢禧神神秘秘："我想到一个绝佳的好办法，让小鹿兄弟放弃跟离争大神结契。你现在就去找 AI 部门的人，让他们把小鹿所有有关离争大神的记忆——"他比画了一个切除的手势，"咔！这样他就不会为了责任感而选择师父了，这个提议是不是棒极了？"

嵇蒙原本就没对他的话抱什么希望，听了之后更觉荒诞。

"如果有人要删掉你脑子里关于零或者其他人的记忆，你愿不愿意去做？"

常欢禧被问住了："我、我能一样吗？我是人类啊！"

"在我心里，他跟别人类没有区别，是兄弟就不要再提这种不靠谱的建议了。"

"为什么？"常欢禧下意识地提高音调，"明明你是最舍不得的那一个！"

"因为……因为不管我舍不舍得，我都希望他是拥有完整自我的鹿比，不是这个部分的鹿比，也不是其他部分的鹿比……"

"你你你……你气死我了!"

"那你有没有想过,这一次我没有忍住删除了关于离争的记忆,下一次就有可能是鸠鸠,再下一次可能就是你……我可以让他永远只拥有我一个朋友,就像我从小到大只有你一个朋友一样。可是对于喜欢广交朋友的他来说,那该有多孤单……"那种孤单的感受,嵇蒙比天底下任何人都懂。

"如果未来的某一天里,他看到离争败在别人手下,他会不会毫无缘由地很难过,会不会觉得自己有应该去做的事却没有去做?

"如果他问我,为什么他看到一个陌生人的落败会心情不好,我该怎么回答他?"

常欢禧语塞,半天才自暴自弃道:"行,行!那就发扬你的慈善光环去吧!就像你去疾病中心不求回报地做好事那样,把人亲自送到北邙去好了!希望未来没有某一天你看到那两个人所向披靡,跑来问我为什么你会心情不好,我也不知道该怎么回答你!"

"那个……"凌小路试探着打断,"时间到了,我先走了?"

常欢禧愤愤然把头扭向一边,摆明不想再管嵇蒙的闲事。

在被凌小路忘记关闭的直播间里,所有人都在刷着同一句话,只是几个当事人对此一无所知。

——不要去啊!

嵇蒙私底下握紧拳头:"……我送你过去?"

凌小路连连摇头:"我可以传送。"

"好……"

嵇蒙看着凌小路脚下亮起传送特效,忽地开口:"鹿比!"

"嗯?"

嵇蒙又迟疑,眼看读条时间临近结束,说:"早点回来……帮我喂宠。"

凌小路愣了一下又微笑,在离开前最后一秒点点头:"好!"

观众视角被带到了北邙,离争的宅院坐落在冰天雪地中,与所有的繁华喧嚣隔绝,却有一个不该出现在这里的人,揣起双臂倚墙而立,一袭黑衣在漫天素裹中格外醒目。

鸠鸠明明没变,凌小路却依稀觉得他好像哪里变了。再仔细观察,他终于发现这种似变未变的感觉从何而来。

"鸠鸠,你怎么……又变回黑名了?"

鸠鸠懒洋洋地直起身子,手指若有似无地往头顶一指:"你问这个?闲得无聊,找那个叫什么,弑拔家族里的成员,探讨了下人生。"

"……"凌小路还担心南薰与窦寇绑定后,鸠鸠不再方便对窦泥湾下手会

感到空虚，现在想来简直多虑，鸠鸠是什么人，他永远不愁找不到收割的对象。

鸠鸠双手插兜朝他走来："小兄弟，你已经决定了？"

凌小路亲眼见到他名字由黑变金又变黑，心中自然有歉意。

"我没办法把所有的杀气赔给你，要不然你杀我吧，杀到你觉得合适为止。"

鸠鸠被逗乐："我能从杀那些人中获得快感，杀你能有什么快感？你这分明是在让我做不想做的事。"

他在凌小路面前站定，身后的雪地上留下一串脚印。

"放心，我来这里不是找离争打架，我只想跟你说一句话。"

凌小路洗耳恭听。

"我知道如果你手上有一杯水，一定会给沙漠里最缺水的那个人，很遗憾那不是我。"

凌小路想要说话却又被他阻止。

"我也知道你会觉得，这杯水对于我，或者另外某个人来说是可有可无的。你如果这么想就这么想吧，我不纠正你。

"我只是想告诉你，不要忘记，你也是一个人，你总有一天也是需要水的。"

鸠鸠语气轻松："可惜了，像你这种总考虑别人是不是要渴死的人，是体会不到我这种快乐的。本来你有这个机会，是你自己要放弃。"

他像往常一样，伸出手摸了摸凌小路的头。

"如果你决定好了，那就去吧。"

离争在凌小路进门的前一秒关闭了直播窗口，这个笨蛋好像还没意识到自己忘关直播这件事，弹幕上已经有不少人在刷"鸠鸠和蔼暖男"的关键词了，搞不好这会成为明天的热点头条。

他装作什么都不知情的样子，等来一声熟悉的"师父"。

离争示意他先不要开口，抬手招来仙鹤坐骑。

"跟我走。"

"我们去哪儿？"凌小路不解。

"换一个地方说话。"

积雪覆盖的森林，缥缈朦胧的雾气，这场景凌小路似曾相识。

"师父，我们是不是来过这里？"

离争轻描淡写地"嗯"了一声："你还记得吗？"

凌小路看到一棵熟悉的树。

"这不是上次，我们抓云狐的地方？"

凌小路指着那棵树："我想起来了，就在那棵树下，当时的云狐就在那里。"

"这就是你中幻术的地方，你还记得你当时说过些什么吗？"

凌小路迷茫地摇头："我不记得了。"

"你说，不想再看到我输，而你唯一能做的，就是绑定我。我带你来这个地方，就是想让你在清醒的状态下，重新做一次当初的决定。"

凌小路表情依旧茫然。

"我第一次拒绝你，因为我不想在你意识不清的情况下乘人之危。

"昨天是第二次，我拒绝你，是因为你热血上头，在那种情况下，不会考虑后果。

"但是我不会一而再再而三地给你这种机会，今天是第三次，你可要想好了。事不过三，如果你依然决定要留下，今天我不会放你走。"

凌小路低着头，状似已于背景的雪融为一体。

从他口中呼出的白雾，将他的眉眼遮得蒙眬，垂落的睫毛依稀在颤动。

良久，他抬起头，表情动容。

"师父，你记不记得你也跟我说过，有机会却不愿意与你绑定，甚至还要躲着你的人，要么心里有人，要么心里有鬼？"

离争敛声道："记得。"

"那倘若我的心里既有人，又有鬼呢？

"如果我是以一个普通玩家的身份认识师父就好了，那样我就不用保守秘密，总是战战兢兢地与师父保持距离。

"至少我可以在师父帮助我的时候，大大方方地说声谢谢，而不是心虚到连一声感谢都不敢说出口。

"可如果真的是那样，恐怕师父一开始也不会注意到我，我也没有这个荣幸，能拜到游戏里最好看的大神为师。"

一阵冷风吹过，卷起离争银白色发梢，也吹散林中些许迷雾，有些事情变得更清明了。

"我也没可能认识我现在最好的朋友，他不及师父聪明，也没有师父厉害，他控制欲爆棚，脾气也暴躁。

"他善良得要命，又别扭得要死，连他自以为的，一个AI被设定好的愿望，他都会用尽全心全意去守护。"

凌小路扬起面庞，露出坚定的眼神。

"师父，我在你面前不再有任何秘密，我心里已经没有鬼了，如果你不介意我心里有别的朋友的话，请让我成为你今后在战场上的助力。"

离争声音清冷:"你真心这样想?"

凌小路点头:"嗯!"

"这可是你最后一次拒绝的机会了。"

"我不会后悔的!"

离争缓缓抬起手指,凌小路亲眼看着那精雕玉琢般的指尖在他眼前划了个弧度,落定,似乎在等待他的回应。

在这时机,天边突然不合时宜地炸开一道小小的烟花。

遥远的山那边,在一个百花齐放的地方,跟班乙紧张地按住跟班甲的手。

"你做什么?仪式还没开始,不是说好了,要在结契那一瞬间点燃所有烟花,给南薰小姐一个惊喜吗?"

跟班甲为自己的失手狡辩:"我先试试好不好用,万一到时候哑火了呢?"

"你蠢吗?这又不是真的烟花,怎么可能哑火?"

"啊?不会吗?"

"我警告你,这可是商城里最贵的烟花套装,无论在任何地方点燃,整片大陆的玩家都看得到,你刚才放的那个最小号的也要九十八一发。要是被族长发现,铁定要你赔钱!"

跟班甲心虚,希望窦寇没有留意到方才的意外。

"想不到族长那么铁公鸡的一个人,居然舍得为南薰小姐一掷千金。"

"可不是吗?等下别眨眼,十万块真金白银的烟花,听个响就没了。"跟班乙低声感慨,"不得不说,太子家的钱真好赚啊,我为什么没能姓嵇呢?"

他一抬头,发现跟班甲在掏耳朵。

"你又在干什么?"

"你不是说,听个响就没了吗?我、我想好好听听,听清楚一点。"

"笨蛋啊!"

凌小路深吸一口气,正要效仿,离争的手指却突然下移,在他胸口的位置轻轻一点。

"那我就收下你的真心。"

凌小路完完全全困惑了。

"师父?"

离争气定神闲地负起手:"怎么,不是你说的,如果我不介意的话。很遗憾,我介意,所以你被淘汰了。"

"可是弑拔和青媚……"

"你真的以为,没有你,我就不是那两个人的对手?你把你师父想象得有多么不堪一击?我说过我需要你,是真的。但没有你,也不代表我会束手投降。"

凌小路还是不懂，一脸茫然。

离争轻笑："徒儿，你心里很在意你的朋友，我会看不出来吗？"

凌小路鼓起勇气攒足的所有坚定被打得支离破碎，他局促地站在原地，不知道怎么消化这巨大的转折。

"可是师父，既然你昨天就已经……为什么又要我今天过来？"

"因为就是想刺激某太子一下，谁让我看他不爽很久了。"

"所以……师父你是故意的？"

"我几分钟之前就把坐标函数发给他了。当然，能不能解开，就是他的问题了。"

"……"凌小路想起上次他们来这里抓云狐的时候，离争也是在雪地上画了个曲线函数。

离争轻飘飘地抬起眼皮，状似是在与空中的人说话。

"不要告密。"

凌小路迷惑。

他抬头看，只有凌龙孤零零地在半空飘着，但他已经把直播这件事忘在脑后。

——放心吧男神！我们不会说的！！！

——要相信太子解得开！

——呜呜呜中国好师父，男神我可以拜你为师吗？

"师父你在跟谁说话？"

离争柳眉一挑："还不快去？"

凌小路本能慌乱地骑上了灵鹿，原地转了一圈才想到什么，说："那个，师父，你坐标画的是哪里啊？"

离争往山顶遥遥一指："整个北邙海拔最高的地方。"

凌小路转头："那我去了！"

灵鹿轻盈地跃出十余米又停下，它背上的少年兴奋地回头朝这边喊："谢谢师父！"

——如果我是以一个普通玩家的身份认识师父……至少我可以在师父帮助我的时候，大大方方地说声谢谢……

离争眺望灵鹿载着凌小路远去，在厚厚的积雪上留下一串圆形的蹄印，一直通往山顶。

他养了这么久的徒儿，终于还是拱手让人了。

他携春意而来，终归还是属于东野。

"初芽。"嵇晴的声音不高不低地响起。

"啊,"初芽手忙脚乱关掉直播页面,"主人。"

"仪式马上开始了,你还在看什么呢?"嵇晴明知故问。

"没有,我已经准备好了。"初芽多余地整理了下身上与嵇晴同款的礼服,"就是,咱家族这么多人缺席,真的没有关系吗?"

毕竟是南薰重要的结契仪式,可鹿透社几乎一半的主要成员都没有到场。

"我想南薰她本人不会介意的。"

见初芽一副暗中心急的样子,嵇晴笑着宽慰她:"我弟弟虽然蠢是蠢了点,但关键时刻不会让人失望,要对他有信心。"

盛装的南薰提着小裙子跑过来:"姐姐们,可以开始了吗?"

"小南薰,你今天打扮得真好看。"初芽夸她。

"是爸爸买的,不过裙子很长,我很怕等下被绊倒。"

"因为这个裙子是淑女穿的,不能像你刚才一样跑那么快。"嵇晴与初芽一人一边帮她托起裙摆,"走吧,我们帮你。"

初芽临出发前往北邙的方向望了一眼——嵇小蒙,你可要争点气啊。

三人步行走过花瓣铺成的红毯,沿途摆满了天使与玫瑰——这两个游戏内最浪漫的宠物,在任何盛大的仪式中都不会缺席,后者还在不停地向外抛洒着花瓣,为她们脚下的红毯增添厚度。

七种属性的精灵在空中飞舞,它们滑翔之处,色彩缤纷的星光闪闪下坠,有些落在了南薰的头上,让她看起来像极了下凡的仙女,在来的路上被银河打湿了头发。

不少在线的玩家跑来看热闹,不只是沿途,还有远一些的高处,都挤满了围观群众。工作室的灰衣人们小心翼翼地躲在角落,生怕黯淡了这场盛典的色彩。

窦寇怀着激动的心情,望着他的小天使迎面走来,这梦寐以求的画面,来得比他想象中还要美好千万倍。

只有在跟班的反复提醒下,他才想起致欢迎词。

"欢迎现场这么多朋友前来见证我跟我女儿结契,我女儿是天底下最棒的天使……不不,天使怎么会是天底下的呢,是天上……这不吉利,天上地下……总之没有比我女儿更可爱的小天使了!"

跟班小声提醒:"族长,冷静一点。"

"我冷静不下来啊,玩游戏这么久,我几乎什么都拥有过,但没有一刻比现在更开心。老天爷夺走了我的惊蛰城,却拿这么、这么美好的一个女儿补偿我。"

窦寇的喜悦之情溢于言表。

"在很久以前，我女儿曾经质问过我一句话，在我眼里她是什么，是这个项圈，还是这身灰衣服？

"这个问题我想了很久，在没遇到我女儿之前，我最大的愿望就是拥有一个粉名，我也不在乎它是谁，我也不在乎它好不好。

"在遇到我女儿之后，我终于知道了，就是这个人，再也没有别的粉名，我等的就是她！

"我要感谢那些曾把我拒之门外的粉名，是你们让我等到了，最天真、最可爱、最善解人意的小天使，我的小公主，我的小南薰。"

他又忽然表情愧疚："女儿，我曾经对你的家人们说过无礼的话，所以我准备了这样一份礼物，希望可以获得大家的原谅。"

只见窦寇抬手虚空点了几下，身上体面的盛装瞬间变了，变成跟工作室的人一样，毫不起眼的灰色装扮。

与此同时，所有在场的窦泥湾家族成员，都整齐划一地换上了同样的服装，与南薰的家人们站在一起，不分你我。

南薰下意识地用双手掩住了嘴。

"女儿，我过去做错了很多，谢谢你不计前嫌地接受我。从此以后，你的家人就是我的家人，我会替他们每一个人照顾你。我以……我以家里所有的矿起誓，我要让你永远健康、快乐，所以……"

他颤抖地伸出食指："你愿意吗？"

凌小路终于抵达了被白雪覆盖的山顶，迎面遇上刚刚从山的另一面策鹿奔来的嵇蒙。他们不约而同拉住身下坐骑，一人一鹿，在相离十余米的距离隔空相望。

明明不是自己跑上来的，却同样地呼吸急促，嘴边呼出的白气被寒风卷得凌乱。

他们又不约而同地从鹿背上下来，却谁也没有迈出一步。

喘息的声音在鼓膜里跳跃着，一秒钟就像一万年那样长。

南薰良久放下挡在嘴边的双手，微微一笑，一身天价的小裙子换回了朴素无华的灰衣。

她同样对着窦寇伸出食指："我愿意……"

两个指尖相触的一刹那，神经始终高度紧绷的跟班乙立即下令："就是现在！放！"

明亮绚烂的烟花升空绽放，一朵连着一朵，整片魔法大陆，无论身处何地，都被笼罩在这盛大的焰火之下。

在遥远的北邙山巅，先前对望的两个人，注意力同时被天边的烟花吸引。

凌小路被焰火声拖入回忆，上一次漫天烟花的时候，当时的嵇蒙是怎样说的？

"我想跟你一起组队做任务！"

凌小路瞬间无语。

他被声音拉回现实，这不是回忆中的画面，而是嵇蒙就站在对面，在离他十几米开外的地方，高声喊出来的。

他上次是怎样说的，这次居然又一模一样地重复了一遍。

凌小路哭笑不得，不知道该用什么表情回应。

"你听我说完！"嵇蒙急着喊道，"我想跟你一起组队下战场！

"我想跟你一起组队抓宠物宝宝！

"我知道你有很多朋友，可以陪你去很多地方，做很多事。我知道离争比我更需要你，我也知道你跟鸩鸩更兴趣相投。

"但你是我最重要的朋友！

"因为你是我在游戏里交到的第一个朋友！

"因为你是唯一一个不会嘲笑我跟宠物宝宝玩的人。

"因为你是唯一一个没有屏蔽我的朋友圈，还每一条都给我点赞的人。

"你甚至是从小到大，第一个跟我聊秋咔比的人，我原本以为永远都不会有这么一个人。

"我说我欣赏你为别人挺身而出，我说我尊重你的任何决定……"

嵇蒙不得不再一次抬高声音，与漫天的焰火声对抗。

"那些都是骗你的！

"其实我不想！

"我也是拼尽全力，才没有在你传送离开的最后一秒拦住你！"

他的嘴唇在不受控制地颤抖。

"但是我现在后悔了！"

凌小路不知不觉地红了眼眶，而嵇蒙同样双眼通红，用尽浑身力气喊出最后的话：

"我不在乎你是绿名还是粉名，我也不在乎你是人类还是AI！

"因为我——"

凌小路缓慢睁开眼，熟悉的摆设让他想起这里是家中的客厅，而他正坐在窗边的沙发上，月光透过玻璃洒落进来，有种恍如隔世感。

他僵硬地低下头，断成两半的项圈一半落在膝上，一半掉到地上，金属的边缘，反射着冷白月光。

手机铃声在寂静的客厅响起，凌小路第一反应是嵇蒙打来的，但显示的却是一个陌生号码。

"您好，请问是凌小路先生吗？这里是鑫山客服部经理柯铭，希望您对我还有印象。"

凌小路当然记得。

"据技术人员反应，您的外设故障问题已经解决，请问您的设备是否已经成功摘除？"

凌小路心情复杂地从地上捡起项圈的另一半："是……"

"我知道接下来的要求比较无礼，但是还请您在家中暂留等待，稍后会有工作人员前往您家，接您到公司签署一下后续协议。"

凌小路疑惑地看了眼窗外的夜色："现在？"

"抱歉，这件事比较紧急，我们急需您的配合。情况复杂，您到了之后我再详细为您解释。"

凌小路的手机在挂断瞬间消耗了最后一点电量，当他想拿去充电时，鑫山的工作人员便已按响了门铃。

就算这是个交通便捷的时代，凌小路也不相信他们可以在这么短的时间内赶到。也就是说，在项圈没有被摘除之前，来接他的人就已经在路上了。

半个小时后，凌小路第一次坐在了鑫山客服中心的会客室。

柯铭一如他初次见到那样，将"彬彬有礼"这个词演绎到极致。

"非常感谢过去几个月来您对游戏数据测试提供的帮助，我也代表公司再一次为给您带来的不便表示道歉。"

凌小路心里还记挂着一件事。

"不好意思，我能先上线联系一个人吗？"他突然想到断开的外设可能不允许他这样做，"或者你们帮我联系也可以。"

他突然一声不响地消失，嵇蒙一定急坏了，至少要报一声平安。

就在这时有人敲门，进来一位女性工作人员。不知算不算凌小路的错觉，她进屋时视线有意无意地在他身上停留了须臾。

"怎么？"柯铭问，是上司对下属问话的语气。

来人对柯铭耳语了几句，尽管声音很低，但有一个很耳熟的名字跳出来，凌小路敏锐地察觉到她说的内容与嵇蒙有关。

"是嵇蒙吗？"凌小路紧张地站起来，"我能不能给他捎句话？"

柯铭比出一个安抚的手势，转头低声吩咐下属，凌小路似乎听到了"稳住情绪""尽量拖延"等字眼。

"等一下！"凌小路急道，"一句话就好，或者借我一个充电源，我打个

电话。"

柯铭礼貌地拒绝："抱歉，您现在不方便联系任何人。"

"为什么？"

柯铭用眼色示意嵇蒙的专属客服先离开，对方最后遗憾地扫了眼凌小路，转身带上会客室的门。

"我为什么不能和嵇蒙联系？"凌小路很着急，"你知道那个人他总是多想，搞不好会误会什么，他甚至以为我是鑫山开发的AI。"

"那如果您就是呢？"

凌小路震惊。

他重重地坐到椅子上，半天才干笑出声："哈，别开玩笑了好吗？"

柯铭也在他对面坐下："您确实不是，但我不是在开玩笑。接下来我说的话，可能会对您造成为难，但形势复杂，还请您务必配合。"

凌小路大脑一团乱麻："你们到底想让我配合什么？"

"为了尽快解决您遇到的外设故障问题，我们公司的技术人员，使用您的数据创建了一个测试体。"

"测……试体？"

"用通俗的话解释，就是您口中的AI。"

凌小路很努力地消化了一下他话中的信息。

"你是说……你们用我的数据……制造了一个AI？真的有这么一个AI的存在？不是嵇蒙在胡思乱想？"

"是的，他可能从其他渠道得到了一些消息，只是认错了对象。"

凌小路本以为是嵇蒙脑洞太大，没想到是他误会了。

"然后呢？"

"这个AI在测试的过程中，同样出现了一些问题，而且问题比较严重。一开始我们考虑不周，给了它过多测试权限。等到我们发现的时候，它的权限已经大到技术部门无法控制，这对于其他游戏玩家来说，太危险了，我们不能允许它继续存在。"

"那它现在在哪里？"

"我们现在用了一些应急手段将它暂时休眠，但休眠是有时间限制的。我们很担心，一旦它重启，会对整个游戏造成不可预估的伤害。"

"可是我又能做些什么？"

"由于一些复杂原因，它的数据与您的数据绑定在一起，无法分离。如果想要将它销毁，方法只有一个。"

柯铭直视他的眼睛。

"彻底删除'鹿比'这个账号在服务器上的一切信息。"

凌小路惊呆了。

柯铭将整整三摞文件整齐依次地摆在他面前。

"这一份是您进入游戏前签署的测试协议,里面有详细条款,您是以协助公司测试的身份进行游戏,公司有研究、复制、修改和删除您的数据的一切权利。您在游戏中留下的一切图像、影音资料也归公司所有,您没有留存或备份的权利。公司则以测试人员的最高时薪对您做出补偿,这些条款在您签署的时候,就已经详细交代过。"

柯铭说的每一句话都是事实,而凌小路在签署这份协议的时候,这一切对他来说都是毫无价值的东西,所以他签得毫不犹豫。

"可是……"

可是时过境迁,他的心境早已变得不同了。

那些数据对他来说不只是数据,每一帧影像都是他珍贵的回忆。

"第二份是您在游戏测试期间,发生了一些公司计划外的状况。针对这些意外,我们起草了一份补充协议,也希望您能配合我们签署。"

凌小路几乎无法完成阅读,说:"我连账号都要被删除了,还有什么可补充的?"

"条款在这里,您可以自行阅读。这其中最为难的一条,是您……必须要弃用您现在的手机号码。"

"为什么?这是我的私人号码!"凌小路有些恼怒。

"因为我方工作人员的失误,不慎将您的私人号码泄漏,我再次郑重向您道歉。针对这一点我们同样是有补偿的,这些都写在协议里。"柯铭将第三份文件向前推了推,"最后这一份是保密协议。由于涉及太多开发和商业机密,我们希望,您不会向任何人透露整件事,不管那个人是谁。"

"就算是……你们的人也不可以?"

"是的,他也不可以。"

柯铭似乎非常笃定凌小路说的人是谁。

"我们不反对您跟游戏内认识的玩家继续发展关系,只要不是以'鹿比'这个身份。"

柯铭又从怀里掏出两张卡,整齐地摆放在保密协议旁边。

"您在测试期间的所有报酬,以及补充协议和保密协议中提到的补偿款,全部都在这张卡里。而另外一张是用您的名字申请的全新电话卡,只需虹膜绑定就可以正常使用。"

凌小路头脑中的凌乱,与桌面的工整形成了鲜明的对比。

对方准备得太完美了，完美得就像……一场蓄谋已久的计划。

他将十指插进头发，想要从这完美的计划中逃离。

"我知道，这一切对您来说太突然，很难接受。我可以给您时间冷静思考，但是这个时间不能太久，因为距 AI 体紧急休眠到现在，马上就要到二十四小时了，我们不能置玩家于任何风险，还望谅解。"

柯铭留下这句话，便把凌小路一个人留在房间里，走出了会客室的门。门外，一个身高一米九的男人心事重重地倚在墙上。

"你不进去跟他打声招呼吗？"柯铭问。

凌龙神情复杂地瞥了他一眼："我有什么脸去见他。我要跟他说什么？对不起，你号没了？这次是真的没了？"

柯铭理解地拍了拍他的胳膊："那你跟我说，我要怎么说，才能让他不会拒绝。"

凌龙有些生气地甩开柯铭的手，用几乎算得上是对上司不敬的语气怒道："经理，你让我去做他的专属客服，是为了协助他隐藏身份，不是为了抓他的弱点，拿来威胁他的！"

"我知道，我知道。"柯铭尽可能温和地安抚他，"但是你想想，既然这件事已经注定了，你也想让他尽可能平静地接受这个结果吧？"

凌龙脱力地靠回到墙上，半晌才开口："小鹿比是个特别重感情的人，他经常会为了别人，牺牲他自己……我能想到的只有这个。"

柯铭沉思片刻，似乎有了对策："我知道了，辛苦你。消息放出去了吗？"

凌龙无精打采地点点头："已经让公司里有外甥的几个员工放出消息了，就说，鑫山制作了一个假的 AI 玩家……"

《精灵契约》游戏里，最热闹、小道消息传播最快的地方，永远是城镇的酒馆。

"大新闻！大新闻！我听我在鑫山工作的舅舅说，东天岭搞了个大新闻！"

"什么大新闻？"

"我听我舅舅说，鑫山秘密研发了一个 AI 玩家，这个人——"他一惊一乍的语气吓了周围的人一跳，"就隐藏在我们当中。"

"不是吧，真的吗？如果真的有 AI，怎么可能认不出来？"

"不好说，现在的 AI 技术那么发达，街上走的高仿你都认不出来，更别说这是在游戏里。"

"如果真有这个人，不是，AI 的话，我心中倒是有个人选。"

"是 AI 选才对吧。"

"不要纠结用词,快点让他说是谁。"

那人压低声音,神秘兮兮地问:"这个问题我怀疑很久了,我问你们,有谁下了线后,还能想起鹿比长什么样子?"

# 第十章

就叫……路在何方

凌小路很烦躁,合同上每个字他都认识,但连起来就是全然陌生的模样。他也才刚刚成年而已,为什么就要独自面对这么多复杂的事?

他随手翻了下保密协议的最后一页,上面的违约金额令他窒息,他只扫了一眼便迅速合上,似乎再多看一秒眼睛就要被那串数字灼伤。

柯铭轻轻地推门而入,坐在了刚才的位置上,同时在凌小路的面前放下一杯水。

柯铭完美的礼仪在如今的凌小路看来,就像无懈可击的盾牌,隔绝了一切交锋。

"请问您还有任何不明白的地方吗?"

"有。"凌小路握紧拳头,"我有拒绝的权利吗?"

柯铭垂眼:"凌先生,我想您知道,这些协议不仅影响到您个人。"他清了清喉咙,"我举个最简单的例子吧。您让您的专属客服伪装成宠物,擅自发布中奖讯息,本身就违反了游戏规则。公司已经接到玩家投诉,对于您身为粉名却又同时拥有战斗宠物,以及抽奖的不公正性提出质疑,这件事已经令公司的公信度受到了影响。如果玩家继续投诉,您的客服,凌龙,极有可能受到处分,最严重的后果是被开除。"

"……"

"所以我们以 AI 的身份,公开删除'鹿比'这个账号,不仅仅是为了清除潜在的威胁,也是为了给广大玩家一个合理的交代。所以请求您对'鹿比'的身份进行保密,也是基于同样的原因,尤其是……"柯铭刻意顿了一下,"您跟公司高层家属之间的敏感关系,更容易引起非议。"

"嵇蒙明明毫不知情!"凌小路急道。嵇蒙跟所有人一样被蒙在鼓里,甚至是被蒙蔽得最深的那个人。

"但是玩家不知道，而且他们也不会相信。他们只相信自己看到的那一部分，加上一点猜测，再加一点谣言，就是他们认定的真相。"

凌小路拳头握得更紧，柯铭看出了他的动摇。

"我不妨再向您透露一些更机密的内容。项目组被迫休眠 AI 的原因，是因为 AI 已经掌握了限制玩家登录和离线的能力，前者只是让玩家无法登录游戏而已，后者却能使在线玩家无法离开游戏。我们无法判断，它苏醒后会不会被激怒，会不会挟持玩家做人质。这是一个非常危险的隐患。假设玩家真实所在的环境发生火灾、地震等突发状况，原本游戏是内置有紧急避险监控的，可 AI 却使自己的优先级进化到了紧急避险之上。"

"AI 的能力……有这么大吗？"凌小路紧皱眉头。

"在我们的游戏中，还有一些特殊玩家，他们由于健康状况不佳，必须定期接受治疗。如果无法下线，结果对他们来说可能是致命的，这就是为什么我们不能拿玩家的安危冒半点风险。"

凌小路瞳孔紧缩："小南薰……"

他慌乱地在桌面寻找，整齐的文件被他翻得凌乱不堪。

柯铭善解人意地从西装口袋里掏出钢笔递过去，凌小路拿笔的手在抖，几次找不准位置。

他只犹豫了两秒，便潦草地签下名字，然后飞快地把笔撇到一边，仿佛那不是钢笔，而是烫手的烙铁。

柯铭紧紧盯住他签下最后一笔，微不可察地松了口气。

"非常感谢您的理解与配合……"

凌小路烦乱地摆摆手，不想再听他讲任何官面上的话，只问："我可以走了吗？"

柯铭彬彬有礼地站起来："我安排人送您。"

会客室外早已没有凌龙的影子，凌小路经过一扇扇玻璃窗，他似乎能感觉到有很多人隔着半透明的玻璃窗在向外打量他。

他突然改变主意："我想留下来。我留不住鹿比，送它一程总可以吧？"

"这……"柯铭为难。

"保密协议我已经签了，你还有什么可担心的？"

柯铭犹豫后点头："好。"

凌小路走进项目组办公间时，在场的每个人都露出惊讶的表情，零散几个坐着的工作人员站了起来，柯铭在他身后摇摇头，示意大家保持淡定。

凌小路的注意力不在任何一个人身上，而是完全被墙上硕大的显示屏吸引。

显示屏上几十个正在播放的画面,全部都是"鹿比"在游戏中留下的影像。

他第一次在公众亮相时被录下的画面,离争护着他与嵇蒙大打出手……

他第一次开直播时的存档,窦寇被他算计得暴跳如雷,那也是跟鸩鸠认识的开端……

他在女神婚庆大典时跳舞的画面,他在旧世界为保护五名士兵与龙搏斗的画面,还有更多的是他跟嵇蒙在一起嬉笑怒骂的一幕幕……

不知不觉,他竟然在这片大陆上留下了如此多的痕迹。

凌小路贪婪地盯住屏幕,恨不得要将所有画面复制进脑海。

最中央的屏幕一闪,切换成了游戏内的实时画面。

同样的画面也出现在魔法大陆的各个角落,刚刚还在探讨鹿比究竟是不是AI的吃瓜群众,都安静下来等待官方直播公告。

柯铭的形象出现在公告屏幕中:"各位玩家晚上好,很抱歉占用大家宝贵的游戏时间……"

凌小路猛地回头,柯铭本人还站在他身后,这个所谓的"直播"也是提前就录制好的。柯铭大概猜到他在想什么,歉意地笑笑。

"很遗憾在这种情况下向大家公告这样一则消息,东天岭研发部门在数月前尝试上线了一款学习型人工智能……"

服务器瞬间炸锅,随处可听到玩家们的讨论。

"果然有AI存在!这大概是舅舅党内部消息最快被证实的一次!"

"所以呢?那个人工智能真的是鹿比吗?"

"明知不是人还要……天啊,细思极虑!"

柯铭:"该款人工智能在测试过程中出现了若干无法预估的意外,有可能影响到游戏平衡。为保障游戏的公平性,研发组决定,永久删除该人工智能的一切数据。"

"什么?鹿比号要没了?"

"我有异议!鹿比知不知道自己是AI?不知道的话,鑫山这是在杀人!"

"这种影响游戏平衡的号不删留着过年?又是绿名又是粉名还有宠物?难怪我举报风息翼龙抽奖有黑幕的时候客服支支吾吾。"

"原来是你举报的?就是你们这种人逼到鑫山删号的,鹿比又做错了什么?"

"……"

线下的柯铭冲研发人员点头示意,凌小路亲眼看着其中一人按下按钮,最左上角的小屏幕经过一段快速倒放后变成了花屏。

凌小路清楚地知道,鹿比的一部分已经永久地消失了。

最中央的画面突然变了，那是一片冰天雪地，以及一个执着等候的身影。

柯铭表情一变："谁让你们放这个的？"

凌小路心倏然一揪："不要切！"

他的视线紧紧锁定在中央的那个身影上，无法离开半寸。

"让我再看一眼好吗？"他的声音难过到让任何人都无法拒绝。

柯铭没有出声，默许了。

北邙海拔最高的山峰下起了鹅毛大雪，嵇蒙坐在凌小路下线前的位置，一步都没有离开。雪花落在他身上，被狂风卷走，又迅速有新的聚上来。

凌小路看得鼻子发酸，北邙的气温真的可以使人冻僵，也不知道嵇蒙有没有关闭环境感知。如果没有，他要如何对抗这严寒？

嵇蒙已经感觉不到冷了，他孤零零地坐在雪地里，面前的全息屏幕里播放着过往的视频。视频中，凌小路一颦一笑还是那样鲜活。

他同往常一样，遇到精彩的画面就随手取出照片，不知不觉就攒了一摞。

在他的相册里，像这样的照片，他瞒着凌小路不晓得攒了多少，每次被追问的时候，他都以雷噜噜搪塞过去。

墙上的小屏幕又花了一面，嵇蒙手中照片上的鹿比消失了，只留下一个黑影。他愣怔了几秒，紧张地去擦拭照片的表面，以为是风雪迷花了眼。

第二张、第三张……照片上的人一张张变得不见，嵇蒙慌了神，手上的照片撒了一地，却只见一地的黑影。

鹅毛雪花很快将地面的照片掩埋，嵇蒙不甘心地从视频中取下新的照片，可短短几秒后，它们就会变得跟先前那些照片一样，直到视频中的人也彻底消失。

凌小路眼睁睁看着嵇蒙疯狂地重复着同样的动作，眼神从不愿相信到变得绝望，他从没见过嵇蒙露出这么无助的表情。

他好想告诉嵇蒙不要再尝试了，墙上的屏幕已经暗下去大半，很快鹿比就会在那个世界里彻底消失。

先前那位女性客服人员再一次出现，表情更加为难："我已经尽可能地劝了，但是他见不到人就不肯走，也不肯下线，他说……

"下线了，就再也想不起他长什么样子了。"

凌小路再也看不下去了。

"让我以鹿比的身份再见他一面好吗？"他转身哀求道，"就最后一面。"

柯铭沉默了一下后，询问一旁的工作人员："确认这次戴上可以摘得下来吗？"

"应该没问题。"工作人员说。

柯铭看了眼时间："我只能给你一分钟时间。一分钟后，无论你下不下线，我们都会采取强制断线。"

"一分钟就够了。"凌小路立刻答应，"我不想不声不响地走，我只想，跟他道个别。"

无情的狂风越发肆虐，不仅驱赶着漫天雪花，也卷起散落一地的空白照片。

嵇蒙表情迷茫地抬起头，以为自己眼前出现了幻觉，在纷飞的雪花与照片的间隙，他苦苦等待的人就站在对面。

他反复确认，直到相信这不是幻觉。

嵇蒙手忙脚乱地从地上爬起来，冻僵的双腿险些站立不稳。

他们隔着漫天风雪，凝望着彼此。

嵇蒙嚅动两下嘴唇，喉咙深处有千言万语，却说不出一个字来。

时间一秒秒地过去，凌小路缓缓将食指举到嘴边，比了一个安静的"嘘"。

在做完这个手势后，凌小路消失了，嵇蒙面前空无一人。

他焦急踏出一步："鹿比！鹿……"

凌小路的声音从身后，顺着风声传来：

"我走了，再见。"

隐忍多时的泪水夺眶而出。

声音消失了。朔风凛冽，瑞雪纷飞，空余嵇蒙，孑然一身。苍茫天地之间，再也没有鹿比存在过的踪影。

凌小路站在烟山大学门口，亲眼看见一个头发染成淡粉色的男生，与同伴有说有笑地从他面前经过。

同伴的醒目度也丝毫不逊于他，顶着一头"原谅绿"，刘海还挑染了两撮孔雀蓝。

凌小路遗憾地揉了揉自己头顶的黑毛，早知道烟大校风这么开放，他就不特地染回去了。主要是之前染的黄毛有些褪色，经过一个暑假，新的头发又长出来，半黄不黑的，有些难看。

前天晚上跟父母通话，顺便告诉他们自己换了新号码的时候，凌妈妈就坚持认为，还是黑色头发会显得他更乖，至少能给老师留一个乖宝宝的第一印象——哪怕是虚假的，以后再慢慢发现真面目也不迟。

凌小路：……真是亲妈！

新生报到走的是自动化流程，仪器扫描虹膜后，自动为新生分配宿舍号，单人间。

单人间是胶囊宿舍，素白色装修风格，基本生活设施配套齐全，新生只需要带最基本的个人物品就能入住，甚至还有智能语音管家。

到了中午，语音管家提醒凌小路用餐。

凌小路方一出宿舍的门，就与对面单间的同学撞了个正着。

对门为人开朗，第一次见面便热情地打招呼："嗨！你住1113吗？我住1115，咱俩有缘呀！"

凌小路当下定住，失神地瞪着他那双特征明显的桃花眼，虽见得次数不多，但印象极为深刻。

对方只当凌小路害羞，主动自我介绍："我叫常欢禧，你叫什么名字？"

凌小路低头看到他伸过来的手，犹豫了下握上去："凌小路，道路的路。"

"凌小路，以后就是好邻居了。"常欢禧握手的动作突然停了下来，"我是不是在哪里见过你？你看起来有点眼熟。"

"没有，"凌小路矢口否认，"我……我是大众脸。"

常欢禧不再纠结这个问题："你也是新生吧，去吃饭吗？我知道这学校有个食堂特别好吃！"

凌小路默默地点点头。

常欢禧高兴地揽住他的肩："太好了，我还担心初来乍到没有什么朋友，我一见你就觉得特别投缘。"

凌小路觉得好笑，常欢禧还用担心没朋友？他出门溜达一圈都能认识一个排，又不像某个人……

二食堂门口人来人往，嵇蒙即便是往人群中一站，也因出众的外表和挺拔的身姿引来各路女生关注。

但他冷漠的神情和轻锁的眉心，清晰地传达出拒人以千里之外的态度，来来往往偷看的人多，却没有一个人敢上前搭讪。

嵇蒙收到讯息在这里等常欢禧，对方却迟迟未到。他的视线在人群中不耐烦地一扫，却看到了某个让他心脏停跳的熟悉背影。

那身影在人群中一闪而过，嵇蒙心急如焚地拨开一个个挡在前方的障碍，终于从背后一把抓住了那人的手腕。

被他抓到的人受惊回头，看到嵇蒙后，脸上的表情从惊吓到震惊再到不可思议。

陌生的黑发，陌生的面孔。

嵇蒙意识到自己认错人了，但不知为何不想松开手。

"我……是不是在哪里见过你？"

常欢禧突然蹦出来，亲热地揽住凌小路："没有没有，小路兄弟是大众脸，

我刚才也差点认错。"

嵇蒙心一揪:"你叫他什么?"

"哦,忘了介绍,这是我对门宿舍的同学,凌小路,道路的路,对吗?"常欢禧扭头问他。

凌小路艰难点点头:"嗯……"

嵇蒙被迫承认一切都是他的臆想,慢慢放开对方的手腕:"对不起,我认错人了。"

凌小路赶紧又摇摇头。

"这位是我死党嵇蒙。"常欢禧又向凌小路介绍,"这么巧,我们考到一个学校了,不过他跟咱们不住同一个楼。"

凌小路勉为其难地挤出一个笑:"你好……"

嵇蒙又恢复成那个生人勿近的嵇蒙,只冲他淡漠地点了下头。

现场气氛有些尴尬,对于两个"刚认识的陌生人",嵇蒙的表现显得很不懂人情世故。

好在还有常欢禧这个氛围活跃者在,他拖着凌小路跟在嵇蒙后面进了二食堂。

"别介意,他大前天才失去一个很重要的朋友,心情不好。"

凌小路偷看前面那人的背影,心想巧了,我也是。

食堂工作人员还是上次的半身机器人,凌小路悄悄跟在嵇蒙后面,直到对方买包子的时候终于忍不住开口:

"这个不好吃。"

嵇蒙像是到这会儿才察觉到他的存在。

"你怎么知道?"

"我……"凌小路其实能想到很多种理由,比如在社交平台上听说过,或是认识这里的学长。

但是他还没来得及说出任何一个,嵇蒙便已经付了款,他从一开始就没打算听。

看到凌小路欲言又止的表情,嵇蒙居然破天荒地解释了一句:"我吃过。"

凌小路:"……"

"来来!这边!"常欢禧找到了位置,招呼他们过去。

凌小路在常欢禧对面坐了下来,把常欢禧旁边的位置留给了嵇蒙,又担心他食物中毒,总是偷偷往斜方向瞄,一来二去就留意到了嵇蒙中指上的戒指。

尽管在游戏中见过不少次,但现实中亲眼所见还是头一回,即便是跟嵇蒙一起玩《庄周梦蝶》的时候，他的手上也是光秃秃的。

凌小路又紧接着去看常欢禧，果不其然对方也戴着枚一模一样的。

想到那可是价值五百万的戒指，约等于此刻有一千万正坐在他对面，凌小路羡慕地来回看了好几眼。

常欢禧顺着他的视线低头瞅，瞅到了手上的戒指，又扭头看了看自己的兄弟，回想凌小路那若有所思的眼神，突然意识到了什么。

"小路你不要误会！"

凌小路困惑。

常欢禧可不想被新认识的邻居误会什么："我跟你说，其实我这位兄弟是……"

嵇蒙："常欢禧。"

被打断的常欢禧把原本的后半句话咽回去："……是一个游戏爱好者，我们手上戴的就是那个游戏的外设。《精灵契约》你听过吗？鑫山做的。"

"听过是听过，不过你们平时不玩的时候也都戴着吗？"凌小路问。

"戴着呀，又不碍事，摘下来很容易弄丢。你别看它小，它可价值五……"

嵇蒙："常欢禧！"

"……百块呢！"

凌小路无语了，心想，骗鬼呢！那手环都不止五百！

"怎么样？有没有兴趣一起玩啊？"常欢禧用期待的眼神盯着凌小路。

"呃……"凌小路无意识地戳着餐盘里的食物，"我看看吧。"

常欢禧相当热情："你来玩的话，我送你一套外设！"

"五百块的戒指吗？"

"噫，"常欢禧嫌弃地一摆手，"我送你八百块的手环！"

凌小路无语。

"考虑一下嘛。"

"可是我更想玩网零的《VR阴阳师》。"

"噫，"常欢禧再度嫌弃，"什么游戏，垃圾。"

凌小路再度无语。

"听我的，《精灵契约》更好玩，要不让嵇蒙送你一套外设也行，他家里可多了。"

嵇蒙忍无可忍："你吃饭的时候能不能闭嘴！"

常欢禧老实了，不过还是挡住嘴悄悄说："记得来玩啊！"

凌小路不知道该接什么，好在常欢禧手机响了，然后他就埋头传讯息，大家终于得以安静地用餐，只有讯息音不时地响起。

当那个声音响到第十八次时,嵇蒙皱起眉:"你怎么那么忙?"

"这不是上次那个小姑娘嘛,好巧不巧她也考进这个学校,原来上次两家人约着吃饭,就是为了让我在新学校多照顾她。"

"就是相亲的那个?"

"不是相亲!"常欢禧喊完后,立刻切换一脸愁容,"我能照顾她什么,我也是个新生啊。"

说完讯息又到,常欢禧看了一眼,认命地站起来。

"她说她宿舍的语音管家坏了。我去看看,你们两个慢慢吃。"

凌小路差点噎到,他没想到这么快跟嵇蒙重逢,更没心理准备两个人独处。

恐怕嵇蒙本人也是这么想的,让他一个社交困难症患者跟刚认识的人一起吃饭,对他的心理也是一种挑战。

嵇蒙可能也想到了这点,皱了皱眉,但又没有把人拦下。

果然常欢禧走了之后,气氛超级尴尬,凌小路几次想挑起话题,在对上嵇蒙那副冷若冰霜的表情后都放弃了。

不知道算不算是凌小路的错觉,这个嵇蒙比之前的他更难以亲近。

跟鹿比在一起时的那些喜怒哀乐,跟着鹿比一起被删除掉了。现在的嵇蒙,人为地在他周围筑了堵墙,谢绝一切外人闯入。

无计可施的凌小路假装玩手机缓解尴尬,他登上平时常去的社交网站匿名发帖:

求助!好朋友失忆了,不认识我了怎么办?

这个问题很快引来不少回复,有些回复脑洞大得令凌小路情不自禁笑出声,在他没注意到的时候嵇蒙瞄了他两眼,不知道这个人在偷乐什么。

"同学!当心!"一个食堂工作"人"员直挺挺地冲过来,撞歪了桌子,碰掉了凌小路的手机,还差点掀翻了他的餐盘。

"哎呀呀,"工作"人"员生硬地说,"我的履带有一点打滑。"

凌小路无语,那就不要为了省钱买履带型的机器人呀!

"真抱歉呀!"

"没事没事。"凌小路低头找自己的手机,却发现它滑到了桌子对面,不偏不倚地停在了嵇蒙脚下。

嵇蒙也看到了,长手一抄拾起来,视线不经意地从上面扫过,然后动作一顿。

凌小路陡然紧张,他没有看到什么吧!

嵇蒙若无其事地把手机还回来,凌小路道了谢,其实是在暗中观察,他到底看到没有。

见嵇蒙没有进一步的反应,凌小路松了口气,应该没有看清,不然他可就太丢人了。

"那个,我吃完了。"凌小路在想是应该各走一边,还是大胆约对方饭后散散步。

嵇蒙站起来,但又没走,凌小路琢磨了下,这是在等他的意思?

果然嵇蒙等他也站起来后,才抬脚往外走,凌小路欣喜地跟上,这就是可以一起走的意思——不然一起参观新校园怎么样?简直是最顺理成章的借口。

食堂外有一群人聚在树下,导致每个走出食堂的同学,都下意识跟随他们的视线,抬头往树上看。

凌小路也抬头,看到树上有只小猫,不知怎么上了树,却又不敢下来,在树枝上急得喵喵直叫。

同学们在商量,去哪里能弄到梯子,把猫救下来。凌小路打量了周围的环境,又仔细观察了树的高度,觉得自己可以试一下。

"我去试试。"

嵇蒙不解:"试什么?"

凌小路直接用行动代替回答,他先是助跑冲上了旁边的树,垂直跑了一米多高后屈膝借力,跳起来紧接空中转身,稳稳地扒住了猫所在树的树干。

这套动作加起来不过两秒,成功地引起了地面所有同学的惊叹:

"同学好厉害!"

"武林高手吗?"

凌小路抬头,距离猫只剩下一米多的高度,对于他这种打小上房揭瓦的人来说简直小事一桩。

于是下面的同学就看着这个人,像猴子一样灵活地绕树转着圈爬上去,又小心翼翼踩着树杈走近,拎起蹲在枝头的猫,把小家伙放进背后的兜帽里。

大家情不自禁地鼓起掌来,只有嵇蒙听到了树杈断裂的声音。

"小心!"

树杈承受不住一个成人的重量,咔嚓折断,众人一片惊呼。

就在所有人都以为那个英勇救猫的同学会摔下来的时候,凌小路背手过去,护住兜帽,身子向后一仰,在空中翻了个标准三百六十度后空翻,稳稳落地。

这么高的距离,又是这种突发情况,一人一猫,居然毫发无伤。大家现在真的相信,他是什么深藏不露的武林高手了。

"同学,你是传统武术特长生吗?"

"你练过轻功吗?"

凌小路谦虚地摆摆手:"我不会武功,但练过是真的,大家不要模仿。"

嵇蒙挡在了面前:"刚才很危险。"

"放心,我也是有把握才上去的。"

凌小路把猫从帽子里取出来。

小家伙一重见天日,立马从他手上跳下去,头也不回地跑了。

这小没良心的,也不知道说声谢谢。

凌小路笑嘻嘻地望着猫离开的方向,聚在这边的同学也陆续地散了,倒是嵇蒙欲言又止。

凌小路对嵇蒙很了解,一眼就看出他有话想说。

"你有话想问我?"

嵇蒙犹豫了下,又开口:"你真的有一个失忆的朋友?"

见凌小路满脸一言难尽的表情,嵇蒙误以为是自己的问题太唐突。

"对不起,我不是故意要看的,只是不小心扫到……"

"其实我是想说,"嵇蒙犹豫再三,"我认识一些特殊病症的研究人员,如果需要的话可以介绍给你……的那位朋友。"

凌小路流露出感激的表情:"那可太谢谢你了,我真觉得他应该去看看脑子。"

"同学——"一个声音打断他们两个。

"他又不认识你,难道有了联系方式他就会联系你吗?"凌小路抢先一步替嵇蒙回答。

"他不认识我没关系,"搭讪的同学星星眼望着嵇蒙,"你是不是那个、那个……太子啊?"

嵇蒙一脸被认出的震惊。

"真的是!"那人回头冲同伴们喊,"就是他!"

凌小路吓了一跳,也跟着回头,后面起码站着三、四、五……六个烟大学生,男女皆有,此刻他们的眼里全部散发着某种光芒。

这种光芒凌小路太熟悉了,每当在游戏里,他们遇到这种情况,下一步要发生的事情就是……

"跑!"嵇蒙一把拉住凌小路,头也不回地往反方向冲,凌小路不仅没有感到意外,甚至比他跑得还快。

就像有裁判无声中打响了信号枪,后面的人也跟着一路狂奔:

"哇,别跑啊!"

"我们真的只是粉丝!合张影嘛!"

"我居然见到了太子!活的!"

嵇蒙也想不通自己为什么会下意识把凌小路拖下水,更吃惊的是,他跑着跑着意识到对方比自己逃得更积极。

"这边！"凌小路反客为主，拉着嵇蒙溜进小道，在教学楼之间飞速穿梭。

凌小路怀念起嵇蒙那条喷火的肥龙了，通常这种时候该它飒爽登场，载着二人腾空高飞，把后面的玩家甩下十万八千里，要是游戏中的宠物能召唤到现实中就好了。

后面终于不再有动静，两个人气喘吁吁地停下来，精神仍然高度警觉。

"应该没有追上来吧？"凌小路问。

嵇蒙只想问他是惯犯吗，逃跑的手段也太专业了，上蹿下跳，障碍物这种东西在他面前仿佛不存在一样。

凌小路也想到这点，挠挠头："不好意思啊，我玩跑酷的，习惯了。"

嵇蒙也想为自己辩解几句："刚刚那些人我不认识，我也不是他们口中的……那什么，你别误会。"

"我懂的，你是……"凌小路急中生智，"你是大明星！对不对？"

嵇蒙：什么鬼？

"要不就是当红主播什么的，他们都是你的追星族！"

"就算是吧。"

凌小路观察了周围，情况有点糟糕。

"这里是什么地方？我们是不是迷路了？"

作为一个五百年老校，烟大的校园实在太大了，据说连大四的学长有时都会在校园里迷失方向，更别说才入学一天，又如无头苍蝇一样乱撞了半天的他们了。

两个人情急之中只往人少的地方跑，导致这会儿连个人也看不到。

"你找得到回去的路吗？"

"我只记得是在那个方向。"嵇蒙指着东边。

"不，是在那个方向。"凌小路偏指向西边。

嵇蒙表示怀疑："你确定？"

"走走看呗。"凌小路根本不给他犹豫的机会，抬脚就走，"反正地球是圆的。"

正好凌小路刚才还在想要怎么顺理成章地约对方饭后散步，还有什么比迷路更合理的借口呢？

……

如果凌小路知道这个借口让他们足足走了一个小时的路程才辗转回到宿舍楼，他可能从一开始就不会用。

这已经不算是饭后散步了，这根本就是运动减肥。

常欢禧早就回到宿舍了，还敞着大门，看到这两个人一起回来，眼珠都快

瞪出来。

"兄弟,你怎么上来了?你的宿舍也不在这栋楼啊。"

"我们刚走得太远,我叫他上来喝点水休息下再回去。"凌小路随口答道。

对于凌小路来说是随口,对于常欢禧那就是大新闻,他还从没见过嵇蒙对哪个刚认识的人这么亲近过——都跟着回宿舍了,简直是奇谈!

是不是名字里有"LU"的人都有这种亲和力?

他趁凌小路不注意把嵇蒙拉进自己宿舍。

"兄弟,你……是本人?"

嵇蒙顿时无语。

"我跟你说这要不是在现实中,我一准以为你被盗号了。"

"瞎操心。"

嵇蒙嘴上这么说,其实他也不知道为什么对方在楼下一邀请,他就不假思索地跟着上来了。

也许他只是顺路上来找常欢禧?他给了自己的行为一个合理的解释。

嵇蒙的目光穿过两道门,落在凌小路忙碌的身影上,实在是太像了,如果不看脖子以上的部分,压根儿就是同一个人。

凌小路从行李里翻出自己的杯子,给嵇蒙接了杯水。

"给你……人呢?"

凌小路脑袋一偏,发现目标:"你怎么跑对面去了?"

"……"但若是加上脖子以上的部分,那就是不同的两个人。

常欢禧把嵇蒙推了过来,他也想知道这个凌小路有什么独特魅力。

"谢谢。"嵇蒙接过凌小路手里的杯子。

"杯子是我的,你不介意吧?"

常欢禧插嘴:"我那边有一次性……"他呆呆地看着嵇蒙手中剩下的半杯水,"……杯子,既然你都喝了就算了。"

很好!他想,也许嵇蒙突然开窍了,想在大学里重新做人了?

"咦?"常欢禧冷不防瞥到一样眼熟的东西,"这不是鑫山的外设手环吗?你也玩鑫山的游戏?"

凌小路想起来,当初他成功佩戴上项圈以后,得到了鑫山免费赠送的手环,来学校报到之前,顺手就塞进了行李。

他塞的时候并未多想,更想不到会遇到常欢禧,还凑巧被他发现。

"这个是……"

嵇蒙也面露意外:"你玩什么?《剑侠情缘二十三》?"

217

还没等凌小路回答，常欢禧就大声嚷嚷起来："里面装的是《精灵契约》的芯片！你还说你不玩这个游戏！"

"手环是新的，还一次都没有用过。"凌小路说的倒也是真话。

"那正好！来我们家族一起玩！"

"呃……"凌小路还没做好重新面对游戏的准备。

"来吧来吧，让嵇蒙带你！他可喜欢带新人了！"

凌小路：……你猜我信不信你。

他有些试探着看向嵇蒙，眼中询问的意思很明显。

嵇蒙迟疑："你……来吗？"

……

凌小路不会预知到，他这么快又站在这块魔法大陆的土地上。

耳边清晰地"叮"了一声。

"您好！GM92735竭诚为您服务！"

凌小路震惊。

这熟悉的声音……

"凌龙？"

"哇啊——"一个身高一米九、体重一百九的大汉热泪盈眶地扑过来，一把将凌小路抱在怀里，勒得他几乎窒息，"我终于等到您上线了！"

"放……手……"凌小路艰难地发音，"再不放手……我要叫鸟了……"

凌龙一秒钟退到五米开外："嘤嘤嘤，您好坏。"

好不容易喘过气来的凌小路顿时无语。

这个彪形大汉是谁！我可爱的迷你风息翼龙呢？！

"我有个问题，"凌小路举起左手出示手环，"普通玩家也有专属客服吗？"

"怎么可能。"凌龙泪眼汪汪地咬着帕子，"其实是我私下保留了您的虹膜数据，任何时间只要您一登录，我就会收到通知。您让我等得好苦，我以为您对这个游戏心灰意冷，再也不会来了。"

"我也才离开三天而已！"

"一日不见，如隔三秋；三日不见，一百多周。"

"行了行了，又不是我自己想删号。"

凌龙难过道："请您原谅，但凡我们有一丁点办法的话，也不会删除您的账号。"

凌小路不想回忆不愉快的往事："别提这个了，我知道跟你没关系。虽然我来了，但也没有重新练号的心情，就随便玩玩。"

"您想做什么都可以，尽管我不再是您的客服，但是我可以保证做到随叫

随到。"

凌龙认真地调出对话框:"请让我再一次为您输入游戏ID吧!"

又要取名字……凌小路头疼。

"就叫……路在何方。"

凌小路顶着崭新的绿色名字,在人群中一眼认出了常欢禧,不假思索地朝他走去。

"是我,我建好号了。"

他外表原封未动,倒也不怕常欢禧认不出来。

常欢禧则明显愣了下,这个困惑的表情令他的面包脸看起来更加滑稽。

"小路,你怎么知道是我?"

常欢禧只跟凌小路约好在新手村等他,但上线之后才想起来,他既忘记说自己整了容,又忘记告诉对方ID,万一凌小路也整容,那他俩真是要"纵使相逢应不识"了。

然而凌小路却能在现场十几个玩家中,精准地一眼认出他来,着实让常欢禧感到意外。

凌小路卡壳了:"我、这个……"他努力找借口来圆,"我猜的,因为'禧'这个字很特殊,而且这个名字跟你很搭。"

"真的吗?"常欢禧一听就信了,丝毫不起疑心,"我也是这么认为的!"

凌小路庆幸自己补丁打得好,还庆幸他是常欢禧,这要是他师父,搞不好路已经在脚下了。

常欢禧:"我这个样子没吓到你吧?"

凌小路不好意思说,面包脸他早就看习惯了,反倒是常欢禧三次元那张略显风流薄情的脸,他还不是特别适应。

"不会呀,很有个性,比游戏里千篇一律的帅哥……更有辨识度!"

"有眼光!"常欢禧激动地拍拍他的肩,"你要不要也来一个?我赞助!"

"这就不用了吧。"凌小路扯着嘴角婉拒,他欣赏常欢禧的不拘一格,不代表他也有勇气顶着这样一张脸到处跑。

"没事儿,商城里你看好哪样,直接发我代付。"

常欢禧财大气粗的作风还是改不了,凌小路深谙他的为人,知道他只是豪爽外加对钱满不在乎,若是换一个人,妥妥以为他在炫富。

两个人交换了好友,凌小路故意装得像一个新手,要常欢禧教他才懂得操作手势。

"再等一会儿,不介意吧?"常欢禧问。

凌小路好奇道:"等谁?还有别人要来吗?"

"嗯，我认识不久的一个妹子，也是咱学校的。她听说我在玩这个，也非要来体验一下。"

常欢禧不耐烦地朝出生点张望："女生建号就是慢，搞不好捏脸都要捏好几个钟头。"

他家里也是做游戏的，太清楚女性玩家的消费习惯了。

"她知道你现在长这个样子吗？"

"我忘了说。"

"那名字呢？"

常欢禧讪讪道："也许她跟你一样聪明，一眼就认出来了呢？"

正说着，有人大声呼唤常欢禧的名字。

"常欢禧——你在哪里啊？常欢禧？常——"

"这儿呢，这儿呢。"常欢禧挺着"怀胎六月"的肚子迎上去，生生把女生吓了一跳。

"你是谁啊？"

"你是茜茜吗？我是常欢禧啊。"

对方显然被眼前这张丑绝人寰的脸吓到结巴："你你你、你是常欢禧？"

"嘘——"常欢禧望了望周围，不少人都在往他们这个方向看，他压低声音，"在游戏里，不要总叫我的真名。"

"可，你这张脸……"

常欢禧摸摸自己肉嘟嘟的脸："怎么，不个性吗？小路刚刚才夸过我。"

莫名被妹子瞪了一眼的凌小路很想为自己的审美观辩解，他真的不是她想象中那个样子。

茜茜面露嫌弃："你为什么要把自己扮得这么丑？你这个样子看起来，呃……"

她之所以嚷着要一起玩，就是为了制造与常欢禧相处的机会。

奈何对着这样一张让人一言难尽的脸，茜茜只能拼命脑补常欢禧真实的样子催眠自己。

"对了，你的那位人系战宠呢？我很好奇，让我见见好不好？"

凌小路其实早就想问这个问题了，常欢禧和零两个人素来在游戏里形影不离，难不成常欢禧为了接妹子，特地把人支开了不成？

"他呀，马上就到。"

常欢禧视线一瞥，说曹操曹操到："来了。"

一个高大而又熟悉的身影笔直朝三人走来，然而令凌小路感到吃惊的是那个人头顶的名字。

"壹?"

常欢禧自如招呼道:"阿零你来啦。快来快来,介绍你认识我的两位新校友。这位是小路兄弟,她是茜茜。"

凌小路心里憋得快爆炸了,却不能问,只能装得跟茜茜一样点头问好:"很高兴认识你。"

常欢禧接着道:"他是我的绑定粉名,你们喊他阿零、阿壹都可以,虽然他现在ID是壹,但之前是叫零的。这是他才换的新号,他的工作,呃,比较特殊,测试完一个账号就会换下一个。"

茜茜很兴奋:"常欢禧说你很会捏脸,你看起来就像电影里的智能人类,你能教教我吗?"

壹垂眼望着她,冷淡的神情与她的兴奋形成鲜明的对比:"商城里有很多默认模型,如果您不擅长的话,可以直接充值购买。"

他的态度让茜茜有些蒙,她私底下扯常欢禧的袖子:"您?你的这位绑定,会不会太客气了一点?"

"正常啊,毕竟他是……"常欢禧顿了下,"服务行业的人嘛。"

他快速含糊过去:"走,我带你们去嵇蒙家。"

茜茜眼睛一亮:"你说的是那个嵇蒙吗?鑫山的嵇蒙?"

"你认识?"

"见过一面,就是……"

"打招呼没理你是吗?"常欢禧习以为常,"不是也差不多,用脚趾想也知道,他那个人就是那副样子。"

凌小路以为自己再也没有机会站在这栋熟悉的建筑门外,迎面拂来的是东野的春风,可现实却又让他不得不感慨缘分的奇妙。

常欢禧才迈进一只脚,又退了出来,不大客气地狂按门铃,直到把表情不悦的嵇蒙喊出来。

"兄弟,给他们几个访问权限啊,不然只有我一个人进得去。"

嵇蒙见到门外一群人,表情像见了鬼:"怎么这么多人?"

常欢禧毫不见外:"哦对,这是阿零,他换号了。小路你知道的,这个妹子我跟你提过的……不是你想的那个!不许说!"

茜茜乖巧地行了一个介乎于点头与鞠躬之间的少女礼:"你好。"

嵇蒙皱起眉,以凌小路对他的了解,这个神情昭示着他在不爽。

嵇蒙对陌生人的抵触心很强,倘若这个陌生人是异性,那抵触系数还要乘以二。

"你怎么不带他们去你家?明明你自己也有房子。"

"我这不是想让你家热闹点嘛，自从……"他识趣地省略，"你这里又变得冷冷清清，没有个人气儿。"

"不需要。"嵇蒙直言拒绝。

常欢禧还当他在开玩笑："干什么啊？多个朋友多条路嘛，你说对不对，小路？"

凌小路突然被点到，不知道该站哪一边："我随意，去哪儿都行。"

茜茜则忸怩地掰着手指："如果不方便的话……"她边说还不住地用眼角去偷瞄嵇蒙，尽可能表现出自己通情达理的样子。

嵇蒙阴着脸，抬手在看不见的虚空面板上点了几下，凌小路收到准许访问的系统通知。

常欢禧："这还差不多嘛。"

嵇蒙面无表情地继续操作，将常欢禧拖出了允许访客清单。

常欢禧一脸问号："兄弟，你搞什么名堂？"

"你爱带你的朋友去哪儿就去哪儿，让我安静一点。"

"哎，你这家伙！"

茜茜忙拽常欢禧的胳膊，她可不想上线第一天，就被游戏公司的少东家讨厌。

"既然他不方便，那去你家也是一样，我想去你家看看好不好？"

"行。"常欢禧一口答应，"反正他家也没有什么好看的。阿零，我们走。"

凌小路指着自己："那我……"

"你不要理他，让他一个人玩宠物宝宝去。"

嵇蒙哼了一声，转身甩给他们一个背影，自然也没看到常欢禧在他背后做了个鬼脸。

"走走走，去我家，我家比这大得多，好玩的东西也多，还有游泳池。"

凌小路目送嵇蒙的背影消失在门内，很不够意思地选择了背叛。

"不好意思，我有点好奇，想进去看看，等会儿再去找你们好不好？"

常欢禧想起嵇蒙那番操作，嵇蒙取消自己的访问权限，他一点也不奇怪，给凌小路权限，才让他觉得奇怪。

以嵇蒙的为人，是万万不可能说出请某人进来坐坐这种话的。而嵇蒙的表现，分明就是向凌小路提出了邀请。

"行行行，你去看看那浑蛋吧，别让他一个人待着自闭了。"

说完，他又紧张地扣住凌小路的手腕："但是你听我说，二楼有一个房间，你千万不要进，不然那家伙能跟你翻脸。"

凌小路隐约猜到是哪一个房间，但他又不能明说。

"我一定注意不会乱走的。"

茜茜投射过来的目光,羡慕中又隐隐含着酸意。她家跟网零有合作关系,粗算也是半个游戏圈的人。

嵇蒙脾气差是众所皆知的事实,也不知道凌小路哪方面天赋异禀,能让这样的嵇蒙刮目相看,连常欢禧都被赶出来了,却放他一个人进去。

"那我们一会儿见。"她颇有些舍不得,却不知是在舍不得谁。

凌小路与三人挥手道别,一进门就见到嵇蒙在喂他那只松鼠。

凌小路困惑地歪过脑袋,难道是他的错觉不成?松鼠看起来似乎比前两天瘦了一圈。

一向贪吃的它,这会儿面对食物也显得无精打采。

房子还是那栋房子,但屋内气氛对照鹿比在时差得可不是一星半点。

"我进来了?"

凌小路试图弄出点动静来,打断嵇蒙的走神。

嵇蒙淡淡地扫来一眼:"你怎么没跟他们去玩?"

"我……"凌小路揉揉后脑勺,"我好奇,想进来转转可以吗?"

嵇蒙收回视线,低着头,视线焦距不明:"你随意。"

凌小路干笑着点了下头,顺着墙根溜到院子里。

这里他住得太久,闭着眼睛都摸得清该怎么走。然而当他里里外外仔细找了一圈,终于不得不承认一个残酷的事实——

小鹿比不见了。

凌小路感同身受地为嵇蒙难过,他同时失去了他们两个,这叫他怎么受得了。

早知如此当初还不如选小太子,至少还能留下点二人之间的回忆。

现在陪在嵇蒙身边的只有雷噜噜了,正想着,雷噜噜目不斜视地路过,吝于分给他一个眼神,仿佛杵在那里的只是一棵树桩。

这可不是他认识的雷噜噜,凌小路冲它一抬下巴:"噗斯,噗斯噗斯。"

雷噜噜冷漠地瞥了他一眼,仿佛他只是一棵会说人话的树桩,然后继续面无表情地走自己的路。

凌小路眉毛垮了下来。这个雷噜噜就好像被嵇蒙附体了一样,随身携带一堵厚厚的与外界隔绝的墙。

他谨慎地看了看周围,确定嵇蒙不在左右。

"啊雷啊雷啊雷——"

雷噜噜听到身后传来熟悉的动静,它迟疑地转过身,看见新来的陌生人摆动四肢,跳起了一只滑稽的舞。

"啊雷啊雷啊雷——"双手左举。

"啊噜啊噜啊噜——"双手右举。

"啊雷雷——"屁股左扭。

"啊噜噜——"屁股右扭。

"雷啊噜啊噜！"转体一周拍肚子。

雷噜噜："……"

凌小路维持着最后一个动作，笑嘻嘻地看着表情呆滞的雷噜噜，挤了挤眼睛："还记得这个吗？"

雷噜噜呆滞的表情缓慢起了变化，它的眼睛变得圆溜溜的，眼泪在眼眶里打转。

"雷噜噜？"

雷噜噜几乎在他开口的一瞬间飞扑过来。

"啊哈哈——"

凌小路笑嘻嘻地张开双臂接住，差点被它巨大的冲撞力撞倒。

扑进凌小路怀里的雷噜噜，"哇"的一声哭出来，就好像走散多日，终于找回妈妈的宝宝。

"乖，不哭不哭。"

凌小路温柔地把它抱在怀里，轻拍后背安抚它。

虽然合同上规定他不许跟任何人泄露自己的身份，但雷噜噜不是人，他应该也不算违反条约。

嵇蒙喂完松鼠出来找雷噜噜，意外撞到这一幕，表情十分惊讶。

他太熟悉雷噜噜，别看它平时既嘴馋又淘气，但也是轻易不会向陌生人示好的性格，这才显得眼前的景象匪夷所思。

"它跟你这么好吗？"

雷噜噜听到主人的声音，立刻从凌小路身上滑下，奔到嵇蒙身边，短手扯住他的裤脚，另一只短手拼命地指向凌小路。

"什么意思？"

嵇蒙越来越搞不懂状况了。

雷噜噜急得把短手放到嘴边，接一个后空翻，紧接着又重复了一遍这两个动作，然后继续疯狂地猛指凌小路。

嵇蒙一头雾水，倒是凌小路认出来了，忍俊不禁，这不是自己的招牌动作——隐身加"我走"吗？想不到居然被雷噜噜学会了，还模仿得有模有样。

他差点笑出声来。

嵇蒙可乐不出来，雷噜噜的表现过于反常。

"你到底在干什么?"

雷噜噜急得短腿往地上重重一跺,大喊:"啊——"

"你的宠物真可爱。"凌小路忍不住夸道。

嵇蒙以为它在发神经:"它平时不这样。"

雷噜噜怎么翻跟头,主人都不开窍,气呼呼的它撇开嵇蒙,扯上凌小路要离开这里。

凌小路被它扯着,被迫远离嵇蒙,回头给了他一个歉意的手势。

其实该感到抱歉的应该是嵇蒙,他也不知道雷噜噜这是怎么了,他从没见过它这副样子。

嵇蒙困惑地看了看手里的宠粮,平日里视吃如命的雷噜噜,今天居然对食物不屑一顾,也是养它这么久以来头一遭。

凌小路顺从地被雷噜噜拉到二楼一扇熟悉的门前,雷噜噜表情难过地抬头看了会儿,又沮丧地低下头。

凌小路当然知道它在想什么,他满怀歉意地摸了摸雷噜噜的头。

他知道自己的突然消失会让很多人难过,想不到这个游戏里的宠物们,也有同样真挚的感情。

凌小路悄悄推开眼前的门,房间内安静地陈列着一个个他在游戏中收集的小玩物。

兴许是因为这些东西他没有带在身上,而是留在嵇蒙的屋子里,所以并没有随鹿比的账号一同被销毁。

凌小路心情复杂地一个个看过去,每一样东西他都说得清来历,他是在什么时候,什么地方,跟什么人一起得到它的,又是以什么样的心情,将它珍藏在这里,这大概是鹿比留给这个世界仅有的回忆。

雷噜噜跑过来,手里捧着一张照片,满怀期待地仰望凌小路。

凌小路弯下腰,尽管那照片中只有雷噜噜自己,他还是一眼认出空出来的另半边,原本应该是小鹿比存在的位置。

就连这张照片,都是他亲自拍的。

"对不起,我可能没有办法……把他带回来了。"凌小路低声说。

雷噜噜期望落空,情绪低落,捧着照片怔怔地发呆。

凌小路难过地别开头,最近的陈列物闯入视线,那是他第一次跟嵇蒙一起做任务时得到的奖励——

无名卫兵的雕像。

"你在做什么?"

一个冷冷的声音突然在背后响起。

凌小路倏然受到惊吓,手指从展架上弹开,转过身,嵇蒙沉着一张脸站在门口。

"谁让你进来的?"

# 第十一章

## 暴走的雷噜噜

这样的嵇蒙是陌生的,至少对凌小路而言,从二人认识的第一天起,不管嵇蒙是暴怒也罢,嘲讽也好,从未用过这般冷淡的态度对他。

尽管凌小路心知肚明,这样的嵇蒙才是他平素的待人态度。

然而凌小路不知道嵇蒙从话音刚落就开始后悔,他见到屋里有人闯入时,那句话下意识脱口而出。

可在凌小路转身露出无措的表情后,他意识到自己可能说了很过分的话。

"对不起,我不是故意要……"

"不好意思,我不应该擅自进来……"

两个人同时开口又同时戛然而止,似乎空气中有一个音量开关,有人"啪"的一声把它摁开,又"啪"的一声将它关上。

凝固的气氛瞬间缓和了许多。

冥冥中有一种力量,促使嵇蒙走进了这个连日来他不敢面对的房间。

一切摆设如故,房间里到处都是那个人的气息,可又让人寻找不到他存在过的蛛丝马迹。

墙上的照片大部分都是残缺不全的,就像一个水平极差的摄影新手,拍照总是把握不住构图的中心。

"刚才是我冲动了。"嵇蒙再次向凌小路道歉,"这是我朋友的房间,但是他现在已经……不在这里了。"

嵇蒙的视线一一扫过那些陈列品。

"他有收集东西的习惯,这里的一切都是他的收藏品,尽管大部分并没有实用价值。"

嵇蒙想解释的是,他并不是因为这里的东西很贵重,才不愿意让别人进来。

可凌小路很想吐槽，怎么就没有实用价值了？这里面的每一样东西都是他精心积攒的回忆好嘛！

"是吗？"他故意说，"我看这个雕像还蛮可爱的。"

那个雕像可不可爱嵇蒙不知道，他只记得那是一个悲伤的故事，跟可爱两个字挨不上边。

"这是我跟他第一次做任务时的奖励，我还记得他做完任务后，气愤地给策划寄了九十九个刀片。"

嵇蒙嘴角扬起一丝不易察觉的笑意。

是个悲伤的故事又如何？因为有朋友的存在，悲伤的故事也拥有令人回想起时便不由自主微笑的结局。

凌小路小心翼翼试探着问："那个朋友对你是不是很重要？"

表面看起来这是个关心嵇蒙的问题，代入一下他本人的身份，就会发现这其实是个不要脸的提问。

嵇蒙半响才答道："是，他对于我非常重要。"

"那他是个什么样的人呢？"凌小路一边趁热打铁地问，一边做好了被夸的准备。

嵇蒙迟疑着："他调皮捣蛋、惹是生非，不管走到哪里都能闹得鸡飞狗跳、不得安宁。"

凌小路："……"

这其中可有哪一个是溢美之词？嵇蒙是不是对他的性格有些误解？

为什么在他听起来，嵇蒙描述的凌小路完全是一个陌生人，难道删号会连带着把他人的记忆都篡改吗？

他不知道在嵇蒙背后偷偷翻了多少个白眼，却又听对方说——

"他是我在这个游戏里认识的第一个朋友，也是我最重要的人。"

凌小路一个白眼没收回来，又被嵇蒙语气中暗藏不住的悲伤打动了，他就是这样一个没有立场的人。

"只可惜……"嵇蒙微微仰头，"他明明对我这么重要，我却连他的样子都想不起来。"

凌小路安慰道："你也不要太难过，也许你的这位朋友正在你不知道的地方，也在想你。"

嵇蒙转过身认真打量凌小路，换上一身游戏装备的他跟那个消失的人更像了。他甚至怀疑是不是自己思念过了头，恍惚中竟看到这两个身影重合在一起。

明明是很套路的安慰话语，被他一说却变得很容易接受，就仿佛是鹿比本人借助凌小路的口在向他传话一样。

只见凌小路将食指缓缓举到嘴边，嵇蒙心中"咯噔"一声，难道——

"嘘——"

凌小路没有消失，只是发出静音的声音："你有没有听到什么动静？"

"什么动静？"

两个人都安静下来，房间里间歇响起"啪嗒啪嗒"的声音，像是水滴打在纸面上。

"你的房间漏水了。"

嵇蒙闻所未闻："怎么可能。"

凌小路找了一圈，终于在角落里找到水声的来源。

但见雷噜噜可怜兮兮地蜷缩在角落，双手捧着它那张残缺不全的照片，豆大的眼泪一滴滴打在照片的表面上。

雷噜噜竟然会哭？那个贪吃成性调皮捣蛋的雷噜噜，竟然会为它和小鹿比之间的友谊掉眼泪？

凌小路掩盖不住面上的惊讶之色，如果不是他亲眼所见两个小家伙在院子里打得天翻地覆，他几乎都要相信这两个人是推心置腹的知己好友了！

嵇蒙急忙走过去，把伤心落泪的雷噜噜从角落里抱起来。

"它一定是想它的朋友了，"嵇蒙解释说，"它最好的朋友也一样离开了。"

凌小路感同身受地撇撇嘴："我能理解。"

小鹿比那么可爱，是人（宠）就会舍不得。

"别看它只是一只虚拟宠物，制作它的工作人员说，它的智商约等同于一个六岁的小孩子。小孩子失去了玩伴，肯定也会感到难过吧？"

嵇蒙轻柔地抚摸着它的背："别哭了，小鹿比一定还会回来的。"他像哄小孩子那样撒谎哄它。

他不提这个名字倒罢，一提起这个名字，雷噜噜放声哇哇大哭，像是家长在撒了一个谎后，小孩子的直觉告诉他那不是真话。

它的难过不仅来源于那件事本身，还源于家长的欺骗。更重要的是，当它意识到那是一个谎言时，就意味着那件事再也不会发生了。

荧光蓝的电流环绕着雷噜噜噼啪作响，嵇蒙没有关疼痛感知，双臂被电得发麻，雷噜噜趁机挣脱他滑了下去。

"当心！"

嵇蒙不得不出声提醒，可为时已晚，凌小路成了第二个受害者，雷噜噜的闪电从他头顶扫过，一身新手装的他就只剩下一丝岌岌可危的血皮，险些把自己的第一条命交待在这里。

"它怎么了？"凌小路紧张地问。

"我不知道,它好像失控了,你先把疼痛感知关掉!"

嵇蒙也来不及想,凌小路身为一个新手,可能根本不知道疼痛感知功能在哪里,他尝试控制或收回雷噜噜,却根本不起效果。

"雷噜噜!"他只能大喊,"不要闹了!"

雷噜噜愤愤地回头瞪了他一眼,不仅没有听话,反倒放出一股更大的闪电。电光在房间里交错闪烁,让人误以为这是什么恐怖科学实验现场。

"你有吃的吗?"

凌小路一句话提醒了嵇蒙,他从背包里掏出粉红色丸子。

"来,乖,别闹了给你吃。"

平时最爱吃宠物丸子的雷噜噜却大出二人所料,对嵇蒙手里的东西理都不理,反倒是身边的电流又粗壮了些。

"不好……"嵇蒙惊道。

"怎么了?"

嵇蒙把凌小路扑到墙角,把他从死亡的边缘拯救回来。

雷噜噜放出的球状闪电一个接着一个在房间里炸开,震得凌小路头皮发麻。

"它好像失控了,我们先离开这里。"

嵇蒙拉着凌小路想往外冲,与此同时,只听"轰隆"一声巨响,雷噜噜骤然变大的身体冲破了天花板,将房顶撞漏好大一个洞。

释放出完全体的雷噜噜肆意地破坏,陈列架被撞倒、挤碎,形形色色的藏品杂乱地摔落一地,电流以它们为介质不断地折射反弹,房间的每一个角落充斥着电光。

"等一下!"凌小路扫到某样东西,用力挣脱开嵇蒙的手。

"你去哪儿?"嵇蒙慌张一抓,没有抓到人,眼睁睁看着凌小路不要命地扑到雷噜噜脚下。嵇蒙想都不想释放出技能,他的雷光球和雷噜噜的碰撞到一起,两个巨大的光球相互对峙,周围的空气因挤压而扭曲,形成强大的气场,将照片和沙尘吹得在空中翻滚。

嵇蒙千钧一发之际把凌小路从雷噜噜脚下拽出来了,两个人往院子里纵身一扑,庞大的建筑在他们身后轰然崩塌。

"你疯了吗?!"嵇蒙落地后便抓住凌小路的肩膀大声吼,"突然冲过去做什么?"

凌小路心有余悸地摊开手,露出他豁出命抢救下的卫兵雕像。

"你不是说,这是你们第一次任务的纪念品,对你很重要?"

嵇蒙骤然语塞。

"这不是游戏吗?又不会真的死,但我不确定它会不会被踩坏。"

嵇蒙心情复杂地默默接过:"谢谢你。"

凌小路指指后面,示意这事还没完。

"那个怎么办?"

完全体的雷噜噜毁坏了嵇蒙的房子,似乎还不足以发泄它内心的不满,从废墟中一跃而出,左右张望,最后瞄准一个方向狂奔而去。

"不好,不能让它去人多的地方破坏!"

嵇蒙不假思索召唤出巨龙,熟练地揽过凌小路跳上龙背,仿佛这个动作已经演练过上百遍。

巨龙扇扇翅膀,原地起飞。

"我们得把它抓回来!"

雷噜噜腿短是短,可跑得飞快,一眨眼就不见了踪影,连宠物雷达都跟不上。

嵇蒙只得操纵着飞龙,往它消失的方向狂追,同时不停地留意地面。

凌小路也在紧张地四下寻找,冷不防一抬头,吓了一跳。

"你的名字变黑了!"

不用说嵇蒙也发现了,从方才起他的虚拟面板上就开始疯狂地弹出击杀信息。雷噜噜看样子已经开始大杀特杀,而它的杀气值全部积攒到嵇蒙身上,不一会儿就突破了黑名的界限。

"没关系,这个好解决。"嵇蒙无暇使用药水,当务之急,是要先制止失控暴走的雷噜噜。

但短时间内杀死这么多人,一定还是有原因的。

凌小路眼睛一亮:"这附近人口最密集的地方是哪里?"

嵇蒙略一思忖,变了脸色。

"今晚惊蛰城有演出活动,很多人都会过来看的。"

这是鑫山策划的一项新颖活动,邀请著名的虚拟偶像团体与游戏联动,在惊蛰城召开独家演唱会。

不只是游戏里原本的玩家,女团的粉丝也会体验使用外设,上线为偶像捧场。这些都是全新的小号,难怪雷噜噜短时间收割到如此多的杀气值。

嵇蒙操纵巨龙,光速飞往惊蛰城,还没到,远远就看见惊蛰城上空电闪雷鸣,许多盛装看演唱会的玩家争先恐后地向城外逃窜。

"雷噜噜!"嵇蒙找到了罪魁祸首,表演舞台已经被摧毁得不成样子,"给我回来!"

他使用强制收宠指令,雷噜噜拼命挣扎抗拒,炸雷一道接着一道打下来,惊蛰城遮天蔽日。

这场演唱会原本就是全服直播,没到现场的人此刻满腔疑惑,在弹幕中疯狂提问。

——这不是我家哈尼的雷噜噜吗？怎么演唱会开到一半突然跑出来屠城？

——太子嵇在天上！怎么不管管它的黄胖球，我的女神们都受惊了！

——难道说雷噜噜是女团的黑粉？这也太玄幻了吧！

嵇蒙第一次体会到连宠物宝宝都控制不住的狼狈，只能十指相抵，作出一个近似于三角形的手势，手心开始冒光。

"你在做什么？"凌小路问。

"它失控了，我只能将它重新封印。"

封印？那不就是把宠物变成像石头一样的东西，虽然也能解封，但是……

"封印对宠物宝宝有什么影响吗？"

"有……"嵇蒙内心也在挣扎。封印过重新解封的宠物，成长值的损耗虽说可以忽略不计，但忠诚度会完全清零，就像一个崭新捕获的野生宠物，要从头开始培养感情。

"但是现在没有其他办法了，只能这样做。"

"等一下！"凌小路阻止他，"既然它会因朋友离开而难过，就说明它拥有跟人类同样的情感。你也说了，它有跟六岁小孩一样的智商。那你怎么知道，被封印后这些情感是否还在？

"如果情感还在，却只是五感被剥夺，不能看不能听不能动，整个被困在石头里，那是什么感觉？"

嵇蒙其实更加矛盾，宠物对他来说绝非冰冷的数据，而是他从小渴望、画在纸上的"陪伴"。他对宠物的情感，也远超游戏中的每一个人。

"让我来想想办法！"凌小路在他身后喊。

"你有什么办法？"嵇蒙不认为他做得到，却又潜意识期望他做得到。

"你送我下去，我想跟它说几句话！"

下面幽灵一地，多了去像凌小路这样刚刚创建的小号，都在茫然，自己来听个演唱会，怎么变成了"天人渡劫"的炮灰，那个巨大的黄色生物又是什么？

嵇蒙又有些不忍心。

"相信我！"凌小路催促道，他并非胸有成竹，他只是放心自己不会真的"死"在雷噜噜的闪电之下。

飞龙从雷噜噜头顶掠过，凌小路动作轻盈地落在距离雷噜噜最近的屋顶。

很多人在直播画面里注意到了他。

——那个人是谁？

——看样子是个新人，但他刚刚是不是从太子嵇的坐骑上跳下来？

——我不信！我家哈尼的龙背只允许坐那一个人！

232

凌小路当然不知道自己才建号一个小时，又成为全服焦点。雷电声太响，他用尽全力，才将声音送达到雷噜噜耳中。

"雷噜噜！你看着我！"

雷噜噜听到这个声音，发狂的动作停顿了片刻，表情迷茫。

"雷噜噜，你听我说！"凌小路被迫用最大的声音吼道，"我知道好朋友离开，让你很难过！

"但是你的朋友离开你，并不意味着他也离开了这个世界！可能他只是在一个你不知道的地方，默默地看着你！"

雷声稍微小了些，凌小路终于得以缓口气。

"即使你已经想不起他的样子，但你毕竟还记得他的名字，还有你跟他之间的回忆，你们相处时的心情……这些任谁都带不走，任谁都删不掉！

"你的朋友也一定希望你能保留回忆中美好的部分，如果他正向改变了你，就带着这些改变更好地走下去，而不是封闭自己，甚至牵连别人！"

雷噜噜有些心虚地低下头，望着脚下不计其数的幽灵和墓碑，露出难为情的表情，像是一个被家长训斥、知道自己做错的惹事小孩。

嵇蒙也在龙背上一阵恍惚，凌小路这番话，既像是说给雷噜噜，又像是说给他听的一样。

凌小路向雷噜噜伸出一只手："而且我相信，你的朋友，一定会回来的。"

雷噜噜良久地沉默，漫天雷电终于销声匿迹。它的身体在众目睽睽下越变越小，小到可以热泪盈眶地扑到凌小路怀里。

凌小路一手将它接住，贴在它耳边，用谁也听不见的声音轻轻说道："你看，我这不就回来了吗？"

雷噜噜号啕大哭，哭得比先前两次还要凶，凶到凌小路都开始怀疑它本质其实是个水系的宠物宝宝。

嵇蒙也从龙背上匆匆跳下，看到放声大哭的雷噜噜，反倒松了口气。

——呜呜呜这个突然冒出来的人是谁啊，他不说还好，一说让我想起了鹿比和小鹿比。朋友离开还能默默地看着你，数据被删要怎么看见你？

——我再也不说太子嵇特权阶级了，鑫山连太子喜欢的AI都删，好冷酷好无情好无理取闹！

——一人血书鹿比重制！我不介意游戏里多一个AI！

——加一人！我们都不介意！

……

雷噜噜恢复了冷静，它造成的烂摊子还要人去收拾。

下方乱成一团，工作人员忙着将舞台重建，老玩家们主动复活被雷噜噜电成幽灵的粉丝团。

女团的经纪人——也是雷电下的冤魂之一——被拉起来后暴跳如雷：

"演唱会被破坏成这副样子，这个推广我们不做了！公司法务部会联系鑫山解约，还要赔偿艺人们的精神损失！"

鑫山这边的活动策划自知理亏，只能拼命道歉："对不起对不起，这是突发事件，是我们安保工作不力。我们一定吸取教训，对肇事者严——"

他余光瞥见从房顶跳下来的嵇蒙，把"严惩不贷、绝不姑息"几个字吞了回去。

"——肃教育，绝不再犯！"

凌小路刚才只知这里有演唱会，直到此刻才留意到，鑫山邀请的居然是他最喜欢的虚拟女团。

他兴奋地扣住嵇蒙手臂，难以抑制心中激动的心情："朋友快看！是诗音少女团！那个穿粉色裙子的是桃子酱，我是她的粉，她好可爱！"

嵇蒙脸色突变："你叫我什么？"

凌小路被迫清醒，心虚地收回手："不好意思，我习惯这么叫别人，你不喜欢的话，那……同学？"

嵇蒙双唇深抿，视线紧盯，似乎在从他身上寻找破绽。

常欢禧不知听了哪个版本的谣言，匆匆赶到，被宛如震后的混乱现场吓了一跳："咋的了兄弟，就算你不喜欢虚拟女团，也不用闹成这样吧……你俩怎么了？"

常欢禧敏锐地察觉到环绕在这两个人之间的气场有些诡异，但是下一秒，他被舞台上被工作人员搀扶起来的虚拟偶像吸引了注意力。

"……爱你！兄弟你怎么不早告诉我，你们请了诗音少女？"

凌小路巴不得转移话题："你也是诗音少女粉？"

"铁粉！我是桃汁啊！"

"我也是！"两个人如遇知音，无视嵇蒙越变越黑的脸，对起了暗号，"六宫粉黛谁最靓？"

"人美歌甜桃子酱！"

"是你了同志！"他们激动地握住对方的手，就像找到了组织。

常欢禧："我有个大胆的想法……"

"我也……"

两人默契地丢下嵇蒙，头也不回地奔着舞台去了，壹面无表情地跟上，只有一头雾水的茜茜留在了原地。

不过，茜茜偷瞄了眼身边的嵇蒙，觉得这似乎是个打招呼的好机会。

"男生好像都喜欢那种可爱型的萝莉角色,哪怕明知那不是真人。你怎么不……"

她一抬头,被嵇蒙一米开外的背影闪得七荤八素。

"可恶!男生都一个样!"她望着往舞台方向走的嵇蒙,重重跺了下脚。

安保人员正要阻拦,冷不丁看到凌小路肩头的雷噜噜,吓了个哆嗦。一段时间内,他怕是要罹患黄色生物 PTSD。

"桃子酱!我是你的粉丝!"

"我也是!"

"能合张影吗?"

"什么人?!干什么呢?!"经纪人张牙舞爪地杀过来,"没看到桃子酱才受到了惊吓吗?还好意思来要合影?"他也瞥见雷噜噜,打了个哆嗦,"……啊?还带着罪魁祸首过来?赶紧把这家伙带走!"

雷噜噜垂下头,露出知错而难过的表情,凌小路忙为它赔礼:"其实我主要是带它来道歉的,它也不是有意的。"

"道歉也不行!快走快走!"

"没有关系的,"甜美如天籁的女声响起,"可以合影。"

经纪人气愤:"桃子!"

凌小路和常欢禧:"呜呜呜……"

桃子不仅不怕,甚至还大胆伸手摸了摸雷噜噜的圆脸:"你好可爱呀。"

雷噜噜一顿,小心翼翼地抬起头,见到一张笑意盈盈的善意面孔。

"你能听懂我的话吗?"桃子又亲昵地摸了摸它的下巴。

雷噜噜拼命地点头。

"不要自责了,没有人怪你。"桃子大概内置了情商大师撰写的语言程序,在安慰这个技能上达到了顶级,"我们跟你是一样的,人类都有情绪失控的时候,凭什么要求模仿人类七情六欲创造出来的我们,在任何情况下都保持完美呢?"

雷噜噜如同受到了天大的鼓舞,在桃子的慰藉下满血复活。

它从凌小路肩头滑到地上,开心地当众跳起了它的拍肚皮舞。

诗音少女团的成员们都兴致勃勃地过来围观:

"好可爱啊!"

"它是这个游戏里的宠物吗?"

"我也好想养一只。"

众人七嘴八舌,最终一致看向经纪人:"我们也想来玩这个游戏,可以吗?"

"这……这……"经纪人哑口无言,虽说他带的是虚拟女团,但这些高智

235

能 AI，也跟人类一样拥有自己的想法，早不是从前那种没有思想、只能受人类控制的全息投影。

她们提出的要求满足不了，也会跟人类艺人一样，罢工、闹小脾气。

下面才复活的粉丝们一听，把之前遭雷劈的怒气转眼抛之脑后。

"'爱豆'们玩，那我们也要玩！"

"桃子酱在哪里我就在哪里！"

"现在团购外设有没有优惠？"

鑫山的活动策划获得意外之喜，刚想自己跟上级申请，特批几个推广账号给艺人使用，却被不速之客打断。

"当然不行。"

策划一抬头，表情如见死神。

"鸤、鸤鸠，你怎么在上面？"

身为线上策划，他跟大部分玩家一样，对这位化石级杀手大神有心理阴影，每次举办线上活动，最怕这位闲得无聊跑来收集杀气。

现场观众刚被雷噜噜摧残过一遍，若是鸤鸠再如法炮制，那他就可以考虑写辞呈了。

鸤鸠从数米高的聚光灯架上轻盈跳下，面具折射着舞台灯光。

凌小路差点没忍住叫出来，时隔多日，再见鸤鸠竟觉得更亲切了。

鸤鸠当然不认得他，他说话的对象是几位女团成员。

"很遗憾，姑娘们，这个游戏不对 AI 开放，除非你们想来当 NPC。"

策划急得语无伦次："鸤……不是，这位玩家，请您不要代表游戏公司，随便下结论可以吗？"

"难道不是吗？"鸤鸠戏谑地反驳，鸟首面具故意转向迟来的嵇蒙，"公司高层家属就在这里，不如你们问问他？游戏里可有允许 AI 玩家存在的先例？"

嵇蒙表情严肃，眉头紧皱，面对鸤鸠的挑衅，一言不发。

策划擦汗："这个具体还是要由公司决定，就算是高层家属，也不会干涉游戏的运营……"

"这话倒是没错，"鸤鸠顺理成章地接下去，"也不怪某些人连自己的 AI 都保不住。"

嵇蒙脸色铁青，雷噜噜跳到半空，翻了几个筋斗，化身巨剑，被他抓在手里。

凌小路见形势不妙，忙出来打圆场，嵇蒙身上的杀气值还没洗，两个人要是打起来，结局恐怕是嵇蒙要去坐牢。

"那个，虽然我听不太懂你们的话，但大家以和为贵不好吗？"

鸠鸠微微偏头，注意到了这个新人："你是谁？"

"我……"

"他是我跟嵇蒙的同学。"常欢禧帮他解了围，"鸠鸠大神，鹿比被删号这事，大家都很气愤，这一点你真的不能怪嵇蒙。"

他又扭头："那什么，兄弟你也把剑收了，那么大一把吓唬谁呢？"

策划："虽说现阶段游戏里没有 AI 玩家，但我可以向上级申请，开会讨论一下。这么可爱的女团成员们，肯定有不少玩家希望她们留下来。"

下面不知谁带头喊："女团可以有，那鹿比凭什么不能存在？准许虚拟女团入驻，就要把鹿比也还回来！"

"无良鑫山！你说 AI 影响游戏平衡就影响啦？鹿比干什么了？"

"就是！还我鹿比！"

众人齐喝："还回来！把鹿比还回来！"

凌小路心情复杂。

没想到鸠鸠除了杀人不眨眼，带节奏也是一把好手。

策划慌乱，公司开发 AI 这事，跟他一点关系都没有，可继续闹下去他负责的线上活动就没办法顺利进行。

嵇蒙收了巨剑，沉声对观众："不要为难他了，他也只是个活动策划。"

策划感激涕零："谢谢这位理智的玩家。"

嵇蒙又转向鸠鸠："我自己的人，我自己想办法带回来。"

"你最好是，否则的话，我会用你不希望见到的方式帮你。"他双臂一振，跃回到来时的灯架上，身形在鸦群中渐渐隐没。

没见过这种画面的粉丝团们啧啧称奇："太帅气了！"

"像拍电影一样！"

老玩家们无情打击："等你们遭受过现实的毒打，再看这个画面，脑子里浮现的就不会是帅气了。"

场面终于得以控制，舞台重新布置完毕，粉丝和玩家们又投入到癫狂的追星大业中。

凌小路还在为嵇蒙方才的话发怔，常欢禧冲出来，把不知道从哪儿搞到的应援物塞到他手里。

"发什么呆呢？演出要开始了！"

"啊？哦……"

凌小路注意到，常欢禧全副武装完毕，连壹的头顶都戴着违和的"我爱桃子酱"荧光发箍。

他还想问关于嵇蒙的事——关于他要怎么把鹿比带回来——却也问不出来

了。

"来来来!"

凌小路被常欢禧拉到观众席,热情的前奏响起,脑子里乱七八糟的思绪瞬间一扫而空。

为什么要追星?追星使人快乐,使人忘却烦恼。

所有人都忘记了先前不愉快的插曲,凌小路跟着同好们一起,站在第一排为"爱豆"疯狂"打CALL"。

一曲终了,凌小路浑身是汗,比自己跳了整场还激动。

他四下张望,才发现刚刚还在的嵇蒙不见了。

"嵇蒙人呢?"

常欢禧深深叹了口气:"下线了,大概是刚刚又受了刺激。你说鸩鸩大神也真是的,都是一个家族的,干吗戳人家伤疤呢?对了,你还没加家族吧,快进来。"

凌小路以新人的身份加入鹿透社,在线成员还是熟悉的名字,他却只能礼貌客气地做自我介绍,换来同样礼貌客气的欢迎。

只有411的与众不同一点。

【家族】411:这回是真的绿名吗?一绿到底那种,你可千万不要变身哦,不许变身!

凌小路无语。

【家族】路在何方:不变身,一绿到底。

【家族】411:那我就放心了,下战场叫我,哥罩你!

鸩鸩和离争都在线,但没有发言,凌小路也不奇怪。鹿比在的时候他们也极少在家族频道露面,鹿比没了这两个人还能留在家族里,就已经很出乎他意料了。

演唱会圆满成功,凌小路和常欢禧也如愿要到了合影,高兴得像中了头奖。

"走走,我带你去家族领地认认路。"

常欢禧把凌小路带到了家族领地。

"这是咱家族基地,没事做的时候可以过来,里面什么都有。仓库里也有大家用不着的东西,需要的随便拿。"

凌小路很清楚,鹿透社仓库里随便哪件"用不着的东西",拿出去都是可以卖高价的极品。

常欢禧主动为他找了两件能穿的装备,又问:"你有宠物宝宝吗?"

"应该有新手宠。"

"那个不顶用,丢了,我给你个新的。"

凌小路还没来得及仔细看新手背包,这会儿才翻看。

"还有个抽奖券。"

一提抽奖,常欢禧就来气:"那个是骗人的,什么都中不了!"

"……"凌小路想起他买三千份客户端抽奖的壮举了。

凌小路自然也没抱什么期望,如果运气好抽中龙鳞,还可以想办法送给离争。

"我看看。"

【系统公告】恭喜幸运玩家[路在何方],在新资料片《精灵契约:隐秘的龙族》豪华客户端抽奖活动中抽到特等奖,喜提珍稀宠物风息翼龙一条!全服开启两小时欢庆BUFF,活动期间所有珍稀物品掉落率提升20%!

凌小路目瞪口呆。

流光溢彩的银白色巨龙在凌小路和常欢禧眼前蜿蜒而过,两个人都惊掉了下巴,呆在原地。

这可是货真价实、没有吃巨大丸、也没有GM操控的风息翼龙,有的"非酋"三千份客户端抽不到,有的"欧皇"一发入魂。

"爱你……"常欢禧喃喃道,"这是真的吧?不会又是假的吧?"

凌小路比他更想说"爱你",他从小到大运气也没这么好过——如果不算项圈摘不下来这件事的话。

常欢禧终于回过魂来,重重地给了他肩头一拳,既替自己惋惜又为他高兴。

"我说我怎么抽不到呢,原来真龙在你这里。"

凌小路还有点不太能接受现实,然而私聊窗口已经叠了数十层,全是来询价的土豪。不用看也知道,世界频道一定爆了。

他在内心感慨,自己玩这个游戏的初衷就是拥有风息翼龙,可当真的拥有后,却没有想象中开心。

"运气有点好……哈哈……"他干笑。

"可惜我已经有阿零了,不然我一定问你买下来。"常欢禧遗憾地摸摸龙鳞,"你是要自己留着还是卖掉?养它可要不少钱,要是卖的话,我帮你把关,千万别卖便宜了。"

凌小路还没想好,没接触游戏之前他只是单纯地想要龙,了解了之后再看这龙,每片龙鳞上都写着氪金、氪金、氪金……

就在他犹豫时,一句私聊夹杂在一堆问话中一闪而过。

出于对那个名字的敏感,凌小路慧眼捕捉到。

离争:在哪儿?

凌小路赶紧打开私聊界面,在一堆窗口当中把离争的那个找出来。

239

路在何方:家族领地。

俊美无双的人物在风中登场,凌小路咽下"师父"二字,很努力地表现出一个正常人第一次见离争应有的模样。

"大、大神……"

常欢禧:"离争大神?你怎么来了?"

离争直截了当:"龙卖吗?"

"卖!"凌小路不假思索,爽快得令另外两个人均是一怔。

"呃,我是说,这个龙升级一定要很多钱吧,放在我一个新手手里浪费了。这位大神是家族里的人吧,卖他肯定好过卖给外人。"

常欢禧赞赏:"决策准确,思路清晰。买家是离争大神我就放心了,他肯定不会坑你一个新人。你们两个聊吧,我让阿零带茜茜,时间有点久了,我去看看。"

"哎……"凌小路想留没留住,说好的替他把关呢?

让他单独面对师父,总有种下一秒就要被扒皮的错觉。

"咳咳……"凌小路挠挠鼻子,"大神了解行情,你开价吧,合适就行。"

给多给少他没意见,主要怕开价太低对方起疑。

离争倒也干脆利落:"八千万。"

"太多了,"凌小路想也不想地说,"自己家族的人,给你八折吧。"

离争不说话,一双过分好看的冰眸渐渐眯起。

凌小路心虚:"要不……七折?"说完他就后悔,哪有这么讨价还价的卖家,他要是离争,简直要怀疑对方是不是骗子了。

就在凌小路以为这次交易要泡汤的时候,离争慢悠悠地开口:"我改变主意了。"

凌小路心想,果然——

"五百万。"

"哎?"

"现金。"

"这个……"

"当面交易。"

凌小路"咕嘟"咽了下口水。

"这倒不用吧……我可以先把龙给你,你再转给我也没问题的……"

"不要随便相信网络上的人,"离争反过来教育他,"尤其是这么大宗金额的交易,还是当面进行比较放心。"

凌小路瞬间无语。

怎么听上去这句话应该是他的台词？五百万固然诱人，但更心动的是——他能见到现实中的离争！

这个诱惑简直太大了，试问游戏中，有谁不想知道三次元的离争长什么样子？哪怕是一个路人，都拒绝不了这样的邀请！

凌小路内心天人交战，就仿佛摆在他面前的是一桩非法交易，而他本人在巨大风险和巨额回馈边缘疯狂试探。

而离争看起来并不想给他深思熟虑的时间："留下地址，我去找你。"

凌小路还想给自己留一线退路："可假如我们离得远的话，岂不是不太方便……"

"没关系，"离争淡定而又坚决，"哪怕你在太空宇宙，我也找得过去。"

"……大神你是有私人太空飞船吗？"

退而想想，窦寇在银河系十一个星球有矿产，私人飞船好像也没什么。

离争并未回答私人飞船的问题。

"地址，给我。"

凌小路：感觉自己被强买强卖了……

翌日。

第 N 个烟大学生由于走路回头看人而撞上面前的树。

"是真人吗？"

"是 AI 吧？"

"真人哪有那么好看的？"

"我们学校有这样的人吗？"

……

凌小路心情复杂地坐在水吧的高脚椅里，面前摆着一杯没吃几口的冰激凌。不是他想吃甜食，而是他需要外物帮他冷静一下。

在他毫无察觉的时候，水吧的门响了一声，接着整个环境陷入夸张的寂静。

除了走神的凌小路，每个人都出于某种理由，不发出或发不出任何动静。

凌小路跟游戏中的形象完全一致，来人轻易将他认了出来，走过去，遮挡住他眼前部分光源。

"路在何方？"

凌小路抬头，叼在嘴里的冰激凌勺子"吧唧"掉到了吧台上。

"……不是说整容了吗？"凌小路发出难以置信的喃喃自语，"到底整哪里了啊？"

离争好整以暇地回复："发型，还有发色。"

凌小路丧着一张脸,感觉自己被欺骗,更加想哭:"这也叫整容吗?"

"你的问题问完了?"

"呃?"

"那么轮到我了。"

"啊……"

"我什么时候告诉过你,我整容了?"

"……"

睫毛纤长的好处,就是连眼底的戏谑都能被美化。

"我玩游戏这么久,只有一个人敢当面问我有没有整过容。"

凌小路身子一软,从高脚椅出溜到了地上。

"师父……"

他不是没想过见面可能意味着掉马,只是没想到这个时限是一秒。

离争惬意地坐上旁边的位置,还体贴地抽出纸巾,帮凌小路把勺子擦干净,放回到冰激凌碗里。

凌小路忐忑地看着离争做这一切,直到离争修长食指往他的座位上一指——跟前面的体贴画风全然不同,一个近乎命令的姿态。

凌小路小心翼翼地爬上去,蹭了个边坐下。

想不到在游戏里被离争的气场压制,到了现实中也是一样。

四周恢复了原本的动静,只是那窸窣的对话中,多少与他们这桌有关。

"说吧。"离争给他发言的机会。

"师父你是真人吗?"凌小路作死地问。

"没有你像 AI。"

"……"

"还是一个影响了游戏平衡,被公开删除的 AI。"

凌小路委屈:"我有苦衷的。"

"什么苦衷?"

"不能说,说了要赔钱。"

"赔多少?"

"一条龙。"

"那你现在赔得起了。"

"……"

离争居然直接亮出手腕上的终端:"对接一下,给你转账。"

"别闹了师父。"凌小路做可怜状,"我抽到龙第一时间就想到师父,要不是怕师父疑心,我就直接送了。现在你都知道了,我更不可能收自己师父的

钱。"

"主动打八折就不怕疑心了?"

"那是因为……因为师父你开价太高了啊!比其他私聊我的人高出一大截,也要考虑到我的良心啊!"

"真有良心的话,就不会一声不吭地走。"离争眼神晦涩不明,"带大我的师父是这样,我一手带大的徒弟也是这样,难道你们离开之前,就不考虑别人吗?"

凌小路态度瞬间软化:"我也是情非得已。当初项圈拿不下来的时候,我就跟鑫山签了协议,一直是以兼职测试员的身份带薪游戏。严格来说,鹿比这个账号从一开始就不属于我。"

"当初到底为什么要签?"

凌小路垂下头:"可能是因为,签协议的时候,我对那个世界还没有感情吧。"

那时他还不认识嵇蒙、不认识离争、不认识鸩鸩、不认识所有的人,对于即将到来的世界全然陌生。

如果让他知道,三个月后,他会对这片大陆滋生出各种各样强烈感情的话,他当初就会像一个普通玩家一样,开启自己的游戏之旅。

离争袖子一抹,掩去了终端,独露出左手上的戒指。

"我见你昨天跟常欢禧在一起,嵇蒙也知道这件事?"

凌小路摇头:"就这么凑巧,跟他俩成了校友。"

离争毫不掩饰地一声轻讽:"想他也看不出来。"

凌小路:……不要嘲笑得那么明显啊!

服务生侧移着过来。

凌小路困惑,为什么要侧移?

店里都是智能点餐,服务生左等右等,也不见离争下单。如果他什么都不点,那她连近距离接触的机会都没有。

"请问需要点餐吗?"职业微笑下按捺着激动,仔细观察还有一丝羞赧。

凌小路纳闷,刚才他进来的时候怎么没有人招呼他点单?

"师父,我请你吃冰激凌吧!"他这才想起来自己是东道主。

离争轻描淡写地扫了眼吧台上的冰激凌,回答服务生:"不必了。"

"哦……"服务生面露遗憾地离开,一步三回头。

退回到安全范围,她迫切地低头发消息给原本在这里兼职、今天意外有事找她带班的闺密。

——我跟他说话了!!!

下面是连着好几张偷拍图,连手部特写都没放过。

——声音与外形匹配度100%!你无法想象的好听!

——啊啊啊啊啊为什么我偏偏今天有事!我在店里兼职一学期了也没见过这样的人,为什么你只去一天就被你碰上了啊!

那边小姐妹兴奋地叽叽喳喳,这边凌小路有一下没一下地戳着玻璃碗里的冰激凌。

"嵇蒙对现在这个我态度还可以,不像对其他生人那么排斥。"

"嗯。"离争话题一转,"你被删号以后,鑫山的人主动找我提出补偿。"

"为什么?"凌小路傻乎乎地问。

"我精心培养出的徒弟说没就没,难道我没有经济和精神上的损失吗?"

凌小路不好意思地摸摸鼻尖。

"他们不来找我,我也会找他们。不过他们主动来找,态度比起道歉,更像是……"离争停顿了下,"想要封口。"

"什么意思?"

"大概就是,不希望我深究的意思。"

离争指尖在吧台上轻敲。

"但正是这样才可疑。我没办法通过正规渠道确认,所以联系了一个黑客。"

"黑客!"

"很有名气,但又很难找的那种,"离争不痛不痒地省略掉其中过程,"你猜怎么着?"

凌小路压低声音:"有什么大阴谋?鑫山想搞个大新闻!"

"那个人是鸩鸠。"

乍听到这个消息,凌小路第一反应是惊讶,但仔细想过,确实没有第二个职业比黑客更适合鸩鸠。

在他的印象里,鸩鸠就应该从事这种神秘莫测、亦正亦邪的职业。

"我原本只是委托他查一下鹿比的来龙去脉,没想到的是……"

"是什么?"凌小路急迫追问。

"他说你未必像鑫山公告的那样,有极大可能性确实存在。他还说……"

"师父,你可不可以一口气说完?"凌小路抓耳挠腮。

"鹿比的数据,是有可能被恢复的。"

离争独自步行在烟大校园里,对周围投射过来的视线习以为常,全然不加理会。

直到迎面撞上一个熟悉面孔,能在这里遇到认识他且他认识的人,这种概

率小到让人觉得不可思议。

嵇蒙在认出这个人后，露出的就是这种难以置信的表情：

"离争？"

离争眼皮轻抬，视线交汇，就算是打过招呼了。

线上他们的关系也只是一般，线下也没必要演绎网友激动偶遇。

"你怎么在这里？"

嵇蒙怎么看离争的打扮都不像学生，在游戏里白衣飘飘也就算了，现实中还要白风衣加身，这是在COS（扮演）精神科医生呢？

"我不可以来吗？"离争反问。

"你也是这儿的学生？"

离争轻顿，嘴角有不易察觉的上扬："不，我来找我……弟弟。"

离争的弟弟是烟大学生？

嵇蒙拧眉，不知道他那弟弟跟他长得像不像，如果像的话，那识别度应该挺高。

手机一振，在嵇蒙低头查看的时候，离争轻飘飘从他身边走过。

"再见。"

嵇蒙这个瞎子，认不出来就认不出来吧，他可没有义务提醒。

讯息是常欢禧发来的，内容是一张照片。

紧跟着一条留言。

常欢禧：兄弟！这不是离争大神吗？有人拍到他在咱们学校，已经上了表白墙！

大惊小怪，嵇蒙心想。

嵇蒙：我刚在路上见到他了。他来找他弟弟。

常欢禧：是哦！这么巧！

常欢禧：表白墙已经炸了！都在求他的全部资料。我以为大神的脸是自己捏的，没想到他真人也长这样！

常欢禧：你说我要不要去爆个料，给你家游戏做做宣传？

常欢禧说的学校表白墙嵇蒙也知道，开学报到第一天他和常欢禧就双双上榜。

2415年了，整容技术可以达到换头的水准，人类还是肤浅地只会看脸。

对此，嵇蒙的态度无疑是鄙夷的。除了脸，离争那人还有什么优点？

嵇蒙：无聊。

常欢禧：嘤嘤嘤。

常欢禧发消息的工夫错失了爆料良机，烟大里也有《精灵契约》的玩家，认得出嵇蒙，自然也认得出离争。

不出片刻的工夫，这几位热心玩家已经为众人科普了鑫山、《精灵契约》、离争，以及他手上戒指所代表的含义，鼎鼎有名的鑫山太子嵇自然也未能幸免。

鑫山的网上商城，突然就多了一大笔订单，送货地址都是同一个地方。

对外界风波毫不知情、仿佛生活在另一个世界的凌小路比离争晚一些从饮品店出来，上一秒他还在严肃地思考离争带来的庞大信息量，下一秒看见嵇蒙从几米外迎面走来，开心地挥起手。

"同学！好巧！"

嵇蒙脚步一顿，不知为何想起了昨天凌小路下意识的那个称呼。

或许是误解自己不喜欢被人叫"朋友"，对方有意把称呼改成了"同学"。

他只是无意看了眼凌小路光顾的饮品店招牌，立刻听见凌小路问："你吃吗？它家冰激凌还不错。"

嵇蒙不喜欢甜食，摇头："我回宿舍。"

"我也回宿舍！"

两个人自然而然地走到了一起。

"昨天你怎么一个人先走了，不喜欢看演唱会吗？"

"嗯，"嵇蒙承认，"不喜欢吵闹的场合。"他略微一顿，"昨天谢谢你。"

"嗯？什么？"

"雷噜噜那件事。"

"那个啊，小事一桩。我还要谢谢雷噜噜，没有它引路，我也拿不到跟桃子酱的合影。"凌小路想起这件事心里还美滋滋的，"我喜欢诗音少女三年了，从高一就开始追，昨天还是第一次这么近距离接触。她们比屏幕上看起来还要可爱一万倍，我还跟桃子酱说话了！"

他情不自禁地手舞足蹈："她们团队的舞蹈设计很厉害，男生女生都能跳，差不多每段我都有练过！"

说罢也不管这里是人来人往的校园，现场表演了一段诗音少女团的标志舞步，引来路人含笑侧目。

"你还会跳舞？"嵇蒙问。

凌小路差点绊自己一跟头："业余，跳着玩，嘿嘿。"

嵇蒙的宿舍先到，凌小路找借口制造下次见面的机会。

"对了，我跟雷噜噜一见如故，我还能去看它吗？"

嵇蒙突然顿住不答。

"不可以吗？"凌小路有些忐忑。

"没有。"嵇蒙无意识将戴着戒指的左手揣进兜里，装作若无其事的模样，"你想去随时都可以。"

凌小路放下心来，高兴地冲他摆摆手："那我走了，拜拜！"

嵇蒙站在原地，目送凌小路蹦蹦跳跳地离开，直到对方的背影消失在拐角，突然转身大步往宿舍楼跑。

回到自己的房间，嵇蒙飞快地激活戒指，登录进游戏，把凌小路加进了永久允许访问名单。

昨天他只给了对方单次访问权限，如果凌小路再上线，就会发现自己被拒之门外。鬼使神差地，嵇蒙不想让凌小路发现这件事。

退出游戏，嵇蒙冷静了片刻，无法给自己反常的行为一个合理的解释，干脆不再去想，而是启动了一台形状特殊的"电脑"。

竖直屏幕上，一个尚未完成的三维人物模型渐渐显现……

凌小路再次进入游戏已是三个小时后了，嵇蒙不在线，显示他最后登录时间是三小时前。

不愧是全息游戏，昨天被雷噜噜破坏得惨不忍睹的豪宅一夜之间恢复原貌，花园也被重新修缮过，鹿比的房间几乎没有改变，无名卫兵的雕像也被完璧摆放回原处。

雷噜噜见他上线非常开心，缠着他要吃东西。可惜当凌小路试图打开装有宠粮的柜门时，才发现自己这个号没有权限。

"不好意思了。"凌小路歉意地冲着满脸期待的宠物宝宝们摊摊手，"跟你们的主人关系处得还不够好，我也打不开这个。"

"啊噜！"雷噜噜气愤地跺跺脚，摆出一副臭脸，又做了几个挥舞大剑的动作。

"呃，你想说……嵇蒙？"

雷噜噜点头，又闭上眼，小短手向前摸索。

凌小路胡猜一气："嵇蒙……看不见，嵇蒙……盲人摸象……嵇蒙瞎！你说嵇蒙瞎！"

雷噜噜立刻睁眼冲他竖起唯一的大拇指。

"哈哈哈，过分了……"

凌小路跟宠物宝宝们闹成一团，冷不防被一个女声打断。

"你是什么人？为什么会在嵇小蒙家里？"

这个熟悉的称呼，凌小路不用回头都知道来人是谁。

他赶忙从地上爬起来，对着面色微愠的初芽，换上一副乖巧讨好的表情。

"你好，我是嵇蒙的同学。"

初芽错过了昨天的演唱会风波，无意点开家族成员名单时，才发现有新人加入。

但诡异的是,新人的位置显示在东野,可嵇蒙本人却不在线。

她以为是自己想多,可来了之后,这个来历不明的新人不仅真的在嵇蒙家里,还跟嵇蒙心爱的宠物宝宝们在地上滚成一团,看起来关系熟稔。

"同学?"初芽拧眉,"才认识的?"

"对。"

"刚认识就这么熟了?他就让你随便进出他家了?"

"我们比较投缘。"他倒是对初芽充满亲切感,奈何初芽对他怀有敌意,"我看小姐姐你也挺投缘的,我们要不要认识一下?"

不是初芽的错觉,尽管想不起鹿比的样子,但眼前这个少年给人的感觉,与鹿比的气质似乎如出一辙。

倘若是这个原因,才使得嵇蒙对他另眼相待,那也太可笑了。

"轻浮!"初芽细眉一竖,"谁跟你投缘?你只是长得有点像某个人而已,嵇小蒙八成是因为这个才理你的吧!"

"噗!"凌小路起了逗弄之心,"那长得有先天优势也不能怪我啊,说明嵇蒙就中意我这种类型做朋友。"

初芽一时间差点无法反驳:"那……那有什么用?嵇小蒙已经有最重要的朋友了,你来晚了一步!"

"是吗?我没听他说啊。"

"谁刚一见面就把这种事挂在嘴上啊!"

"你呀。"

"你……"初芽杏眼圆睁。

"开玩笑开玩笑,"凌小路立刻服软,"我就是看你挺可爱的,逗逗你。"

"你怎么这么轻浮?"

"我……"凌小路卡了下,"看上去很轻浮吗?"

由于这句话说得情真意切,初芽收起了部分敌意,但还是保持警惕。

"你轻浮不轻浮关我什么事,但你不可以打嵇小蒙的主意。"

第三个人的声音插进来:"你们在做什么?"

初芽:"没,我们什么都没做。"

嵇蒙对她致以怀疑的目光:"这是我同校同学,你们好像已经认识了。"

初芽心虚,她不仅认识了,还把对方给怼了。

"是啊……我们聊得,挺好的……"

凌小路也点头:"小姐姐在给我讲游戏知识呢。"

初芽感激地看了他一眼。

"你这几天没怎么来,禧儿和小南薰也是,都不知道去哪里了。"

嵇蒙兀自打开柜门喂宠物宝宝。

"我开学比较忙，上线的时间不多。"他说这话时情绪淡淡的，但初芽很清楚忙什么的都是借口。

值得庆幸的是，宠物宝宝们一扫日前的失落，个个大快朵颐。打死嵇蒙也想不到是凌小路的原因，还以为它们从离愁中自行恢复了。

到底是智能等级有限的虚拟宠物，论长情远不及人类。

嵇蒙沉默着，有些羡慕它们的无忧无虑。

"啊，嵇小蒙，要不今晚家族组织刷个BOSS？"

初芽不想他这么快忘记鹿比，但也不愿意看到他消沉。

"你们玩吧，我不参加了。"

初芽不无担忧。

嵇蒙视线扫到凌小路："方便的话，多带带新人。"

当初鹿比可是他亲自带的，凌小路琢磨着这其中差别待遇还是蛮大的。

但是能想到他，已经不错了。

嵇蒙对这游戏的羁绊变淡，例行喂完宠物就要下线。

"等等，"凌小路拦住他，"你晚上去食堂吃饭吗？"

嵇蒙稍顿："去，怎么了？"

"常欢禧跟那个妹子有约了，我不想一个人吃饭。"

初芽迷惑。

凌小路"看"到她头顶冒出的虚空问号，冲她挤了挤眼睛。

嵇蒙犹豫了下："……好。"

初芽震惊。

凌小路憋着笑："那我们早点去吧，人少。你吃什么？"

"随便。"

"我除了包子，什么都行！"

两个人说着同步离了线，只留下初芽一个人，叉着腰，空对着一地肚皮吃得浑圆、呼呼大睡的宠物宝宝们，不知道是该生气，还是该生气，还是该生气……

半晌终于憋出一个字：

"哈？！"

## 第十二章

我这不是回来了吗?

嵇蒙虽答应一起吃饭但话也不多,如果凌小路不开口,两个人基本上就是沉默相对。

但凌小路的第一个目标就是一起吃饭,嵇蒙态度好不好他不在乎。

想到嵇蒙这么在意他这个朋友,凌小路就很开心,看着他多吃了好几碗。

嵇蒙被凌小路看得有些不自在,问:"我很下饭吗?"

"嗯!"凌小路坦率地点了点头。

"……"

凌小路将自己的观点贯彻到底,盯着他把碗里的饭扒完,换一个人做这种事,嵇蒙估计早就黑着脸走人了。

嵇蒙心情复杂,但对凌小路,又莫名地讨厌不起来。

晚饭后的烟大校园,各种活动争先展开。兼职促销、社团招新,虽然没有广场舞增添气氛,但也少不了极限运动爱好者在人群中穿梭的身影。

"同学,关心一下慈善募捐活动吧!"一个女生往凌小路手里递传单,"捐赠无论多少,都是心意。"

凌小路接过来,看到上面的标题:"咦?"

特殊病症研究与防治中心,这个募捐对象的名字有点眼熟。

嵇蒙只扫了一眼,上面的LOGO(标志)十分明显,下面的介绍文字他也不必看了。

"在哪儿捐?"

女生立刻高兴地为他引路,简单的摊位上有募捐箱也有扫码机。

嵇蒙用自己的终端在上面一扫,输入金额。

"同学稍等,我帮你录入,发爱心证书。"

嵇蒙想说不用了，那边却突然夸张地"咦"了一声。

"同学，你是不是把金额输错了？手误的话，我们是可以退还的。"

"没有输错。"嵇蒙淡淡否认道。

"我也要捐。"凌小路从后面伸出手，扫描终端，自己被弹出来的账户余额吓了一跳。

鑫山给了他一笔兼职费和封口费，离争也强制给他转了买龙款，现在的凌小路也是个不显山不露水的小富翁了。

想到自己有这么多钱可以支配，凌小路不假思索地也在转账金额中输入了一个可观的数字。

女生被这两位的出手阔绰惊到，忙找来在另一边发传单的中心公益活动负责人。

"严哥，你来看看这个该怎么办？"她激动却也无措地把转账记录拿给他看，"这种情况是不是该发个奖状？"

严哥看了记录，又困惑地抬起头，在认出捐赠人后表情释然。

"嵇蒙，怎么是你？你又捐什么钱，平时都帮中心那么多了，怎么好又让你捐钱。"

原来是熟人啊！女生放松心情，重新打量嵇蒙——这位同学既帅气又多金还心地善良，简直完美无缺。当然他身后那位也不错，这两人站一起还真是让人赏心悦目，爱了爱了。

嵇蒙不以为意："碰巧遇上，举手之劳……刚才第二笔是我朋友捐的。"

凌小路留意到这次嵇蒙介绍自己时用的不是同学，而是朋友，惊喜地偷看了他一眼。

嵇蒙不知道凌小路具体捐了多少，但从对方的反应看，应该金额不低，这让他有些没想到。

"哎呀，你的朋友跟你一样，年纪轻轻就很有爱心，真是人以群分。"严哥去握凌小路的手，"感谢这位好心的同学对我们中心的帮助。"

"没有没有，举手之劳。"凌小路模仿嵇蒙说话，"我早就听说你们中心了，一直想做点什么，今天是我走运遇上了。"

"真的？你听说过我们？"像这个年纪的年轻人，知道他们的可不多。

"当然，你们是为患先天性疾病的人提供免费医疗的机构，我还知道你们会为生活不便的人提供工作机会，对社会有很大帮助。"

"哟！"严哥没想到凌小路不是客气地随口一说，而是真的有所了解，就连嵇蒙都向他投来意外的目光。

"那行，"严哥飞快地将他划作跟嵇蒙一样的自己人，不再生疏地客气，

"有空来中心坐坐。"

"好!"凌小路爽快答应。

"大家都还好吗?"嵇蒙问。

严哥欲言又止。

"发生什么事了吗?"初芽的话在嵇蒙脑海中灵光一现,"南薰怎么样了?"

"南薰?"旁边的女生插嘴,"我知道,是那个哪儿也去不了的女孩子是不是?她好可怜。"

严哥叹气:"她最近可能是心情不好,影响了身体。有时间的话,你去看看她吧,那丫头每次你去的时候最开心了。"

"我也去!"凌小路立刻说。

生怕嵇蒙不带他,凌小路不假思索地摇晃嵇蒙的手臂:"我很想去,带我去好吗?"

嵇蒙顺着自己的手臂看下去,在游戏里,每当鹿比有事拜托他的时候,就会使出这个小动作,连抓的位置都很吻合。

"你朋友想来,就让他一起来吧。"严哥说,"有新朋友去,南薰也高兴。"

"是啊是啊。"凌小路赶紧附和。

嵇蒙想说这又不是去旅游,但对上凌小路眼中亮晶晶的期待,他鬼使神差妥协了。

"你什么时间有空?"

亲临特殊病症研究与防治中心,凌小路才切身体验到,南薰当初对他说的话绝非夸大其词。

这里几乎人人都认得嵇蒙,沿途遇到的医护人员见到嵇蒙会微笑着点头示意,但也没有人主动靠过来殷勤讨好,维持在一个让人觉得舒适的亲密度。

凌小路有点明白为什么嵇蒙会常来这里了。

经过病房,门敞开着,凌小路下意识往里看,独立病床,患者一动不动躺在上面,周围是凌小路看不懂的高科技仪器。

"不要看。"嵇蒙头也不回地提醒他。

"哦,不好意思。"凌小路快步跟上,以为自己的行为侵犯了病人隐私,不过实际上他也什么都没看到。

"看多了,"嵇蒙迟疑,"会心情不好。"

原来嵇蒙是为了他着想吗?凌小路误解了。

"这就是你不想带我来的原因吗?"

嵇蒙停在一扇门前,沉默半晌。

252

"我每次来这里，都只有一个想法……

"如果这里不存在就好了。"

他推开门，里面是一间研究室。穿白色制服的医生是外国人，一张口却是流利的中文。

"嵇蒙？你有阵没来了，假期过得怎么样？"

"还好。"

"南薰经常给我讲你的游戏近况，多亏你，她前段时间各项身体指标良好。"

"我听说她这几天情况不稳定。"

南薰的主治医生持资料的手明显僵了下："这个……比较复杂，也不能说是这几天的事，你先去看看她吧。你身后这位是……"

"我朋友。他也想来看看南薰。"

医生颇感意外："真难得，你会带朋友来。"

凌小路伸出一只手打招呼："医生您好，我叫凌小路。"

"有心了，南薰很喜欢有人来看她，你们去换衣服吧。"

几分钟后，凌小路跟嵇蒙全副武装，帽子口罩、手套鞋套，还有隔离服，浑身上下只有眼睛露在外面。

他只知道南薰居住的环境是被隔离的，没想到对无菌室外部的环境要求也这么高。

"进去前还要全身消毒一次，里面的小孩抵抗力很弱，步骤比较烦琐。"

"即使这么麻烦，我听外面医生的意思，你也经常过来。"凌小路说，"我觉得你这人很有爱心，有的人捐钱就很不错了，既捐钱又身体力行的人最难得。"

嵇蒙不会像他这样张口就夸人，等待紫外线消毒的过程中，好不容易想出一句话："你不也一样。"

凌小路还有意再吹他几句，门开了，他跟着走进去，亲眼见到了南薰口中的"罩子"。

罩子的大小不会超过他们现在所住的胶囊宿舍。虽说他们休息的空间也只有那么大，但毕竟有无穷广阔的天地可以随意进出，而南薰终其一生只能在这样巴掌大的空间里生活。亲耳听到和亲眼所见是两个概念，无论听说或想象多少次，都没有实际目睹的画面来得更为震撼。

设身处地地想象一下，倘若里面的人是凌小路，不超过一个月他都要发疯。

"为什么，"凌小路下意识地问，"隔离区域不做得大一些呢？"

"因为这种病对空气净化的要求特别高，空间越大，风险越高。同样的患者，有些只能生活在封闭胶囊舱里，连直立都做不到，这里的医疗环境已经是最好的了。"

玻璃罩里的女孩子听到动静，从床上坐起来，见到嵇蒙，大大的眼睛立刻发出渴盼的光芒。

凌小路却是一怔，不受控制停下脚步。

南薰说自己十二岁，可凌小路见到的女孩子分明也就八九岁的样子。长期的营养不良与活动受限，使她的时光也冻结在这方寸之中，发育远不及同龄人。

她的四肢瘦得有些惊人，宽大病号服掩盖住萎缩的肌肉，全身最醒目的，就是戴在脖子上的特殊金属项圈。

难怪嵇蒙在游戏中初见时没有认出来，她究竟动用了多大的想象力，才完美刻画出自己健康十六岁时的模样。

"嵇蒙哥哥？"稚嫩的声音从扬声器中传出来，"是你吗？"

"是我。"

难为嵇蒙裹得像个粽子，南薰却能一眼认出他来。

"你来看我了。"

南薰挣扎着爬下床，细竹竿般的双腿支撑着她走近玻璃罩。

嵇蒙先是将南薰打量了一遍，见她精神还不错，不知道是不是见到他来了才这样。

"初芽说你这几天没上线，我过来看看。"

"嵇蒙哥哥开学很忙，打个电话就好了。"

"怎么不上线了？"嵇蒙在南薰面前难得的温柔，"窦寇欺负你？"

南薰赶忙摇头："爸爸对我特别好，我不想上线是因为……"

她纠结了很久，终于抬起头："嵇蒙哥哥，他们不让我跟你提，说你听到鹿比哥哥会难过。"

嵇蒙怔住。

南薰的声音里带着微弱的哭腔："鹿比哥哥真的再也回不来了吗？"

"不是的！"嵇蒙立刻说，"没有这回事。"

南薰并没有露出相信他的表情。

"他会回来的。"

嵇蒙言之凿凿到凌小路都相信他说的是真的。

"他不仅能回来，我还会带他来见你。"

"那就好。"南薰破涕为笑，"我相信嵇蒙哥哥。"

"别瞎担心了。"

嵇蒙说完安慰南薰的话，才意识到凌小路不在跟前。

他回头去找，发现那人还留在入口处发呆。

这家伙吵着要来，来了却躲在后面。

"你怎么不过来?"

"哦……"凌小路如大梦初醒的样子,抬脚朝他走去。

"……鹿比哥哥?"

凌小路的动作僵在半路,嵇蒙也错愕。

南薰隔着玻璃罩,只看得见凌小路全身的轮廓,以及露在外面的一双眼睛。

"你是鹿比哥哥吗?"她又不确定地问了一遍。

凌小路和嵇蒙彼此交换了一个困惑的眼神。

"他不是……"

"是我!"凌小路突然超级大声地打断他,"你猜得没错,就是我。"

南薰也愣怔了片刻,突然笑靥如花:"嵇蒙哥哥,你明明把鹿比哥哥带来了,为什么不告诉我?"

嵇蒙不确定地看着冲他使眼色的凌小路:"我……想给你个惊喜……"

"那你刚刚还骗我!"南薰噘嘴。

"我哪有骗你,"嵇蒙很不流利地接下去,"我说我会带他来见你,这不就来了吗。"

南薰咯咯笑出声:"好吧,原谅你。"

凌小路终于隔着一层透明的墙,与南薰面对面。

"鹿比哥哥,"南薰又叫了声,认真地看凌小路,"你长得跟我想象中一模一样。"

凌小路失笑:"只有一双眼睛,你也能看出来一模一样?"

"我想象中鹿比哥哥的眼睛就是这个样子。"南薰非常坚持,"鹿比哥哥,我能看一眼你的脸吗?"

凌小路下意识地看了眼嵇蒙,那眼神看得嵇蒙心中一动。

他点点头。

凌小路躬下身,与南薰近距离直视。

"就一眼哦!"他伸出食指。

南薰拼命点头。

凌小路屏住呼吸,在她面前摘下口罩,生怕自己呼出的气体将这环境污染。

南薰瞪大眼睛怔怔地盯着他,食指下意识在玻璃上刻画他的轮廓。

凌小路一口气憋不住了,把口罩重新戴回去。

其实没有严重到连呼吸都不能的地步,但嵇蒙却被他小心翼翼呵护南薰的举止所触动。

"看清楚了吗?"

"就是我想象中的鹿比哥哥!"

"你的想象力真棒！"

"鹿比哥哥，你是回来了吗？"

"我从来都没有离开过呀。"

"见不到你，我很担心。"

"那你现在见到我，是不是就不担心了？"

南薰抿嘴，嘴角上翘。

"嵇蒙哥哥，鹿比哥哥回来了，你以后不要总是凶他了。"

嵇蒙眼中流露出极其不自在的情绪："谁、谁总凶他了？"

"你就有！"南薰斩钉截铁地反驳，"我都见到过好多次了！初芽姐姐说这就是你们的相处模式，但是初晴姐姐说，鹿比哥哥是因为喜欢你这个朋友才迁就你，如果他不喜欢了，就会很嫌弃你。"

凌小路："噗——"

嵇蒙濒临抓狂："她们两个一天到晚都在给你灌输些什么乱七八糟的东西！"

"你放心，"凌小路用脚趾都想象得出此刻嵇蒙的头大，"你嵇蒙哥哥就算是凶，我也习惯了。"

"我没有！"嵇蒙凶道。

"而且我也不会嫌弃他的。"

"会一直不嫌弃吗？"

凌小路声音柔缓："嗯。"

嵇蒙："……"

南薰终于放心："鹿比哥哥，你什么时候才能上线啊？为什么他们都说你被删号了？"

"我最近开学比较忙，可能要过段时间才能上线。"

"嵇蒙哥哥开学，你也开学吗？"

"对呀，开学的时间都是统一的。"

南薰眨巴着眼睛："我没有上过学。"

"我可以给你讲学校好玩的事情。"

"好呀好呀！"

"等你身体好一些，我上线给你讲。"

"一言为定哦！"

嵇蒙插话："那今天就这样吧，南薰你好好休息。"

南薰努力点点头，凌小路也看出了她的疲惫。

"下次我再来看你！"

"一定要来啊!"

南薰眼巴巴地望着两个人离开,她扒在玻璃罩上的不舍模样任谁看了都于心不忍。

沉重的大门在他们二人身后合拢,凌小路有种瞬间的无力感。

在里面的时候他一心只想哄南薰高兴,还没有这么强烈的感觉。

出来后,所有声音和画面一齐涌上来,南薰那双眼睛在他眼前徘徊不去。

凌小路后悔没有早点来看她,后悔没有多捐点钱……

嵇蒙半晌才开口:"谢谢你。"

"什么?"

"愿意配合她演戏。"

凌小路不带情绪地瞥了他一眼,心想那我可算得上是本色出演了——我演我自己。

"任何人见到她都会这么做。"但他嘴上说的又是另一番话,"南薰真的很让人心疼。"

"她也不总是这样,"嵇蒙解释道,"你别看她可怜,其实她一向很乐观。"

凌小路想,是啊,他当然知道。

但今天的南薰,却不经意流露出脆弱的一面。

"你能不能,"嵇蒙卡顿,"在外面稍等我一下,我想跟南薰的主治医生单独聊聊。"

凌小路靠在研究室外面的墙上,右脚无意识地一蹬一蹬。

左手边走来两个人,都穿着病号服,凌小路谨记嵇蒙不要随便看的话,刻意低下头等二人经过。

然而当他们经过时,近处的人转头看了他一眼,凌小路条件反射抬起头,二人对视。

那个人这半张脸与正常人一模一样,完全看不出区别。而另半张脸,却生出肉瘤般的东西,整个垮了下去,一直垂到锁骨。

见凌小路在看自己,那人非常自然地点头示好,健康的半张脸上露出再寻常不过的微笑。

凌小路内心惊涛骇浪,表面却极力保持着波澜不惊,也冲对方礼貌地点了下头。

交流到此为止,两个人肩并肩地走远。凌小路目送他们离开,视线落在了二人手腕处,若隐若现的金属手环。

门终于打开,嵇蒙面无表情地出来,医生跟在后面送他。

"久等了,我们走吧。"

坐车回去的路上，嵇蒙始终沉默着望向窗外。

医生的话在他耳边挥之不去。

"……南薰她不是这几天才这样的……你还记得当初为什么宁可违反规定，冒着风险，也要帮她篡改年龄，就是知道她未必等得到十四岁的那一天。

"绝大部分患有这种疾病的人，都活不过十岁……这也是南薰的父母当初放弃她的原因。疾病并不可怕，可怕的是没有希望，她能坚持这么久，已经是一种奇迹……

"我很感谢你和鑫山，如果不是你们，她永远没有机会体验到外面的世界。可能正是因为这个原因，才让她坚持到现在。"

医生拍了拍嵇蒙的肩膀："她的时间到了。你们已经做得很好了，她也很努力。你不要自责，她没有出生在自身的病可以被治愈的年代，但科技以另一种方式补偿了她。她生活得并不绝望，你们做的事很伟大。"

重新踏入烟大校园，凌小路终于体会到，能走在阳光下，本身就是一桩幸运的事。

"下次你再去的时候别忘了叫上我。"

"你看了那里的人后不难过？"嵇蒙奇怪地问。

"难过是一定的，但也有了动力。"凌小路的回答出乎嵇蒙意料，"我去上课，你呢？"

他抬手看了眼时间，没等嵇蒙回答："糟糕，我上课要迟到了！"

嵇蒙："那就快……"

话音未落，只见凌小路就近跳过障碍物，头也不回地甩下一句："再联系！"等不及慢慢下台阶，凌小路跳到扶手上出溜到底，落地后继续狂奔，转眼就没了影子。

嵇蒙从认识他以来，这个人似乎就没怎么正经走过一马平川的大路。

这人还需要动力？电动马达成精大概能准确地描述他。

凌小路卡着点冲进教室，在众目睽睽之下贴着墙侧移，飞快地找到一处空闲的操作位。

任课老师给了他一个眼神上的小小警告，开始授课。

"这堂课我们学习一种新型的合成材料。第一堂课大家可以使用面前的工具和仪器，对材料胚体进行任意操作，体会它的硬度、韧性、质感、导电性等特征，课后讨论一下它的应用领域，看你们能不能开发出实用的创意……"

凌小路仔细观察面前的圆柱体，纯黑色，高密度，质地坚硬却很容易切割。

他试着切割了一个小面,横截面上还有光泽。

他东切切西切切,手上的材料渐渐有了雏形。

凌小路没想到自己还挺有艺术天赋,埋头将粗糙的模型细化。

"这位同学,"老师路过正在精雕细琢的他,"你还记得自己是材料系还是雕塑系的学生吗?"

众人:"哈哈哈……"

凌小路举起手里的半成品:"老师,我是想试试这种材料能不能被精细雕刻。"

"是吗?那你给大家讲讲,你刻的这是个什么东西?"

凌小路大大方方地介绍:"这是个卫兵的雕像!老师您看,这儿是卫兵的头,这是他屈膝下跪的肢体,还有他的剑……"

"哈哈哈……"同学笑成一团。

老师无语地挥挥手:"行吧行吧,随便你。"

隔壁操作位的同学凑过来:"凌小路,你雕卫兵做什么?再说,我怎么看不出来你这是个卫兵?"

"那你看像什么?"

"嗯,一只坐着的……大猫?"

"有差这么多吗?"凌小路充分怀疑,是对方的眼神出了问题。

"不不不,我觉得是一个石狮子。"另一边的同学也加入讨论。

"你们两个半斤八两!"

"不过你为什么要自己雕?"

"对呀,电脑里拉个模型,用雕刻机几秒就出成品了。"

"你们懂什么,"凌小路把雕像护在怀里,拒绝他们的好意,"亲手雕的作品有灵魂!"

两堂操作课结束,凌小路满意地欣赏着他的作品。

无名卫兵的雕像,是他和稽蒙在游戏中获得的第一个战利品。

现在,他想自己亲手做一个送给稽蒙,希望有天他知道真相,不要怪自己的欺瞒。

凌小路揣着他精心准备的礼物溜出教学楼,心里酝酿着要编造一个什么样的理由,合理地把它送出去。

这一想就过了晚饭时间,凌小路后知后觉想起来自己还没有吃饭,而稽蒙也没有主动找他。

算了,山不动我动。凌小路掏出手机发讯息。

凌小路:操作课好累,一直上到现在!你吃饭了吗?

等了好几分钟,才见回复。

嵇蒙:我有事。不用等我。

什么事啊,难道在打游戏?

凌小路:有事也不能不吃饭啊,想吃什么?我给你带过去吧!

几分钟后。

凌小路:你不说我就随便买了,盲选二食堂包子的那种随便!

十几分钟后。

凌小路:我在你宿舍外面,敲门你怎么不开?

凌小路:再不开门我就自己进去了。

凌小路:你门没锁,我进了啊,希望你穿衣服了!

凌小路小心谨慎地推开门,一米多高的电子设备夺走了他的注意力。

他见过这种仪器,在智能 AI 相对普及的现代,它是一款号称非专业人士也能轻松上手的 AI 模型编辑器。

它内置了海量人类甚至非人类素材,任何人都可以创造自己想要的 AI 外观。

当然距离创造和实现,有巨大的沟壑阻隔——若要将设计好的外观转化为实物,需要支付极其昂贵的制作费用。

这仅仅是将它制作出来,还不包含声音植入、个性植入、神经接驳等等。

倘若将制作 AI 列为一整个计划的话,那么它仅能够完成全计划初期 5% 不到的工作。

现在嵇蒙的宿舍里出现了这样一个神奇的设备,凌小路肯定不会认为,他是在帮忙改善二食堂的履带机器人。

360 度的全景屏幕中,呈现着一个几乎与他等高的男性人类模型——亚洲人身材比例、金黄色头发、看起来灵活的四肢……

凌小路要感谢嵇蒙还给他穿了条短裤,使他免于一回头看到自己裸体的尴尬。他敢用那条短裤打赌,屏幕上这个尚未完成的模型就是他本人。

尽管这个人还不具备任何五官,就像服装店橱窗里的模特。但都到这种程度了,凌小路怎么能猜不出来嵇蒙想要做什么?

"同学?"

嵇蒙在椅子上"闭目养神",手上的戒指一闪一闪地发着光。

奇怪,为什么系统没有提醒他有访客?

凌小路记得鑫山外设是有这个监控功能的。

"同学,醒醒,同——"

嵇蒙猛地醒来,张嘴粗喘,不像正常下线,倒像是被巨型野兽追赶被迫紧

急离线。

凌小路被吓了一跳:"你怎么了?"

他刚要伸手去安抚,就被对方用右手手背条件反射地挡开,仿佛他的左臂经历过剧痛不能被碰触。

凌小路紧张地低头一看,他的手臂肌肤完好、毫无伤疤,不知为何会出现如此过激的反应。

嵇蒙直到这一刻才认出凌小路,他极力压制住情绪。

"你怎么在这里?"

"我给你发消息了,你没回我。"凌小路还是很担心他,"你没事吧?你刚才状态好吓人。"

嵇蒙抓起旁边的手机看了一眼,上面确实有几条被他忽略的讯息。

"没事。"他又把手机丢了回去,"我只是上了下游戏,不会造成真正伤害。"

凌小路半信半疑:"真的?"他当然知道游戏不会对人造成伤害,但方才嵇蒙的反应也是很真实的。

嵇蒙已经完全平复下来了,摸着毫发无伤的手臂:"放心。"

凌小路把手里拎的东西放到他桌子上。

"我来给你送晚饭,也不是有意看到你在做这个……你信誓旦旦答应南薰,要把那个谁带回去,就是打算用这种方法?做一个假人?"

嵇蒙不动声色地瞥了眼模型:"是的。"

"你这不是在骗她吗?假人又没有记忆。"

"AI 的记忆是可以被植入的。"

凌小路被噎住:"你不仅骗她,还骗你自己!又不是真的,你做一个替代品有什么用?"

"因为他本来也不是真人。他是一个连实体都没有的虚拟 AI。"

凌小路重重一巴掌拍在桌子上,使得嵇蒙十分意外。

"你为什么这么激动?"

"因为觉得你傻了。就算你克隆出一个 AI,跟之前的那个人能一样吗?"

嵇蒙皱起眉:"这是我的事。"

他摆明了说凌小路没资格管。

而事实上,凌小路想了想,他也确实没资格管嵇蒙的事。

"那么喜欢赝品就随便你吧,反正对你来说,它们都是游戏里的虚拟宠物宝宝,就跟雷噜噜一样,这个没了就再做下一个。"

"也别只光做一个,你又不差钱,多做几个。"

凌小路的激烈反应是嵇蒙始料未及的,如果只是普通同学关系,他根本没必要说这种冷嘲热讽的话。嵇蒙心中一阵莫名:"你这么在意我做什么?"

凌小路吓了一跳,难道他刚刚不小心把内心真实想法说了出来?

他如受惊的兔子般跳了起来,抢先否定:"胡说八道,谁在意你了!你想多了!"

嵇蒙盯着凌小路的眼神中还带着探究,凌小路看了气不打一处来。

"你爱做什么就做什么,跟我没关系!走了!"

"等一下!"嵇蒙叫住他。

凌小路呼吸一滞,不太敢转头。

嵇蒙把留在桌上的卫兵雕像递过去:"你的石狮子落下了。"

"……"

石狮子,我看你像石狮子!

嵇蒙莫名其妙地被转过身来的凌小路瞪了一眼。

"不要了!送你了!"他凶神恶煞地说。

举着石狮子的嵇蒙:"……"

凌小路摔门而去,嵇蒙重新审视手里的东西。

不是石狮子,难道是个貔貅?

实在判断不出那黑乎乎的究竟是个什么物件,嵇蒙将它放置在一边,下意识地摸上了自己的左臂。

游戏不会对人造成真正的伤害,却可以产生真正的疼痛。

嵇蒙也是那天偶然被雷噜噜电过之后才发现,当他受到疼痛刺激时,记忆深处的画面会隐约浮现。

尽管那画面暗如黄昏,且稍纵即逝。如果不仔细捕捉,可能根本毫无察觉。

在那之后,他反复上线下线测试了许多遍,得到的结果是,哪怕线上产生了朦胧的光影,下线后也依然会变得模糊不清。

他试着用很多方法记录下那张脸,最后发现疼痛依然是最好的记忆方式。

线上的嵇蒙将疼痛感知开到最大,用近乎于刺青的方式,在手臂上用尽全力刻画他所看到的那个人的五官。

剧痛使他眉心紧皱,汗水从额头渗出,喘息不由自主变得粗重。

只有这样,即使他下线什么都记不得了,还是能够凭感觉找出痛点与痛点之间的排列位置——就像将对方的容貌,牢牢地烙印在自己手臂……

凌小路越想越气,明明他就在这里,嵇蒙却偏偏要舍近求远去做什么山寨产品。

还有他刻的那个雕像栩栩如生、惟妙惟肖,石狮子是什么鬼?

他气呼呼地走出去半天，忽然站住。

刚才嵇蒙问他的时候，他为什么不就势承认？他不正是想用这个身份替代鹿比跟对方做朋友吗？

勇敢承认的话，结局未必是糟糕的。至少凌小路很有自信，嵇蒙不讨厌自己。

凌小路为自己错过了良机懊恼。

可他已经跑出来了，又不能就这么跑回去。嵇蒙不知道还在干些什么危险的事情。

他打算怎么复原鹿比的五官？

事情还有没有转圜的余地？

他回头往嵇蒙的宿舍楼走了两步，又站住，在这几步路中，做出了一个巨大的决定。

他要坦白。

为了壮胆，凌小路跑去学校的便利店买烟花，这个不寻常的需求令收银员感到奇怪。

"那种东西学校里可没得卖，你得到校外去买。"

凌小路跑了两三家店，终于有一家店有他想要的东西。

"我们这个是电子烟花，不需要点火，只要打开电源，就能——"

嘭！

效果无比逼真的烟花冲上天空，色彩层次更丰富，停留的时间更久。

"看到了吗？又安全又环保，你还可以根据需要，转动烟花筒，选择不同的图案。"

"这个好，"凌小路瞬间心动，"我就要这个！"

有备而来的凌小路踌躇满志地站在嵇蒙宿舍楼下，手里举着个长筒。

不等出声，就有人注意到了举止怪异的他。

"这人在做什么？火炬手吗？"

凌小路运了口气，朗声喊道："3616宿舍的嵇蒙同学，听到通知请即刻下楼！"

周围的人立刻来了兴趣："不是火炬手，是来约架的。"

"手里举着的是什么新兴武器？"

"什么约架，"凌小路驳斥，"我是来道歉的。"

嵇蒙没动静，凌小路提高声音，把方才的话一模一样又重复了一遍。

这回楼上许多人向外探头。

"发生什么事了？要打架吗？"

"不是打架，是有人要道歉。"

"这么刺激,跟谁啊?"

"我听他喊,好像是在叫3616的嵇蒙?"

"那可就更刺激了,没记错的话他是我同学,从开学到现在也没怎么理过人的那种同学。下面那男孩子怪造孽的,怎么会得罪他?"

……

嵇蒙沉浸在他的捏脸大业中,两耳不闻窗外事。

他在成百上千个五官模型中挑选,逐一放上去比对,还要调整细节参数。

实在想不起来的时候,他就用笔尖在手臂上扎,试图唤醒皮肤的记忆。

眼睛的间距,鼻梁的高度,嘴唇的薄厚……一张接近满意的脸逐渐在眼前呈现,嵇蒙无法确定这就是鹿比,却极度接近他依赖痛觉记录下来的模样。

他眯起眼睛,左看右看,觉得这张脸似曾相识。

半晌,嵇蒙面无表情地抬起手,将模型的发色调至纯黑,又换成整齐乖巧的刘海。

某个形象鲜活的人,瞬间站在他面前,仿佛还在开口冲他讲话:"石狮子!我看你像石狮子!"

嵇蒙视线一眨不眨地盯着眼前的人,右手伸到桌面上,摸索着,牢牢抓住了刚才他看不懂的玩意儿。

这黑成一团,全然看不出哪里是头,哪里是脚的作品,虔诚地屈膝在地,双手紧握巨剑,仿佛在倾诉着一件事,一桩永远都说不出口的心事。

嵇蒙愣怔地盯着,手心竟传来灼烧感。

——我是不是在哪里见过你?

——你真的有一个失忆的好朋友?

——他明明对我这么重要,我却连他的样子都想不起来。

——我相信,你的朋友,一定会回来的!

"3616宿舍的嵇蒙同学,听到通知请即刻下楼!"

声音自窗外清晰有力地传来,室内嵇蒙身子一震。

围观群众更多了,大家都嘻嘻哈哈,准备看这位勇士的热闹。

"同学,你都叫了这半天了,人也没下来,摆明了不想理你。"

"要不然我帮你敲敲门?我不介意帮你跑一趟。"

"要不这位同学我看你还是走吧。"

"不走!"凌小路态度强硬地拒绝,"我一定要等到他下楼来见我。"

"这个我看你是等不到了……嗯?"

打脸来得如此之快,故事的另一位男主角悄无声息地出现在宿舍楼门口,他的表情就像大家口口相传的那样,冷漠而又无情。

群众眼睛一亮：有好戏看了！

嵇蒙走下了台阶。

凌小路见到嵇蒙，即使早已做好心理准备，还是不由自主地紧张。

要冷静，要冷静，他提醒自己：第一步，点烟火；第二步，坦白道歉。

凌小路打开烟花开关，期待中的烟花没有出现，第一步就傻了眼。

不是吧，这商品质量也太差了，店老板也太坑人了！

凌小路手忙脚乱地将烟花棒在手心上拍打，却始终哑火，连个响都没有。

而对面的嵇蒙，冷着脸，一言不发，朝他一步步走来。

没有时间了，凌小路放弃与烟花搏斗，把握着烟花的手反藏到背后。

常欢禧看着心急，但此时过去已晚。

"同学……嵇蒙同学，我有话要跟你说！"

嵇蒙一步、一步地向前，任谁看了都觉得这像是死刑倒计时。

正常人遇到这种情况，早就跑了，哪还敢去道歉啊？

围观群众开始对凌小路的勇气肃然起敬。

凌小路握紧拳头，告诉自己，可以做得到。

情况再糟又怎样，难道嵇蒙还能在他说到一半的时候掉线吗？

"我想说的就是——"

他手腕一痛，被人大力拽着离开了现场。

嵇蒙径直将凌小路带回自己的单人宿舍，进屋后将人放开，一双眼睛目不转睛地盯着他，盯得凌小路一阵心虚。

他清清喉咙，想说："那个……"

嵇蒙突然低头，粗暴地伸手去掀他的衣角。

凌小路被吓坏了："等等！等等！你不会杀人灭口吧！"

他手忙脚乱去防守，嵇蒙却根本由不得他，硬是在他的严防死守下将他的衣摆向上撩起，视线定定落在对方肌肤光滑的小肚子上，认真地确认了很久。

随后，嵇蒙终于长吐一口气，像是放下了很重的心理包袱，整个人虚脱地坐在了椅子上。

凌小路愣了愣，终于领悟到嵇蒙的意图。

在这个人工智能逼真到可以媲美真人的年代，人工智能伦理协会规定，一切人造高等智能类人生物，都不允许模仿人类的肚脐，而是必须将肚脐部位设计成制作公司的LOGO，以此作为人类与非人的区分。

凌小路感到好笑，发自肺腑地拍了拍嵇蒙的肩膀："放心，我是人，真的是人。"

嵇蒙一言不发，一时间很难从紧绷的情绪中走出。

凌小路也知道他没那么容易平复，安静地等着他。

等到嵇蒙终于抬起头时，凌小路注意到他眼圈发红。这样情绪激动的嵇蒙他只见过两次，上一次还是自己在北邙突然消失的时候。

"别这么煽情啊，"凌小路脱口而出，"我这不是回来了吗？"

嵇蒙红着眼睛瞪了他半响，把头偏去一边，使劲眨了眨眼："这个！"他抓起凌小路的"杰作"，质问道，"是不是那个什么士兵的雕像？"

凌小路的自尊心在这个雕像上屡次受挫，他梗着脖子不承认："什么士兵的雕像？这明明是个石狮子！"

嵇蒙信他才有鬼："你为什么要给我送这个？是不是就想告诉我你就是鹿比？"

"这个……"凌小路转移话题，一脸好奇地查看 AI 编辑器。

"你到底是怎么复原这张脸的？你家客服说，他在我身上用了个高科技，只要离线就没人记得起我长什么样。"

嵇蒙不肯回答，走过来无情地把机器关了。

"哎！我还没看够呢！"凌小路没拦住，十分惋惜。

"不过说真的，要是你真的把 AI 造出来，然后才找到我，你打算把它怎么处理？"

嵇蒙白他一眼，没吭声。

"到时候它也有自我意识，你销毁它约等于杀掉它，你会这么残忍吗？"凌小路刨根问底。

"那我留它，杀你。"嵇蒙赌气说。

"杀我犯法，你也得偿命。"

"两个都留着。"

"好啊！你这是在硌硬我吧？"凌小路像个"杠精"。

"两个都杀了。"

"……"

"免得啰唆。"

## 第十三章

鹿比归来

好友相认,两人聊到深夜,宿舍门已经关了,凌小路只好借宿在嵇蒙这里。胶囊宿舍五脏俱全,但只有一张单人床,很难睡得下两个人。

嵇蒙把他的手腕拉起:"这是什么?"

"手环啊……哦!"凌小路终于反应过来,"我可以上线睡!"

一定是被嵇蒙传染傻了,他刚刚怎么没想到呢?

两个人下线的地点都在嵇蒙家,上线自然也在一起。

嵇蒙的床凌小路睡得最熟了,这回他用了个前空翻,把自己重重地摔到柔软的被褥里。

肥啾也想来,被凌小路赶了下去。它一只鸟就能占四分之三张床,凌小路还睡不睡了?

"你就这么睡?"嵇蒙打量着一副准备就寝模样的他。

"那不然呢?"

"你的连体小鹿睡衣呢?"

凌小路扑哧一乐:"我这个号哪有什么睡衣啊?"

嵇蒙这才想起来:"你等等。"

他头顶出现商城标志,不大一会儿工夫凌小路就收到系统提示,有来自玩家嵇蒙赠送的商城礼物,请在衣柜查收。

实际上,在游戏里休息,穿战斗套装和穿睡衣没有什么体感上的差别,也就是视觉效果不同。

"浪费钱。"

凌小路一边数落嵇蒙,一边从衣柜里取了新的小鹿睡衣美滋滋地换上。

睡衣的帽子懒洋洋地搭在背上,两只鹿角倒立下垂。嵇蒙左看右看,总觉得哪里还对不上的样子。

他又来来回回进出商城好几次,直到凌小路收到了新的礼物。

"你又乱买什么东西?"

嵇蒙推他一把:"去试试看。"

凌小路去礼物查收界面一看,乐了。

"不是吧,你给我送假发?"

"是发型!"嵇蒙板着脸纠正。

凌小路换好了新发型——确切地说,换回了之前的小黄毛——重新出现在嵇蒙面前。

嵇蒙这才觉得对眼了,一个活脱脱的鹿比,分毫不差。

"怎么,你就喜欢这个发色呀?要不要我染回去?"凌小路淘气地问他。

"你还睡不睡觉了?"嵇蒙拒绝回答这个问题。

"你还没回答我呢!"

嵇蒙故意绷着张脸不说话,企图以酷哥的气质拒绝他。

凌小路又说:"睡衣没了可以再买,可惜了你送我的鹿。"

可惜的又岂止是鹿,还有那么多代表二人友情的小物件,都伴随着那个账号烟消云散。

嵇蒙目不转睛地盯着他,语气坚定:"你丢失的每一样东西,我都会找回来。"

凌小路伸手胡噜嵇蒙的头,直到把嵇蒙的头发蹂躏成鸡窝,说:"好。"

嵇蒙眼角抽了抽,不知道是该感动还是该揍他一顿。

凌小路抢在嵇蒙动手之前喊道:"睡觉睡觉,困得睁不开眼了。"

嵇蒙不好再拿他怎样,凌小路是真的困了,说要睡觉,不多一会儿呼吸就变得匀速而缓慢。

凌小路是被一只八哥吵醒的,它威风凛凛地站在床头,一对利爪紧扣床板,漆黑的圆眼睛直勾勾地盯着凌小路。

凌小路茫然地跟它对视了很久,以为自己还在做梦,嵇蒙家里怎么会有八哥呢?

记忆中有一个人最爱养这样的宠物,凌小路兀自冲它哼起了小调。

"啊——八哥,你比鸠哥少一哥——"

床头的八哥居然模仿他的声音重复了一遍,惟妙惟肖。

凌小路一个激灵彻底清醒,这哪是梦?

"朋友,朋友,"他大喊嵇蒙,"你快看看,是不是鸠鸠来信了?他的'宠

邮'在这儿。"

嵇蒙听到动静从外面进屋,查看了邮件面板,说:"他在外面,说有东西要给我。"

什么东西用宠物邮件都不能送,还要亲自拿过来,凌小路想到能见到鸦鸦就很高兴,跳下床往外跑。

"等等!"嵇蒙一把把人拉住。

"怎么了?"凌小路不解地回头望。

"你还穿着睡衣呢,换了衣服再去。"

"……"

凌小路换回他的新手装,嵇蒙给了鸦鸦访问权限。凌小路跑去院子里,远远就见一个熟悉的背影,漆黑的紧身衣充满肃杀之气。

"鸦鸦!"凌小路喊道。

好久不见的鸟首面具回过头,上下打量了一遍凌小路。

"小兄弟,回来也不跟我说一声,嗯?"他语调带着调侃,"把我当外人?"

凌小路跑到他跟前,不好意思地挠挠头:"我师父告诉你的?"

"他不说,我也查得出来。"

"我师父说你是特别厉害的黑客,真的吗?"凌小路眼睛发亮。

"那样的离争还会夸人,真难得。你的饲主呢?"

"我的……"凌小路噎了下,"什么呀!"

"就是你每天蹭吃蹭喝的那位。"

凌小路扭头高声呼唤嵇蒙:"朋友!来!"

嵇蒙面带戒备地走过来,在他的认知里鸦鸦还是那个拥有反社会人格的杀人狂魔,听凌小路讲鸦鸦又多了个黑客的属性,那就更糟。

"找我什么事?"

鸦鸦笑了:"别那么紧张,我可是有一份大礼要送你,你一定喜欢。"他背过去,再次转回来时怀里多了个孩子,脸上戴着跟他一模一样的鸟面具。

"咦?"凌小路吃惊,"你也搞了个小鸦鸦?"

那孩子看见嵇蒙和凌小路他们,从鸦鸦身上嗖地滑到地面,摘下脸上的面具,露出一张跟凌小路别无二致的脸。

"小鹿比!"凌小路惊喜地喊出来。

"爸爸!"小鹿比张开双手,摇摇摆摆地朝嵇蒙跑去。

嵇蒙当场愣住,显然没想到还会再见到小鹿比,条件反射地将跳上来的它一把接住,表情犹在错愕,仿佛不相信这是真的。

"爸爸,爸爸!"小鹿比开心地叫着,用他仅会的几个词汇。

嵇蒙回过神来,将人紧紧搂在怀里,生怕一不小心他又消失了。

雷噜噜自空气中"砰"的一声蹦出来,也想去抱小鹿比。

奈何嵇蒙长得高,而它手又短,努力了几次没有够到,便索性拿嵇蒙的腿当柱子,吭哧吭哧抱着向上爬。

这合家欢的画面让人看起来既充满感动,又哭笑不得。

小鹿比抱着嵇蒙的脖子亲昵了一阵,又兴奋地晃晃手里的面具,"啊啊"地指着鸠鸠。

凌小路看懂了他的意思:"你是说面具是这位叔叔送的吗?"

"啊啊!"小鹿比兴高采烈地点头,显然对这件礼物非常满意。

嵇蒙努力了好几次欲言又止,终于好不容易憋出个别扭的"谢谢"。

凌小路算是见识到了鸠鸠的能力,不仅恢复了小鹿比的数据,还给他搞了个绝版面具。

"可是小鹿比不是跟着大鹿比一起被永久删除了吗?你是怎么做到的?"

鸠鸠嗤笑:"现在你相信我是个厉害的黑客了吧?"

"信信信!"凌小路一连串地说,"我师父诚不欺我,太厉害了鸠哥!"

鸠鸠的八哥扑棱着翅膀落在他肩头,张嘴便唱:"啊——八哥,你比鸠哥少一哥——"

凌小路和鸠鸠:"……"

"你教它的?"鸠鸠问。

凌小路:"我哪知道它学得这么快。"

"没事,它储存空间小,只会重复别人教它的最后一句话。"

八哥秒变鸠鸠的声音:"没事,它储存空间小,只会重复别人教它的最后一句话。"

凌小路:……看出来了!

凌小路提出的问题嵇蒙也想知道。

"你到底是怎么把他恢复的?"

鸠鸠面具下的口吻傲慢:"鑫山服务器的防火墙跟豆腐差不多,我自然想进就能进。"

"不可能!"嵇蒙斩钉截铁地否认,"鑫山的防火墙铜墙铁壁。"

鸠鸠轻笑:"是吗?那你以为你怀里那家伙是怎么来的?"

嵇蒙陷入了两难,他要么否认鸠鸠入侵服务器恢复小鹿比,要么就得承认自家服务器是块豆腐。

鸠鸠懒得理会他的天人交战,兀自解释下去:"鑫山是删除了鹿比这个ID下所有数据不假,但每个游戏公司都有定期备份的云服务器。"

"你的意思是我那个号和小鹿比的数据并没有被完全删除，还在云里？"凌小路眼睛发光。

"如果光是你们两个还好办，问题在于你的数据跟另一个有自我意识的AI绑在了一起，还被人进行了多层复杂的加密，想完全解开是很困难的。但如果不解绑，那个AI拥有很高的权限，会做出什么事来不好说，我猜鑫山是因为这个原因才不得不将你们打包删除。"

凌小路面露失望，原来鑫山也没有骗他。

"小兄弟，"鸠鸠话题一转，"现在这个号你打算练吗？"

"啊？我还没想好。"凌小路其实对再练号兴趣缺缺，毕竟鹿比才是他的心血。

"也好，你要是打算练的话，"鸠鸠微微凑近，"记得拜我为师，这回不要再让离争抢先了。"

"……"

"嵇小蒙！"这样的称呼和声音，凌小路只能想到一个人。

初芽气势汹汹地传送过来，找嵇蒙兴师问罪，结果在看到他怀里的小家伙后愣住了。

"小鹿比？"初芽惊叫道，"他怎么在这里？他不是被销毁了吗？"

嵇蒙懒得解释。

一阵樱花雨飘过，嵇晴紧随初芽传送来此，依然那么英姿飒爽。

凌小路亲切地冲二人打招呼："初芽，姐姐，你们来了！"

初芽被嵇蒙气出来一肚子火，自然而然转移到了凌小路身上。

"又是你！"

然而，看清他的脸后，初芽又再次愣住了，她扭头看看小鹿比，再看看凌小路，再看看小鹿比，再看看凌小路……

初芽迷惑了。

凌小路强忍着笑："初芽妹子，是我呀，换了个号你就不认得我了？"

初芽爆粗："爱你！你居然就是鹿比！"

众人："……"

"这到底是怎么回事？！"

凌小路抓抓耳朵："说来话长。"

嵇晴冰雪聪明，一眼便大致缕清来龙去脉。她抿嘴笑道："我本来是想给小蒙送你的联系方式的，看来是多此一举了。"

凌小路举手："没有多此一举！姐姐可以给我打电话呀！"

嵇蒙："谁要给你打电话！有什么可说的！"

凌小路：哼！

"天底下没有纸包得住的火，个别员工自己捅出了娄子，怕上面追责就想毁尸灭迹，鑫山管理层也不是瞎子。"嵇晴说，"鹿比，我一定为你讨回公道，不能让我们家的孩子受委屈。"

"那我的账号能回来吗？"

嵇晴沉吟："我想办法。"

"是必须要回来。"嵇蒙在旁边冷着张脸说，"追责的事不急，谁都跑不了。"

凌小路向上推嘴角，示意他笑一笑。

"你这么凶会吓到小鹿比。"

嵇蒙一听小鹿比，赶紧换回慈父面孔，把行囊里好吃的东西都拿来哄他开心。

凌小路感慨，这大概就是一物降一物。

一直没说话的鸩鸩开口："恢复小兄弟的账号很容易，但是AI的问题你们怎么打算？"

"那个AI是谁？"凌小路问。

鸩鸩与嵇晴异口同声："零。"

凌小路提高音调："零？是我们认识的那个零吗？"

初芽："就是他！"

"可凌龙明明告诉我他是公司测试员啊……这也是假的！"凌小路总算回过味来。

"不对，"嵇蒙琢磨出问题，"那现在跟着常欢禧的那个'壹'是什么？"

"是赝品。"鸩鸩说。

"同样是AI，但权限和智能等级都远低于'零'的替代品。"嵇晴补充。

凌小路与嵇蒙彼此惊讶地交换了个眼神。

"那常欢禧知道这件事吗？"

"我看他八成还没发现，否则以他的性子，一定会去公司闹的。"

凌小路莫名地心疼："他一直以为你最好的朋友是个AI，搞半天他身边的才是真AI啊。"

尽管还有很多线上的问题没有解决，但是现实中的生活还是得继续。

凌小路和嵇蒙上了一天头昏脑涨的课，相约一起吃食堂。

"不好意思——"

两人像平时一样嬉笑打闹时，餐桌对面多出来一个女生，是最近跟常欢禧走得很近的茜茜。

茜茜纠结地捏着手指："我不是故意打扰你们，但是……能不能拜托二位帮我个忙？"

凌小路与嵇蒙对视一眼，恢复了正经神色。

"什么事？"嵇蒙问。

茜茜委屈地咬着下唇："是有关常欢禧的。"

"他最近不都跟你在一起吗？"

"是的，但是，"茜茜不知道该怎么说，"我早上好像惹他生气了，他突然就不理我了，还把我联系方式都删了。"

"不会吧，"凌小路不信，"禧儿不像那样的人。"

"不，他就是那样的人。"嵇蒙认识他的时间更久，对他也更了解，"你肯定是做了什么事，或者说了什么话，触碰到他底线了。"

凌小路面露惊讶："可是禧儿感觉很随和啊。"

"常欢禧跟谁都容易成为朋友没错，但只要碰到底线，他就会立刻翻脸，绝对不会回头。你到底对他做了什么？"

"我什么都没做！"茜茜辩解说，"我就是，就是跟他提了一句……"她声音渐弱，可见连她本人都觉得这话不太好，"我们玩游戏的时候，他那个粉名无论什么时候都跟着我们，就像个电灯泡一样。我也是开玩笑，说让常欢禧跟他解除关系得了，免得打扰我俩，然后他就很生气地下线了。我以为他闹着玩呢，没想到再给他发消息，他已经把我拉黑了。"

另外两个人心中只有"作死"二字想送给她。

茜茜撒娇道："哎呀，我也就是随便说说，不是认真的。你们两个跟他关系好，能不能帮我求求情？"

"放弃吧。"嵇蒙不留情面地拒绝她，"我认识他这么多年，但凡被他拉黑的人，没有一个能加回来的，他就是这样的性格。如果你觉得他好接触就好说话，那你就错了。"

茜茜半气恼半羞愧地走了。

凌小路吐吐舌头："想不到禧儿说翻脸就翻脸，要是被他知道现在这个'壹'是冒牌货，那……"

"他八成会拆了鑫山。"嵇蒙冷冷地接下去。

常欢禧是谁？网零家的少爷，表面看起来随和，骨子里脾气大得离谱。

上次被冤枉封号，都能要求经理给他全服直播道歉，这一次，某些人怕是惹了不能惹的人。

所谓怕什么来什么，当晚常欢禧就找到嵇蒙，诉说他的困惑。

"不知道是不是我的错觉，我总感觉零自从换了号，跟之前好像变了一个人。之前的他，话也不是很多，但是相处起来很舒服。现在的他吧，表面没什么变化，但就是感觉愣愣的，好像少了点活力。"

　　常欢禧第一个怀疑的对象就是鑫山："兄弟，你说是不是你们公司没给人发工资，导致他态度消极？"

　　"……"

　　"你去帮我查查，要真的是这样，我可要越俎代庖，去劳动仲裁部门投诉你们，虐待员工。"

　　凌小路忧虑地看着嵇蒙："姐姐说，纸是包不住火的。"

　　嵇蒙："嗯。"

　　"那你觉得，一直瞒着他，能瞒多久？"

　　"瞒不了多久。"

　　常欢禧听得莫名其妙："你们两个在打什么哑谜呢？"

　　"要不……把事实真相告诉他？"

　　嵇蒙："这个壹是假的。"

　　常欢禧表情困惑，没太听懂。

　　凌小路急："你怎么开门见山呢？你婉转一点啊！"

　　嵇蒙："不仅壹是假的，零也是假的。"

　　常欢禧反应过来。

　　"鹿比不是AI。零才是。"

　　常欢禧噌地站起来，原地消失不见。

　　"完蛋，他紧急下线了，一定又是去大闹鑫山。"凌小路推嵇蒙，"你快去阻止他。"

　　嵇蒙却很淡定："阻止？为什么要阻止？"

　　"鑫山不是你家的吗？"

　　"做错就要挨打，挨打就要立正，他去维护消费者权益，有什么问题？"

　　话是这样讲，可凌小路总觉得哪里不太好。

　　嵇蒙也站起来，凌小路忙道："你改变主意了？"

　　嵇蒙答非所问："我也跟他一起去。"

　　凌小路放心："你拦着他点至少不会闹太大。"

　　"谁说我是去拦他的？"

　　"那你是……"

　　"我也是受害方，鑫山当我是消费者，我自然也要去维护我的权益。"

　　凌小路不解。

鑫山总部迎来了一群不速之客，常欢禧带着一堆人马直闯会议室。

柯铭闻讯赶来时，网零的人已经在会议桌的左半球拉开谈判的架势，每个人脸上都写着精英。

柯铭额头冒汗，赔笑道："常先生，您这是……"

常欢禧手一抬，打断他。

"为你介绍下，除去我手边这两位，剩下全是网零公司 AI 研发组的核心人员，也是国内实力最强的 AI 技术团队。你要做的事只有一件，就是把零的备份数据交出来，你要是有哪里不满意的话，就由我手边这两位法务跟你谈。你们鑫山搞不定的事，我们网零来做！"

柯铭大汗淋漓，发现嵇蒙抱臂站在一边，想向他求助。

却不料嵇蒙开口："还记得小鹿比吗？我通过正规渠道取得的非战斗小宠物，我在他身上产生过近百笔消费记录，却被你们毫无告知地删除，不仅侵犯了我的消费者权益，还违反了金名服务条款。如果不能给我一个满意的交代，也请麻烦跟我的律师谈。"

嵇蒙用下颌冲那边的网零法务一点："刚委托的，新鲜热乎。对了，我只接受一种私了，想必柯经理也知道。"

柯铭："……"

鑫山工作效率奇高，次日就联系了凌小路，柯铭亲自带着项圈登门拜访。

凌小路耐心地听了阵对方近乎哀告的"解释"，装模作样地端起架子。

"项圈戴上去摘不下来又不是我的错，现在你们想拿走就拿走，想还回来就还回来，凭什么我就要任你们安排？这项圈我还不要了呢！"

柯铭如坐针毡，凌小路若是不肯私了，嵇蒙也绝不会善罢甘休。

他只能求爷爷告奶奶地拜托对方收下，嘴皮子差点说破，凌小路终于"勉为其难"地收下了项圈，但使不使用还要看他心情。

柯铭一走，凌小路第一时间戴上项圈，登录游戏。

还是这个账号是"亲生"的，有感情，凌小路看着自己熟悉的人物形象，有种恍如隔世的感悟。

他装腔作势地清清喉咙，捏住右耳呼唤凌龙。

这个频道居然依旧有效，他的迷你风息翼龙原地翻了两个筋斗，努力张开四只脚爪，扒在鹿比身上不放。

"呜呜，我以为我再也见不到这个样子的您了！"

"凌龙！"凌小路学嵇蒙的样子板起脸说话。

凌龙立正站好："在！请问这位玩家您有什么需要？"

"其他人骗我就算了,你居然也骗我说零是你们公司的测试员?"

"冤枉啊!"凌龙叫屈,"我只是说他是负责测试的,是您理解成测试员。实际上,他确实是用您的数据进行测试的 AI 啊!"

"哼,我说他是测试员,你不是也没纠正过我?也没告诉过我他其实不是人,是个 AI?"

"那是因为领导要求保密,我也不敢乱说。小鹿比您放心,这件事高层已经知悉,有关人员都会被彻查,一定会还您个公道。"

"那么你呢?你不会有事吧?"

"我?我只是个执行人员,最多被批评两句。呜呜呜,小鹿比您是在关心我吗?我好感动!"

"你工作没事我就放心了,不过必要的惩罚还是要有的。"

凌龙迷惑。

凌小路高声:"小鹿比!"

小鹿比兴高采烈地从楼顶滑下来——戴着鸩鸠送给他的鸟面具。

凌龙:"……我的天呀!"

嵇蒙家的院子里,一条银白色的小龙上蹿下跳地无脑狂奔,小鹿比在后面张开双臂,咯咯笑着追赶着,好一幅其乐融融的画面。

凌小路好些天没来过离争的院子,蛇一见到他就蜿蜒着缠上来,顺着他的腿爬到肩膀。

"想我啦?"凌小路喂它一颗果子,"是不是我不来都没人喂你了?"

"你当它的主人不存在吗?"离争清冷的嗓音从身后传来。

"师父!"

蛇见主人来,立刻倒戈,爬到离争那边去了。离争伸出他那过分好看的手,蛇便自觉地钻进袖子,只露出个头来,乖巧地趴在手背上吐着信子。蛇身白,离争的肌肤更白,还隐约透着光。

凌小路在心里吐槽:喂不熟的冷血动物。

离争淡淡扫他一眼:"你的号拿回来了?"

"嵇蒙威胁要起诉,他们一下子什么问题都解决了,连摘不下来这个 BUG 都修复了。"

"早做什么去了。"离争嘴下不饶人。

"可惜就是不能继续伪装绿名了。"

"现在的你,还有什么隐藏的必要?"

"当然有必要!这么娇嫩的颜色配不上我的阳刚气质!"

"那么阳刚的徒弟,你知不知道今天是什么日子?"

凌小路："什么日子？"

"每月一次的攻城战，你管辖的春分城已经被人宣战了。"

"什么？是谁这么大胆？"

"我们的老'朋友'。"

"爱你！又是弑拔这个老王八！"凌小路秒懂。

离争召唤出仙鹤："把离线的人都叫上来，出发了。"

弑拔家族和他的盟友们早已兵临城下，鹿透社的主力部队却无一人到场，看起来就像放弃了守城战。

只有一个绿名无所畏惧地站在城头，面对城墙下的千军万马视死如归。

弑拔根本没把他放在眼里："你们家族一个人都没来，是打算弃城投降了吗？"

"什么叫一个人都没来？我不是人吗？"411用大拇指指着自己，"想夺走春分城，就从我的尸体上踏过去！"

弑拔不屑："呵，区区一个绿名，口气还挺狂。"

"绿名怎么了？绿名就不能为了保卫家园而战斗吗？绿名就没有梦想吗？就算是个绿名，我也有为家族战斗到最后一刻的心！"

"说得好！"浑厚的男声插入，"回头看看你身后的玩家，除你之外哪个不是绿名。你瞧不起绿名，岂不就是瞧不起跟你并肩作战的家族成员？"

站在城头的411高兴地喊了声："爸爸！"

窦寇带着窦泥湾大军浩浩荡荡从东边压近："谁说鹿透社弃城投降，它还有我们这些盟友！"

弑拔眯起眼："这些？"

"没错。"整齐划一的骑兵现身西边，邶风率领他的女神骑士团前来支援，"当初是鹿透社帮我们拿下惊蛰城，现在轮到我们知恩图报了。"

对面的窦寇咬牙："那是从我们手里抢走的！"

邶风面无表情："我永远与女神同在。"

弑拔在看戏："要不要给你们一点时间内讧？"

二人异口同声："不要！"

邶风："我们今天的对手只有一个。"

窦寇："那就是你！"

411得意地叉腰大笑："弑拔老王八，你先搞定我们的援军再说攻城的事吧！"

"辛苦了。"

身背巨剑的高大男人跳上城墙，一身崭新的盔甲晃瞎众人的眼。

"太子！不是，嵇哥你终于来了！"411眼睛发亮，"爱你，你这一身是刚打的吗？这强化附魔得花多少钱啊！"

游戏里的装备，加强越多光效越绚丽，嵇蒙现在就像一朵行走的七彩祥云。

祥云在地上，鹿比却在天上。

凌小路搭着离争的仙鹤在空中盘旋，暂时还没有被下面的众人发现。

"嵇蒙这一身也太帅了，隔这么远都被他晃瞎。"

离争毫不留情地拆穿："他的装备都是钱砸出来的，没有任何技术含量，你有钱你也可以。"

"问题就是我没有啊！"

"五颜六色像只花公鸡一样，在人群中太显眼，是我的话第一个做掉他。"

一身低调黑色装扮的鸩鸠在上方插嘴，身后一对硕大的跟低调不沾边的黑色鸦翼在夜空舒展。

凌小路抬头："鸩鸠你也来了！"

"这种可以名正言顺在野外杀人的团建，怎么可以少得了我呢？"

"你还在乎名正言顺？"离争讽刺他。

"偶尔我也想做个好人。"

弑拔对嵇蒙的神装也露出鄙夷："装备好又怎么样，还不是靠充钱？"

"充钱有什么不对吗？"嵇蒙取代了411的位置，站在城头最高处，"是你手上的戒指没花钱，还是维持你身后的家族不要钱？玩游戏氪金这种事很丢人吗？"

弑拔冷笑："你当然这么说，也不看看我们的钱都充进了谁的口袋里。"

"游戏公司也没有强迫你充值，是你自愿想得到对应的服务，如果你觉得花钱不值，为什么还要花呢？"

嵇蒙语气淡定："有的人出生就富有，有的人出生就贫穷，有的人出生就美丽，有的人出生就丑陋，大部分出生很健康，但也有人一生都不会行走。你觉得人生很公平吗？

"但是游戏呢？所有人建号都是一样的，就算不花钱也可以自定义形象，你在哪里能找到这么公平的开局？

"现实中，有人拼命学习也学不会，有人拼命运动也瘦不下来，努力并不永远跟回报成正比。可是在游戏里，你充一分钱就会有一分钱的回馈，对所有人都一视同仁，你可见过比这更公平的投资？"

"爱你！"凌小路在半空脱口而出，"他这套是什么歪理邪说，我居然反驳不了！"

嵇蒙居高临下，正义凛然："你以为自己实力强悍，家族人多势众，就可

以在这片大陆上横行霸道吗?

"我今天就让你见识到,在这个游戏里,没有充钱得不到的东西!"

离争推了把凌小路:"下去吧!"

"啊啊啊,师父你——太——过——分——啦!"

嵇蒙只看到一团黑影从天而降,下意识地伸手抓个正着,他也没有料到这团黑影竟然是凌小路。

弑拔咬牙切齿地指着他边上的人,手指因愤怒而不停抖动。

"这个,也是充钱送的吗?"

凌小路发现自己安然无恙,高兴地冲嵇蒙露出一个笑,又扭头冲弑拔吐了下舌头。

"这个不送!"

嵇蒙迷惑不解地抬头看看天空,想不通为什么会从天上掉下个凌小路。

离争和鸠鸠先后落地,嵇晴等人也陆续到场,连好久不见的南薰都上了线。

"小南薰!"凌小路高兴地跳到地上,"你也来了,最近身体怎么样?"

"好多了!谢谢鹿比哥哥来看我。"

"见你没什么事我就放心了。"

城外的战场出现一片骚乱。

"怎么了?"凌小路冲到前方往下看。

"情况不太对,"嵇蒙皱眉,"下面好像来了很多NPC。"

"NPC?"

金黄色战车一马当先,女神飒迪娅现身于她本不应出现的战场,在她身后,还有指挥官、士兵们,以及成百上千的游戏NPC。

邨风诧异上前:"女神,您为何会——"

飒迪娅无情地念出咒语,金光法术穿透邨风身体,邨风血量瞬间下半。

邨风捂住胸口,脸上挂着不可思议的表情:"女神,这是为什么?"

飒迪娅的攻击更像是一次发号施令,瞬间所有NPC向玩家展开了无差别攻击,无论窦泥湾、女神骑士团,还是弑拔的家族,都有玩家陆陆续续被迫举牌表达他们的极度困惑。

"这些NPC为什么会攻击玩家?"凌小路紧张地问。

"这可能就是鑫山担忧的问题出现了。"鸠鸠双手插兜靠在城墙,头微微偏向一旁。

"鑫山担忧的问题?你是说零?"

鸠鸠点头:"你重新上线也就意味着零的意识复活,操纵这些NPC对他来说轻而易举。"

"那……这不是引发动乱了吗?"

"怕什么,几个 NPC 而已,杀光不就得了。"鸠鸠轻描淡写地说,全然没把对手放在眼里。

凌小路惊呆。

突然有人将凌小路一把推开,他站稳脚步,不明所以地回头望。

离争站在他方才的位置上,被不知从哪儿冒出的史莱姆王喷射出的黏液感染成了史莱姆。

凌小路吃惊地捂住嘴,另一只手指着他:"出现了!离争史莱姆!"

离争史莱姆面无表情地扫了他一眼。

凌小路打了个寒战:为什么我师父变成史莱姆都这么高冷啊?

不远处的鸠鸠嗤笑了出来。

"真想不到,离争也有变史莱姆的一天。"

他面具下的声音充满幸灾乐祸。

离争冷冷地看过去,黏液无情地吐了鸠鸠一身。

带着鸟头面具的鸠鸠史莱姆:"……"

"咦?"凌小路像发现了新大陆,"原来史莱姆还可以戴面具!"

被离争感染成史莱姆的鸠鸠不知道在想什么,安静地站了一会儿,低声骂了句脏话:"爱你。"

众人不解。

"吐不出来。"

众人:……

被控制的 NPC 压境而来,漫山遍野。

离争吹了声口哨,地面震动,从地底钻出一条体型巨大的白蛇,载着离争史莱姆,飞速地蜿蜒冲向城下。

凌小路震撼:"这样也行?"

"那也只好这样了吧。"鸠鸠接道,脸上的面具消失不见,一对凤眼犀利狭长。

他的乌鸦从空中展翅俯冲贴地,尖利的双爪抓起化身史莱姆的鸠鸠,不甘落后地加入战场。

"史莱姆都这么拼,我们有什么理由不努力?"

凌小路拽上嵇蒙:"走,是时候测试你的神装好不好用了!"

"等一下!"嵇蒙拽住他。

"还等什么?下面都快撑不住了。"

凌小路不满地回头,却见嵇蒙伸出食指,直直地指向他。

凌小路盯着他的指尖："现在？这也太草率了吧！"

"不绑定，我怕你又节外生枝。"嵇蒙面无表情，"趁着竞争对手都是史莱姆。"

"……"史莱姆们知道要喷你了！

"你放心，"凌小路有样学样地伸出食指，与他郑重其事地一对接，"就算他们不是史莱姆，我也只跟你一个人结契。"

气流以触碰点为圆心向外极速扩散，"嗡"的一声，只有他们二人感受到了，发丝和衣角无风自动。

凌小路眼前的虚拟面板上出现了新的模块，对应的是嵇蒙拥有的技能。

"我的技能你也看得到？"

"没错，包括每次你使用技能时，只要念头一动，我这里就会显示。"

金名与粉名的默契，就体现在这里。

"不是吧，所以以后岂不是我一想土遁，就会被你发现？"

嵇蒙嘴角扬起："这次我看你怎么逃。"

下面打得不可开交，凌小路技痒。

"走，下去试试我们的默契！"

嵇蒙拎起凌小路跳下城墙，一下去就跟实力最强的劲敌指挥官缇斯面对面。

凌小路初生牛犊不怕虎："好！就拿你当我练手的第一关！"

一分钟后，凌小路扑街，跟他同时扑街的还有一分钟前喜提粉名的嵇蒙。

嵇蒙举起牌子：还浪不浪了？

凌小路对举：爱你！

白蛇裹狭着史莱姆升到半空，卷起旋风雪。一身白衣的男子翩然旋转下落。恢复成人形的离争，仍是那么俊美绝伦、冷若冰霜。

"师父！你变回来啦！"复活后的凌小路高兴地喊，"那岂不是鸩鸩也快了？"

话音刚落，片片黑色羽毛飘落，身形如鬼魅、飘忽不定的鸩鸩在漆黑鸦羽中渐渐显形，现场玩家集体看呆，忘记战斗为何物。

彻底现身后的鸩鸩薄唇轻启："想不到还挺有趣的。"

凌小路小声喊："鸩鸩！鸩鸩！"

鸩鸩回眸，看见他拼命冲自己使眼色。

"怎么了小兄弟？"

凌小路："……"

离争淡淡开口："戴面具的，你是不是忘了什么？"

鸩鸩垂眸片刻，待消化完毕离争的话后，弯若浅月的凤眼从在场玩家脸上一一扫去。

"你们都看见了?"

众人点头如捣蒜。

鸠鸠迈出一步,双手甩出淬着寒光的利爪,嘴角噙笑:"那只好通通灭口。"

众人迷惑。

凌小路:"喂!就算你把人杀光他们也都记得住好不好?!"

嵇蒙嗤之以鼻:"这个反社会人格也不是第一次,能为自己的屠杀行为找个理由已经是他的进步。"

"……说得有点道理。"

离争目光扫过来,在凌小路与嵇蒙身上打量了好一阵。

"想不到你们动作还挺快。"

嵇蒙大大方方地承认:"免得有人惦记。"

凌小路看他公鸡尾巴都快翘到天上去了。

"你还是先关心自家的游戏为好。"

除了 NPC,游戏里的宠物也渐渐失控了。先是野生宠物大量聚集攻击玩家,紧接着玩家驯服的宠物也出现了不听命令的状况。

照这个速度发展下去,很快这个游戏里就没有"活人"了。

"快看那是什么!"凌小路指着他们刚刚跳下来的城头。

常欢禧独自站在那里,手里举着从商城购买的千里传音喇叭。

"零!"

常欢禧的声音随着喇叭扩散到整个服务器。

"我知道你在那里,出来吧,没有人敢再伤害你!"

"所有欺负过你的人,都被我欺负惨啦!"

凌小路:噗——

常欢禧:"我不仅不会让你在这个世界里消失,我还打算带你去我那个世界看一看!"

"那个世界有很多我的同类,也有你的同类!大家都是你的伙伴!"

"你要是相信我,就快点出来吧!"

有人影渐渐从夜色中显露,现身在他面前。

跟零一模一样的面孔,只有名字有所不同。

常欢禧摇头:"我要找的人不是你,我不要壹,我要零。"

壹的身体散化成方形发光的碎片,在空中旋转、飞舞,重新组成了一个新的身体。

所有的 NPC 和宠物都停了下来,向着他的方向虔诚行礼。

常欢禧乐了:"想不到我看中的人还是一个王者。"

他伸出手去:"我的王者,我来接你了。"

一场风波就这样突如其来地发生又无声无息地终止,据说常欢禧真的强行从鑫山手中要走零的数据,要为他在三次元打造一个真身。

凌小路起初觉得不可思议,后来想起嵇蒙都打算自己捣鼓出一个"鹿比"出来,常欢禧这样做就更不出意外了。

由于过了系统规定的时间,攻城战也自动宣判挑战者失败。弑拔带着他的族人,愤愤不平地撤离春分城。

南薰开开心心地跑过来,亲昵地挽住嵇蒙的手臂,对凌小路说:"鹿比哥哥,我有点话想单独跟嵇蒙哥哥说,把他借我用一会儿好不好?"

凌小路好笑地捏了捏她的鼻子:"你要跟你嵇蒙哥哥说什么秘密的话,还不能让我听?"

窦寇也说:"女儿啊,是什么悄悄话?爸爸也不可以听吗?"

"不可以!"

凌小路:"哦,我知道了,一定是说我的坏话!"

"就是的!"南薰冲凌小路调皮地吐了吐舌头。

凌小路摆手:"我就知道!去吧去吧!"

窦寇:"可是……"

"别可是了。"凌小路拦住他,"给孩子一点私人空间,不然她会不喜欢你这个爸爸的,再离家出走了怎么办?"

窦寇气恼地指着他:"你这个小朋友……嘴里吐不出象牙!"

嵇蒙跟随南薰,传送到了繁花谷。

这是南薰最喜欢的场景,成千上万种鲜花在此争鲜夺艳,盛开怒放。

"那是爸爸新买的小房子。"南薰指着不远处一栋造型精致的小木屋,"因为我太喜欢这里了,爸爸特地买下来送我。"

她咯咯笑出声:"据说这里的土地是不允许出售给玩家的,也不知道爸爸是怎么做到的,金名都是魔术师吗?"

嵇蒙默默地看了眼南薰指的小房子,虽然他也不知道窦寇是怎么做到的,但想必没少给鑫山送钱。有钱能使鬼推磨,有爱能使吝啬鬼一掷千金。

"窦寇这人缺点很多,但至少在待你这方面,他做得无可挑剔。"

"那嵇蒙哥哥以后还会跟爸爸打起来吗?"

嵇蒙无奈地扶了下额:"过去的事就不提了。"

南薰笑得好狡黠,竟有几分凌小路的影子。

她掰着手指数:"我一生中最开心的三个时刻,一是第一次戴上耳环,进入游戏的那一刻；二是戴上项圈，知道我有资格跟嵇蒙哥哥配对的那一刻；第三个，就是跟爸爸缔结契约的那一刻。当然还有鹿比哥哥、初晴姐姐、初芽姐姐……谢谢嵇蒙哥哥公司的魔术师们，让我拥有了这么多家人。我知道做人不能太贪心，但我还有一个愿望，想请嵇蒙哥哥答应我。"

"你说。"

"我想请嵇蒙哥哥最近不要来探望我。"

嵇蒙沉默片刻，低头："为什么？"

"我最近不太好看，我不想让嵇蒙哥哥看到我现在的样子。"

南薰活泼地转了一个圈，裙摆在空中撑起一把可爱的小伞："我希望我永远是以这副样子留在嵇蒙哥哥的记忆里。"

嵇蒙抿紧嘴，神情复杂。

"一定、一定要答应我哦！"南薰见嵇蒙不肯开口，执着地伸出小指，"我们拉钩钩！"

嵇蒙没有动作，南薰就不肯将手放下，直到嵇蒙不得不伸手与她拉钩。

"嵇蒙哥哥答应了！"南薰高兴地勾着他的小指摇了摇，"说到要做到哦！"她找到一处鲜花盛开最茂盛的所在，面向小房子，比出一个取景框的手势。

"这里风景最好，一上线就可以看到爸爸的小房子，爸爸也可以看到我。那我就在这里下线了，嵇蒙哥哥，你要好好的哦，跟鹿比哥哥也要好好的，不要再凶巴巴的了！"

嵇蒙仰起头，用力地眨了下眼，在低下头时神情如旧："我答应你。"

南薰得到了她想要的答案，心满意足地断开了连接。

嵇蒙独自回来，凌小路敏感地察觉出他情绪低落。

凌小路通情达理地没有问任何问题，只说："我陪你出去走走？"

嵇蒙望了他一会儿，沉默地点点头。

两个人同时下线，结伴来到学校运动跑道上。

这个时段是学生们运动健身的热门时间，不时有同学慢跑或是快走从他们身后超越，也有人纯粹优哉游哉地散步被落在后面。凌小路很难做到老老实实地走路，不多会儿的时间就蹦跶到了前面，把嵇蒙甩在身后。

"嵇蒙哥哥。"

嵇蒙神情恍惚，转头看到南薰出现在自己身边。

"你怎么会在这里？"

"我想陪嵇蒙哥哥走一走。"南薰微笑回答。

嵇蒙困惑地点点头，并没意识到哪里不妥。

他们安安静静地肩并肩地步行了一段路程，直到南薰停住脚步。
　　"嵇蒙哥哥，我就走到这里了。"
　　嵇蒙不解地看着她。
　　南薰忍俊不禁："嵇蒙哥哥看我做什么，前面还有人在等你呢。"
　　嵇蒙向前望，凌小路不知何时也停下了蹦蹦跳跳的步伐，拧过来半个身子，笑意盈盈地看着他。
　　"朋友，你怎么走这么慢，你是老人家吗？"
　　他冲着嵇蒙招手："来！"
　　在他身后，繁花似锦。
　　嵇蒙敛了敛心神，快步向前，握住凌小路伸过来的手。凌小路用力一拽，嵇蒙来到他身边，向着繁花盛开的地方并肩前行。

# 尾声

## 走！去蹦极！

凌小路和嵇蒙结契后，两人默契十足，每天各种副本玩得不亦乐乎。最后是初芽忍无可忍地打断了二人的副本之旅。

初芽：嵇小蒙，你快去管管！

嵇蒙：怎么了？

初芽：还不是那个窦寇！小南薰不上线，他就一直站在咱们家族领地外面，非要见你不可！

初芽：我都说了你不想见他，可他站了整整一天，怎么都不肯走！

嵇蒙沉默了一阵。

嵇蒙：知道了，我去解决。

窦寇神情凝重地守在鹿透社领地门外，终于等到他在等的人。

"嵇蒙，我女儿到底在哪里？他的家人都不肯说，我只能来问你。"

嵇蒙默了下："南薰最近不想见人，你回去吧。"

"不行！"窦寇一把拉住嵇蒙，生怕他跑掉，"她已经几天没上线了，自从那天跟你说完悄悄话之后。她以前就算不长时间在线，也会上来跟我打声招呼。到底发生了什么事，我女儿到底在哪里，那天她都跟你说了些什么？"

嵇蒙垂着眼皮："她可能只是不想上线而已，这些问题等南薰上线了你再亲自问她吧。"

"你们一定有事瞒着我！"窦寇情绪激动，"我只是想知道我女儿现在好不好，是不是生病了，是不是受伤了，有没有同学欺负她？你还记得你家小朋友消失时你的心情吗？如果当时有人知道他在哪里，你能忍住不去问吗？"

嵇蒙依旧不吭声，难得的既不答复，也不赶他走。

"嵇蒙，"窦寇放开他的手腕，"我知道以前我们之间有一些矛盾，你对

我意见很大，我跟你道歉，你想怎么跟我算账都行，我只是拜托你告诉我，我女儿在哪里。"

"我求求你。"

嵇蒙转过身，声音很低很低："湖朔市特殊病症研究与防治中心，乔南薰。你去找她吧。"

窦寇静音了几秒，原地消失，竟是用了紧急离线。

与此同时，一年一度风云赛的决赛如期而至，决赛阵容还是跟去年一样，在离争和弑拔、青媚之间决出胜负。

据说，这也是最后一年实施这个赛制，下一届风云赛，会把带粉名玩家的金名玩家单独拉一个组别，这一夜可能也是离争与弑拔之间最后的战役。

鑫山为推广《精灵契约》，在各地设置了线下嘉年华，直播决赛也是活动的一个环节，让不是这个游戏的玩家，也可以接触到它的魅力。

凌小路两天前就买好了嘉年华的票，要跟嵇蒙一同去玩。这天下午，他把票塞给嵇蒙，自己谎称有事要先走一步。

嵇蒙不解："去这么早做什么？离活动开始还有好几个小时。"

凌小路故意不告诉他："我有点私事要办，到时候你去找我，我们会场见。"

"神秘兮兮的。"

两个小时后，嵇蒙站在嘉年华活动入口，不耐烦地给凌小路发消息。

一路上，他给对方发了十几条消息，都没有收到回复，这家伙又不知道跑去哪里浪了。

经过的行人见到嵇蒙，有的面露惊讶，有的交头接耳。嵇蒙这才想起来，来观展的人中有一部分是《精灵契约》的玩家，很容易把他认出来，继续站在门口早晚会引起骚动。

嵇蒙把领子往上拉了拉，尽量低调地随着人流进入会场，想找个僻静的地方再联系凌小路。

走着走着，迎面遇到个黄色圆滚滚的人偶，非常眼熟。嵇蒙定睛一看，居然是真人扮演的雷噜噜。

在现实中与自己喜爱的虚拟形象碰面令人倍感亲切，嵇蒙掏出手机远远地拍了张照。

雷噜噜仿佛看见了他，冲着他热情招手，像是在使尽浑身解数招揽游客。

嵇蒙索性走近了些，加拍了几张近距离的特写。

那雷噜噜见他来了，又伸胳膊又抬腿，卖力地表演。

一顿操作之后，它的动作突然定住。

过了几秒钟,雷噜噜开始跳一支奇怪的舞。

嵇蒙看着看着,竟觉得有些熟悉。他回忆起来,雷噜噜没事的时候喜欢跳舞自娱自乐,后来就连小鹿比都学会了,两个小家伙经常在院子里肩并肩一起跳,他们的舞步就是这样的:

双手左摇,双手右摆,转圈拍肚皮——

嵇蒙赶紧开启录像,这个扮演者非常用心,不仅懂雷噜噜的专有舞蹈,还模仿得惟妙惟肖。

周围还有其他游客也在录像,不过雷噜噜始终正面朝向嵇蒙,像是这支舞专门为他跳的一样。

看到它那圆滚滚的肚子,配上短手短脚,嵇蒙脸上情不自禁挂上连他都没有察觉到的姨母笑。

一舞终了,嵇蒙收起手机刚想离开,却发现雷噜噜向他展开双臂,做着邀请的动作。

嵇蒙下意识地走过去,雷噜噜人偶热情地挽住他,另一只手在面前比画,嵇蒙看了好几次才认出这是一个自拍的动作。

"合影?"

雷噜噜立刻点头,点头的时候还不忘用手扶住大脑壳,免得头套掉下来。

嵇蒙无法拒绝一个萌宠的要求,打开手机前置镜头,给二人拍了一张合照。

雷噜噜不放嵇蒙走,脑袋往他身上贴得更近了些,嵇蒙按下快门。

"扑哧——"

嵇蒙听到一声笑,笑声竟然有些熟悉。

他掰过雷噜噜的脑袋,顺着开口的嘴巴望进去,凌小路的眼睛在暗处居然也能闪烁出狡黠的光芒。

"你怎么跑来扮这个?"

"我两天前看到嘉年华在招兼职,当时就报名了,想给你个惊喜!我跳得怎么样?像不像你家黄胖子?"

"形神俱佳。"嵇蒙难得夸人。

"那当然,我可是雷噜噜的亲传弟子!"凌小路得意地说。

"尤其继承了能吃。"

凌小路拉长了脸,对嵇蒙实施了惨无人道的"雷噜噜打"和"雷噜噜踢"。

一时间很多人都朝这个方向望,吉祥物跟游客打起来了,这是什么情况?

嘉年华负责人从舞台那边探出头:"出什么事了吗?"

凌小路借玩偶服将身后的嵇蒙遮了个严实,快速摆手,示意没事。

没事就好,负责人提醒他:"记得发小礼物!"

凌小路旁边的台子上摆了一箱钥匙扣，他先是拿了一个塞给嵇蒙，然后分发给路过的游客。

嵇蒙把钥匙扣别在身上，顺便帮着他递礼品。

人偶可爱，嵇蒙帅，很多人远远路过都绕过来领，一箱礼品很快就发得一个不剩。

"还有吗？"嵇蒙递出去最后一个，旁边还有人等着拿。

凌小路遥指舞台下方："那边还放着两箱。"

嵇蒙走过去，正好跟负责人打了个照面，负责人一愣，很快想起来这是谁。

"嵇少，您怎么在这儿？"

嵇蒙往地上一指："这两箱是要发的吗？"

"啊？对。"

负责人还有点搞不清楚状况，就见嵇蒙弯腰，抱起两箱礼品转身走到吉祥物身边。

他叫住路过的副手："太子怎么来了？你请的？"

"我怎么可能有太子的联系方式，"副手东张西望，"在哪儿呢？"

"雷噜噜那里。"

副手看到了："他是有多喜欢雷噜噜？这个吉祥物选对了。"

负责人抄了瓶水走过去："嵇少，活动等下开始，那边有VIP坐席，您先过去歇一会儿？"

嵇蒙要来他的水，拧开瓶盖自己却不喝，动作仔细地扒开雷噜噜的嘴巴，将瓶口塞进去。

"小心点，别洒出来。"

负责人看傻了眼，他们是外围部门，他也不玩游戏，只是听同事偶尔说起，总裁的侄子酷爱雷噜噜，自己养了一只，喂得像猪。

只是想不到他痴迷雷噜噜到这种程度，在游戏以外的地方见到，他都要投喂……

那边嵇蒙已经收了水瓶，又掏出纸巾，伸手进去。尽管隔着头套看不见，但他在做什么显而易见。

迟钝的负责人终于意识到哪里不对的样子："嵇少，你们认识？"

雷噜噜的声音从头套中传来："我朋友。"

嵇蒙："朋友。"

负责人下意识夸出口："您朋友长得……挺别致。"

凌小路笑到头掉，通常这句话是夸张修辞，但此时此刻是事实，他的头套由于抖动险些晃掉，幸好嵇蒙及时扶了一把。

"尬吹"失败，负责人感到自己被嵇蒙嫌弃地看了一眼。

"你去忙吧，我帮他发礼品。"

"好好。"负责人赶紧溜。

鑫山准备的钥匙扣是全息宠物的控制器，只要按下上面的按钮，身边就会弹出一只全息迷你跟宠，每次可以持续存在十五分钟。

这个礼品大受欢迎，有好多游客打听到在哪儿领取后特地来排队，不多会儿的工夫现场的人便人手一只，游戏中的热门宠物在此应有尽有。

凌小路扮演的雷噜噜也成为热门合照景点，一个学姐拍完它后迟疑地指着嵇蒙："他也是游戏中的宠物吗？"

这回凌小路是真的笑到头掉，连嵇蒙都救不了他。

嵇蒙脸色很黑，原因一成是来自学姐的误会，剩下九成都是源自凌小路的幸灾乐祸。

"哎哟，不行了，"凌小路不知道该扶脑袋还是捂肚子，"我的眼泪都笑出来了。"

学姐知道自己误会了，不好意思地道歉："对不住啊，我以前玩过的游戏里有人类造型的召唤式神，我以为他也是。"

凌小路好不容易止了笑："这个游戏里也有人类造型的宠物，不过我不建议你选这一款。这看起来脾气就不好，万一 PK 的时候一不高兴走人了，你说尴不尴尬？"

嵇蒙："……"


幼稚园互殴二人组总算磕磕绊绊地发完了所有礼品，脱玩偶服又闹腾了半个小时，等到入座 VIP 席位时，台上已经在进行 cosplay（角色扮演）表演。

凌小路对每个出场的男性 coser——以嵇蒙为参照物——逐一品头论足：

"这个腿还没你长。

"这个腰还没你窄。

"这个腹肌还没你有型。"

嵇蒙终于忍无可忍："你一个男的，怎么那么喜欢盯着别人的腹肌看？"

"谁让你穿得这么'骚气'，偏偏我又长了一双犀利的眼睛。"凌小路得意地挑眉。

"那是美术设计的，我有什么办法？"

"你就是在炫耀你的腹肌，我师父怎么就穿得那么规整？"

他刚说完，两个人脑海均浮现出穿露腹装的离争，不约而同地打了个寒战。

"好好聊天，不要讲冷话。"简直比冷笑话还少个"笑"字。

凌小路假意低头找："我的雷噜噜皮呢？我要裹紧我的小皮袄。"

新登台的 coser 拯救了现场的温度，他穿着嵇蒙曾经穿过的战斗铠甲走上台，然而这次腰、腿、腹肌全面没达（凌小路的）标，俨如请了个嵇蒙的赝品在台上走秀。

"搞不懂，鑫山为什么放着你这么一个现成的大帅哥不用，还要去外面请人。"他掰着指头数，"你、姐姐、我师父还有鸩鸠，那个女神的粉丝叫什么来着，邺风？要是没有整容的话他也可以算上，你们五人组个代言天团，宣传效果不比这些人强？"

嵇蒙嫌弃地斜睨他："我和我姐姑且不算，另外三个你是打算拨多少预算请这些金名玩家来走秀？"

凌小路干笑着挠头："嘿嘿，是哈，我怎么没想到呢。"

"再说，这馊主意你都想得出来，难道推广部门会想不到吗？"

"嗯？"

像是为了佐证他的话，台上的 coser 在各自完成一道亮相后，向两侧散去，为展台中央让出一片空地。

展台上弥漫起白雾，雾中有人影缓缓走近，掩盖不住的气质扑面而来。

雾散，嵇晴身披淡金铠甲，在漫天樱花中闪耀亮相，须眉失色，巾帼无双，惊叹声、拍照声不绝于耳。

凌小路一愣："姐姐也来了？"

"是全息影像。"

继嵇晴之后，一个个穿着顶尖装备、身带稀世宠物的高端玩家影像，以节奏动感的蒙太奇在现场观众面前逐一呈现，或静或动，或立或翔，美貌妖艳，威武霸气，满足新手小白对大神的一切幻想。

他们当中有些凌小路见过，有些只闻其名，未见其人，今天一并大开眼界。

"是不是全服务器的金名玩家都会出镜？"

"当然不是。"

"哎？"

嵇蒙嫌弃："常欢禧那胖子肯定就不行。"

"……"

连窦寇都露了个侧脸！常欢禧简直是金名玩家之耻！

终于轮到嵇蒙出场，舞台上的他扛着把巨剑向观众席冲锋，凌小路下意识就想跑。

嵇蒙按住他："你干什么？"

"……我对你这个动作有条件反射。"每次看到都想起最初为了不暴露身份，一见他就跑的心路历程。

"我还有条件反射呢。"

凌小路不解。

"一见你翻跟头就想打人。"

凌小路现在就想翻！

鑫山对太子有偏心，给他单人镜头的时长比其他人要长，凌小路清晰地听到"花痴"们在他身后喝彩。

突然尖叫声四起，凌小路和嵇蒙同时捂住耳朵，生怕鼓膜被震碎。

"至于嘛，"凌小路苦着张脸吐槽，"不就是我师父……"

他看着舞台上吹箫的离争，超凡脱俗，美不胜收。

"好吧，至于的。"他师父值得这声浪，甚至还可以更浪。

嵇蒙不满地瞪凌小路一眼。

凌小路火速转移话题，指着台上："看！那是谁！"

他本以为离争是最后一个出场的秘密武器，没想到真正压轴的人却是鸩鸠。

官方选的是一幕远景，满月下死神展翼，万籁俱寂，为整部影像画上悠远绵长的休止符。

凌小路跟所有人一起情不自禁地鼓掌："这个剪辑师镜头选得好，有眼光！"

热场结束，工作人员陆陆续续向新玩家发放完毕测试外设，像凌小路和嵇蒙这样的老玩家自然不需要，就是在公众场合戴上项圈未免有点羞耻。

决赛现场已然人山人海，好在鹿透社的大家给他们留了两个座位。

远远的赛场中央，一边是屡屡卫冕的弑拔和青媚，离争神情淡淡地站在他们对面，并没有放出任何宠物。

"你们怎么才来？"初芽一见他们就说，"观众太多，好不容易抢到这么几个位置，常欢禧和零都没来——"

"他们在加班加点地分离数据。"嵇晴在一旁插口。

"——就算了，连小南薰和讨人厌的窦寇都不在线，他们不知道今天是决赛吗？"

"他们可能有事要忙吧。"嵇蒙默默把话题岔开。

凌小路收到鸩鸠的私聊，扭头问："没有位置了吗？鸩鸠说他也要来。"

话音落，鸩鸠现身，隔着面具对凌小路旁边的人说："可以让个位置吗？"

邻座震惊。

以他为圆心一米半径范围内瞬间空无一人，大家都紧紧挤在边缘瑟瑟发抖。

鸩鸠宽宽松松地坐下，还转头招呼凌小路他们："这里这么宽敞，你们坐

那么挤做什么？"

凌小路："……"

"鸩鸩，你为什么不参加风云赛呀？"凌小路问。

以鸩鸩的实力，搞不好决赛就没有弑拔什么事了。

鸩鸩不屑一顾："我对于一切有规则限定的决斗都不感兴趣。"

"那你觉得我师父今天有胜算吗？"

看不见的面具下鸩鸩勾起嘴角。

"鹿比你还不知道吧，"嵇晴在一旁说，"这段时间鸩鸩都在做你师父的陪练，对于野外高手来说，竞技场里的PK就像过家家一样。"

野外唯一的规则就是丛林规则，鸩鸩面对的不只是一对一，还有一对多，以及瞬息万变的场上局势。

有这样经验丰富的鸩鸩陪离争过招，可想而知离争会有多大的提升。

凌小路信心倍增："我就知道，我师父一定能赢！"

赛场上，弑拔见离争迟迟不放宠，挑衅道："怎么了离争，你的蛇呢？被我的小凤仙吓得不敢出来了吗？"

离争抬起眼皮云淡风轻地瞄了他一眼，正是这样的态度才更令人生气。

"你在等什么，等你的粉名吗？你的徒弟好像已经跟别人跑了吧，这样的你也能打赢我？"

青媚在一旁不悦地催促："说那么多做什么？离争，你再不放宠，我们可就要二打一了。"

天空飘下雪花，凌小路等人诧异地抬头望。

"这里怎么会下雪呢？"

雪下得越来越大，渐渐又起了风，在场地中央形成声势浩大的暴风雪。

弑拔位于风暴中心，被吹得差点退后一步："离争！你在搞什么鬼？！"

暴风雪中渐渐出现了一道影子，在风雪中飞速地蜿蜒游动，银白色的鳞片时隐时现。

"这、这是——"

弑拔和青媚都不可思议地瞪大眼睛，伴随一声入云龙啸，飞雪与浓雾被吹散得无影无踪，离争仿若遗世绝俗般站在那里，身后的庞然巨物腾云驾雾，如从神话中走出，踩着星光，洗过月色，降临人间。

"风息翼龙！"


嵇蒙独自站在赛场外，静静地举着电话。

一波又一波激烈的喝彩从赛场上传来，与电话那头形成对比鲜明的两个世界。

良久，他低下头："好的，我知道了。"

他声音中听不出情绪："辛苦你们了。"

嵇蒙回到观众席时现场气氛达到了顶峰，人们欢呼雀跃，漫天礼花彩带。

凌小路在激动不已地高呼，看见他一把拉住："你怎么才回来？你不知道你错过了多少精彩的比赛，我师父赢了！他是冠军！"

嵇蒙勉强勾勾嘴："那是挺好的。"

凌小路正在兴头上，没有留意到他的不对劲，投身于新一轮的狂欢中。

赛场中央，跪倒在地的青媚愤愤地抬起头，去年跪在这里的人是离争，今年轮到她。

"离争，你这么想赢，不就是想知道你师父为什么退游吗？我现在就可以告诉你。"

离争高高在上，静静地垂眸俯视她，纤长的睫毛掩住眸光，双唇抿出一道没有弧度、亦没有感情的直线。

青媚怨念的声音透过扬声器，被放大到全场："因为我从来就没有打算跟弑拔结契，我的目标一直是你！我之所以故意接近他，就是因为有你师父这层关系！"

跪在一旁的弑拔愤愤开口："我就知道！"

"你闭嘴！"青媚对他毫不客气，"你这个废物！"

弑拔想驳斥又意识到自己狼狈不堪跪在这里的模样，一口气堵在嗓子眼，不上不下。

青媚扭过头，满腔气愤地回忆起当年："我故意放出要跟弑拔结契的消息，然后去找你师父。只要她能说服你选择我，我就不会缠着她男朋友。谁想到，她为了不让你为难，当天晚上就一走了之，而我却不得不为自己放出去的谣言负责。"

她情绪激动："你一直想知道你师父为什么不告而别，你就没有想过她是因为你才离开游戏的吗？"

观众席上的凌小路听不下去了，跳起来："这人简直强词夺理，想弄垮我师父的心态！"

鸠鸠漫不经心地把人按回去："别那么激动，一个不省心的徒弟都没能把离争心态搞崩，一个手下败将放几句兴风作浪的话能有什么影响？"

凌小路："嗯……你说得有道理，但总觉得你在拐弯抹角骂我怎么回事？"

离争云淡风轻地收剑入袖，风华绝代的风息翼龙围绕他盘旋若干圈后冲上云霄消失，清亮的龙吟响彻长空。

"你讲完了？"他淡淡地说。

青媚没想到他的反应是这样的，更多针对他恶毒的话被迫咽了回去。

"你可能是误会了，"离争的声音是冬天里最美妙的音韵，可传到青媚和弑拔二人耳中，那就像是无情的风雪，"我想赢，确实有想知道师父退游原因的成分，但那只是一小部分。

"我想赢，更多的只是因为，我想赢你们而已。"

他转身离开，衣袂飘然。

青媚咬了咬下唇，望着他逐渐远去的背影，突然高声喊："我是骗你的！"

离争脚步停住。

"我是去找过你师父不假，但被她狠狠地嘲笑了一顿！你们师门论气人的功夫，真的是一脉相承！"

凌小路低声吐槽："谁说的，我就不怎么气人。"

"我去找你师父的第二天，就是网零《VR阴阳师》公测的日子，她说她早就买好了客户端等着这一天。至于为什么没有告诉你，估计是因为一玩起来就什么都忘了。毕竟你比谁都清楚，她就是那么一个大大咧咧的女生。这个真相是不是很可笑？你现在满意了吧！"

离争静静站在原地，片刻后嘴角不明显地上扬，漾起一抹罕见的微笑。

这笑容稍纵即逝，这一次他扬长而去，再未停留。

"爱你！爱你！"凌小路激动地一边爆粗一边推嵇蒙，"我师父笑了！你看到了吗？他居然笑了！"

嵇蒙情绪低落的样子，对于他的激动没有什么表示。

凌小路终于察觉出不对："你怎么了？"

嵇蒙低头一言不发。

"发生什么事了吗？"

嵇蒙始终没出声，凌小路却不再追问，默契地拍着他的背，安慰道："没事，没事，我在。"


凌小路是三天后才到访特病中心的，嵇蒙担心他接受不了，硬是拖了三天才告诉他真相。

南薰住过的玻璃间已经被清扫干净，房门奢侈地敞开着，毕竟它曾经紧闭过那么久的一段岁月。

南薰的主治医生陪同二人做最后的追悼。

"南薰生前用过的耳环和项圈，都是她最珍爱的东西。我们按照她的遗愿，妥善安放在指定的地方。感谢鑫山提供的这次机会，相信这是南薰生前最快乐的一段时光。"

嵇蒙点点头，悄无声息地拍了拍肩膀偷偷抽动的凌小路以示安慰。凌小路撇过头，不想被嵇蒙见到自己情绪失控的一面。

"哦对了，"主治医生又想起来，"南薰走的那一天，有一位姓窦的探访者来过。他报的是你的名字，要求无论如何都要见南薰一面。南薰当时已在弥留之际，我们也就允许了。"

凌小路红着眼眶问："姓窦？窦寇？"

"我不清楚他具体叫什么名字。南薰在病床上，隔着玻璃用口型叫了一声爸爸，然后他就哭了。"

凌小路眼眶更红了。

"他离开前还以南薰的名义，给中心捐了一大笔钱，专项用于研究南薰的病例。真希望我们能尽快研究出治疗的方法，让更多像南薰这样的孩子不再因此而受苦。"

凌小路和嵇蒙走出研究中心时，阳光正好。凌小路闭上眼，迎着太阳做了一次深呼吸。

嵇蒙从他身后绕过来，语气平静："公司已经决定以南薰的形象制作NPC，就安置在地下线的地方，让她永远留在她最爱的繁花谷。"

不仅是南薰下线的地方，还是窦寇一上线就看得到的地方。

她会永远以十六岁的模样陪伴疼爱过她的人。

凌小路使劲地点点头。

"活着真好。"他笑着看向嵇蒙，"认识你们真好。"

嵇蒙问他："回学校吗？"

凌小路使劲摇头。

"想去哪里？"

凌小路想了想："扣萝山。"

无论人间生老别离，如何流转，扣萝山永远绿意盎然，郁郁葱葱。

他们在游戏中跳崖的地方居然真的存在，还是一个蹦极地点。

工作人员热情招呼他们："二位帅哥，来蹦极吗？刺激！"

凌小路使劲摇头："绑着绳子蹦有什么意思，比这更刺激的我都蹦过。"

工作人员笑答："嘿！这个牛我生前也要吹！"

凌小路笑而不语，拉着嵇蒙往前走，一边走，一边在丛林茂密的地方寻觅。

"你在找什么？"嵇蒙问。

"你还记得咱俩刻名字的那块石头吗？"

"当然记得。"

"你说现实中它还存在吗？"

嵇蒙一指："我记得是在那边。"

凌小路顺着他指的方向找过去，居然真的发现了那块石头，跟游戏中他们见到的一模一样。

"还真的有！"他激动地跳过去，"不如我们……"

他话音戛然而止，盯着石头的表情仿佛见了鬼。

"嵇嵇嵇……嵇蒙。"凌小路罕见地叫他的名字，结结巴巴。

"怎么了？"嵇蒙绕到他后面。

凌小路一把抓住他，双手冰凉，面无血色："我是不是见鬼了？我们现在真的是在现实世界中吗？"

他指着前面的石头："为什么这里会有我们的名字？跟我们上次来时刻的一模一样？"

"是吗？"嵇蒙表情镇定，"让我看看……好像真的是。"

凌小路困惑地问："你怎么这么淡定？"

"我应该做出什么表情？"

凌小路狐疑地瞪着他："是不是你在耍我？"

嵇蒙严肃的脸渐渐绷不住了，嘴角情不自禁上扬。

凌小路看呆："你你你……你真的在耍我？！"

嵇蒙说："是我叫人导出游戏画面，照着一模一样拓的。"

"什么时候的事？"凌小路眼睛瞪得溜圆。

"就在前几天，想给你个惊喜来着。"

"这明明就是惊吓吧！我差点吓得怀疑人生！"凌小路气得搥了他一拳。

嵇蒙忍着笑随手捡起块尖锐的石头，在两个人名的中间加了个"+"的符号。

嵇蒙 + 鹿比

"现在是惊喜了吗？"

凌小路在内心吐槽这行为太中二了，却又中二得他满心欢喜。

"走！"

"去哪里？"

"蹦极！"

---

本书由易修罗委托长沙大鱼文化传媒有限公司正式授权广东旅游出版社，在中国大陆地区独家出版中文简体版本。未经书面同意，本书的任何部分不得以图表、电子、影印、缩拍、录音和其他手段进行复制和转载，违者必究。